Das Buch

Wolfgruber beschreibt ein paar Jahre aus dem in maßloser Mittelmäßigkeit verlaufenden Leben des Arbeiters Bruno Melzer, dessen berechtigte Hoffnungen an den Zwängen der Realität scheitern. Er schildert den Zeitabschnitt nach den Lehrjahren, denen die Herrenjahre, wie sie der euphemistisch gewählte Titel verheißt, nicht folgen wollen. Nachdem Melzer in einer österreichischen Kleinstadt seine Tischlerlehre abgeschlossen hat, glaubt er die Zeit ständiger Bevormundung hinter sich gebracht und die angenehmen Seiten des Lebens vor sich zu haben. Doch der Traum vom Schmied des eigenen Glückes und von der Unabhängigkeit erweist sich für ihn als eine rasch brüchig werdende Utopie, und der schmerzhafte Prozeß der Desillusionierung setzt ein. In einem Beruf, der ihm nichts weiter bedeutet, muß Melzer tagtäglich bei der Arbeit in einer kleinen Tischlerei seine Abhängigkeit in der Monotonie des Alltags erfahren, und auch als Akkordarbeiter am Fließband einer Möbelfabrik ergeht es ihm keinen Deut besser. Den letzten noch verbleibenden kärglichen Rest persönlicher Freiheit, die selbstbestimmte Gestaltung seines Privatlebens, muß er aufgeben, als eine ungeliebte »schiache« Zufallsbekanntschaft ein Kind von ihm erwartet ...

Der Autor

Gernot Wolfgruber, am 20. Dezember 1944 in Gmünd in Niederösterreich geboren. Nach der Hauptschule Lehrling und Hilfsarbeiter in verschiedenen Berufen, dann Programmierer. Als Externer holte er die österreichische Matura nach und studierte anschließend Publizistik und Politologie. Er lebt heute als freier Schriftsteller in Wien. Weitere Veröffentlichungen: ›Auf freiem Fuß‹ (1975), ›Niemandsland‹ (1978), ›Verlauf eines Sommers‹ (1981), ›Die Nähe der Sonne‹ (1985), Romane; ›Der Jagdgast‹ (1978), Fernsehspiel; ›Auskunftsversuch‹ (1979), Erzählung.

Gernot Wolfgruber:
Herrenjahre
Roman

Deutscher
Taschenbuch
Verlag

Von Gernot Wolfgruber
sind im Deutschen Taschenbuch Verlag erschienen:
Verlauf eines Sommers (10294)
Auf freiem Fuß (10386)

Ungekürzte Ausgabe
1. Auflage April 1979
5. Auflage Oktober 1986: 25. bis 29. Tausend
Deutscher Taschenbuch Verlag GmbH & Co. KG,
München
© 1976 Residenz Verlag, Salzburg
ISBN 3-7017-0159-8
Umschlaggestaltung: Celestino Piatti
Gesamtherstellung: C. H. Beck'sche Buchdruckerei,
Nördlingen
Printed in Germany · ISBN 3-423-01483-0

Melzer wußte selber nicht, woher er das hatte, er dachte auch nicht darüber nach, es schien ihm viel zu einleuchtend, war ihm etwas wie eine Lebensweisheit: daß es für jeden einen Zug gäbe, jeder *seinen* Zug habe, und worauf es ankomme, sei nur, rechtzeitig einzusteigen, ihn nicht zu verpassen, dann gehe es schon voran, dann ergäbe sich alles von selbst, weil es liege ohnedies alles am Zug, den man erwischt habe. Wie sein Zug aussehen würde, in den er würde einsteigen müssen, wußte Melzer nicht. Nur manchmal, wenn er aus dem Kino kam, hatte er das Gefühl, es sei ohnedies alles ganz klar.

Als die ersten seiner Freunde und ehemaligen Schulfreunde anfingen, *gesetzter* zu werden, zu heiraten, Kinder zu haben, auf den damals noch billigen Baugründen am Stadtrand in Richtung E. Häuser zu bauen, war er noch ganz sicher, daß er das alles anders machen, daß es mit ihm ganz anders laufen würde. Er konnte sich nicht vorstellen, daß man *alles* so leicht aufgeben kann, meinte, im Grunde seien das alles nur Kleinrentner, die *eigentlich* schon Schluß gemacht hätten. Er hat einen nach dem anderen von denen *abgeschrieben,* die plötzlich an den Freitag- und Samstagabenden zu Hause blieben und nicht mehr ins Espresso Zankl oder in eins der Wirtshäuser kamen und die er stattdessen an Sonntagen traf, wenn sie mit Frau und Kind ihren Stadtspaziergang machten.

Daß sich sein Lebenslauf, den er vor der Gesellenprüfung hatte schreiben müssen, nur durch die besonderen Zahlen seiner Daten von den Lebensläufen der Mitschüler in der Berufsschule unterschied, hat für ihn noch lange nicht bedeutet, daß das auch weiterhin so sein würde.

Er war in der Volksschule Durchschnitt gewesen und in der Hauptschule, hatte in keinem einzigen Fach unter den anderen hervorgestochen, seine Versetzung in die nächste Klasse war nie ernstlich gefährdet gewesen; manchmal war er guter Durchschnitt gewesen, manchmal schlechter, aber immer Durchschnitt. Und seine Lehrzeit war auch eine gewöhnliche Lehrzeit gewesen. Eine Zeit, die man abschreibt. Kuschen, Dreckwegräumen, nichts richtig machen. Jasagen. Alles schon wissen müssen. Nichts denken dürfen. Lernen: sich nicht betroffen zu fühlen, Gedanken folgenlos sein zu lassen. Nicht *wehleidig* sein dürfen, schon ein Mann sein müssen, Rotzbub sein. Ständig denken: *nur* noch soundso lang. Hoffnungen aufschieben, abschreiben.

Er hatte sich den Beruf nicht selber ausgesucht. Er war drum herumgekommen, sich einen aussuchen, sich für etwas entscheiden zu müssen, wovon er ja doch keine Ahnung hatte, wie es wirklich war. Schon während seiner Volksschulzeit hatte es als sicher gegolten, daß er zum Stollhuber in die Tischlerei kommen würde, und er ist mit dieser Gewißheit aufgewachsen. Der Preiml, den er als Lehrer in Knabenhandarbeit gehabt hatte und der ihm den Vierer in diesem Fach manchmal sogar hat *schenken* müssen, der Preiml war zwar überzeugt gewesen, daß Melzer für diesen Beruf garnicht tauge, aber diese Meinung hatte weiter nichts bedeutet. So wenig, wie es bedeutet hatte, daß Melzer selbst keine besondere Lust hatte. Sein Vater war sowas wie ein Freund des Stollhuber gewesen. »Mein Kriegskamerad«, nannte ihn der Vater, obwohl er den Stollhuber schon lange vorher gut gekannt hatte. Und der Stollhuber hatte dem Vater versprochen, angeblich schon während der Gefangenschaft, ihm »einen Buben zu nehmen«. Andere wären froh an deiner Stelle, hatte der Vater zu Melzers Gesichtsausdruck gesagt. Dankbar könntest du sein, sagte die Mutter. Obwohl sie sonst selten mit dem Vater einer Meinung war. Aber Melzer hat leider keine Dankbarkeit in sich spüren können. Was ist es denn schon Besonderes, in einer kleinen Werkstatt Tischler zu werden? hat er gemeint. Aber was war denn schon überhaupt etwas Besonderes? Großwildjäger, Rolf Torring, Kommissar Wilton? Das war ja nicht einmal wahr. Aber es wäre was gewesen. Stattdessen sollte Handwerk noch immer einen goldenen Boden haben. Und wenn einer tüchtig ist, kann er sich selbständig machen. Dann ist er sein eigener Herr. Melzer hätte gerne etwas dagegen gesagt, wenn er was dagegen zu sagen gewußt hätte. Aber seine Reden wären ohnedies gleichgültig gewesen. Tischlerlehre und Schluß: das mußte der Vater garnicht mehr extra sagen. Herumreden nützte nichts. Phantasieren auch nicht. Gegenvorschlag hatte er keinen. Ambitionen auch nicht. Als knapp vor Schulschluß einige von Melzers Mitschülern noch immer nicht wußten, *was* sie werden sollten, aber doch was *werden* mußten, war er dann doch ein wenig froh gewesen, zum Stollhuber zu kommen. Weil er sich keine Gedanken machen, weil er sich für nichts entscheiden mußte. Als er während des einen Ferienmonats nach der Schule, den er noch hatte machen dürfen, vor dem Spiegel den blauen Arbeitsanzug anprobierte, den ihm die Mutter gekauft hatte, war er sich so erwachsen vorgekommen, daß ihm das gleich wie eine Entschädigung im voraus gewesen war.

Vielleicht war der Stollhuber ein wenig grober als andere Lehrherren, zumindest war er jähzornig gewesen, aber wenigstens nicht nachtragend. Andere waren auch das noch. Aber Lehrherr ist sowieso Lehrherr: das hatte sich immer wieder herausgestellt, wenn Melzer mit seinen Freunden geredet hatte. Ein Lehrherr, der über Dinge hinwegsah, die andere zum Anlaß genommen hätten, konnte das nicht absichtlich tun, mußte ein Trottel sein, der nichts sieht. Freundlichkeit und Nachsicht als Dummheit, als Schwäche: anders konnte Melzer sich nicht denken, daß so eine Ausnahme zustande kam. Wo doch kein Lehrherr im Ort das notwendig hatte. Wo er der Herr war. Wo Lehrstellen rar waren.

Immer hatte es schon Sprüche gegeben, gegen die Melzer nicht angekommen war. Sätze, die ganz harmlos taten, garnicht nach Befehlen klangen, aber dann doch welche waren, oder ärger noch, weil sie anonym dastanden. Während der Schulzeit war ein Spruch ständig gegenwärtig gewesen, aufgestempelt auf jedes Schulheft: Nicht für die Schule, sondern für das Leben lernen wir. Beweis: Wenn er größer ist, wird er das verstehen. Kaum hatte er Fragen gestellt, wenn er etwas sollte, was ihm nicht von selber einging, waren Sprüche gekommen. Immer wieder war er ihnen gegenüber gestanden und das Höchste, was er hatte tun können, war Achselzucken gewesen. Aber damit waren sie nicht weggegangen, waren sie höchstens durch andere ausgetauscht worden und dann plötzlich wieder irgendwo dagestanden, wo er sie garnicht erwartet hatte, überraschend und endgültig wie das Ende von Sackgassen. Besonders während seiner Lehrzeit hatten sie überhand genommen, hatte man versucht, ihn mit Sprüchen stillzuhalten und seine vergeblichen Ausbruchsversuche im nachhinein noch einmal für gesetzwidrig zu erklären, vorwurfsvoll die Mutter, drohend der Vater, grinsend der Stollhuber oder seine Gesellen: Lehrjahre sind keine Herrenjahre. Das ist einmal so. Immer so gewesen. Da kann man eben nichts machen. Dauernd ist er auf später vertröstet worden. Lehrjahre sind keine Herrenjahre. Das war keine Frage. Das sah er schon. Aber wann kamen die?

Er hätte zwar, als er bereits ausgelernt war, den Lehrlingen *einen Herrn zeigen* können. Aber das erledigte der Stollhuber ohnedies zur Genüge. Die Werkstatt war klein gewesen. Außer Melzer hatte es noch zwei Gesellen und zwei Lehrlinge gegeben. Der Stollhuber hatte alles im Blick gehabt und hatte seine Macht nicht an andere weitergeben müssen. Aber er hatte trotzdem erwartet, daß die Gesellen den Lehrlingen gegenüber auf seiner Seite standen. Melzer hatte sich in die neue Rolle schnell hineingefunden. Er war ja nicht von einem Tag auf den anderen aus einem, der jederzeit niedergebrüllt werden kann, einer geworden, der selber brüllt. In seinem dritten Lehrjahr war einer der beiden anderen Lehrlinge im zweiten und der andere im ersten gewesen. Da hatte er schon ein wenig üben können, hatte er seine Wut auf die über ihm schon nicht mehr ganz in sich hineinfressen müssen, sondern hatte sie durch sich durch auf die beiden anderen Lehrlinge gehen lassen können. Langsam, mit dem Älterwerden, ist er sich wenigstens bei der Mutter als sein *eigener* Herr vorgekommen. Aber der Stollhuber blieb der Chef. Bis Melzer sich freiwillig zum Bundesheer gemeldet hatte, weil er gedacht hatte, er will *alles* hinter sich haben. Alles, wo er ein Unterer, nur ein Unterer ist. Erst dann würde es anders werden können, hatte er gemeint. Und er hat noch einmal neun Monate abgeschrieben. Manchmal hat er einem Ausbildner oder einem anderen Vorgesetzten etwas geschworen, so wie er während seiner Schulzeit manchem Lehrer etwas geschworen hatte und während der Lehrzeit dem Stollhuber, etwas, das er aber, kaum daß die Zeit vorbei war, immer gleich vergessen hatte. Weil sonst nichts zu loben gewesen war, hat er die Kameradschaft gelobt und später hat er alles garnicht mehr so schlimm gefunden.

Obwohl er es vorgehabt hatte, ist er dann nicht mehr zurück zum Stollhuber gegangen, sondern hat beim Gabmann angefangen, in einer etwas größeren Tischlerei, in der es schon mehr Maschinen gegeben hat, als beim Stollhuber Hobelbänke gestanden waren. Nicht wegen besserer Bezahlung. Keiner im Ort zahlte mehr als unbedingt notwendig, mehr als Kollektivvertrag. Melzer hat nur gemeint, unter den sechzehn Arbeitern des Gabmann mehr Bewegungsfreiheit zu haben, nicht ständig den Alten neben, hinter sich, sodaß er nicht einmal schimpfen konnte, wenn ihm danach war.

Der Gabmann arbeitete nicht mehr selber mit. Er machte die Pläne, entwarf die Möbel (was aber nichts anderes war, als daß er sie nach den Musterkatalogen großer Firmen kopierte) und kümmerte sich vor allem *um die Aufträge*. Sagte er. Melzer konnte sich darunter nichts anderes vorstellen als eine Sauferei bei Geschäftsabschluß, weil der Gabmann am späteren Nachmittag fast täglich schon leicht angetrunken war. Aber auch wenn der Gabmann nicht mehr selber zugriff, so lief er doch, und vor allem zu nicht vorausberechenbaren Zeitpunkten, in der Werkstatt herum, schaffte an, teilte Arbeit zu, stauchte die Lehrlinge zusammen, kontrollierte die fertigen Stücke, kam dabei alle Augenblicke außer sich, Lob hatte er nie, ständig hatte alles schon gestern fertig sein sollen, seine nicht einzuhaltenden Versprechen der Kundschaft gegenüber machte er den Arbeitern zum Vorwurf, genauso wie das, was er überhaupt vergessen hatte anzuschaffen. Er schmeißt eh noch einmal alle hinaus und macht sich alles selber, hat er immer wieder gemeint, sagen zu müssen.

Nach einiger Zeit hat Melzer damit angefangen zu sagen, daß der Stollhuber eigentlich garnicht so arg gewesen sei. Zumindest habe man was gelernt bei ihm. Wenn er die Lehrlinge nämlich hier anschaut, die nicht einmal die Hälfte von dem lernen, was er gelernt hat, dann sieht er erst, was der Stollhuber, auch wenn er manchmal schon ein Hund war, für ein Lehrherr gewesen ist. (Daß er das meiste von dem, was er beim Stollhuber gelernt hatte, wegen der Maschinen und neuen Materialien garnicht mehr brauchte, ist ihm nicht aufgefallen.)

Aber ganz gleichgültig, wie es beim Gabmann ist, das Leben fängt ja ohnedies erst nach der Arbeit an; wenn er aus der Firma draußen ist, wenn er seine neun Stunden hinter sich hat oder, noch besser, die ganze Arbeitswoche. Zumindest erwartet Melzer, daß das Leben dann anfängt. Vorher hat es nämlich keine Chance anzufangen, da vergeht nur die Zeit. Er kann nur warten und hoffen, ständig hoffen, daß sie schnell vergeht, weil sie ohnedies nicht ihm gehört. Der Gabmann kann damit machen, was er will: Wohnzimmerschränke, Fensterstöcke und -rahmen, Frisierkommoden, was ihm so einfällt, wofür er einen Kunden hat oder glaubt, einen zu kriegen. Melzer schläft im Durchschnitt acht Stunden, neun arbeitet er, die eine Stunde Mittagspause zählt auch nicht, eine halbe Stunde braucht er für den Weg in die Firma und zurück, eine halbe, um den Dreck von der Arbeit herunterzubringen und sich umzuziehen: sein Leben hat täglich fünf Stunden Zeit, um anzufangen. Obwohl er sich bereits so ans Arbeiten gewöhnt hat, daß er sogar schon am Sonntag manchmal an den Montag denken kann, ohne daß ihm gleich alles zuwider wird, ist die Arbeit doch nur etwas geblieben, das man herunterbiegen, hinter sich bringen muß, so gut oder schlecht es eben geht. Der Beruf ist eine Oberfläche, darunter ist der Mensch. Außen der Tischler, innen er. Glaubt er. Und den Unterschied zwischen den Menschen, der von dieser Oberfläche kommt, bildet er sich ein, kann man, kann er, zumindest für sich, schon irgendwie ausgleichen, irgendwie, dann ist man einer wie der andere. Wenn ihn am Samstagabend jemand sieht, ist er sicher, kommt er nicht so leicht auf den Gedanken, daß unter dem Anzug ein Tischler steckt. Da schaut er *ganz anders* aus. Und die Freundinnen, die er hat, sind ohnedies immer Spitze, zumindest von dem, was hier zu haben ist, und darauf sind auch die Besseren aus, und dann ist man gleich mittendrin. Das Allerwichtigste allerdings ist: ein *guter Gast* zu sein: das Geld, das er beim Zankl schon gelassen hat, möchte er einmal auf einem Haufen sehen. Wenn er zu denen ins Espresso komme, werde er garnicht anders behandelt als die Angestellten und andere Bessere, da sei er *ständiger Gast,* und wenn er hineinkomme, heiße es gleich, Guten Abend, Herr Melzer, immer werde er gleich mit Namen gegrüßt und sofort bedient, und der Zankl und seine Frau dächten sich garnichts dabei, daß er bloß Tischler sei. Sein *Benehmen* bewahrt ihm den Glauben. Er darf sich betrinken, so viel er will, solange er Geld hat, aber aus dem Rahmen fallen, den er sich zugelegt, in den er sich hineingezwängt hat, darf er nicht. Sonst würde man in ihm nicht mehr den ständigen Gast sehen, was ja etwas bedeutet, wie er sich einbildet, sondern man würde ihm den Tischler zur Last legen, würde ihn als Tischler einschätzen und nicht nach den menschlichen Qualitäten, die er sonst noch haben will. Er darf nicht aufmucken, jede Reklamation, wenn er einmal zufällig etwas serviert bekommen hat, was er nicht bestellt hat, ist ein Eiertanz am Rande seiner Möglichkeiten, er darf nicht aufbegehren: bei ihm würde das *randalieren* heißen. Das dürfen folgenlos nur die, die die mildernden Umstände immer mit sich herumtragen, die, denen man nicht vorwerfen kann, daß sie eigentlich nur Baraber sind. Melzer weiß das ganz genau. Obwohl er es meistens garnicht so genau wissen will.

Manchmal wäre er schon froh gewesen, nicht gerade Tischler zu sein. Zwar nicht wegen der Arbeit, weil an die war er gewöhnt, keiner konnte ihm nachsagen, daß er sein Handwerk nicht verstand, er konnte andere Tischler durchaus »Zimmermann« schimpfen, ohne befürchten zu müssen, daß ihm das als Retourkutsche selber vorgehalten werden würde, er hatte Routine, konnte während der Arbeit seine Gedanken hemmungslos nebenher laufen, ganz woanders sein lassen, ohne Mist zu machen, doch manchmal hätte er gerne was gehabt, womit er, ohne lügen zu müssen, ein wenig hätte großtun können. Immer wieder gab es solche Gelegenheiten, wo andere das taten, das tun konnten, andere, die auch nicht *mehr* waren als er, auch nur Baraber, aber eben keine Tischler, und dann mußte er dasitzen und maulhalten. Denn fürs Großtun war sein Beruf ganz ungeeignet, viel zu gewöhnlich. Wenn er wenigstens gefährlich gewesen wäre! Gefährlichkeit: das konnte den dreckigsten Beruf, wenn darüber geredet wurde, noch verklären, zu etwas Abenteuerlichem machen. Zum Beispiel irgendwo hoch oben zu arbeiten, unter ständiger Absturzgefahr, mit anerkanntem und nicht bloß eingebildetem Mut, weil dafür sogar eine Gefahrenzulage zugebilligt wurde. Da hätte er auf die herunterschauen, herunterschimpfen können, sie sich für etwas Besseres, Höheres hielten, als er war, oder es tatsächlich auch waren: die Unternehmer mit ihrem Risiko, das nicht ans Leben ging, sondern das, wenn überhaupt, in der Buchhaltung herausgerechnet wurde; die Angestellten und Beamten, die sich, als Höchstes, einen Fingernagel abbrechen, ein Bandscheibenleiden vom vielen Sitzen kriegen konnten oder Schwielen am Arsch. Die Zulage, die er als Tischler kriegen konnte, wenn er nicht bloß hie und da, sondern täglich in der Spritzkabine stehen mußte (SLE, stand dann abgekürzt auf dem Lohnstreifen und schaute nach Geschenk aus, hieß aber Schmutz-, Lackerschwerniszulage), war doch ein Schmarren gegen eine *echte* Gefahrenzulage. Mit der SLE wurde einem zwar auch die Gesundheit abgekauft, aber es war kein Beweis für irgendeinen Mut, sich schön langsam zu ruinieren, sich eine kaputte Lunge zu holen und vielleicht schon vor dem Rentenalter aus dem letzten Loch zu pfeifen. Die Gesundheit auf Raten zu verlieren, war ja nur etwas Gewöhnliches, nichts Spektakuläres, womit man auf den Tisch hätte hauen können, war eher etwas wie ein Leiden, das einen minderwertig machte. Auch mit ein paar Narben an seinen Händen war kein Aufhebens zu machen. Ja, wenn sie vom Kampf gegen einen Haifisch hergerührt hätten! Aber es waren nur die Zähne einer Kreissäge gewesen, eine abgeprellte Bohrmaschine, ein Hobelmesser. Solche Narben waren nichts, worauf er die Rede hätte bringen können, waren bloß eine Verschandelung, die Melzer manchmal lieber unter dem Tisch verbarg.

Am frühen Abend, nach der Arbeit, nach dem aufgewärmten Essen, bei dem er meist allein am Tisch saß, weil die Mutter ständig an etwas herumzuhantieren hatte, Franz, der um zwei Jahre jüngere Bruder, in der Nachmittagsschicht war und Reinhard, der kleine Bruder, nur da war, wenn es gerade regnete, am Tisch nach dem Essen schon seit Jahren immer der gleiche Wunsch, der ziellose Plan: er möchte dorthin, wo sich etwas tut. Er war ständig auf der Suche. Irgendwer, kam ihm vor, müßte es doch schon angefangen haben. Er wußte nicht, wie er es selbst anfangen sollte. Etwas: das mußte garnicht viel sein. Gerade soviel, daß es die Langeweile zudeckte, das stumpfsinnig Tägliche. Manchmal genügte es schon, daß es in der Phantasie passierte. Nur durfte er dabei nicht allein sein, brauchte einen, mit dem er darüber reden konnte, einen, der mitspielte.

Es gab nichts, was ihm so als das ganz andere des Alltäglichen vorkam, als wenn er mit Mädchen zusammen war. Das schien ihn richtig herauszureißen aus dem Gewöhnlichen. Wenn es ihm heiß und kalt den Rücken hinunterlief, wenn er erwartungsvoll zu einem Treffpunkt fuhr, wenn er ganz angespannt war beim Überreden eines Mädchens: da war er ganz da, da kam alles vor, der Kopf, der Körper, da gehörte auf einmal wieder alles zusammen, ganz anders als in der Werkstatt, wo sein Körper arbeitete und sein Kopf irgendwo herumphantasierte, wo Arbeit nicht vorkam. Wenn er mit Mädchen zusammen war, da paßte es wieder, da machte der Kopf den Körper und der Körper den Kopf nicht lächerlich, war das eine fürs andere nicht bloß Ballast, und Melzer hat sich auch immer am allerunglücklichsten gefühlt, wenn er gerade kein Mädchen hatte. Oft war ihm ohne Zögern jeder Notnagel recht. Da phantasierte er sich eben eine andere Wirklichkeit zurecht, und der Körper hüpfte mit, weil er nicht anderswo, in der Arbeit, festgehalten wurde. Er mußte dann nur zusehen, daß er mit dem Notnagel so wenig wie möglich ins Licht kam, damit ihm ohne Ordnungsruf der Wirklichkeit alle Kühe in der Nacht gleich schwarz sein konnten.

Und was ist, fiel Melzer ein, wenn das Leben doch nicht nach der Arbeit anfängt? Wenn es draußen vergeht, während er herinnen in der Bude seine Stunden herunterdient? Er stieg aus dem Schrank, in den er mit hallenden Hammerschlägen die Fachträger hineingetrieben hatte, sah sich in der Werkstatt um, sah durchs vom Holzstaub fast blinde Fenster in den Hof hinaus, schaute von einem Arbeiter zum anderen. Dann hat man uns beschissen, dachte er, alle wie wir da sind, und keiner hats gemerkt. Er hätte gerne mit jemandem darüber geredet. Aber schon die Vorstellung, mit so einem *Problem* daherzukommen, war lächerlich. Er kann sich doch nicht auslachen lassen. Da fragt man ihn doch gleich, ob er übergeschnappt ist, ob er schon zu lang keine aufs Rohr gekriegt hat, ob er seinen Sack nirgends ausleeren kann, weils ihm ins Hirn steigt, ob er zu viel mit dem Handwagen fahren muß und schon ein weiches Rückenmark und ein weiches Hirn hat. Aber wahrscheinlich, meinte Melzer, ist es eh nur eine Spinnerei von mir. Weil, wenn das wahr ist...

Sein *Spielraum* im Ort ist plötzlich ganz empfindlich eingeengt worden. Er war im Kino gewesen, in der Nachtvorstellung, die erst um zehn anfing und die es seit kurzem an Samstagen gab, was ihm fast großstädtisch vorkam, hatte sich ›Für ein paar Dollar mehr‹ angeschaut, ein ordentlich klasser Film, hat er gefunden, ordentlich brutal. Da hat einmal nicht *das Gute* gesiegt, wie in den zahllosen anderen Wildwestfilmen, die er bisher gesehen hatte, sondern die zwei Kopfgeldjäger. Er hat die Melodie, die die Taschenspieluhr immer geklimpert hat, bevor einer ins Gras beißen mußte, noch genau im Kopf gehabt und hat sich mit den üblichen Erwartungen ins nahegelegene Espresso Zankl hinuntergepfiffen.

Das Lokal ist gesteckt voll, kein einziger freier Tisch, nicht einmal ein freier Sessel, daß er sich wo dazusetzen könnte, er stellt sich an die Bar, wirft nach einer Weile, weil ihn niemand beachtet, ihn niemand bedient, einen Schilling in den Automaten mit den Erdnüssen neben sich auf der Theke, ißt eine Erdnuß nach der anderen aus seiner hohlen Hand, und dann kriegt er doch sein Bier, nachdem er sich schon ein paarmal gesagt hat, wenn er jetzt nicht gleich was kriegt, geht er wieder, er hat das nicht notwendig als ständiger Gast, wenn er nach der letzten Erdnuß noch immer nichts zu trinken hat, geht er wieder. Unter der Woche haben wirs gemütlicher, was, Herr Melzer? sagt der Zankl, als er Melzer das Wechselgeld herausgibt, und Melzer, der sich schon benachteiligt, fast ignoriert vorgekommen ist, Melzer lächelt den Zankl an und nickt, und alles ist gleich wieder in Ordnung. Es ist sehr laut, der Musikautomat ist dem Zankl sein Geld wert und orgelt ununterbrochen, nebenan, wo die Theke einen Knick macht, am Tisch in der Ecke, ist das Geschrei, das Gelächter besonders laut, irgendwas wird dort gefeiert, Melzer lehnt mit dem rechten Arm lässig an der Bar und schaut zu, versucht zuzuhören, auf dem Tisch steht eine Batterie leergetrunkener Weinflaschen, auch eine Sektflasche ist darunter, der Dr. Kirner, der Primararzt des Krankenhauses, sitzt dort und greift an der schon ein wenig schwammigen Kinobesitzerin herum, die früher angeblich *die* Schönheit des Ortes gewesen ist, *aber* eine irrsinnig geile Sau, wie erzählt wird, die sogar mit überhauptnichts unter dem Rock auf den Tischen getanzt habe. (Wenn Melzer sowas erzählt kriegt, denkt er oft, das müssen Zeiten gewesen sein, da wäre er gerne schon erwachsen gewesen, weil jetzt gibt es sowas im Ort schon längst nicht mehr, das hat es nur nach dem Krieg gegeben, als alles noch nicht so ordentlich war, alles noch drunter und drüber gegangen ist.) Wer sonst noch an diesem Tisch sitzt, kann Melzer von seinem Standort aus nicht erkennen, auf jeden Fall, ist er sicher, sind das lauter so ganz Bessere, weil die Zankl, die sonst immer gleich mit dem Rausschmiß droht, kein Wort gegen das Geschrei und Gejohle sagt, ja sogar noch hinlacht und hinnickt, wenn sie in die Nähe dieses Tisches kommt. Melzer wundert sich, daß solche ganz Besseren einmal in der Öffentlichkeit saufen und nicht wie sonst ihre *Orgien* zu Hause feiern, wo sie kein Publikum haben, das sie am nächsten Tag im Ort ausrichten kann. (Seit er den Film ›Das süße Leben‹ gesehen und im ›Echo‹ gelesen hat, daß etliche der ganz Besseren des Ortes in eine »Callgirl-Affäre« mit einer Sparkassenangestellten verwickelt gewesen waren, die nur durch das Zurückverfolgen einer Tripperspur *ans Licht* kam, seit damals kann Melzer sich das, was in den Wohnungen und Häusern der Besseren nachts geschieht, nur als Orgienfeiern vorstellen.)

Nach einer Weile geht der Dr. Kirner an Melzer vorbei, er ist schon sehr unsicher auf den Beinen, und verschwindet im Damenklo. Aha, denkt Melzer und wartet darauf, daß auch die Kinobesitzerin oder eines der für ihn unsichtbaren Weiber dort am Tisch dem Arzt nachgehen wird, der ja als »Weiberer« gilt: fünfmal war er schon verheiratet und hat ein gutes Dutzend Kinder (daß er einen Schwanz hat, so dick, daß er ihn nicht einmal in ein Achtelglas hineinbringt, was erzählt wird, glaubt Melzer nicht, obwohl er nicht ganz sicher ist, ob ein Arzt sich mit irgendwelchen Mitteln nicht doch so einen verschaffen kann.) Der Doktor kommt wieder aus dem Klo, hat sich also anscheinend nur in der Tür geirrt, er steht eine Weile schwankend da und glotzt das Neonlicht des Musikautomaten an, reißt die Augen immer wieder auf, schüttelt dann den Kopf und steuert genau auf Melzer zu, der hat schon zu viel, denkt Melzer, und gibt seine lässige Haltung auf, drückt sich mit dem Rücken eng an die Theke, um dem Kirner den Weg frei zu machen für seinen viel Platz beanspruchenden Schritt, aber es ist nicht genug, in scharfer Schräglage treibt es den Kirner gegen Melzer, er rennt hart gegen ihn an, hoppla, sagt er, und starrt Melzer ins Gesicht, paß auf, du, sagt der Kirner, kannst nicht aufpassen? Melzer sagt nichts, der ist voll, denkt er, und er rückt zur Seite, aber der Kirner hat ihn am Arm, wo er sich beim Anprall festgehalten hat, läßt ihn nicht los, Melzer schüttelt ihn heftig ab, bist verrückt, was glaubst denn eigentlich? schreit ihn der Kirner plötzlich an, und Melzer sieht, wie sich viele Köpfe zu ihm hindrehen, und er zieht den Hals ein und dreht sich weg, nimmt sein Bierglas, will trinken, und da stößt ihn der Kirner gegen die Schulter, was du eigentlich glaubst, schreit er, will ich wissen, was willst denn eigentlich von mir? Melzer schaut ihn an, lassens mich in Ruh, sagt er, und der Kirner glotzt, reißt die Augen weit auf und den Mund, du kleiner Schmarren du, schreit er, du, du, und er stößt Melzer noch einmal an, daß ihm das Bier aus dem Glas auf den Anzug schwappt, Melzer macht eine heftige Handbewegung, und der Kirner taumelt zurück, rennt der Frau Zankl, die plötzlich dasteht, ins volle Tablett, Gläser klirren am Boden, setzens sich nieder, sagt Melzer drohend und wischt sich das Bier vom Rock, stehen könnens eh nimmer. Der Primararzt schreit irgendwas mit überschnappender Stimme, etwas mit vielen Schimpfwörtern, Melzer atmet tief ein, er hat schon ein »besoffene Sau« auf der Zunge, aber da steht die Frau Zankl auf einmal zwischen ihm und dem Kirner, aus, aus, keift sie auf Melzer hin, Sie kriegen da nichts mehr bei uns, da hereinkommen und *meine* Gäst beleidigen, meine Gäst *anpöbeln*. Was? sagt Melzer, was? Er kennt sich auf einmal nicht aus, warum geht denn die Zanklin auf ihn los? und da schnappt es in seinem Hirn, bin ich kein Gast, sagt er, bin ich da keiner? Das ist mir wurscht, schreit die Frau Zankl, redens da nicht, Sie kriegen da nix mehr, solche Leut kriegen da nix. Melzer hört, wie der Zankl hinter ihm, hinter seiner Theke, auf den Kirner einredet, müssens schon entschuldigen, Herr Primar, hört er ihn sagen, und der Kirner schreit, daß er sich das nicht bieten zu lassen braucht. Ich hab doch überhaupt nichts gemacht, sagt Melzer. Wär ja noch schöner, schreit die Frau Zankl, einige Leute stehen schon herum, schauen von einem zum anderen, grinsen, entschuldigens Ihnen wenigstens, sagt der Zankl hinter Melzer, schreit es ihm von hinten ins Ohr, Melzer dreht sich zu ihm, richtet sich ganz gerade auf, aber überhaupt nicht, sagt er, wie komm ich dazu, ich steh da, sagt er, und er, zeigt er auf den Kirner, er rempelt mich an. Das ist nicht »er«, keift die Frau Zankl, das ist der Herr Primar. Besoffen ist er, sagt Melzer, und der Kirner schreit was von einem Rotzbub, der erst erzogen gehört. Von hinten taucht die Kinobesitzerin auf, nimmt den Kirner beim Arm, Theo, sagt sie, Theo, und wirft Melzer über die Schulter wütende Blicke zu, beruhig dich doch, Theo, sagt sie, stell dich da mit so einem nicht her. Melzer zuckt zusammen, aber weils wahr ist, sagt der Kirner, und Melzer stößt die Frau Zankl zur Seite, was heißt »mit so einem«, schreit er die Kinobesitzerin an, wer sind denn Sie schon, Sie abgetakelte ..., aufgetakelte ..., er schluckt, sagt nicht, was er sagen wollte, rundum steht schon eine Mauer von Leuten, Geschrei ist, lauter als die laute Musik, und zwischen den Leibern drängt sich der Zankl durch, und er packt Melzer am Rockaufschlag, raus, schreit er, raus, und Melzer schlägt ihm die Hand herunter, lassens aus, ich geh eh selber, schreit er, ich scheiß doch eh auf Ihr deppertes Lokal, und er macht einen Schritt auf den Kreis um ihn zu, die Leute weichen zurück, er kennt alle, starrt sie an, Grinsen, Verlegenheit, Freunde sind darunter, zumindest gute Bekannte, keiner hat ihm geholfen, keiner hat Partei für ihn ergriffen, irgendwer redet auf ihn ein, macht einen Witz, Melzer hört garnicht zu, hinter ihm schlägt das Geschrei zusammen, Gesindel, hört er, wo sind wir denn? alles was recht ist, überhaupt keine Manieren, abfotzen soll man ihn, Proletenpofel, und er macht die Tür auf, dreht sich noch einmal um, macht den Mund auf, will noch was sagen, was schreien, denen noch was hinschmeißen, daß ihnen Hören und Sehen vergeht, aber was er sagen will, was ihm einfällt, ist alles viel zu wenig als was da gesagt gehört, und er wirft schnell die Tür hinter sich zu.

Das Katzenkopfpflaster glänzt matt, es hat zu regnen angefangen, Melzer sieht sich schon einen Stein herausreißen und denen ins Fenster zu schmeißen, und er schlägt den Rockkragen hoch, geht über den Platz, niemand ist auf der Straße, keiner kommt ihm nach, und er stellt sich vor, wie jetzt drinnen über ihn geredet wird, wie sich der Primar samt seiner Kinohur als Sieger vorkommt, und erst der Zankl, sie und er, aber denen geht er nicht mehr hinein, denen haut er sein Geld nicht mehr hin, die haben bei ihm ausgespielt, er steht nicht an drauf. Er muß nur seine Freunde, die er dort immer getroffen hat, dazu bringen, auch nicht mehr hinzugehen, dann werden die Zankl schon sehen, was es heißt, ihn hinauszuschmeißen, das halbe Lokal wird immer leer sein, wenn er und seine Freunde nicht mehr hingehen, zusperren wird der Zankl können, in Konkurs gehen, weil vom Primar und der ungustiösen Kinosau kann er nicht leben, das wird ihm noch einmal leid tun, dem Zankl, und ihr, die sich, mir scheint, auch besser vorkommt, wenns den Besseren in den Arsch kriecht. Aber den anderen wirds ja wurscht sein, meint er dann, da wird er keine Einigkeit zusammenbringen, wo sollen wir denn sonst hingehen, werden sie sagen, ihnen ist ja nichts passiert, solange sie dasitzen, Hände auf dem Tisch, wie in der Volksschule, da dürfen sie bleiben, da dürfen sie ihr Geld ausgeben, was geht denn uns der Melzer an, hätt er sich halt zusammengerissen, hätt er doch wissen können, daß sowas herauskommen kann. Weils nirgends ein Zusammenhalten gibt, denkt Melzer, kein Zusammenhalten und keine Gerechtigkeit, und der Film fällt ihm wieder ein.

Er ist zum Auto gegangen, das er vor dem Kino stehengelassen hat. Wenn er jetzt das Auto nicht hätt, hat er gedacht, tät er lieb ausschauen. Dann wär er auf das angewiesen, was es im Ort gibt, könnte er nur mehr in die Wirtshäuser gehen. Aber da triffst keine Katzen, zumindest keine gescheiten. Da kannst keinen Aufriß machen. Oder er müßte bei der Zanklin zu Kreuz kriechen. Melzer hat den Kopf geschüttelt: bevor er das macht, kriecht er sich lieber selber hinten hinein. So lang, so tief, hat er gedacht, bis ich weg bin.

Ohne daß Melzer es wollte, war er fast *beständig* geworden: seit über vier Monaten fuhr er drei- bis viermal in der Woche nach W. zu Inge. Dreißig Kilometer hin, dreißig zurück. Angefangen hatte es wie schon oft. Ohne besondere Absichten. Sie war hinter der Bar gestanden und er war davorgesessen, und weil sich im Lokal sonst keine für ihn gefunden hatte, hatte er eben bei ihr seine Sprüche heruntergelassen. Er hatte sich nicht viel erwartet, weil er meinte, daß bei Kellnerinnen und dergleichen die Freundlichkeit und das zweideutige Lächeln fast immer eindeutig das Trinkgeld anvisierten. Obendrein war sie die Frau des Barbesitzers gewesen, der ständig mit Augen nach überallhin im Lokal herumlief. Es hätte Melzer zwar nicht gestört, daß sie verheiratet war: da kann nix passieren, hatte er in solchen

Fällen immer gesagt, weil wenn was passiert, ist der Ehemann der Vater gewesen. Aber Inge hatte nicht nach *unglücklich* verheiratet *ausgesehen*, was er fast als Voraussetzung für einen schnellen, mit wenig Aufwand verbundenen Erfolg ansah. Doch je nebliger es in seinem Kopf wurde, umso klarer waren seine Absichten geworden, überhaupt, als sie ihm erzählt hatte, daß ihre Ehe tatsächlich nicht gut ging. Es war ihm gleich vorgekommen, als sei ihr das erst jetzt unter seinen Reden bewußt geworden, aber nach der Sperrstunde war er trotzdem in der ernüchternden Kälte allein vor dem Lokal gestanden und hatte sie mit ihrem Mann in einem violetten Sportwagen wegfahren gesehen. Er war in sein kleines Auto gestiegen, das ihm so mickrig vorkam wie noch nie, aber es hatte nur mehr drei Wochenenden gebraucht, bis er dem ganz nahe war, was er sich auf der Heimfahrt geschworen hatte. Er war in dieser Nacht wieder stundenlang auf dem Barhocker gesessen, hatte geredet und getrunken und dazwischen immer gewartet, bis die anderen Männer, die sich, ermuntert durch Inges schlechtgehende Ehe und die von ihrem Mann lauthals kundgemachten Scheidungsabsichten, an die Bar setzten und Inge mit ihren Sprüchen abtasteten, vor ihr Räder schlugen, bis diese Konkurrenten die Aussichtslosigkeit ihrer Bemühungen einsahen und abzogen und er wieder weiterreden konnte. Seine Vertrautheit mit Inge war bereits so weit gewesen, daß gerade nur noch die günstige Gelegenheit fehlte: in seinen Sätzen war längst alles versteckt vorweggenommen und von ihr unwidersprochen gelassen worden. Inge war fahrig gewesen in dieser Nacht, hatte ein Glas nach dem anderen zerbrochen, hatte mehrmals etwas von den teuren Schnäpsen verschüttet, weil ihr Mann mit einer seiner häufig wechselnden Freundinnen *öffentlich* im eigenen Lokal in einer Nische saß und sich wie ein Gast eine Flasche Beaujolais nach der anderen vom Herrn Hans, dem Ober, servieren ließ, der vor schlechtem Gewissen den Hals einzog, wenn er an der Bar vorbeiging, hinter der Inge stand, und mit seinem Tablett die Nische ansteuerte. Melzer war dagesessen wie die leibhaftige Beständigkeit, der leibhaftige Rettungsring, an den sie sich halten konnte, und dann war ihr Mann mit der Freundin auch noch abgezogen, ist eh nicht viel los heute, hatte er zu Inge gesagt, das schaffst eh allein. Überhaupt, wo du so eine Hilfe hast, hatte er grinsend auf Melzer gedeutet. Eine halbe Stunde später hatte Inge gegen den Protest der Gäste und der Paare in den Nischen, die nicht wußten wohin, das Lokal zugesperrt, und Melzer hatte sie in seinem Auto nach Hause gefahren. Sie waren über eine Stunde vor dem Haus im Auto gesessen, und Melzer hatte die letzte Distanz weggeredet, und dann war er mit ihr ein Stück aus dem Ort hinaus in einen Feldweg gefahren. Ihre Menstruation hatte noch einmal eine Woche Verzögerung gebracht, aber er hatte ja sein Ziel, mit ihr bloß zu schlafen, ohnedies längst aus den Augen verloren gehabt. Zwei Monate später, noch bevor sie sich scheiden ließ, war Inge mit dem Kind, einem fünfjährigen Mädchen, aus der Sechszimmerwohnung samt Terrarium und Krokodil ein paar Straßen weiter ins Kabinett zu ihrer Mutter gezogen und hatte als Schreibkraft bei einem Baustoffhändler zu arbeiten angefangen, dem seine Einbildung, eine *in Scheidung lebende Frau* müsse für jede Zudringlichkeit auch noch dankbar sein, nur schwer auszutreiben gewesen war. (Seine Freundlichkeit Inge gegenüber ist dem Baustoffhändler dann auch gleich vergangen.)

Seit ihrem Umzug fuhr er so oft er konnte zu ihr, »zu der Geschiedenen, die was dich nur einfangen will«, wie die Mutter sagte. Ständig versuchte die Mutter, die ihm nur das Beste wollte, ihm Inge auszureden, älter als du, sagte sie, das tut kein gut, und haben tuts auch nichts, aber dafür hats ein Kind. Plötzlich wußte die Mutter *Geschichten* über Inge, hatte sie weiß Gott woher. Aber das ist mein Kaffee, sagte Melzer. Die kommt mir nicht ins Haus, sagte die Mutter. Das werden wir sehen, meinte Melzer. Das wird er sehen, sagte die Mutter. Melzer fuhr trotzdem. Die paar Stunden mit Inge saß er in ihrem Kabinett ab, neben dem schon schlafenden Kind, in der Küche, wenn Inges Mutter schon zu Bett gegangen war, in einem Lokal, oder er verbrachte sie, und das war meistens der Abschluß, auf *ihrem* Platz, auf dem Feldweg im Auto. Eine Weile, solange er sich noch nicht daran gewöhnt hatte und es zwischen ihnen noch so gewesen war, daß ein Blick zum Beineauseinandertun und Hosentüraufknöpfen genügte, solange haben diese *Besuche* ausgereicht, ihm die ganze übrige Zeit erträglich, weil zu einer völligen Nebensache zu machen. Aber bald hat ihm die Atmosphäre zu fehlen angefangen, die in der Bar geherrscht hatte, etwas, das ihn nicht so wie das Kabinett und die Küche ans Alltägliche erinnerte, das es ihn im Gegenteil vergessen ließ, wie das bunte Licht in der Bar oder überhaupt das violette, das selbst die dreckigsten Manschetten und Kragen noch strahlend weiß aufleuchten ließ. Und die Gewohnheit Inges, beim Zuhören ihr linkes Ohrläppchen zwischen Daumen und Zeigefinger zu reiben, fing bereits auch an, ihm auf die Nerven zu gehen Und der Weg kam ihm schön langsam doch ein wenig zu weit vor.

Die ehemaligen Mitschüler werden durchgehechelt. Reihenweise kommen sie dran, Bankreihe für Bankreihe. Melzer sieht sie noch ganz genau vor sich, verwechselt nur manchmal die Klassen. Die meisten sind im Ort geblieben oder ein paar Jahre anderswo gewesen und dann zurückgekehrt, eine Handvoll ist weggeblieben und gibt Anlaß für Vermutungen. Näheres ist nicht bekannt und was als Tatsache genommen wird, ist über drei Ecken erzählt worden. Was die paar Ortsflüchtigen selber bei Besuchen erzählt haben, wird nach Abzug von fünfzig Prozent Angeberei für auch nichts Besonderes gehalten. Es ist Samstagnachmittag, Melzer sitzt mit dem Koppensteiner beim Grüneis im Gastgarten. Vor dreizehn Jahren, das haben sie sich ausgerechnet, sind sie ein paar Monate lang in einer Bank nebeneinander gesessen, bis sie der Klassenvorstand wegen ständigen Tratschens auseinandergesetzt und das gegenseitige Fehlerabschreiben mit Erfolg unterbunden hat. Sie haben schon fast die ganze Klasse durch, was der Pippan Wolf wohl macht? sagt Melzer, der ist doch damals zur See gegangen. Rostock, sagt der Koppensteiner, genau, ich kann mich erinnern. Das war überhaupt ein wilder Hund, sagt Melzer, der soll sogar in der Handelsschule, bevor er weg ist, sein Messer knapp neben dem Lehrer in den Tafelrahmen geschossen haben. Melzer kann sich noch genau erinnern, wie damals alle den Pippan beneidet haben, weil der den Mut gehabt hat, einfach auf und davon zu gehen. Jaja, sagt der Koppensteiner, keinem Menschen hat er was gesagt, nicht einmal den besten Freunden, der ist einfach plötzlich weggewesen. Der hat ja damals schon Rum gesoffen, sagt Melzer, und die paar Filme fallen ihm ein, die er zusammen mit dem Pippan gesehen hat. Abenteuerfilme waren das gewesen. Zusammen waren sie im Kino gewesen, aber nur der Pippan hatte die Konsequenzen gezogen. Und der Semper Peppi, sagt der Koppensteiner, von dem weiß man ja auch nichts. Hat der nicht Elektriker gelernt? sagt Melzer. Ja, sagt der Koppensteiner, beim Böhm, und dann ist er nach Wien gegangen. Er erzählt, daß er ihn später noch einmal getroffen hat, und da ist der Semper Beleuchter in einem Stripteaselokal gewesen, aber seither weiß man nichts mehr von ihm, weil seine Mutter schon vor Jahren gestorben ist und er nicht mehr in den Ort kommt. Vielleicht hat er wo eine Katz rennen, meint der

Koppensteiner. Kann eh sein, sagt Melzer, obwohl ich mirs bei dem nicht vorstellen kann, aber wissen kann mans nie. Und dann bereden sie den Janisch, der in der letzten Bank gesessen ist, fast jedes Jahr in der letzten Bank. Den sieht man überhaupt nie mit einem Weib, sagt Melzer, der rennt immer allein um. Ich weiß nicht, sagt der Koppensteiner, der kommt mir nicht ganz richtig vor, so ein bissel, weißt eh, wie von der anderen Fakultät. Melzer schüttelt den Kopf, glaub ich nicht, sagt er, sonst hätt er nicht, der Wandl hat mirs erzählt, ganze Stöße von Heftln mit nackerten Weibern daheim. Auf jeden Fall sind sonst alle aus der Klasse schon verheiratet, meint der Koppensteiner nachdenklich. Melzer fängt langsam immer mehr zu grinsen an, ja, lacht er, aber außer mir, weil mich hats noch nicht erwischt. Er lehnt sich im Sessel zurück und kommt sich ganz so vor, als sei er irgendwo Sieger geblieben. Sie gehen die Klasse schnell noch einmal nach diesem neuaufgetauchten Kennzeichen durch, aber von denen, die im Ort geblieben sind und wo man es weiß, findet sich neben dem Janisch und Melzer nur mehr der Derflinger Horst, der noch nicht verheiratet ist. Aber den kannst ja nicht mitzählen, meint der Koppensteiner, weil ein Krüppel in einem Rollstuhl kriegt sowieso keine Frau. Melzer macht einen langen Zug aus seinem Bierglas, stellt es weg, dann bin ich also, sagt er, wennst es genau nimmst, der einzige *Überlebende*. Füher oder später erwischts einen jeden, sagt der Koppensteiner und fängt ohne Übergang vom Lehrer Zainzinger zu reden an, den sie in der zweiten Klasse der Volksschule gehabt haben und der sie wegen jedem Schmarren mit seinem Lineal auf die Handfläche gedroschen hat, wofür sie vorher Bitte und nachher Danke sagen mußten, und der jetzt scheißfreundlich ist, wenn man ihn auf der Straße trifft. Melzer grinst vor sich hin, er weiß genau, daß der Koppensteiner nur deshalb so schnell von etwas anderem redet, damit ihn Melzer nicht auf die Schaufel nimmt, weil er schon über ein Jahr verheiratet ist. Wie lang bist denn schon im Käfig? sagt Melzer. Aber der Koppensteiner macht bloß eine wegwerfende Handbewegung und redet weiter über den Zainzinger.

Am frühen Abend, zu Hause beim Umziehen, als er sich vor dem Spiegel zum Weggehen fertigmacht, fällt Melzer wieder ein, was er mit dem Koppensteiner beredet hat, und sofort ist das gleiche Gefühl wieder da, das er gehabt hat, als er sagte, er sei also der einzige, ein Gefühl, daß er am liebsten ganz tief einatmen, den Brustkasten dehnen und die Luft garnicht mehr auslassen würde. *Er* hat noch alle Möglichkeiten, denkt er, *alle* Möglichkeiten hat er noch, bei ihm kommt alles, wird alles noch. Er hat sich den Weg noch nicht vernagelt wie die anderen. Er geht mit dem Gesicht ganz nahe an den Spiegel heran, spannt die Haut um die Augen, wo sich schon Falten zu bilden beginnen, und auf einmal kommt es ihm komisch vor, daß er überhaupt nicht weiß, worauf er da eigentlich wartet. Worauf denn wirklich? Auf irgendwas. Daß sich was tut mit ihm. Irgendwann mußte es doch kommen. Was noch nicht dagewesen war. Was alles verändern würde. Manchmal hat er schon daran gedacht, daß es blöd ist, auf irgendwas zu warten, was kommen würde wie der Weihnachtsmann. Aber es konnte doch nicht einfach so weitergehen. Das ging ja nirgends hin. Vom Beruf erwartete er garnichts. Der lief doch nur in Richtung Rente. *Aufstiegschancen* gab es keine. *Sich selbständig machen* war nur Gerede. Wenn schon die Tischler auf den Dörfern eingingen. Außerdem hatte er keine Lust, an nichts anderes als an die Arbeit denken zu müssen. Es genügte ihm, daß er die Arbeit tun mußte. Aber nicht auch noch nachher dran denken müssen. Überhaupt an nichts anderes mehr denken können, wie sein Chef und die anderen Kleingewerbetreibenden. Ja, wenn man gleich groß einsteigen könnte, meinte er. So viele Arbeiter für sich arbeiten zu lassen, daß man selber nicht mehr mußte, sich einen Geschäftsführer halten konnte. Aber das konnten nur die, für die Selbständigmachen nicht erst noch ein Ausweg war. Es mußte irgendwie anders gehen. Eine Frau mit Brustkrebs und sechzig Millionen, sagte er oft, dann bist aus dem Wasser. Er wußte selber nicht, wie ernst er das nehmen sollte.

Melzer tritt vom Spiegel zurück und kneift die Augen ganz fest zu, er hat einen Gedanken im Kopf, den will er nicht haben, den muß er loswerden, einen Gedanken, der sich aufbläst wie ein Luftballon in seinem Hirn, alles andere daraus verdrängt, Melzer schlüpft in den Rock, zupft das weiße Stecktuch zurecht, versucht sich ganz auf sein Aussehen, auf seine Kleidung zu konzentrieren, nichts soll mehr da sein als das weiße Hemd, die zu einem ganz kleinen Knoten gebundene Krawatte und der Samstagsonntaganzug, aber kaum läßt er nur einen winzigen Zwischenraum in seiner angespannten Aufmerksamkeit, kommt der Gedanke sofort durch, ein flaues Gefühl im Magen: garnichts wird anders mit ihm, er wird auch keine Ausnahme sein, es läuft einfach so weiter. Ohne daß es *einen Sinn* hat. Ohne daß es sich *auszahlt*.

Er hat sich ins Auto gesetzt, ist zu Inge gefahren und hat *Schluß gemacht*. Er hat sich selber gewundert, wie leicht das gegangen ist. Inge hat wahrscheinlich geglaubt, daß es garnicht so ernst ist, wie er getan hat, und daß sich alles wieder einrenken wird. Aber das hat keine Zukunft, hat er gemeint. Da vertut er bloß seine Zeit. Und er muß doch jetzt alles mehr in die Hand nehmen.

Eigentlich, sagt Melzer, wars ihre Stimme, die mir getaugt hat. Ein Witz, sagt er, wenn man sich das vorstellt, gerade ihre Stimme, lachen könnt ich, wenn ich könnt. Das war so eine rauhe Stimme, erzählte er, eine verruchte Stimme, hab ich mir immer gedacht, als ob sie Whisky saufen oder pausenlos rauchen tät, aber dabei hat sie weder noch, die war schon von allein so, und am Anfang hab ich mir immer gedacht, die zwei passen garnicht zusammen, sie und ihre Stimme, sie ist ganz anders gewesen als ihre Stimme, nicht nur im Ausschauen, sondern überhaupt. Ich glaub, sagt er, wenn ihre Stimme nicht gewesen wär, hätts mich garnicht interessiert. Überhaupt, wo er doch vorher immer so klasse Katzen gehabt hat, wirklich klasse, daß die anderen der Neid gefressen habe, solche Weiber habe er gehabt. Die Inge zum Beispiel, die Frau des Barbesitzers, bei der alle gebalzt hätten wie die Auerhähne, wo ein jeder gehofft habe, einen Stich zu machen. Wenn sie hinter der Bar gestanden sei, hätten sie wie die Blöden gesoffen, immer das teuerste Zeug, um den großen Mann zu spielen, aber aus keinem habe sie sich auch nur so viel gemacht. Auch aus denen nicht, die wirklich ganz dick da gewesen sind, schlägt er sich mit der flachen Hand gegen die linke Brustseite, auf alle hat sie geschissen. Aber wegen ihm habe sie sich sogar scheiden lassen; ihr Mann habe zwar schon lange eine andere gehabt, aber scheiden lassen wollte sie sich nicht, bis er gekommen sei. Einen Sechshunderter Fiat, sagt er, hat er damals gehabt und einen altmodernen Anzug und kein Geld für die teuren Schnäpse, jeden Freitag und Samstag sei er in der Bar gesessen, an der Bar, und die anderen hätten es bald aufgegeben. Aufgeben müssen, grinst er, und drum, sagt er und ist plötzlich wieder ganz ernst, hats dann keiner verstanden, daß ich mit der Maria geh, wo ich doch vorher nur die klassesten Katzen gehabt hab.

Dabei, sagt er, merkt man sowieso nicht lang, ob eine schön ist, die ersten paar Mal, da fällts einem auf, aber später schaut man sie an und fragt sich, ist sie jetzt schön oder schiach, und wenn dirs die anderen nicht sagen, dann weißt es nicht und kannst dir gerade nur was einbilden. Man gewöhnt sich sowieso an alles, sagt er, man sollts nicht glauben, woran man sich alles gewöhnt. Und wenn ich mir jetzt so die klassen Weiber anschau, die ich gehabt hab, dann sinds eh schon längst nicht mehr so klaß, wenn der Lack abblättert, sagt er, und sonst ist eh nichts da gewesen, wenns nach den Kindern auseinandergegangen sind, wie eine böhmische Leinwand, die klassen Katzen. Naja, sagt er, wenn ich ehrlich bin, dann hab ich mirs manchmal ja auch schöner gewünscht, zumindest am Anfang. Eine Katz zum Angeben ist ja auch kein Dreck. Da hätt ich mirs so gewünscht, wie ich mir vorgestellt hab, daß es zu ihrer Stimme paßt. Wenn wir im Finstern gelegen sind und sie hat geredet, sagt er, da hab ich mir am Anfang immer ein anderes Gesicht dazu vorgestellt, irgend so eine verruchte Wunderpuppe eben. Aber mir ist es auf den Arsch gegangen, wenns mich haben trösten wollen, naja, haben sie gesagt, aber sie hat halt ein liebes Wesen, eine liebe Art, als ob ich das notwendig gehabt hätt, daß mich wegen ihrem Gesicht und ihrem Gestell wer tröstet. Kann schon sein, sagt er, daß sie ein Notnagel gewesen ist, nur grad was für Zwischendurch. Aber es ist eben alles ganz anders gekommen. Kommt ja immer alles anders.

Er fährt langsam die lange, aus rohen, grauen Betonziegeln gefügte Mauer entlang, die die Fabrik umgibt, und biegt dann rechts in einen frisch asphaltierten Weg ein. Knapp vor der Brücke bleibt er stehen und stellt den Motor ab, läßt aber die Scheinwerfer brennen. Er sieht zur Tafel hinüber, die auf dem rechten Brückengeländer montiert ist, Privatweg, liest er. Darunter steht noch etwas in kleineren Buchstaben, Durchfahrt verboten, sagt er laut, obwohl er viel zu weit weg ist, um die Buchstaben entziffern zu können. Gfraster, sagt er und schaltet die Scheinwerfer aus. Weil er das Schild nicht mehr sehen kann, hat er plötzlich den Eindruck, daß es tatsächlich nicht mehr da ist. Er will schon die Scheinwerfer aufdrehen, um sich zu überzeugen, zieht aber dann doch die Hand zurück, bist deppert? sagt er, bist schon ganz deppert? Er kurbelt das Fenster hinunter, draußen riecht es stark nach Teer, die Straße, denkt Melzer, und dann fällt ihm die Gartenhütte zu Hause ein, in der es im Sommer, wenn die Sonne aufs Dach brennt, genauso riecht. Da hat sich schon allerhand abgespielt, denkt er und fängt zu grinsen an, der Nachbarhund ist immer ganz rabiat geworden, wenn eine gestöhnt hat. Er zündet mit einer Zigarette gleich die nächste an und leuchtet dann mit der Glut aufs Zifferblatt seiner Uhr, dreiviertelneun, er ist eine Viertelstunde zu spät, aber sie ist noch immer nicht da; unter normalen Umständen, sagt er sich, könnt sie sich jetzt schon brausen, weil außer auf die Inge, was aber was anderes war, hat er noch nie länger als fünf Minuten auf eine gewartet. Er bleibt eine Weile ganz ruhig sitzen: jedesmal, wenn er an der Zigarette zieht, sieht er sein Spiegelbild undeutlich in der Windschutzscheibe, Krimi, denkt er, wie in dem Krimi: da ist der Mann auf den Balkon hinausgetreten, im Smoking, mit einem Glas in der Hand und hinter sich das erleuchtete Fenster, und der im Auto, der zuerst geraucht hat, hat ihn sofort im Fadenkreuz seines Zielfernrohres gehabt. Melzer versucht sich an den Titel des Films zu erinnern, es ist noch nicht lange her, daß er ihn gesehen hat, es ist ein klasser Film gewesen, ist er sicher, aber der Titel fällt ihm nicht ein. Als er Schritte hört, dreht er sofort die Scheinwerfer an und lehnt sich über das Lenkrad. Er sieht Maria auf die Brücke zugehen und blendet plötzlich den Scheinwerfer auf. Sie stockt einen Moment und legt den Arm über die Augen, dann geht sie mit schief zur Seite geneigtem Oberkörper weiter auf das Auto zu. Ein Gestell, denkt Melzer, ein Gestell. Wie sie so im Scheinwerferlicht geht, hat er das Gefühl, sie auch im Fadenkreuz zu haben. Als sie die Wagentür öffnet und die Innenbeleuchtung angeht, zuckt er wie ertappt zusammen. Grüß dich, sagt sie und setzt sich neben ihn. Er zieht noch einmal an der Zigarette, wirft sie dann aus dem Fenster, grüß dich, sagt er und startet den Wagen. Bist schon lang da, fragt sie, und Melzer ist ganz sicher, daß sie ein schlechtes Gewissen hat. Er legt den Retourgang ein und sieht sie von der Seite an, gerade gekommen, sagt er und läßt den Wagen zurückfahren. Er starrt durchs Heckfenster in die Dunkelheit, gerade gekommen, sagt er nochmals, vor einer halben Dreier. Vor was, fragt sie. Dreier, sagt er, kennst keine Dreier? Er greift in die Tasche und hält ihr die Zigarettenschachtel hin. Autriche trois de luxe, sagt er. Aber man sprichts anders aus, sagt sie, lüx, sagt man und nicht lux. Das ist mir wurscht, sagt er, wie mans ausspricht, mir ist das wurscht. Das sind die Billigsten, oder? sagt sie und dreht die Schachtel in den Händen. Na und? sagt er, glaubst ich könnt mir keine anderen leisten? Er biegt zurückfahrend in die Straße neben der Fabrik ein, bleibt kurz stehen und lacht plötzlich laut auf, während er die Kupplung so schnell ausläßt, daß der Wagen einen Sprung nach vorne macht. Was hast denn? sagt sie, was ist denn? Ich rauch prinzipiell Dreier, sagt er, verstehst? Sie gibt keine Antwort, sondern fängt in ihrer Handtasche zu kramen an. Magst auch ein Pefferminz, fragt sie dann. Er dreht den Kopf zu ihr und macht den Mund auf. Im selben Moment, als sie ihm das Zuckerl in den Mund legt, fällt ihm ein, daß er »bin selber süß« hätte sagen sollen, was er doch immer sagt und was sogar dazu geführt hat, daß er den Kaffee beim Zankl nur mehr schwarz und ohne Zucker getrunken hat. Heute bin ich nicht auf Zack, denkt er.

Als sie am Tor der Fabrik vorbeifahren, deutet er mit dem Kopf hinüber. Wie ist denn das, fragt er, wenn man sagen kann, die gehört uns. Maria schaut ihn an, nicht *uns*, sagt sie. Na deiner Mutter halt, sagt Melzer. Ziehmutter, sagt Maria, das ist ein feiner Unterschied. Ach was, sagt er, wie ist es also? Sie dreht sich um und sieht durchs Heckfenster zum Eingang der Fabrik zurück, bis die blaue Schrift hinter einem Baum verschwindet. Ich weiß es auch nicht, sagt sie, ich denk mir nichts dabei. Melzer dreht das Fenster herunter und spuckt das Zuckerl hinaus. Mir täts komisch vorkommen, sagt er.

Oben auf der Hügelkuppe, von der aus man nach Sch. hineinsieht, fährt Melzer so dicht an den Straßenrand heran, daß die Büsche an der Seite übers Auto schleifen. Er sieht, wie sich Maria unwillkürlich duckt, als könnten die Zweige ins Auto hereinschlagen, und er hat plötzlich das Gefühl, den Arm um sie legen zu müssen. Er spürt schon fast körperlich, wie seine Hände in ihre Haare greifen und wie er ihren Kopf gegen ihren Widerstand an seine Schulter lehnt. Was ist denn, sagt sie, was bleibst denn stehen, und die Zärtlichkeit, die er gerade noch für sie gehabt hat, kommt ihm gleich vor wie eine ganz beschissene Sentimentalität. Ihm fällt sofort das Schild auf der Brücke ein, vor dem er stehengeblieben ist, obwohl er sich vorgenommen hat, sich nicht darum zu kümmern, sondern einfach über die Brücke zu fahren, mit geschlossenen Augen vielleicht; aber dann war es ihm doch zu gefährlich vorgekommen. Als er neben der Fabrikmauer hergefahren ist, hat er sich noch eingebildet, er habe ein Recht darauf, bis zum Haustor zu fahren, vielleicht auch zu läuten, aber auf jeden Fall wenigstens bis in die Nähe des Hauses zu fahren, das er schon oft versucht hat, sich vorzustellen, wie ein Schloß manchmal, hinter einem dichten lebenden Zaun, und dann wieder als flachen, fast nur aus Glas und Stein bestehenden Bungalow, obwohl Maria ihm schon mehrmals gesagt hat, daß das Haus sehr häßlich ist: ein alter Kasten mit viel zu kleinen Fenstern. Was ist denn los, was hast denn heute? sagt Maria nochmals. Melzer zuckt mit den Schultern und schaut auf das Markenzeichen in der Mitte des Lenkrades. Ich hab nicht so einfach davonrennen können, sagt sie, mitten unterm Reden, da kann ich nicht so einfach davonrennen, das geht einfach nicht. Melzer blickt sie kurz an, dann schaut er auf die Stadt hinunter, auf die wie aufgefädelten Lichter der Straßenlampen. Du stellst dir das alles viel zu einfach vor, sagt Maria, und Melzer drückt sich so heftig in den Sitz, daß die Federn krachen. Reden wir doch nicht lang umeinand, sagt er, reden wir doch Deutsch miteinander. Ja, sagt Maria, ja, und sie rückt an ihrer Brille herum, als säße sie nicht richtig. Melzer greift nach den Zigaretten, hast jetzt schon die Gschicht? sagt er, während er auf die Flamme in seinen hohlen Händen starrt. Sie gibt keine Antwort, und er läßt das Streichholz bis zu den Fingerspitzen abbrennen, wenns bis zwanzig brennt, denkt er, dann kriegts kein Kind, aber er macht schon bei sechzehn die Augen zu und löscht das Streichholz mit einer heftigen Handbewegung aus. Also noch immer nicht, sagt er. Nein, sagt sie, bis jetzt noch nicht. Wie lang ist es jetzt schon, fragt er. Fast drei Wochen, sagt sie, was sollen wir denn jetzt machen. Weiß ich, sagt Melzer, und er hat auf einmal eine Wut, weil sie *wir* gesagt hat, einbraten laß ich mich nicht, denkt er und fängt auf einmal zu grinsen an, woher sie wissen will, sagt er gegen die Windschutzscheibe, daß es von ihm ist, das könne sie leicht behaupten, und er habe doch immer aufgepaßt und schließlich wisse er doch garnichts über sie und ihren *Umgang*, sagt er und fängt an, über Franz zu reden, seinen Bruder, der diese Kreatur geheiratet hat, und dabei war das Kind garnicht von ihm, aber er hat es sich eingebildet, ist noch mordsstolz gewesen, weil es ein Bub war, eine Frühgeburt, hat sie ihm eingeredet, sei das gewesen, weil Franz sie zu der Zeit, wo ihr einer den Bankert angehängt hat, noch garnicht gekannt habe. Melzer redet, obwohl er garkeine Hoffnung hat, *so* davonzukommen, und mitten in einem Satz hört er plötzlich das Türschloß schnappen, aber noch bevor Maria die Tür aufmachen kann, packt er sie am Arm, laß aus, schreit sie, laß aus. Melzer möchte ihr gerne erklären, daß er es *eigentlich* garnicht so gemeint hat und das Beispiel mit dem Bruder sei ihm nur so eingefallen. Er hält sie am Arm fest, ich laß sie einfach nicht aus, denkt er, ich laß sie nicht aus. Sie zerrt noch eine Weile an seinem Griff, du kannst ja so gemein sein, sagt sie dann, und er zieht sie zu sich herüber, ich hab dich nur auf die Probe stellen wollen, sagt er und kommt sich so blöd dabei vor, daß er anfängt, ihr ganz wild den Hals abzuküssen. Wenn er sich da so hineingräbt, hat er das Gefühl, dann stimmt einfach alles, da kann er garnichts falsch machen, kann er alles planieren, alles wieder ausbügeln, ganz anders als mit dem Reden.

Als sie sich dann an ihn drückt und eine Hand auf seinen Rücken schiebt, kommt er sich gleich sehr überlegen vor, ich bring eine jede dorthin, wo ich will, denkt er. Irgendwas muß jetzt trotzdem bald passieren, sagt Maria, sonst ist es zu spät. Melzer versucht sich was vorzustellen, aber es kommt immer alles auf das *Eine* hinaus. Er hat das Gefühl, daß ihn das alles eigentlich garnichts angeht. Alles ist so zufällig gewesen, fast ohne sein Zutun gegangen, und jetzt soll er auf einmal was sagen, wo er sich doch garnicht auskennt. Er stellt sich vor, wie das ist, wenn er wird Alimente zahlen müssen, und ihm fallen ein paar Freunde ein, die sich so *das Leben verpfuscht* haben. Er drängt den Gedanken aus seinem Kopf, Meingott, sagt er, dann heiraten wir halt, und er hat plötzlich den Eindruck, daß er irgendwo hinabgesprungen ist und ihm ist garnichts passiert. Maria rückt von ihm weg und sieht ihn mit schiefsitzender Brille an, was? sagt sie, was? Na eben heiraten, sagt er, und sie fängt zu lachen an, mein Gott, sagt sie, du spinnst ja. Und warum nicht? sagt er, und er versteht nicht, wie er dazu kommt, sie jetzt auch noch überreden, sie fast bitten zu müssen, wo sie doch froh sein sollte. Die läßt mich nicht, sagt Maria, und Melzer stößt die Luft durch die Nase, da wird ihr garnichts überbleiben, sagt er, wenn ich komm und sag, ich will dich heiraten und du kriegst ein Kind, was solls denn da schon dagegen machen? Maria schiebt ein Pfefferminz aus der Rolle und hält es ihm hin, danke, sagt Melzer jetzt, bin selber süß, und sie lächelt und steckt das Zuckerl in ihren Mund. Die schmeißt mich hinaus, sagt sie, da kannst sicher sein. Probieren geht über studieren, sagt Melzer. So wahr ich da sitz, sagt Maria, die kennt da nichts. Ist auch wurscht, sagt er, dann ziehst zu mir. Wo du nicht einmal ein Zimmer allein hast, sagt sie. Na, sagt Melzer, so ist das auch wieder nicht, das kann sich alles ändern. Glaubst? lächelt sie ihn an. Sowieso, sagt er, es wird schon irgendwie gehen, es geht immer irgendwie.

Auf der Fahrt in den Ort, wo Melzer wohnt und wo sie zum Kleedorfer gehen wollten, der ein Extrazimmer hat, mit lauter Nischen, und wo es außer dem alle Farben spielenden Musikautomaten kein Licht gibt, auf der Fahrt durch den Wald, durch Sch., den langen Berg hinunter, den Fluß entlang, zwischen den ersten Fabriken durch, hatte Melzer ständig das Gefühl, sein Leben in die Hand genommen zu haben. Sein Leben und gleich ein zweites mit. Seine Entschlossenheit hat ihn überrascht. Es kam ihm vor, als habe er jetzt auf einmal etwas fertiggebracht, was er bisher noch nie gekonnt hatte. Alles hängt jetzt von ihm ab, dachte er, er muß jetzt alles bestimmen. Dauernd hatte er das Wort *Verantwortung* im Kopf. Wenn er zu Maria hinübersah, kam ihm vor, als könne er ihre Dankbarkeit ganz deutlich sehen, ihre Dankbarkeit und ihre Bewunderung für ihn, der da mit allem ganz einfach fertigwurde, einfach sagte, so und so wirds gemacht, und schon war alles in Ordnung, das Problem aus der Welt, lief alles seinen rechten Weg. Er fuhr schneller als sonst, schaltete ganz exakt mit deutlich hörbarem Zwischengas und trat sogar in der langgezogenen Kurve vor dem Ortseingang das Gaspedal ganz durch, bis zur Bodenplatte, dachte er, bis zum Gehtnichtmehr. Und auf einmal sagte er, wir fahren jetzt zu mir nach Hause. Er hatte dran gedacht, und schon war der Entschluß da gewesen. So einfach war das. Nicht einmal etwas Besonderes. So wie Maria ihn ansah, das mußte Bewunderung sein, eindeutig. Er würde sich jetzt sogar zum Papst trauen, dachte er, da würde er garnichts kennen.

Melzer macht die Tür zur Wohnküche einen Spalt auf und steckt den Kopf hinein. Seine Mutter sitzt wie üblich im Polstersessel vor dem Fernseher, gerade etwas mehr als eine Armlänge vom Bildschirm entfernt. 'n Abend, sagt Melzer, und seine Mutter dreht sich um und schaut ihn mit nach unten geneigtem Kopf über den Rand der Brille an. Bist schon da? sagt sie. Siehst ja eh, sagt er, aber ich geh dann noch einmal weg. Iß was, sagt die Mutter und deutet auf den Herd hinüber, auf dem zwei mit Tellern zugedeckte Töpfe stehen, Spaghetti, sagt sie, aufgewärmt sinds eh noch besser. Keinen Hunger, sagt Melzer, und die Mutter dreht sich zum Fernsehapparat, wo ein Mann angefangen hat, eine Frau mit Ohrfeigen durchs Zimmer zu treiben. Ich kann dir auch eine saure Wurst machen, sagt die Mutter. Ich will aber nichts, sagt Melzer. Die Mutter rückt in ihrem Sessel hin und her, so ein Grobian, sagt sie, so ein Rohling. Melzer macht die Tür zu, sagen wirs ihr ein anderes Mal, flüstert er, und auf einmal ruft seine Mutter drinnen, Bruno, Bruno, ruft sie, und er zuckt zusammen, sieht Maria an und hebt wie hilflos die Schultern. Als er die Tür aufmacht, steht die Mutter mitten im Zimmer, bist vielleicht nicht allein da? sagt sie. Melzer zögert einen Moment, nein, sagt er, die Maria ist da. Die Mutter nimmt die Brille ab, was bringst sie denn nicht herein, sagt sie. Melzer deutet Maria mit dem Kopf, sie stellt sich neben ihn in den Türrahmen, Guten Abend, sagt sie. Kommens nur weiter, sagt die Mutter, und Melzer schiebt Maria ins Zimmer. So schauns also aus, sagt die Mutter und streckt Maria die Hand hin. Guten Abend, sagt Maria nochmals, sehr erfreut, sagt die Mutter. Melzer zieht den Hals ein, wie die deppert daherredet, denkt er. Der Reinhard hat mir schon von Ihnen erzählt, sagt die Mutter, weil der, deutet sie auf Melzer, der sagt einem ja nie was. Dem Reinhard, denkt Melzer, dem reiß ich eine. Müssens schon entschuldigen, sagt die Mutter und räumt die über die Sitzbank verstreuten Kleider weg, aber mit der vielen Gartenarbeit kommt man zu garnichts mehr, geh Bruno, sagt sie, dreh vielleicht das große Licht auf. Aber wir gehen ja eh gleich wieder, sagt Melzer, und er ist froh, daß nur die wie ein Segelschiff aussehende Lampe auf dem Fernseher brennt. Die Mutter steht mit den Kleidern, die sie sich über den Unterarm gehängt hat, ganz verlegen da und hängt sie dann über die Armlehne ihres Sessels, so, daß die Unterwäsche zuunterst zu liegen kommt und nicht sichtbar ist. Setzens Ihnen doch, sagt sie und drückt Maria auf die Bank. Melzer steht noch immer bei der Tür, er möchte was sagen, möchte jetzt ganz viel reden können, der starke Küchengeruch kommt ihm so widerlich vor, daß er den ganzen Mund voll Speichel kriegt und schlucken muß. Er setzt sich neben Maria, hört zu, wie die Mutter vor lauter Verlegenheit eine Phrase nach der anderen heraussprudelt, dann zeigt er nur auf den noch immer laufenden Fernsehapparat, heißts Fernsehen was, fragt er. Naja, sagt die Mutter, so ein Problemfilm halt. Sie schauen alle drei eine Weile auf den Bildschirm, Melzer raucht, Maria dreht den Tragriemen ihrer Handtasche ein und aus, der da, zeigt die Mutter auf einen Mann auf dem Bildschirm, der ist an allem schuld. Aha, sagt Maria, und die Mutter dreht sich zu ihr um, und Sie arbeiten daheim in der Fabrik, sagt sie. Wo hast denn schon wieder den Aschenbecher hin, fragt Melzer, und die Mutter steht auf und geht zur Abwasch hinüber. Ich bin bei einem Steuerberater, sagt Maria.

Also sinds garnicht daheim, sagt die Mutter und schüttelt leicht den Kopf. Na gib den Aschenbecher schon her, sagt Melzer heftig. Rauch nicht so viel, sagt die Mutter und schaut dann Maria an, Sie rauchen sicher nicht, oder? sagt sie, und Maria schüttelt den Kopf, aber er, sagt die Mutter und zeigt auf Melzer, er pofelt wie ein Schlot und läßt sich nichts einreden. Geh hör auf, sagt Melzer, du gehst mir am Wecker damit. Aber weils wahr ist, sagt die Mutter und schaut wieder auf den Bildschirm, das Geld in die Luft hinausblasen. Was ja dich einen Schmarren angeht, sagt Melzer, weils mein Geld ist. So? sagt die Mutter, na wennst es so dick hast, kannst ja mehr Kostgeld zahlen, weil es ist ja eh viel zu wenig, und ich muß noch immer was zusetzen. Immer dieselbe Leier, sagt Melzer, kannst keine andere Platte auflegen? Aber weils wahr ist, sagt die Mutter. Melzer stößt Maria an und deutet mit dem Kopf zur Tür, Maria nickt, also wir gehen dann, sagt er, und Maria steht sofort auf. Hättens ruhig noch ein bissel dableiben können, sagt die Mutter, und Maria gibt ihr die Hand. Melzer macht die Tür auf, also dann, sagt er. Komm nicht so spät, sagt die Mutter gegen den Bildschirm hin.

Draußen auf dem Gang zeigt Melzer auf die Holztreppe, die in die Mansarde hinaufführt. Maria steht unschlüssig bei der Eingangstür, komm, flüstert er und geht die ersten paar Stufen hinauf. Maria schüttelt den Kopf und greift nach der Türklinke, deine Mutter, sagt sie leise. Melzer kommt die Stufen wieder herunter, aber was, sagt er und zieht sie am Arm mit sich, scheiß dich nicht an, sagt er, glaubst, die denkt sich das nicht.

Oben im Zimmer setzt Melzer sich auf den einzigen Sessel. Maria schaut sich um, wenn es sich auszahlen tät, sagt Melzer, hätt ich mir das schon lang ganz anders eingerichtet. Er macht eine vage Handbewegung durch die Luft und ärgert sich plötzlich, weil er sich für das Zimmer entschuldigt hat, aber so schauts eben aus bei uns, sagt er, ist ja eh wurscht. Maria setzt sich zögernd aufs linke der beiden an der Wand stehenden Betten. Schläft da der Franz? zeigt sie aufs andere, das mit einem Überwurf, auf dem äsende Rehe aufgedruckt sind, zugedeckt ist. Ja, sagt Melzer, aber der kommt sowieso immer spät. Er zieht sich die Schuhe aus und geht zum Lichtschalter. Daß du so redest mit deiner Mutter, sagt Maria, wie mit einem Dienstboten. Und? sagt Melzer, was weißt denn du, wie einem die auf den Wecker gehen kann. Er setzt sich im Dunkeln neben sie aufs Bett, legt den Arm um sie und greift ihr von oben in die

Bluse. Zahlt sich eh nicht aus, denkt er, daß man da hineingreift, ist ja grad so viel, wie wenn eine Ameise eine Faust macht. Er läßt aber trotzdem die Hand dort, weil er den Eindruck hat, es wäre fast sowas wie Unhöflichkeit, wenn er ihr nicht auf die Brust greifen würde. Tu deine Brille herunter, sagt er dann und läßt sich, sie mit sich ziehend, aufs Bett zurückfallen, das laut aufquietscht. Maria wird sofort ganz steif, ich hab ein ungutes Gefühl, sagt sie, wegen deiner Mutter. Die hockt doch eh bis zur Bundeshymne vorm Fernseher, sagt Melzer und macht den Reißverschluß ihres Rockes auf. Und wenn dein Bruder daherkommt, sagt Maria. Melzer atmet tief ein und schiebt sie von sich weg, du gehst mir am Arsch mit deine Tanz, sagt er und tastet nach der Jacke, die er über den Sessel gehängt hat. Überhaupt, sagt er und zündet sich ein Zigarette an, wo ich dich sowieso heirat. Aber es kann doch sein, daß er kommt, sagt Maria, kannst nicht wenigstens zusperren? Ist kein Schlüssel da, sagt Melzer, und dann dreht er plötzlich die Nachttischlampe auf, die Prinzessin auf der Erbsen, sagt er, bist du, und er steht auf, nimmt den Bildkalender von der Wand und reißt ein Blatt ab. Hast was zum Schreiben? sagt er. Maria greift nach der Handtasche, was willst denn schreiben, fragt sie und hält ihm einen Kugelschreiber hin. Wirst gleich sehen, sagt er und schreibt auf die Rückseite des Kalenderblattes mit großen Buchstaben »Nicht stören«. Er hält das Blatt Maria hin, so, sagt er, geht das? und er macht die Tür auf. Maria lächelt und schlüpft aus den Schuhen und zieht die Beine aufs Bett. Scheiße, sagt Melzer, kein Reißnagel. Er hält das Blatt in den Händen, weiß nicht, wie er es an der Tür befestigen soll, mit einem Messer an die Tür nageln, denkt er und dann stößt er mit einem Finger ein Loch durch das Blatt und hängt es an die äußere Türklinke. Nicht einmal bei der besten Katz hätt ich sowas gemacht, denkt er, als er auf den Knopf der Nachttischlampe drückt, ist ja ein Witz sowas.

Die Mauer war da, *Melzer war nicht gut genug für Maria*, auch wenn er gedacht hatte, sowas gäbe es bloß in Romanheften, damit der ganze Unsinn wenigstens dramatisch werde, die Weiber beim Lesen ordentlich was zum Flennen hätten, so billig kam es ihm auch vor, gerade drei Groschen: entweder Maria schlägt sich ihn aus dem Kopf, war sie von der Ziehmutter vor die Wahl gestellt worden, oder sie hat von *zu Hause* nichts mehr zu erwarten. Er wußte trotzdem nicht recht ob er das persönlich nehmen sollte, überhaupt, wo er sich sagen konnte, daß ihn die Ziehmutter Marias ja garnicht kannte, oder ob diese Ablehnung jeden getroffen hätte, das heißt jeden, der einer war wie er, ein Arbeiter, der noch nicht einmal ein besonderer Arbeiter war, kein Vorarbeiter oder irgend so ein anderer Feldwebel, der wenigstens schon ein paar unter sich hatte, denen er das Kuschen schaffen konnte. Standesunterschied: die Gräfin und der Reitknecht. Melzer hätte es zum Lachen gefunden, wenn es nicht gar so ernst gewesen wäre. Maria flennte, als sie es ihm erzählte. Schon als er sie stehen sah, nach Arbeitsschluß vor der Werkstatt, wußte er, es ist nichts damit, nichts mit Handanhalten. Das hätte am selben Abend über die Bühne sollen. Er hatte sich sogar extra deswegen von seiner Tante das Benimmdichbuch ausgeborgt, das die Tante bei einem Preisausschreiben gewonnen hatte, er hatte darin gelesen, was sich alles gehört beim Handanhalten, hatte versucht, sich die Sätze zu merken, obwohl sie ihm ganz blöd, ganz lächerlich, für ihn einfach unpassend, viel zu gespreizt vorgekommen waren, hatte sich immer wieder die Angst vor diesem Abend ausgeredet, auch wenns eine Fabrik haben, hatte er sich gesagt, eine Marie, daß du sagst gibts das, so sinds trotzdem nur Leut und essen könnens auch nur mit *einem* Löffel. Wenigstens um dieses Affentheater, ums Handanhalten kam er jetzt also herum, das ist auch was, sagte er sich, versuchte er sich als Trost einzureden.

Siebzehn Jahre war Maria bei der Ziehmutter gewesen. Das sollte auf einmal nicht mehr zählen. Nur weil sie nicht das leibliche Kind war. Zusammen mit Ingrid, ihrer Ziehschwester, in einem Waisenhaus ausgesucht und mit nach Hause gebracht, ins leere Haus, damit es nicht gar so leer war, nachdem der Ziehmutter der Mann gestorben und der leibliche Sohn schon weit über dreißig gewesen war, seine eigene Familie gehabt hatte, also nichts mehr zum Bemuttern, keine Zerstreuung, die auch noch dankbar sein mußte. Siebzehn Jahre war so getan worden, als sei Maria genau wie ein leibliches Kind. Aber es mußte nur einer kommen, der nicht ins Konzept paßte, Maria mußte sich nur selber was in den Kopf setzen, und schon war es aus damit. Da zählte dann auf einmal der Unterschied wieder. Und das Entwederoder, das ihr die Ziehmutter, mit dem Geld und der Fabrik im Rücken, vor die Füße geworfen hatte, entweder du bist vernünftig, oder, das fiel dann auch noch in sich zusammen, als Maria *gestand*, daß sie von Melzer ein Kind bekäme.

Manchmal hatte Melzer gedacht, daß er jetzt also in eine Fabrik einheiraten würde. Doch nun blieb ihm nichts anderes, als sich zu sagen, daß er ohnedies nie darauf aus gewesen, sondern daß es ihm wirklich immer nur um Maria gegangen war. Er würde sie auf jeden Fall nicht sitzen lassen. Er nicht. Dieses Unternehmergesindel, das jemanden so mir nichts dir nichts einfach hinausschmeißen, verstoßen konnte, das könnte sich an ihm ein Beispiel nehmen. Ihm hatte noch kein Geld den Charakter verderben können. Er würde Maria auch so nehmen, wie sie da neben ihm im Auto saß, mit verschwollenen Augen, wie, ja, wie ein Waisenkind aus einem Groschenroman. Das mußte jetzt auch der Mutter beigebracht werden: sie würde keine Schwiegertochter kriegen, mit der sie großtun konnte. Denn damit hatte sie gerechnet, auch wenn Melzer der Mutter nie was vom Heiraten gesagt hatte. Die reimt sich das sowieso zusammen, hatte er gemeint, wenn er immer wieder mit Maria nach Hause kam, mit Maria hinauf in sein Zimmer ging. Meistens hatte er ja vermeiden können, die Mutter dabei mehr als nur auf ein paar Worte zu treffen, weil sie ihm dann auf die Nerven ging, er sich, was ihm früher kaum passiert war, für die Mutter genierte. Das Benehmen der Mutter, das ihm sonst viel zu bekannt und selbstverständlich gewesen war, kam ihm plötzlich so ungeschickt vor, so hinterwäldlerisch, wie er fand, so *kleinhäuslerisch*, daß er sich wünschte, die Mutter sei, wenn sie schon nicht anders könne, wenigstens still, sitze vielleicht strikkend da und versuche vor allem nicht immer wieder, ihn als den Sohn herauszustellen, den sie noch immer erziehe. Erst wenn er mit Maria den endgültigen Hochzeitstermin ausgemacht haben, schon mit ihrer Ziehmutter *geredet* haben würde, erst dann, hatte er gemeint, werde er es auch der Mutter sagen, sie einfach vor vollendete Tatsachen stellen, erst dann. Oder er würde es dem Reinhard, dem kleinen Bruder, erzählen, denn der würde sofort zur Mutter tratschen gehen. (Weil so eine Tratschen wie den, hatte er zu Maria gesagt, gibts kein zweites Mal, oben hört er dir noch mit den Ohrwascheln zu und unten rennt er mit den Haxen schon gatschen.) Damit war es jetzt auch nichts. Wenn Maria schon vor dem Heiraten bei ihm wohnen würde, mußte mit der Mutter geredet werden.

Als er mit Maria in die Küche kam, saßen außer der Mutter auch die beiden Brüder am Tisch. Melzer hätte am liebsten sofort wieder umgedreht. Alle auf einmal, das war ihm zu viel, da kam er sich ja vor wie vor Gericht, wie bei der Gesellenprüfung vor der Prüfungskommission. Und dann saß er am Tisch, nachdem die Mutter *extra* noch einen Sessel aus dem Nebenzimmer geholt hatte, und sah Franz an, der in einem fort grinste, und Melzer saß und wußte nicht, was sagen, so peinlich war ihm das alles, und da steht er dann auf, also daß ihrs wißts, stößt er hervor, die Maria und ich heiraten. Alle sehen ihn an, und er steht da und fühlt sich blöd, weil er aufgestanden ist, niemand sagt etwas, Maria rückt an ihrer Brille herum, wir heiraten also, sagt Melzer noch einmal. Die Mutter fängt an, Brösel von ihrer Schürze zu putzen, die garnicht da sind, aha, sagt sie, aha. Franz sieht auf seine Hände hinunter und holt mit dem Daumennagel der rechten Hand den Dreck unter den Nägeln der linken Hand hervor, na da kann man ja gratulieren, grinst er, und Melzer weiß nicht, was er von ihm ernst nehmen soll, den Glückwunsch oder das Grinsen. Der Mutter kommt alles zu plötzlich, hättets nicht noch ein bissel warten können, sagt sie, ihr versäumts ja nichts, und Maria wird rot, so eine blöde Kuh, denkt Melzer, und er greift nach ihrer Hand, wir können nicht mehr warten, sagt er leise und wird selber rot. Er sieht, daß die Mutter schnell auf den Bauch Marias schaut. Wie bei einem Jahrmarkt, denkt er, bei der Zuchtrinderschau, gerade, daß sie ihr nicht ins Maul schaut. Und was sagt man bei ihr daheim dazu, fragt die Mutter und deutet mit dem Kopf auf Maria, habts mit denen schon geredet? Melzer zuckt die Schultern, die habens hinausgeschmissen, sagt er, aber es ist ja nicht ihre richtige, sondern nur die Ziehmutter. Die Mutter Melzers reißt den Mund auf, jessusmaria, aber warum denn? stottert sie, warum denn? Weil ich halt nur ein Tischler bin, sagt Melzer, ein Baraber, der was nichts hat. Nicht einmal Aussichten, grinst Franz. Nein sowas, sagt die Mutter, nein sowas. Mehr Aussichten als du hab ich noch immer, sagt Melzer zu Franz. Was ich mir, sagt Franz, erst einmal anschau.

Kurz vor sieben hängt Melzer seine Jacke in den Spind und steigt in die Latzhose. Jaja, sagt der Jeschko hinter ihm, der mit ein paar anderen am Tisch sitzt, im Spind die klasseste Katz haben, aber in Wirklichkeit eine Gräten, die schiacher ist als der Zins. Im Garderoberaum geht sofort ein Gelächter los, Melzer sieht sich um, er weiß nicht, wovon sie reden, worüber sie lachen. Schiacher als der Zweite Weltkrieg, sagt der Rahner und kichert in die vor den Mund gehaltene Faust. Aber gehts, sagt der Matuschek, was ihr daherredets, sehts denn nicht, daß sich die zwei eh ähnlich schauen, zeigt er auf die offene Spindtür, vor der Melzer steht. Melzer dreht sich um und sieht das an die Innenseite der Kastentür genagelte Bild an: der Mantler, ein ehemaliger Schulfreund, hat es ihm voriges Jahr geschenkt, nachdem er von Wien zurückgekommen war, wo er einen Nachtklub besucht hatte; der Mantler hat ihm die Seite aus dem Programmheft des Nachtklubs herausgerissen, eine andere tät ich dir lieber geben, hat er gesagt, weil das war die tollste Henn im ganzen Programm, Brustwarzen hat die gehabt wie zwei Fünfundzwanzigschillingstücke. Melzer sieht die beiden Quasten an, die der Frau von den Brustwarzen herabhängen, hinter ihm lachen sie, ob er sich die neue Katz auch in den Spind hängen tät? sagt der Jeschko, und auf einmal merkt Melzer, daß sie von ihm und Maria reden. Er hat ganz vergessen, daß es ihm gestern einen Moment lang sehr peinlich war und daß er eine Wut auf Maria gehabt hat, weil sie vor der Werkstätte auf ihn gewartet hat, wo alle seine Arbeitskollegen sie sehen konnten. Er hat sich kurz gewünscht, sie würde anders aussehen, wenigstens wie eines der Mädchen, die er früher gehabt hatte.

Was ist? sagt er und machte die Spindtür zu, was ist los? Er schaut in die grinsenden Gesichter und hat das Gefühl, er steht auf der einen Seite und alle, wie sie da sind, auf der anderen. Von deiner neuen Katz, sagt der Jeschko, reden wir, da hast ja wieder einen besonders guten Griff gemacht. Aber einen Griff in den Arsch, sagt der Matuschek, oder? Sowieso, sagt der Jeschko, die ist ja richtig zum Abgewöhnen. So eine kannst nur von hinten vögeln, sagt der Wielander, da brauchst dann wenigstens kein freundliches Gesicht machen, hält er die geöffneten Hände so von sich weg, als habe er wirklich eine Frau vor sich. Oder du legst ihr ein Handtuch übers Gesicht, sagt der Jeschko, dann gehts auch.

Melzer steht da und weiß nicht, was er sagen soll. Sonst ist er es immer gewesen, der solche Sprüche geführt hat. Die reden mir da einfach nach, meint er, was ich ihnen schon einmal vorgesagt hab, als ob das eine Kunst wär.

Die ist ihm mir scheint selber zu schiach, weil er nichts sagt, lacht der Rahner und zieht mit beiden Zeigefingern den Mund auseinander und streckt die Zunge heraus, so hats ausgschaut, sagt er. Geh halt die Goschen, sagt der Jeschko, du hast sie ja nicht einmal gesehen. Wißts was, sagt der Melzer und geht auf die Tür zur Werkstätte zu, ihr könnts mich alle kreuzweis, wenns wollts. Davon wird deine Katz aber auch nicht schöner, sagt der Wielander. Melzer dreht sich um und fängt zu grinsen an, du schau auf deine eigene Alte, sagt er, so schiach und fett, wie die ist, die kannst ja auf ein Grammelschmalz auslassen, da kriegst mindestens zehn Jahre Jausenbrot davon. Na gegen die, sagt der Wielander, die was dich gestern abgeholt hat, ist sie eine Märchenprinzessin. Aber aus einem Gruselmärchen, sagt Melzer und macht die Tür auf. Im selben Moment fängt in der Werkstätte einer auf der großen Kreissäge zu schneiden an, und ihr Kreischen deckt die Antwort des Wielander zu. Melzer sieht ihn die Lippen bewegen, gestikulieren, so ist er mir recht, denkt er. Er geht an seine Werkbank hinüber, wo der Lehrling, der ihm hilft, die Teile einer Anrichte zum Zusammenleimen hergerichtet hat. Guten Morgen, sagt der Lehrling, und Melzer bellt ihn an, Schraubzwingen hättst auch schon herrichten können, was hast denn eigentlich im Schädel?

Während der Jausenpause sitzt er mit den anderen draußen in der Sonne. Er hätte sich gerne etwas abseits von ihnen hingesetzt, aber er befürchtet, daß sie gerade das zum Anlaß nehmen könnten, über ihn zu reden. Wenn er mitten unter ihnen sitzt, meint er, können sie nur *mit* ihm reden, aber nicht *über* ihn. Der Lehrling, der immer die Getränke aus dem vorne an der Straße gelegenen Wirtshaus holt, ist noch nicht zurück, Melzer kaut an seinem Schmalzbrot herum, Hunger hat er keinen, ohne Bier bringt er die sich im Mund ballenden Knödel kaum hinunter. Der Senk, der neben ihm sitzt, ißt eine Wurstsemmel. Schau dir das an, sagt Melzer, jeden Tag gibt mir meine Mutter ein Schmalzbrot mit, seit ich in der Schule angefangen hab, hab ich jeden Tag ein Schmalzbrot gegessen, stell dir einmal vor, wieviel das sind, ganze Waggons voll sind das. Ich hab früher auch Schmalzbrot mitgehabt, sagt der Senk, aber seit ich verheiratet bin, schaff ich meiner Alten einfach an, sie soll mir Wurstsemmeln mitgeben, wennst Wurstsemmeln mitkriegen willst, sagt er, dann mußt heiraten. Melzer überlegt einen Moment, ob er sagen soll, daß er ohnedies bald heiraten wird, aber bevor er sich entschließen kann, sagt der Kösel, der schon am längsten von allen bei der Firma ist, ja, sagt er, am Anfang kriegt Wurstsemmeln, in den Flitterwochen, aber nachher frißt wieder dein Schmalzbrot. Ich nicht, sagt der Senk, ich werd keine mehr fressen. Schlecht sinds aber eh nicht, sagt Melzer, wenn man ein Bier dazu hat, sinds garnicht so schlecht. Wo der Rotzbub wieder so lang bleibt, sagt der Jeschko, den kannst auch um den Tod schicken.

Als der Lehrling gleich darauf in einer riesigen Einkaufstasche die Getränke anschleppt und seine Rechtfertigung, daß er nicht gleich drangekommen sei, zur faulen Ausrede erklärt und dann eine Weile darüber geredet wird, daß sich *früher* keiner sowas hätte erlauben dürfen, glaubt Melzer schon, daß die Maria als Thema erledigt ist. Er weiß nicht, ob ihm das recht sein soll, jetzt wüßte er nämlich, was er sagen muß, was er am Morgen hätte sagen müssen, er hat ja die ganze Zeit, während er eine Anrichte nach der anderen zusammengeleimt hat, daran denken müssen, wie sie ihn im Garderobenraum *auf der Schaufel gehabt* haben. Ohne daß er besonders überlegt hat, sind ihm die *richtigen* Antworten eingefallen, Antworten, die den, dem er sie gegeben hätte, an den Pranger zum Auslachen gestellt hätten.

Melzer faltet das Jausensäckchen zusammen, steckt es ein und trinkt die noch halbvolle Bierflasche in einem Zug aus. Mahlzeit, sagt er, als er die Kohlensäure herausrülpst. Mahlzeit, sagt der Jeschko und rülpst auch, aus Sympathie, sagt er zu Melzer, auch wennst so eine hinige Katz hast. Melzer fängt zu grinsen an, na, sagt er, vielleicht tätst dir alle Zehne abschlecken, wennst sie kriegen tätst. Was? sagt der Jeschko, da hab ich schon um Eckhäuser schönere von meinem Hosentürl vertrieben. Melzer rollt die leere Bierflasche zwischen seinen gespreizten Beinen hin und her, ich kann dir nur sagen, alle Zehne tätst dir abschlecken, sagt er. Kanns was Besonderes, fragt der Jeschko, oder hats so eine Marie sitzen. Sowieso, sagt Melzer, und er sieht, wie der Jeschko sofort zu grinsen aufhört und zu blinzeln anfängt. Die anderen sehen ihn erwartungsvoll an, ein paar grinsen noch, aber Melzer hat den Eindruck, als hätten sie nur darauf vergessen, das Grinsen aus dem Gesicht zu tun. Woher hast sie denn, fragt der Rahner, wem gehörts denn? Kennst die Kabelfabrik Weinberger, fragt Melzer. Was, sagt der Rahner, was? Das sind ihre Eltern, sagt Melzer, und er möchte jetzt gerne aufstehen und weggehen, alle, wie sie da sind, mit einem blöden Gesicht sitzen lassen, das wäre ein Auftritt, denkt er. Der Jeschko starrt ihn an, bist deppert, sagt er, erzähl da keine Schmäh. Melzer zuckt die Schultern, na dann is eh alles klar, sagt der Wielander. Demnächst heirat ichs, sagt Melzer, und dann kauf ich euch, wenn ich will, samt der ganzen Bude da auf.

Der Gabmann kommt über den Hof daher. Als er sieht, daß alle in der Sonne sitzen, schaut er auf die Uhr. Na am liebsten möchtets wohl überhaupt nichts mehr tun, sagt er, was? Es ist noch nicht Viertel, sagt der Jeschko. Seids ihr Maurer oder Tischler? sagt der Gabmann. Und den Alten, sagt Melzer leise, den kauf ich auch mit ein. Den mach ich zum Portier, daß er mich grüßen muß.

Er fuhr am hellichten Tag über die Brücke, vor der er immer stehengeblieben war, saß in seiner holzstaubbemehlten Blauen im Auto, die sonst immer im Spind blieb, wenn er nach Arbeitsschluß aus der Werkstatt ging. Er war schon halb aus der Hose gestiegen gewesen, ganz automatisch wie jeden Tag, doch dann hatte er sie mit einem Ruck wieder hochgezogen, nein, er würde dort dreckig auftauchen, so wie man sich ihn wahrscheinlich vorstellte, nicht geschneuzt und gekämmt, als ob er zum Handanhalten kommen würde, dreckig, wie er in der Arbeit war, er braucht sich garnicht genieren, schon garnicht vor solchen Leuten, sollen die sich lieber genieren, die da herunterfressen, einfach nichtstun und schmarotzen, möcht bloß wissen, warums gar so ein Ansehen haben, wenns eh für nix gut sind. Auf dem asphaltierten Platz vor dem Haus blieb er stehen, drückte auf die Hupe, zweimal kurz, zweimal lang, wenn er jetzt ein Folgetonhorn gehabt hätte!, so wie die Überlandlaster eins hatten, daß die Fenster gezittert hätten, die Vögel vom Baum gefallen wären, daß denen drin das Doppelkinn gezittert hätte, wenns überhaupt eins haben und nicht zu knauserig zum Fressen sind, aber seine Batterie war schon schwach, das Hupen nur ein heiseres Brummen, drang vielleicht nicht einmal durchs Haus, durch diesen würfelförmigen grauen Klotz. So hatte er sich das Haus nicht vorgestellt, da waren ja die Gemeindebauten direkt Päläste dagegen. Aber sicher würde es drinnen anders aussehen, drinnen würde der Reichtum anfangen, alles nobel, behaglich und gediegen, ja gediegen, das war das richtige Wort, echte Teppiche und *richtige* Möbel, kein so ein Ramsch, wie er täglich beim Gabmann zusammengeschustert, von den großen Fabriken als Vorbild ausgespuckt wurde, außen hui, innen pfui, sondern echte Möbel, die dastanden wie ein Amboß, unverrückbar, wie sie früher gemacht wurden, als man vielleicht an der Tischlerarbeit noch eine Freude hat haben können, was man sich eh nicht recht vorstellen kann, *so* würde es drinnen sein, und die graue Hausfassade nichts als eine Irreführung, ein Vertuschen, wegen dem *Neid*, wegen der *dummen Gedanken*, auf die die Baraber von der Fabrik drunten vielleicht kommen könnten, wenn der Prunk außen gewesen wäre. Der Gabmann rennt ja auch immer in den ältesten Anzügen herum, daß man ihm fast was schenken möchte. Er hätte im Auto sitzenbleiben können, bis Maria herauskäme, aber hat er das notwendig? muß er sich verstecken? da soll sie ihn ruhig angaffen, die Alte, da soll sie ruhig sagen, genauso hat sie sich den vorgestellt, da soll sie sich einbilden, von mir aus, daß sie recht gehabt hat. Er setzte sich auf die Kühlerhaube und musterte die Fenster, irgendwo würden sie dahinterstehen, auch wenn er sie nicht sah, hinter dem Tüllvorhang, einen Schritt vom Fenster weg, aus Angst, daß er sie sieht. Hund war zum Glück keiner da, kein so ein Riesenvieh, Deutsche Dogge oder sowas, wie sie in den Filmen üblich waren, wäre aber sicher dagewesen, wenn die Alte keine Katzen gehabt hätte, sechs kastrierte Kater, wie Maria erzählt hatte, mit den Namen ägyptischer Könige.

Maria kam aus dem Haus, mit drei Koffern, mit einem war sie angekommen vor siebzehn Jahren, er nahm sie ihr ab, verstaute sie hinten im Auto, eigentlich hätte er sie küssen müssen, lange und ausführlich, aber Maria war sicher für so eine Schau nicht zu haben, die traut sich ja überhaupt nichts, wenn es nach ihm gegangen wäre, er hätte der Alten schon eine vorgeführt, die hätte mit den Nägeln den Kalk von den Wänden gekratzt oder wäre in Ohnmacht gefallen, der Länge nach dagelegen, aus, Herzschlag, wenn er Maria am hellichten Tag vor dem Haus aufs Kreuz gelegt hätte, gleich über die Kühlerhaube, und Maria hätte gejubelt, er hätte ihr das schon besorgt, er hätte sich getraut.

Er fuhr mit ihr zu sich nach Hause. Maria war schweigsam, schimpfte nicht einmal darüber, daß man sie hinausgesetzt hatte. Er hätte schon mitgeschimpft. Überhaupt: wenn er an ihrer Stelle gewesen wäre. So sang- und klanglos wäre er nicht abgegangen. Denen hätte er vorher schon noch die Bude auf den Kopf gestellt, die Katzen besoffen gemacht, an den Beinen aneinandergebunden, in die Blumentöpfe geschissen. An seinen Abgang hätten die sich ewig erinnert. Aber die Maria ist da viel zu *gut erzogen:* bittedanke, bittedanke, auch wenns ihr auf den Schädel scheißen. Oder zumindest fast. Die haben sie richtig abgerichtet dafür. Die macht keine Scherereien. Sicher hat sie es nicht leicht gehabt, eine aus dem Waisenhaus, die man jederzeit zurückschicken kann, bei Nichtgefallen Umtausch möglich, wie wennst in einem Versandhaus was bestellst. Er grinste plötzlich vor sich hin, wenns ihm nicht taugt, fiel ihm ein, dann kann er sie ja auch zurückgeben. Aber so ein Hund ist er nicht. Er ist doch nicht wie die Alte. Mit der läßt er sich nicht vergleichen. Außerdem könnte er dann Alimente blechen. Schließlich kann man ja auch eine daneben haben. Das kommt billiger.

Er trug die beiden größeren Koffer ins Haus, Maria nahm den dritten, das Pappköfferchen, das schon ihre Umzüge von Waisenhaus zu Waisenhaus mitgemacht hatte, das sie während der Bahnfahrt zum neuen Zuhause die ganze Zeit ängstlich auf den Knien gehalten hatte, bis es ihr die fremde Frau, die *Mutter* genannt werden wollte, weggerissen und oben ins Gepäcknetz gelegt hatte. Da wäre sie lieber, hatte Maria erzählt, sofort wieder zurück ins Waisenhaus. Ingrid, ein um zwei Jahre jüngeres Kind aus einem anderen Schlafsaal, war von da an, also von allem Anfang an, bevorzugt worden, weil sie sich an nichts geklammert hatte, sich einfach alles hatte fortnehmen und auch ohne Sträuben den Mantel hatte ausziehen lassen. Melzers Mutter stand mit Reinhard in der Tür und befehligte gleich den Einzug, dirigierte Maria hierhin und dorthin, überwachte das Einordnen der Habseligkeiten Marias in den Kasten, taxierte jedes Stück, das Maria aus dem Koffer holte, ordentlich ist sie, stellte die Mutter fest, das muß man ihr lassen: alles *richtig* gefaltet. Sie ließ sich von Maria auch schon *Mutter* nennen. Melzer zuckte dabei jedesmal ein wenig zusammen. Das kam ihm ganz gewaltig übertrieben vor. Er konnte es sich doch noch einmal überlegen, oder? Maria schien es ohnedies nicht leicht zu fallen. Schon wieder eine Mutter, die nicht die richtige war. Aber seine Mutter würde nicht *so* sein, die hat ein Mitleid. Da wird sie jetzt einmal ein *richtiges Zuhause* haben, hatte die Mutter gesagt. So schön wie vorher halt nicht, alles einfach, nichts mit Luxus. Aber sauber. Aber dafür ein richtiges Zuhause. Wo sie eh nie eins gehabt hat. Das muß man auch zu schätzen wissen. Das ist mehr als weiß ich was. Melzer kam sich unnötig vor und ging hinunter in die Küche. Zum Glück war Franz in der Nachmittagsschicht. Der hätte sicher wieder gegrinst. Der ist ja jetzt überhaupt nur mehr zynisch, seit er seine Alte ausgehaut hat, weil sie ihm ständig auf die Seite gegangen ist. Melzer trank langsam das Bier aus. Die Mutter kam nicht herunter, er hörte ihre Schritte durch die Zimmerdecke. Was die so lang zu quatschen hatten? Sollte er sich das Nachtmahl vielleicht selber machen? Zählte er jetzt nicht mehr? Sollte er wieder hinaufgehen?

Maria war jetzt da, gehörte dazu, sie würde sich schon eingewöhnen: das Problem war erledigt. Mußte nur noch geheiratet werden. Aber darauf, dachte Melzer, kommts mir schon auch nicht mehr an.

Schon der Tag würde ganz anders anfangen, hatte er gemeint. Er würde nicht mehr allein aufstehen müssen. Franz war, wenn er Frühschicht gehabt hatte, immer schon längst weggewesen, wenn die Mutter Melzer wecken gekommen war und wenn Franz Nachmittagsschicht gehabt hatte, hatte Melzer der Neid gefressen, wenn er den Bruder in die Tuchent verkrochen sah und sich leibhaftig vorstellte, wie der bis in den schönsten Vormittag hinein schlafen konnte. Jetzt würde Maria mit ihm aufstehen, geteilter Schmerz ist halber Schmerz, er würde mit ihr reden, beim Waschen, beim Anziehen, beim Frühstück, sie würden sich was erzählen, und er würde nicht mehr mit nur einem halbwachen Auge in den Tag, in die Arbeit hineintaumeln, ohne zu merken, was rundum los war, ein ganz anderes Leben würde das dann gleich sein, wenn der Tag schon anders anfing, er würde sich die ewig gleichen Sätze der Mutter, die er schon auswendig kannte, nicht mehr anhören müssen, zumindest würde er überhaupt nicht mehr drauf achten, alles würde eben ganz anders sein als früher.

Das hatte er sich am Abend vorgestellt. Aber am Morgen war alles wie früher. Davon, daß Maria da war, wurde er auch nicht wacher. Sein Mißmut am Morgen schien schon eine Charaktersache zu sein. Was sollte er denn reden, wenn ihm nicht nach Reden war? Nach Schlafen war ihm, nach sonst überhaupt nichts, sich irgendwo in einer Ecke verkriechen und schlafen. Und was gabs denn in der Früh vor der Arbeit schon zu reden? Ihm fiel nichts ein. Maria redete ja auch fast nichts. Kaum daß sie wach war, war ihr auch schon übel. Sie war blaß, sah elend, richtig leidend aus, wollte nicht einmal angeredet werden, Frühstück aß sie keines, auch wenn die Mutter Melzers schimpfte, daß das Kleine zu kurz käme. Der Trost der Mutter, daß das nur die ersten drei Monate so sei, war für Maria eher wie eine Verurteilung. Vielleicht wäre doch alles so geworden, meinte Melzer, so, wie er sich das vorgestellt hatte, wenn ihr nicht immer schlecht gewesen wäre. Wenn sie nicht so zimperlich wäre. Sowas Besonderes ist es ja auch wieder nicht, ein Kind zu kriegen, wo so viele Frauen eins kriegen, und wenn ihm schlecht ist, tut er doch auch nicht so, als ob er gleich sterben würde.

Auf dem Weg zur Arbeit, der sich um ein paar hundert Meter

verlängert hatte, weil er Maria auf den Stadtplatz zum Autobus bringen mußte, mit dem sie nach Sch. zu dem Steuerberater fuhr, bei dem sie arbeitete, saßen sie im Auto, und statt ihrer Gespräche, wie Melzer sich das vorgestellt hatte, lief wie früher das Autoradio mit der penetrant zuversichtlichen Stimme, von der Melzer vermutete, sie sei schon am Abend zuvor auf Band aufgenommen worden, laufe jetzt nur ab, weil er sich, so wie er dasaß, nicht vorstellen konnte, daß jemand schon am frühen Morgen so reden könnte. Es ist doch eh ganz wurscht, dachte er, ist doch alles eine Spinnerei, daß es anders sein könnt; wennst in die Hacken fahren mußt, kann rundherum sein was will, da könnten sogar die besten Katzen nackert am Straßenrand stehen, aber das fade Aug tätst trotzdem haben.

Maria war neben ihm eingeschlafen und er war noch eine Weile wach gelegen. Sie lag wie er auf der Seite, mit der Brust an seinem Rücken, und er spürte ihren Atem an seinem Nacken. Er fand es sehr schön, so ruhig dazuliegen, mit dem schlafwarmen Körper an seinem. Es war nur ganz selten vorgekommen, daß er neben einer Frau hatte einschlafen können. Wenn es sich überhaupt im Bett abgespielt hatte, dann hatte er, kaum daß die Sache erledigt war, heraus müssen, hatte heimfahren oder sie heimbringen müssen, und wenn er Glück gehabt hatte und das Mädchen war nicht eines gewesen, das ihm dann ohnedies nur zuwider oder uninteressant gewesen war, ein benützter und nun nutzloser Gegenstand, dann hatte er sich immer vorgestellt, wie schön es sein müßte, sich einfach ausstrecken zu können und Haut an Haut einzuschlafen. Das konnte er jetzt jeden Tag haben. Er bewegte sich ein wenig, und Maria murmelte irgendetwas Unverständliches und rollte sich auf den Rücken. Melzer suchte eine bequeme Lage, in der er soviel wie möglich von Marias Körper spüren konnte, und auf einmal fing sie zu schnarchen an. Melzer richtete sich jäh auf und starrte ins Dunkel, dorthin, wo ihr Gesicht sein mußte, ihre beim Ein- und Ausatmen unterschiedlich schnarrenden Atemzüge gingen ihm durch und durch, und dann ließ er sich zurückfallen, nein, dachte er, das glaub ich einfach nicht. Nicht einmal im Traum hatte er das erwartet, das war also die Kehrseite ihrer Stimme, die ihm so gefallen hatte. Er drängte ihr wütend seinen Ellbogen in die Rippen, wenn sie mir das vorher gesagt hätt, dachte er. Maria drehte sich schnaufend auf die Seite, hechelte noch ein paarmal, und dann war das Schnarchen weg. Er lag da und ihr

Körper war ihm auf einmal zu heiß und er rückte ein wenig ab und schlug an seiner Seite die Bettdecke zurück. Das müßtens einmal in einem Liebesfilm zeigen, dachte er, da täten die Leut einmal blöd schauen. Auf jeden Fall kann er aufs Einschlafen neben der Maria verzichten.

Mitte Oktober war das offizielle Happyend. Es regnete den ganzen Tag. Um halbzehn war die standesamtliche Trauung, die Melzer noch halbwegs erträglich fand, und um halbelf dann die kirchliche, die ihm viel zu lang war, obwohl er ohnedies eine kurze, eine ohne Messe bestellt hatte. Er sah dem Pfarrer zu, der vor ihm und Maria die üblichen Handgriffe und Sätze erledigte. Wenn die Pfaffen selber heiraten dürften, meinte er, dann tätens sicher nicht so blöd daherreden. Dieses ganze Theater ging ihn überhaupt nichts an, und er konzentrierte sich auf die Blasen, die er von den neuen Schuhen an den Fersen hatte. Die kamen ihm viel wirklicher vor als alles, was um ihn herum vorging. Mit diesen Blasen würde er heute noch tanzen müssen. Maria gab zum zweitenmal an diesem Vormittag ihr Jawort, und dann las der Pfarrer ihm die Frage mit den vielen Forderungen vor, ob er sie lieben, ehren, beschützen und weiß Gott was noch alles würde, treu sein natürlich auch, und er sagte in Gedanken schon Jaja, einfach so nebenhin, und dann war der Pfarrer zu Ende, und es wurde still, und auf einmal hatte Melzer einen Knopf im Hals, er hatte den Mund offen, brachte nichts heraus, würgte an dem Wort herum, schluckte, setzte noch einmal an und dann kam es heraus, laut, fast wie ein Schrei, Ja, brüllte er, und der Pfarrer zerbiß ein Grinsen, und der Ministrant kicherte, bis der Pfarrer ihn mit dem Ellbogen in die Seite stieß. Ein richtiger Urwaldschrei, dachte Melzer, wie Tarzan in den Lianen. Dann ging alles weiter, wie es sich gehörte, alles lief ab, ohne daß Melzer absichtlich etwas dazu tat, ein richtiger Hampelmann ist er, kam ihm vor, den man am Schnürl zieht und er bewegt sich, ohne daß er einen Kopf dazu braucht. Eigentlich ist er ja garnicht da. Erst als die Orgel sehr laut zu werden anfing und er von früher, von den Schulmessen her noch wußte, daß es nun gleich vorbei war, hatte er halbwegs wieder das Gefühl, daß er nun auch selber ein wenig vorkam. Als er neben Maria durch die Kirchentür hinausging und der Regen heftig aufs Pflaster klatschte, schien ihm, als sei er gerade noch einmal wo davongekommen.

Mit vier Autos fuhr die Hochzeitsgesellschaft zum nur fünfzig Meter entfernten Wirtshaus, zur »Alm«, hinüber. Die Blumen und Girlanden aus Kreppapier, mit denen die Autos aufgeputzt worden waren und die der Regen zu unansehnlichen, an nasses Klopapier erinnernden Fetzen gemacht hatte, kamen Melzer fast wie ein Beweis vor, daß eine Hochzeit nichts ist als ein Schwindel, ein Betrug, bei dem man mitspielt, obwohl man schon vorher weiß, daß man draufzahlt. Er hatte, wenn schon, ganz anders heiraten wollen. Zwei Trauzeugen genügen, hatte er gesagt, und denen zahlt er dann ein kleines Gulasch und ein Seidel Bier und damit hat sichs. Aber das kann er Maria nicht antun, hatte die Mutter protestiert, auch wenn Maria keine Verwandtschaft hat, die eine ordentliche Hochzeit ausrichtet, so hat sie doch ein Recht auf wenigstens halbwegs eine, schließlich heiratet man ja nur einmal. Auch die zu erwartenden Hochzeitsgeschenke waren ein Argument der Mutter gewesen: wenn er die Verwandtschaft nicht einlädt, dann kriegt er auch nichts. Fressen und saufen doch eh mehr als sie verschenken, hatte Melzer gemeint, aber die Mutter war von ihren Vorstellungen, wie eine Hochzeit zu sein hat, nicht abzubringen gewesen: es gehört sich einfach, hatte sie gesagt, was sollen sich denn die Leut denken, die müssen ja glatt glauben, daß sie sich keine anständige Hochzeit leisten können. Wenn sie es auch nicht dick haben, Hungerleider sind sie noch lange keine. Ist ja eh wurscht, hatte Melzer schließlich nachgegeben, weil wahrscheinlich würde er sich ohnedies so ansaufen, daß ihm alles andere als der Biernachschub gleichgültig sein würde.

Er genierte sich ein wenig, als er mit Maria am Arm durchs Gastzimmer aufs Extrazimmer zuging. Die paar Gäste, die herumsaßen, lauter Männer, die Melzer alle kannte, glotzten und grinsten, Bemerkungen wurden gemacht, da hats also wieder einen erwischt, wieder einer mehr, der den Scherm aufhat. Es half ihm nicht viel, daß er sich sagen konnte, daß sie selber fast alle verheiratet waren.

Das Extrazimmer schaut aus wie immer, gerade daß die Tische zu einer Reihe zusammengerückt worden sind. Wenigstens weiße Tischtücher hättens drauftun können, sagt die Mutter Melzers, schaut doch aus wie bei den armen Leuten. Alle stehen herum. Keiner weiß, wo er sich hinsetzen soll. Das Brautpaar, sagt Tante Hermi, gehört oben an den Tisch. Die Mutter findet, daß das Brautpaar in die Mitte gehört. Sie können sich nicht einigen, schließlich setzt sich Melzer in die Mitte der Tischreihe, mir ist das jetzt wurscht, sagt er, wie man richtig sitzt, ich sitz jetzt da. Seine Mutter setzt sich sofort an seine rechte Seite, Maria an seine linke, aber die Tante Hermi läßt es sich nicht nehmen, daß die Braut rechts sitzen muß, die Tante Agnes ist derselben Meinung, also tauschen Maria und Melzers Mutter die Plätze, wodurch Melzers Großmutter neben Maria zu sitzen kommt, aber unbedingt neben ihrer Tocher, der Mutter Melzers, sitzen möchte. Nach einer Weile Sesselrücken sitzen doch alle, wie es sich angeblich gehört. Eine Kellnerin kommt herein und will der Reihe nach die Getränke aufnehmen. Sie steht am Ende der Tischreihe mit einem Block in der Hand, aber niemand traut sich was zu bestellen. Nur der kleine Berti, der fünfjährige Sohn von Melzers Kusine Grete, schreit, daß er ein Coca Cola will. Sein Vater zieht ihn am Rockkragen zurück und redet ihm zu, daß er nicht zu Hause ist. Dort oben müssens fragen, sagt die Tante Agnes zur Kellnerin und deutet zu Melzer hinauf, der gerade unter dem Tisch verschwunden ist, um die Schuhbänder aufzuknüpfen, damit er die Schuhe ausziehen kann. Wenn ich das gewußt hätt, sagt er zu Maria, hätt ich nicht geheiratet. Er sieht, wie Maria schluckt und sagt schnell, oder ich hätt bloßfüßig heiraten sollen. Zu trinken? sagt die Kellnerin. Ja, ein Bier bitte, sagt Melzer, ein Krügel. Nichts da, sagt die Mutter, womit sollen wir denn anstoßen? bringens ein paar Liter Wein und Gläser. Aber ein Bier wär ihm lieber gewesen, meint Melzer. Er ist auf einer Hochzeit, sagt die Mutter, und da trinkt man Wein. Ach so, sagt Melzer, auf einer Hochzeit bin ich? und ich hab mir schon eingebildet, grinst er, ich bin auf einem Leichenschmaus. Er beugt sich zu Maria hinüber, hast dir das so vorgestellt, fragt er, und Maria lächelt, in deinen kühnsten Träumen, sagt er betont. Maria greift nach seiner Hand, die genauso schweißig wie die ihre ist, kann man eben nichts machen, sagt sie. Ich wüßt schon was, sagt er, ein MG wenn ich da hätt. Der Reihe nach würden sie sich ächzend an die Brust greifen und vorn auf den Tisch fallen, wie in dem Al Capone-Film. In Chicago müßte man sein und nicht in dem Nest, da müßte man nicht zu allem Ja und Amen sagen. Die Großmutter erklärt, daß auf eine Hochzeit eine Musik gehört, wo denn also eigentlich die Musik ist, fragt sie. Froh bin ich, daß keine ist, sagt Melzer und befühlt durch seinen Socken die Blase am rechten Fuß, brauch ich wenigstens nicht tanzen. Vielleicht läßt sich was machen, sagt Onkel Karl, weil da draußen habens doch eh einen Musikautomaten. Mit lauter so einer Negermusik drin, meint die Mutter. Die Leberknödelsuppen werden hereingebracht, und Melzer greift gleich nach dem Löffel, fängt zu essen an, und auf einmal merkt er, es ist ganz still, er schaut von der Suppe auf, schaut den Tisch entlang, alle sehen ihm zu, und er läßt den Löffel im Teller liegen und redet, ohne zu wissen, was er da eigentlich sagt, auf Maria ein. Die Kellnerin bringt den Wein, hat aber das Cola für Berti vergessen, der gleich zu plärren anfängt, bis ihm Gerhard, sein Vater, mit der Faust von oben auf den Kopf schlägt und hinausgeht, um ihm das Cola zu holen. Alle warten, mit den Gläsern in der Hand, daß wer das Zeichen zum Prosten gibt. Wer jetzt eine Rede hält, will Onkel Karl wissen. Wenn er eine braucht, sagt Melzer, soll er sich eine halten. Melzer trinkt einen Schluck aus dem Glas und wird von der Mutter angerempelt, ob er denn nicht warten kann? Weißt was, sagt er zu ihr, die können mir den Hobel ausblasen. Schließlich wird der Vorschlag gemacht, wenn schon kein Brautvater da ist, soll wenigstens der Brautführer reden. Hubert, Melzers Freund, der geglaubt hat, als Trauzeuge und Brautführer muß er nur darauf aufpassen, daß die Braut nicht verschleppt wird, Hubert zieht den Kopf ein und macht abwehrende Handbewegungen. Tante Hermi, die neben ihm sitzt, sagt, daß es ein Gehörtsich ist, wenn er jetzt redet. Schließlich steht Melzer auf und hebt sein Glas, also, sagt er, damits eine Rede habts, der Ritter sprach zu seinen Knappen, saufts den Wein und halts die Pappen. Er setzt sich wieder und grinst die Mutter an, die den Kopf schüttelt, du wirst auch nimmer erwachsen, sagt sie, auch nimmer gescheiter. Melzer stößt mit Maria an und trinkt das Glas auf einen Zug leer, muß es aber gleich wieder füllen, weil auch noch alle anderen mit ihm anstoßen wollen. Auf allgemeinen Wunsch muß er dann noch Maria küssen, was alle sehr lustig und einige sogar zum Beklatschen finden. Um sich vor weiteren Notwendigkeiten zu retten, fängt er an, die nur noch lauwarme Suppe fertigzuessen. Der Wirt und die Kellnerin bringen den Salat herein. Die Tante Agnes greift sich an die Seite und fragt, ob sie nicht einen Salat ohne Öl haben kann, weil ihre Galle das nicht verträgt. Melzers Mutter sagt, daß sie heute einmal eine Ausnahme machen kann, aber die Tante Agnes erklärt, ihre Galle mache auch keine Ausnahme, und sie will keine Gallenkolik kriegen. Sie fängt an, den Umsitzenden mit leidender Miene zu schildern, wie das ist, wenn sie eine Kolik hat. Dann kommen der Schweinsbraten und die Knödel. Melzer sieht sich um, hoffentlich muß er sich mit seiner Sippschaft nicht auch noch genieren, weils noch nicht ordentlich essen können, vielleicht noch nicht einmal soviel Benehmen haben, sodaß sie sich zuerst alles zerschneiden und dann die Brocken mit der Gabel in sich hineinschaufeln. Melzer hat früher selber so gegessen, aber im Internat der Berufsschule haben sie ihm das abgewöhnt. Zum Glück essen alle außer der Großmutter richtig. Die Mutter möchte jetzt endlich wissen, wo die Torten und Bäckereien bleiben, die sie am Morgen dem Wirt gebracht hat. Die Tante Hermi und sie haben die letzten drei Tage nur gebacken. Onkel Otto meint, daß der Wirt sich sicher was unter den Nagel reißen und nicht alles auftragen wird, worauf die Mutter Melzers ihr Essen stehen läßt und in die Küche läuft. Melzer ist schon ein wenig duslig, weil er zu jedem Bissen einen Schluck Wein trinkt. Er traut sich sogar schon die Tante Agnes fragen, ob der fette Schweinsbraten keine Gefahr für ihre Galle ist. Die Mutter kommt beruhigt aus der Küche zurück, sind eh anständige Wirtsleut, sagt sie; soviel sie hat sehen können, fehle nichts, die Wirtin lege die Bäckereien gerade auf Platten. Und wenn sie sich ein paar Stückel nimmt, sagt sie, so derhungert darfst auch nicht sein. Sie läßt sich bestätigen, daß das Essen gut war, indem sie es selber so lange lobt, bis jeder seinen zustimmenden Kommentar abgegeben hat. Rosi, die Frau Huberts, setzt sich neben Maria, um die sich bis dahin keiner gekümmert hat. Melzer möchte am liebsten jedes Glas auf einen Zug leertrinken, bremst sich aber immer wieder ein, weil der Nachschub so lange dauert. Hubert kommt und sagt, daß es Zeit wird, zum Fotografen zu fahren. Man muß was zur Erinnerung haben, sagt die Mutter. Sowieso, sagt Onkel Otto, damit man was hat für später. Melzer fällt ein, daß das Hochzeitsbild seiner Eltern (sein Vater in SS-Uniform, die Mutter zivil, mit Pagenkopf) noch immer im Schlafzimmer der Mutter hängt, obwohl der Vater schon mehr als zehn Jahre weg ist. Die Mutter meint, Rosi soll fahren, weil Melzer schon zu viel getrunken hat. Wenn er heute was hätt, sagt sie, das wäre ja furchtbar. Ich hab eh einen schwarzen Anzug an, sagt Melzer, da könnts mich gleich wie ich bin in den Sarg tun. Die Großmutter sagt, daß man über sowas keine Hetz mache, nicht einmal im Spaß, sagt sie. Ihr tuts ja alle so, sagt Melzer, als ob ich schon besoffen wäre, ist ja ein Witz, die paar Achteln. Das ist eine Porzellananfuhr, sagt Onkel Otto und zeigt grinsend auf Marias Bauch, da führst ja gleich zwei mit. Melzer sieht ihn an, dreht dann abrupt den Kopf weg und nimmt Maria am Arm, komm, sagt er zu Hubert, wir fahren.

Der Fotograf hat schon alles hergerichtet. Er blättert vor ihnen ein Album, in dem Fotos lächelnder Brautpaare in verschiedenen Posen eingeklebt sind, von vorn nach hinten durch und wieder zurück und glaubt, daß sie sich für irgendeine Haltung entschieden haben. Aber Melzer hat garnicht darauf geachtet. Er hat sich das ganze Album angesehen wie ein Bilderbuch, wo alles nach Glück, nach dem endlichen Happyend, von vorne bis hinten Happyend, aussieht, er hat viele darauf erkannt, auch ein paar ehemalige Freundinnen waren darunter. Daß er mit Maria vielleicht auch in dieses Album kommen könnte, will er sich erst garnicht ausführlich vorstellen. Der Fotograf gibt hinter dem schwarzen Tuch seiner Kamera hervor Anweisungen, wie die Köpfe zu halten sind, zusammen, sagt er, noch mehr zusammen, also bitte noch ein bissel zusammen, jetzt sinds doch verheiratet. Dann kommt er noch einmal hervorgeschossen, weil ihm die Fingerstellung der Hand, die er Maria auf die verschnörkelte Lehne eines Sessels gelegt hat, nicht paßt. Er drapiert ihr jeden Finger einzeln um, redet ununterbrochen, es soll doch was gleichschauen, ist doch eine Erinnerung für ewig, er biegt Marias Kopf noch weiter zu Melzer hin, und lächeln, sagt er, schauns doch nicht so finster, Frau Melzer, ist doch der schönste Tag im Leben einer Frau, grinst er, was? Melzer schwitzt unter den heißen Scheinwerfern, er hat ein flaues Gefühl im Magen, als ob er nach einer durchsoffenen Nacht am Morgen plötzlich nüchtern geworden wäre. Er spürt, daß Maria zittert und kommt sich auf einmal ganz hilflos vor, er möchte davon, hinaus in den Regen, sich das Wasser in den Mund rinnen lassen, hinaus aus der Helligkeit, der verkrampften Haltung, die der Fotograf anschafft, ich renn davon, denkt Melzer, ich renn ihnen einfach davon, aber er lächelt nur, bis es vorbei ist.

Als sie zurück in die »Alm« kommen, ist von der vorher so problematischen Tischordnung nichts mehr zu merken. Der Musikautomat steht jetzt im Extrazimmer und spielt einen Marsch. Es ist sehr laut. Melzer sieht, daß Onkel Karl Schwierigkeiten hat, seine Schwägerin, die fette Tante Agnes, herumzuschleifen, noch dazu, wo er am linken Bein vom Knie weg eine Prothese hat. Als die Nummer aus ist, werden Melzer und Maria auch wieder zur Kenntnis genommen. Onkel Karl ist gleich für den Ehrentanz, aber Onkel Otto schreit, daß die Geschenke noch nicht ausgepackt sind. Melzer und Maria gehen zum Tisch hinüber, auf dem die Pakete aufgestapelt sind, packen aus, lesen die dazugehörenden Billetts vor, hören sich die selbstgefälligen Kommentare der Spender zu den Geschenken an, lächeln, machen beeindruckte Gesichter, Melzer versucht witzige, aber womöglich nicht beleidigende Bemerkungen zu machen, lauter Dreck, was keiner braucht, denkt er ständig, Rosenvase aus Bleikristall, die *was Bleibendes* sein soll, versilberte Rauchgarnitur, Kerzenständer aus Schmiedeeisen, ein kleiner Gong mit Filzschlegel, das Bild eines weinkostenden Bruder Kellermeisters, zwischendurch gibt es auch *etwas Praktisches*, Bettwäsche zum zweimal Überziehen und Handtücher, tausend Schilling in einem Kuvert (kaufts euch einfach, sagt die Großmutter, was brauchts), und dann lassen sich Tante Agnes und Onkel Otto ausführlich von allen Seiten bewundern und loben, weil sie *das Teuerste* geschenkt haben: ein Speiseservice (wenns Gäste habts, *was Besseres*). Melzer hat das Gefühl, daß er denen da bloß den Trottel macht, daß er ihnen nur dazu verhilft, sich etwas einbilden zu können, also dann dank ich schön, sagt er, dann danken wir euch schön. Aber ein Bussel von der Braut kriegen wir jetzt schon alle, sagt Onkel Karl und umarmt Maria. Melzer schüttelt noch einmal die Hände der Verwandtschaft, geht dann zu seinem Platz und gießt sich ein Glas ein. Und jetzt wirds aber Zeit für den Ehrentanz, sagt Onkel Karl und will sich gleich Maria schnappen. Onkel Otto möchte auch, aber ihre Frauen protestieren, wo gibts denn sowas, sagt die Tante Hermi, zuerst muß doch der Bräutigam mit der Braut tanzen. Na also dann hoppauf, Bruno, sagt Onkel Karl, damit wir auch drankommen.

Später sitzt Melzer zwischen der Mutter und der Großmutter. Maria war plötzlich nicht mehr dagewesen. Hubert hatte sie einen Moment aus den Augen gelassen, und da hatte Onkel Karl sie entführt. Natürlich der meine, sagte Tante Hermi, der alte Tepp. Hubert hatte sich ins Auto gesetzt und war die Wirtshäuser abgrasen gefahren, um sie zu suchen und ihre Zeche zu zahlen. Melzer hat eine Wut gehabt, so blöde Tanz, hat er gesagt, wie auf einer Bauernhochzeit. Und was ist, wenn *er* sich entführen läßt? Ist das dann auch noch eine Hetz? Wenn er zum Beispiel mit der Kellnerin abhaut? Die Mutter versucht ihn zu beruhigen, fängt an zu erzählen, was für einen Schreck sie in der Kirche bekommen hat, weil er und Maria sich mehrere Male umgedreht haben. Denn wer sich in der Kirche beim Heiraten umdreht, dreht sich in Wirklichkeit schon nach einem oder einer anderen um. Blödsinn, sagt Melzer, so ein Blödsinn. Naja, sagt die Mutter, ich halt ja auch nichts drauf, und sie beginnt die Fälle aufzuzählen, wo sich dieses Omen angeblich bewahrheitet hat. Die ewigen Märsche gehen Melzer auf die Nerven, ist das jetzt seine Hochzeit oder nicht? Warum läßt er sich bloß alles gefallen, spurt ohne Mucken und rennt nicht einfach auf und davon? Er geht zu Franz, seinem Bruder, hinüber, komm, sagt er, gehn wir auf einen Schnaps, braucht uns ja eh keiner da. Sowas Unnötiges wie einen Bräutigam, der schon Ja gesagt hat, grinst Franz, gibts eh kein zweites Mal.

Als Melzer nach etlichen Doppelten aufs Klo geht, merkt er, daß er anfängt, richtig betrunken zu werden. Er hat sich im Spiegel über dem Waschbecken angegrinst und sehr gut aussehend gefunden, und dann hat er, beide Hände gegen die Hüften gestützt und mit dem Kopf gegen die Fliesen gelehnt, gepißt und mit kreisenden Beckenbewegungen versucht, den Strahl in das mittlere Loch der Pißmuschel zu lenken, was er immer nur dann tut, wenn er betrunken ist. Er geht zurück ins Extrazimmer, das ihm nur noch als ein nicht mehr zu übersehendes Durcheinander vorkommt. Scheißverwandtschaft, denkt er, obwohl es ihm schon ganz gleichgültig ist, daß er mit allen da verwandt ist. Er will jetzt nur mehr den Tag halbwegs hinter sich bringen, dann ist schon alles in Ordnung. Die Märsche hört er nicht einmal mehr. Maria ist wieder zurück, und er setzt sich zu ihr, läßt sich erzählen, wo sie gewesen sind und daß der Onkel Karl fast zudringlich geworden ist. Das wär bei dem keine Gefahr, sagt Melzer, weil der hat eh nur mehr ein Schild dort hängen mit der Aufschrift: N.Z.B. Was heißt denn das, will Maria wissen. Nur zum Brunzen, sagt Melzer, und Maria zieht den Hals ein, mußt immer so reden? sagt sie. Ach was, sagt Melzer, was scheiß ich mich. Du hast heute schon ein bissel zu viel, meint Hubert, und wennst so weiter machst, bist in einer Stunde eine Leich. Er glaubt das auch, sagt Onkel Otto, der sich mit einem Glas neben Melzer setzt. Melzer erklärt, daß ein ordentlicher Tischler wie ein fünftüriger Schrank stehe, den könne nichts umhauen, und außerdem sei ihm das auch gleich, heute habe er ja ohnedies nichts mehr Großes vor. Na und die Hochzeitsnacht? grinst Onkel Otto. Die, sagt Melzer und legt seinen Arm um Maria, die haben wir eh schon lang hinter uns. Er hat plötzlich das Gefühl, daß er eigentlich schon alles hinter sich hat, und es geht nur mehr so weiter, wie wenn man, einmal im Laufen, nicht gleich stehenbleiben kann. Er kommt sich vor, wie früher, am Ende der Ferien, und er schaut zum Fenster, gegen das der Regen schlägt. Das paßt ganz genau, denkt er, einen besseren Tag hätt ich mir garnicht aussuchen können. Was ist denn, fragt Maria, was hast denn? Was soll ich denn haben? sagt er. Weilst so dreinschaust, sagt sie. Aber was, sagt Melzer, garnichts. Er greift nach ihrem Glas, der schönste Tag im Leben ist heute, sagt er, weißt es ja eh.

Gegen fünf, außer den Frauen waren alle schon ziemlich betrunken, kam der Wirt und sagte, daß sie jetzt bald Schluß machen müßten, weil um sieben habe der Anhängerclub des Fußballvereins eine Sitzung. Melzer lehnte neben Maria im Sessel und starrte stumpf vor sich hin. Manchmal, wenn er einen Satz aufschnappte, zu dem ihm von selbst etwas einfiel, fing er heftig zu reden an und hörte dann ebenso plötzlich, mitten im Satz, wieder auf. Über eine halbe Stunde hatte er sich vorher draußen auf dem Klo eingesperrt, weil er sich beweisen wollte, daß er niemandem abgeht. Er hatte trotzdem die ganze Zeit, während er auf der Muschel hockte, gehofft, daß man ihn suchen würde, aber als er dann *freiwillig* ins Extrazimmer zurückgegangen war, hatte man ihn nicht einmal gefragt, wo er so lange gewesen war. Maria hatte geheult, als er zurückkam, und er hatte zuerst gemeint, es sei wegen ihm, aber es war nur wegen der Tante Hermi gewesen, die sich, ohne zu bemerken, daß Maria hinter ihr gestanden war, das Maul darüber zerrissen hatte, daß kein einziger Verwandter Marias zur Hochzeit gekommen sei. Melzer hatte sich zu Maria gesetzt und ihr zugeredet, doch was zu trinken, weil er nicht wußte, wie er sie sonst trösten sollte. Er hatte ein paarmal mit ihr angestoßen, um sie so zum Trinken zu zwingen, schau, hatte er gesagt, ich sauf doch auch.

Melzers Mutter sagte zum Wirt, er soll einfach nichts mehr zu trinken bringen, denn solange noch was da sei, blieben alle hocken. Der Wirt zog den Stecker des Musikautomaten heraus, und die plötzlich einbrechende Stille wirkte wie ein Schock. Überall wurde gesagt, naja, so gehen wir halt. Die Sätze, die gesagt wurden, waren für alle deutlich hörbar, was gleich die Hälfte der Reden verhinderte. Aber es dauerte trotzdem bis nach sechs, bis alle weg waren. Schön sei es gewesen, hieß es, nur das Wetter habe halt nicht mitgespielt.

Melzer hatte keine Lust, nach Hause zu gehen. Er konnte sich nichts vorstellen, was er zu Hause hätte tun können. Der Gedanke, unten in der Wohnküche zu hocken und zu warten, daß es Zeit wird zum Schlafengehen, machte ihm Angst, so wie er früher manchmal an Sonntagnachmittagen Angst gehabt hatte, wenn keiner seiner Freunde greifbar gewesen und er ganz allein im Ort herumgelaufen war. Aber er mußte mit nach Hause fahren, weil er nicht wußte, wie er dem entgehen könnte. Maria legte sich ins Bett, weil ihr nicht ganz gut war, nur ein bissel, sagte sie, dann gehts schon wieder. Melzer saß eine Weile bei ihr, und sie redeten über die Verwandtschaft und über die Geschenke, dann legte er sich neben sie und wäre fast eingeschlafen. Aber er zwang sich immer wieder, wach zu bleiben, weil er das Gefühl hatte, daß er den Tag nicht so zu Ende gehen lassen durfte. Schließlich setzte er sich auf und sagte, er hätte noch gerne ein Bier und er gehe sich schnell eins holen, er sei eh gleich wieder da.

Die Mutter schimpfte, weil er weggehen und weil er das Auto nehmen wollte. Sie versuchte, ihn zurückzuhalten, er weiß auch nicht, was sich gehört, sagte sie, und manchmal sähe sie wirklich, daß er doch dem Vater nachgerate, der ja auch *so einer* gewesen sei. Melzer sagte, daß sie ihm garnichts zu sagen habe. Und jetzt schon überhaupt nicht mehr.

Er fuhr zum Weißhappl, stellte sich an den Schanktisch und verlangte drei Flaschen Bier. In seinem schwarzen Anzug war er so auffällig, daß der Benischek, der ein paar Häuser neben Melzer wohnte, sich zu ihm stellte und sagte, er schaue aus wie ein Bräutigam. Melzer wußte genau, was es bedeutete, wenn er jetzt zugab, daß er geheiratet hatte, aber er war viel zu müde, um sich eine Ausrede auszudenken. Er sagte zum Wirt, daß er die Biere beim Gehen mitnehmen werde, und setzte sich zum Benischek und noch zwei anderen an den Tisch und zahlte eine Runde Wein. Eine Weile redete er noch mit, versuchte sogar, lustige Antworten auf ihre Fragen nach der Hochzeit zu geben, und als der Vorschlag gemacht wurde, ein paar Liter auszuspielen, stimmte er zu, aber er konnte sich nicht mehr merken, welche Karten schon gespielt worden waren, er trank sehr schnell, ohne es überhaupt zu merken, daß er trank, und mußte schließlich schon ein Auge zukneifen, um die Karten in seiner Hand halbwegs unterscheiden zu können. Er zahlte zwei Liter Wein, weil man ihm sagte, er habe sie verloren, und dann ist er ganz langsam eingeschlafen. Er lehnte in seinem Sessel und beobachtete sich dabei, wie er einschlief, fand es komisch, die Leute reden zu sehen und nicht zu hören, unter so vielen Leuten zu sitzen und nicht dazuzugehören. Plötzlich ist er wach geworden, weil ihm schlecht war, der Benischek und die anderen haben sich über ihn lustig gemacht, saufen, haben sie gesagt, und es nicht können, und auf einmal würgte es ihn, er versuchte aufzustehen, aber er schaffte es nicht mehr, und so hat er nur die Beine auseinander getan und auf den Fußboden erbrochen. Sein Gebrüll trieb gleich den Wirt herbei, und der Wirt schrie und stieß Melzer in die Seite, aber Melzer war das ganz gleichgültig, nur eine Ruh will ich, würgte er heraus, laßts mich gehn, nur eine Ruh will ich. Der Wirt riß ihn in die Höhe und stieß ihn auf die Straße hinaus, woanders saufen und mir dann alles anspeiben, schrie er. Melzer lehnte an der Hauswand, der Regen ist ihm übers Gesicht gelaufen und hat das Erbrochene und den Rotz weggewaschen.

Ich hab keine Ahnung, sagt Melzer, was ich mir damals vorgestellt hab, man glaubt halt so allerhand, wenn man noch nicht drin steckt, wennst den Scherm noch nicht auf hast, man hat ja von nichts eine Ahnung, sagt er, mit dem Alter hat man ja sowieso nur eins im Schädel, am liebsten wär man ein Kuhschweif, der was den ganzen Tag auf der Pritschen liegen kann. Und da stellst dir halt sowas vor, sowas Klasses wie im Kino, und glaubst, das kannst auch haben, und warum denn eigentlich nicht, ein fescher Zapfen ist man ja und einen guten Schmäh hat man auch, auf was halt die Weiber stehen, und dann probierst eine nach der anderen aus, weil halt keine die Richtige ist, und manchmal glaubst wirklich, das ist sie jetzt, die große Liebe, wie man da sagt, aber so, wie man sich das vorgestellt hat, ist es halt überhaupt nie, entweder sind die Weiber nicht so klaß oder sie sind überhaupt hin im Schädel oder sie glauben, wer weiß was sie nicht sind, und dann bist ihnen zu minder. Eine andere Umgebung gehört natürlich auch dazu, sagt er, was ohne Küchendunst, weil es ja gleich was anderes ist, wennst so eine tolle Bude hast, mit einem französischen Bett oder vielleicht gar einem runden und wennst auf den Knopf drückst, geht alles automatisch: Licht aus, Vorhänge zu, Musik an, oder der Fußboden geht auf die Seite, und du kannst dich nachher gleich vom Bett ins Schwimmbassin schmeißen; das ist gleich was anderes, als wennst im Wald herumrennen mußt, und das Auto hat nicht einmal Liegesitz, daß du den Krampf in den Haxen kriegst, und in der Gartenhütte, wo du sowieso nur im Sommer hinkannst, weil dir sonst der Spulen abfriert, in der Gartenhütte stinkts und staubts, und auf der ausrangierten Polsterbank, die drinnen steht, kommen schon die Federn durch und hauen der Katz die

Rippen halbert ein, sodaß du nicht einmal weißt, wegen was sie so stöhnt. Und mit dem Kies müßt immer alles stimmen, mit der Marie; spielt keine Rolle, mußt sagen können, das zahl ich mit der Linken. Weil wennst da mit einer klassen Katz in die Bar gehst und sie sauft wie ein Echsel und nur die besten Sachen, dann kannst nicht einmal froh sein, wenns davon anlassig wird, weilst dauernd dran denken mußt, ob du dir in der nächsten Woche noch Zigaretten leisten kannst. Und Zeit müßtest haben, das wär überhaupt das Allerwichtigste, im Kino haben immer alle Zeit, weil wennst den ganzen Tag in die Hacken gehst, dann hast grad am Abend die paar Stunden, und immer mußt du dich einbremsen, damit du nicht zu lang aufbleibst, sonst rennst am nächsten Tag um wie ein blindes Hendl und weißt nicht, wie du den Tag herumbringen sollst. Und in der Arbeit, in der Scheißbude, ist es ja direkt ein Witz, wennst dir vorstellst, wie die das im Kino oder im Fernsehen machen, eigentlich ist es ein Witz, auch wennst dirs vorstellst, weil an irgendwas mußt ja denken, kannst ja nicht dauernd nur die Arbeit im Schädel haben, weil die kennst ja eh schon auswendig, aber es ist ein Witz, wenn dir die Kreissäge und die Fräse die Ohren zunageln und du denkst dabei an sowas wie die Liebe, das ist ja, wennst genau schaust, eigentlich garnicht drin, für unsereins ist das garnicht drin, das bildet man sich nur ein, weil mans im Kino gesehen hat und weils einem halt taugen würd, aber eigentlich ist das nicht drin, das erlebst einfach nicht, das können sich höchstens die leisten, die sich was leisten können, die das Gerstl und die Zeit dazu haben, den ganzen Tag dolce vita und so. Ich habs immer wieder in der Bude zu den Lehrbuben gesagt, Burschen, seids nicht gar so blöd, mit dem Alter schon eine feste Katz, das ist ja ein Witz, hab ich gesagt, werdets schon draufkommen, aber erst wenns zu spät ist. Ein jeder glaubt, die große Liebe, ein jeder bildet sich ein, daß es bei ihm wie im Kino ist, daß er eine Ausnahme ist, und bei ihm wirds anders sein als bei den andern, aber Schnecken, und keiner läßt sich was einreden, bis er den Scherm auf hat, bis er verheiratet ist und wie ein Irrer hackeln und Überstunden machen kann für die Wohnungseinrichtung und für was weiß ich noch alles; hat ja ein jeder einen Dreck und von daheim habens auch nichts zu erwarten, und dann ist es aus mit der Freiheit, und die große Liebe ist auf einmal auch im Eimer, zumindest redet keiner mehr davon, und den verklärten Blick habens längst nicht mehr, wenns von der Alten reden, und dann bleibens picken im Ort. Und dabei habens früher so groß geredet, Ausland und so, wo sie das große Geld machen werden, wenns irgendwo zu den Bloßfüßigen gehen, da ist ja ein Facharbeiter was, nach Südafrika oder so, wo du sogar einen eigenen Koch und einen Diener hast, was man sich ja eh nicht vorstellen kann, aber es wird halt immer wieder erzählt, also wirds schon wahr sein. Aber wenn ich heute einen Liebesfilm im Fernsehen seh, sagt er, da krieg ich richtig Zahnweh davon, ohne Schmäh. Da komm ich mir beim Zuschauen so deppert vor, daß ich am liebsten abdrehen tät. Aber jetzt ist es ja eh wurscht, sagt er, tausend Rosen auf die Liebe, jetzt ist es eh schon wurscht.

Zwei Tage Urlaub standen ihm wegen seiner Hochzeit zu, dann marschierte er wieder im Gleichschritt des Arbeitstages. Ein paar Tage wurden von den Arbeitskollegen noch Bemerkungen gemacht, meistens wenn das Gespräch auf Frauen kam und Melzer wie früher mitredete. Jetzt hat sichs aufgehört, in der Gegend herumzuspritzen, jetzt kannst jeden Tag Gulasch essen, ist ihm gesagt worden, und er soll seinen Schwanz anschauen lassen, ob er schon »besetzt« darauf tätowiert hat. Aber bald ist der Vorrat an solchen Sätzen erschöpft gewesen, mit Wiederholungen ist das Thema totgeredet worden, und die Tatsache, daß er nun verheiratet war, ist allen nur mehr als das Gewöhnliche erschienen, als das Normale, höchstens denen noch der Rede wert, die noch behaupten konnten, sie würden sich ihre Freiheit nicht so leicht abkaufen lassen. Das einzige, was jetzt anders ist, meinte Melzer, ist, daß ich jetzt in einer anderen Steuergruppe bin. Sonst spielt in der Bude nichts eine Rolle, was draußen mit dir passiert.

Der Gabmann kommt mit der Schuhschachtel, stellt sich in die Mitte der Werkstatt, ruft die Namen aus, alle strömen zu ihm hin, stehen um ihn herum, der Gabmann greift in die Schuhschachtel, liest einen Namen vor, eine Hand streckt sich ihm entgegen, nimmt das Lohnsäckchen in Empfang, danke, sagt Melzer, als ob er etwas geschenkt bekommen hätte, aber er kriegt nichts geschenkt, nicht einmal das Schwarze unterm Nagel, aber es kommt ihm fast so vor, er zieht das Papiergeld aus dem Säckchen, schüttet die Münzen in die hohle Hand, schaut in das Säckchen, aber mehr ist nicht drin, mehr steht ihm auch garnicht zu, der Gabmann zahlt ganz korrekt nach Kollektivvertrag, jeder kriegt den gesetzlichen Mindestlohn, der Gabmann hält sich daran, keinem zahlt er weniger, Melzer schaut den Lohnstreifen an, die Endsumme stimmt, das bekommt er immer, wenn er keine Überstunden macht, wie die Abzüge zustandekommen, weiß Melzer sowieso nicht, Hauptsache der Gabmann weiß es und zieht ihm nicht zu viel ab, aber dafür hat er eh die Büromenscher, die kennen sich da aus, er gibt das leere Lohnsäckchen zurück, nächste Woche kriegt er es gefüllt wieder, er fischt die Geldbörse aus der Hose, steckt das Geld hinein, das er sich als Taschengeld zugemessen hat, die Geldbörse hat ein Geheimfach, da steckt er auch einen Fünfziger hinein, die eiserne Reserve, denn es könnte ja sein, unmöglich ist es ja nicht, er reißt sich heute abend eine auf, bei der es sich auszahlt, er kann doch nicht als einer dastehen, der nichts hat, das kann gleich wieder alles kaputt machen, das übrige Geld steckt er in die Brusttasche seines Hemdes und geht Händewaschen.

Zu Hause sitzt er dann auf der Bank, ißt die Wurst aus dem Papier, trinkt Bier dazu, die Mutter bügelt, er hört ihr zu, wie sie den Nachbarschaftstratsch abspult, dann kommt Maria nach Hause, und wenn sie neben ihm sitzt, greift er in die Brusttasche und legt ihr das Wirtschaftsgeld hin. Danke, sagt Maria und zählt unauffällig, wieviel er ihr diesmal gegeben hat; bevor er ihr das erste Mal das Wirtschaftsgeld gegeben hat, hat sie nicht geglaubt, daß es so viel sein wird, sie hat geglaubt, er wird sich mehr Taschengeld behalten, von der Mutter weiß sie, wieviel er verdient, er hat immer nur gesagt, na ungefähr so viel, er ist ihr sehr großzügig vorgekommen, überhaupt kommt ihr das Geld wie ein Geschenk vor, sie rechnet es im Kopf oder laut in Anschaffungen um, dann blättert sie das Kostgeld auf die Seite, geht zur Mutter hinüber, da, sagt sie, und hält ihr das Geld hin, und die Mutter deutet mit dem Kopf auf die Kredenz, gibs hinein, sagt sie und bügelt weiter, und Maria sperrt den gläsernen Kredenzaufsatz auf und steckt das Geld in das dafür bestimmte Kaffeehäferl.

Sie haben einen gemeinsamen Haushalt, die Mutter kocht, schließlich ist es ihre Küche, Maria darf am Samstag und Sonntag, wenn sie nicht im Büro ist, Handreichungen machen, die Mutter bestimmt was gegessen wird, von den Rezepten, die Maria aus der Illustrierten hat und ausprobieren möchte, hält die Mutter nichts, schließlich weiß sie besser, was Melzer gerne ißt, außerdem soll Maria sich schonen, sagt sie (wenn sich Maria dann aus Langeweile wirklich schont, hält die Mutter Melzer vor, daß Maria sich anscheinend zu gut für die Hausarbeit sei, daß sie von selber nie auf den Gedanken komme, auch was anzugreifen und zu helfen), sie führt den Jungen den Haushalt, erzählt sie überall, Melzer ist ihr insgeheim dankbar, glaubt sie, daß sie sich abstrudelt, auch wenn er nichts sagt, auch Maria muß dankbar sein, auch wenn sie die Arbeit lieber selber machen würde; daß Melzer der Mutter das Kostgeld nicht mehr selber gibt, sondern es ihr von Maria zuteilen läßt, macht die Mutter den ganzen Freitagabend ziemlich unansprechbar.

Später geht er mit Maria in ihr Schlafzimmer hinauf, Maria steckt das übriggebliebene Geld in die Dose zum anderen Geld, das von ihr ist, das sie verdient hat. Sie hat auch kein Geheimfach in der Geldbörse. Aber sie braucht ja auch keins. Was sie sich vom Geld auf die Seite tut, spart sie für ein Weihnachtsgeschenk für Melzer. Melzer zieht sich zum Fortgehen um. Maria zieht sich zum Daheimbleiben um.

Er ist verheiratet, aber mit ihm ist es noch lange nicht so weit wie mit anderen Ehemännern. Seine Freiheit hat er sich nämlich bewahrt. Das beweist er sich immer wieder: er macht jetzt vieles *aus Prinzip*. Er verheimlicht prinzipiell vor Maria, wieviel Taschengeld er sich von seinem Lohn behält. Das geht niemanden etwas an, *er* hat es verdient. Manche lassen es sich von ihren Frauen zuteilen, aber er nicht. So weit wird es mit ihm nicht kommen. Er trägt auch prinzipiell keinen Ehering. Er steckt sich das Fangeisen nicht an. Er weiß schon, daß er verheiratet ist, aber er muß nicht dauernd dran erinnert werden. Und er geht prinzipiell jeden Freitagabend weg und prinzipiell allein, ohne Maria mitzunehmen. Freitagabend ist Herrenabend, den läßt er sich nicht nehmen, wenn er schon sonst den Ehemann spielt, aber am Freitagabend nicht, denn irgendwann muß er doch wieder ein Mensch sein können, ohne Anhang, der auf alles aufpaßt, dem vieles nicht paßt, der überall dreinredet. Wo bleibt denn da die Freiheit? Er ist schon früher jeden Freitagabend weggegangen, aus Gewohnheit, die Freitagabendstunden sind ihm die liebsten Stunden der ganzen Woche gewesen, da war die Arbeitswoche gerade eben herum, die neue noch weit genug weg und alles stand noch bevor, was von einem Wochenende zu erwarten war, aber seit er aus Prinzip am Freitagabend weggeht, ist das Besondere, das er sich erwartet, noch besonderer, so, daß er es sich garnicht vorstellen kann. Es passiert sowieso nicht. Immer ist es nur das übliche Wirtshaus- und Kaffeehaussitzen und Herumreden. Da ist angeblich sogar früher mehr passiert. Melzer ist schon draufgekommen, warum das so ist: bei den Weibern kann er sich auf nichts Langfristiges mehr einlassen, denn immer nur am Freitagabend und sonst nur grad zufällig und ausnahmsweise, das wäre jeder zu wenig, er kann nichts mehr aufbauen, kann nicht mehr Zug für Zug vorgehen, müßte immer alles gleich auf eine Karte setzen, hopp oder tropp, und einen Stich macht er dann nur bei denen, die sie sowieso jedem hinhalten, aber er ist nicht jeder, jeder ist er noch lang nicht, er hat es noch nie notwendig gehabt, dort herumzufahren, wo es noch vom Vorgänger naß ist. Manchmal, wenn er die Freiheit des Freitagabends allein irgendwo absitzt, weil er niemanden getroffen hat und darauf wartet, daß es zwölf und Zeit zum Heimgehen wird, kommt es ihm manchmal ziemlich blöd vor, daß er so ein Prinzip hat, und er kauft sich einen Schnaps statt dem Bier und dann noch einen, weil er sich über sich selber ärgert. Aber dann schiebt er seinen Ärger immer wieder gleich darauf, daß einfach nichts los ist. Der ganze Ort ist nur ein Scheißnest mit lauter Pensionisten und Frührentnern. Er kann ja auch nicht einfach früher nach Hause gehen, auch wenn ihm das Herumsitzen und Warten zu fad ist, das kann er sich nicht erlauben, sonst glaubt die Frau gleich, das muß immer so sein, er muß immer schon früher heimkommen. Das darf er nicht einreißen lassen, denn wenn das einmal einreißt, dann ist bald alles vorbei. Das kann der Anfang vom Ende sein.

Melzer kann nicht genau sagen, was er da befürchtet, aber er weiß, es muß was Arges sein. Wenn er sich seine früheren Freunde so anschaut! Das sagt alles. Hie und da muß er auch daran denken, daß zwischen ihm und denen garnicht so viel Unterschied ist. Aber mit seinen Prinzipien beweist er sich immer gleich das Gegenteil.

Am ärgsten, sagt Melzer, merkst den Unterschied in der Früh. Da bin ich munter geworden, oder besser gesagt: der Wecker hat mich aufgeweckt, und ich hab eine Schleimgoschen gehabt, wie du sie eben hast, wennst munter wirst, eine ganz saure Pappen, daß dir vor dir selber grausen kann, und im Film, wenn zwei in der Früh im Bett liegen, werdens munter und sie hat eine Frisur, als würds direkt vom Friseur kommen, und sie schauen sich an und gleich küssen sie sich, haben kein stinkendes Maul, gerade so als hätten sie sich vor dem Munterwerden noch schnell im Schlaf die Zähne geputzt und mit Kölnischwasser gegurgelt, und gleich sinds gierig aufeinander und schon vögelns, so ein Witz, und ich hab in die Arbeit müssen, oder wenn Samstag war oder Sonntag, dann bin ich halt länger im Bett gelegen, aber wenn ich sie angeschaut hab, da hat mich garnichts überfallen, die Zotten sind ihr heruntergehängt, ist eh ganz normal, und das Gesicht hat sie ganz zerknittert gehabt, wie es eben ist in der Früh, und selber bist ja beim Munterwerden auch nicht gerade ein Märchenprinz, und nie wär ich auf den Gedanken gekommen, daß ich jetzt von ihr was haben will, und kannst sie ja auch nicht ankeuchen, wennst aus der Goschen stinkst wie ein Drache, und sie riecht ja auch nicht nach Pfefferminz und schon garnicht nach Rosen, das gibts eben nur im Kino, aber in der Früh, sagt er, merkst am besten, daß es manche Sachen nur im Kino gibt, und den Ständer, den du vielleicht hast, der ist vom Wasser, weilst schon aufs Häusl mußt. Ist ja schon viel, sagt er, wennst in der Früh einmal gut aufgelegt bist, da mußt schon froh sein, wennst dir beim Aufstehen nicht eh schon wieder wünscht, daß du dich schon wieder niederlegen kannst.

Ein eigenes Heim, ein eigenes Leben. Sie haben es noch ein wenig aufgeschoben. Wenn wir dann die eigene Wohnung haben, haben sie ständig gesagt, und es ist fast so gewesen, als sei dann alles möglich. Zumindest würde sich die Mutter nicht mehr in ihr Leben dreinmischen können, alles nach ihrem Model haben wollen. Den kleinsten Koffer hatte Maria garnicht ausgepackt. Manchmal, wenn sie ihn ansah, war er ihr wie eine Hoffnung.

Bei ihrem Einzug (als sie von zu Hause hatte weg müssen), hatte Franz das Zimmer Reinhards bekommen, das laut Bauplan des Hauses als Abstellraum gedacht worden war und gerade für ein Bett Platz und nicht einmal ein Fenster hatte, und Reinhard war ins Ehebett neben die Mutter übersiedelt, sodaß das Bett von Franz für Maria freigeworden war. Melzer hatte die beiden Betten in der Mitte des Raumes zusammengeschoben, aber ein richtiges Ehebett war es, wie er fand, doch nicht geworden, weil beide Betten verschieden hoch waren und er, wenn er zu Maria hinüberwollte, zu ihr richtig hinaufsteigen mußte.

Melzers Mutter hat mehrmals Bittgänge zum Bürgermeister des Ortes unternommen, die aber nichts genützt haben. Andere seien schon viel länger für eine Gemeindewohnung vorgemerkt, hat der Bürgermeister gesagt, und auch als ihm die Mutter das Parteibuch auf den Tisch geschmissen und gesagt hat, sie möchte jetzt einmal wissen, wozu es überhaupt gut sei, daß sie da jeden Monat die Beiträge zahle, ist nichts zu machen gewesen. Selbst der Hinweis auf den verstorbenen Großvater Melzers, der sich für die Partei den Daumen im Arsch abgebrochen, die Haxen ausgerannt habe, hat den Bürgermeister nur dazu gebracht zu versprechen, er werde an sie denken, wenn irgendwo einmal etwas frei werde, wenn irgendwo aus einem Gemeindebau jemand heraussterbe. So weit ist es schon, hat die Mutter gesagt, daß man jetzt schon allen Alten, die man nicht einmal kennt, den Tod wünschen muß.

Melzer hat von den Bittgängen der Mutter garnichts erwartet. Wennst dir nicht selber hilfst, hat er zu Maria gesagt, wohnst mit hundert noch in einer Hundshütte. Aber er hat nicht gewußt, wie er sich helfen soll. Maria hat damals zum ersten Mal die Idee gehabt, hinten im Garten, wo doch Platz genug sei, ein Haus zu bauen. Schau dir die anderen an, hat sie gesagt, die verdienen doch auch nicht mehr als du und bauen sich trotzdem alle ein Haus. Melzer hat gesagt, daß er doch nicht blöd ist, wenn er alles wird, aber ein Häuslbauer wird er nicht. Die müssen sich, hat er ihr vorgerechnet, jeden Ziegel vom Maul absparen, rechnen alles nur mehr in Ziegeln, soundsoviel Ziegel statt ins Kino gehen, und barabern wie die Irren, stecken jede freie Minute hinein, und dann haben sie das Häusl und den ganzen Buckel voller Schulden, und bevor sie den Kredit zurückgezahlt haben, fangen schon die Reparaturen an, und im Betrieb, wo sie arbeiten, kann man mit ihnen machen, was man will, müssen noch dankbar sein, daß man sie nicht hinausschmeißt, weil sie ja nicht mehr weg können aus dem Nest, weil sie ja das Häusl haben, so leicht bringt man es nicht an, und man verkauft es auch nicht so leicht, wenn man sich dafür abgeschunden hat. Bevor ich ein Häusl bau, hat Melzer erklärt, schlaf ich im Zelt. Trotzdem, hat Maria gesagt, so ein Haus, das hat auch was für sich, und wenn dir dein Bruder hilft und die Mutter ist auch noch rüstig, wenn alle zusammenhelfen, dann müßt das doch gehen, und sie hat geredet und geredet, und später ist Melzer mit ihr in den Garten hinuntergegangen, ist zwischen den schon fast kahlen Bäumen herumgestanden, und Maria hat mit großen Handbewegungen gezeigt, wo das Haus stehen könnte. Melzer hat mit dem von den Bäumen gefallenen Laub den Grundriß markiert, aber dann hat er mit dem Fuß das Laub wieder auseinandergetreten und hat zu Maria gesagt, wennst die Ziegel dazu im Backrohr herausbacken kannst, dann gehts vielleicht, aber sonst nicht. Das mußt schon deiner Mutter sagen, hat Maria gesagt, weil mich läßt sie ja eh nicht zum Ofen.

Jaja, hat Melzer gesagt und ist ins Haus gegangen, zwei Weiber unter einem Dach, das ist kein Zustand. Drum wär ein Haus nicht schlecht, hat Maria gesagt.

Er hatte es nicht erwartet, aber dann gleich für selbstverständlich genommen: daß er sich mit Maria ständig stritt.

Immer wieder hatte er gehört, daß Mann und Frau sich erst zusammenraufen müßten. Entweder auseinander oder zusammen. Das gehörte eben dazu. Dafür kam dann hinterher die Versöhnung, da wurde es immer ziemlich heftig, richtig knisternd schwül wurde es unter der Bettdecke, wo sonst schon nur mehr ziemliche Routine herrschte, Alltäglichkeit, wie ein schon fast pflichtgemäßes Heruntersagen des Abendgebets. Manchmal dachte Melzer, schon allein wegen der Versöhnung zahlt sich das Streiten aus. Nur war die Versöhnung nicht immer so einfach. Das dauerte oft stundenlang. Es genügte längst nicht mehr, daß er sie ansah und den Arm um sie legte. Manchmal hatte er das Gefühl, daß Maria von etwas ganz anderem redete als er, obwohl sie über dasselbe stritten. Das war ihm ziemlich neu. Bestimmte Wörter und Sätze schienen für sie einen ganz anderen Sinn zu haben als für ihn, weil sie ganz anders darauf reagierte, als er das gewöhnt war. Immer wieder dachte er, was er denn jetzt schon wieder so Arges gesagt hat, daß sie so beleidigt ist oder so in die Luft geht. Er hat sich das nicht recht erklären können. Gut, sie ist eben aus einem besseren Stall, wo man geschneuzter redet. Aber redet er nicht deutsch? Nur langsam hat er gemerkt, daß ihr seine Direktheit, Dinge beim Namen zu nennen, ganz entgegen war, daß nicht die Bedeutung dessen, was er sagte, sie verletzte, sondern der Ausdruck. Aber so ist er eben, hat er gesagt, sie muß ihn schon nehmen wie er ist. Am leichtesten schien eine Versöhnung noch zu sein, wenn er überhaupt zu reden aufhörte, wenn er einfach handgreiflich, zärtlich wurde. Aber da mußte er schon eine Ausdauer haben, um etwas zu erreichen, durfte sich von der ersten Zurückweisung nicht abschrecken lassen, mußte es immer wieder versuchen, was ihm garnicht leicht fiel. Maria wollte die Meinungsverschiedenheiten immer lieber lang und breit ausgeredet haben, wollte da nicht einfach was wegschieben, wortlos bereinigt sein lassen. Die ersten paar Mal hat er sich, wenn es ihm zu viel wurde, wenn er gesehen hat, mit Reden hat er keine Chance und sonst auch nicht, da hat er sich ins Auto gesetzt und ist ins Wirtshaus gefahren. Er ist sich dabei wie ein alter Ehemann vorgekommen, wie einer der vielen, die es bei der

Alten nicht aushielten und ins Wirtshaus flohen. Aber das paßte ihm auch nicht; so einer wollte er nicht sein. Da haut er doch lieber sie aus. Außerdem erreichte er damit bei Maria nichts. Für sie war nichts aus der Welt, wenn er wiederkam und versöhnlich tat. Das war nur ein Aufschub, zu dem noch ihr Ärger kam, weil er davongelaufen war und sich offenbar einbildete, er sei im Recht, aber er kriegt es nicht, und sie sieht es nicht ein, und da rennt er einfach davon. Wenn er davonlief, dauerte es nur noch umso länger, bis alles im Lot war. Erst viel später hat sich Streit über Tage hingezogen, haben sie tagelang nur das Allernotwendigste miteinander geredet. Jetzt konnte sie nicht einschlafen, wenn etwas zwischen ihnen war, und auch er schlecht. Darüber wurde es manchmal viel zu spät. Meistens brach der Streit ja erst vor dem Zubettgehen aus, weil sich unten in der Küche, vorm Fernseher, die Mutter einmischte und den Streit unterbrach, Maria auch eine Scheu hatte, vor ihr zu streiten. Unten wurden nur immer die Gründe fürs Streiten gelegt und aufgespeichert, und wenn sie dann nach oben gingen, brach es aus. Am meisten kam er in Wut, wenn sie ihm vorhielt, daß er irgendwas nicht hätte sagen sollen. Dabei hatte er nur gesagt, was er sich gedacht hatte. Aber das war es gerade. Denken hätte er sich schon was dürfen, aber nicht sagen. Und wenn es dann stundenlang hin und her ging, dann mußte Melzer, auch in der größten Wut, immer denken, daß er morgen nicht ausgeschlafen sein würde, und er wurde gleich versöhnlicher. Oft auch, weil er vor Müdigkeit nicht mehr reden konnte, er sich nur etwas dachte und sich dabei einbildete, er habe es auch gesagt. Oft gab er nach, tat einsichtig, gab er ihr recht, weil es schon viel zu spät war, um die Versöhnung noch aufzuschieben. Was das für ein Leben ist, hat er ein paarmal beim Einschlafen gedacht, alles ist nur halbert. Sogar das Streiten.

Ein Haus war wie das andere, nur die Farben der Mauern und der Verwitterungsgrad unterschied sie ein wenig voneinander, flach waren sie, ebenerdig mit Mansarde, mit Läden an den Fenstern, in die Herzen geschnitten waren, früher hatte das alles SA-Siedlung geheißen, jetzt hieß es offiziell Kleinsiedlung, wurde aber immer noch SA-Siedlung genannt: es wohnten ohnedies noch immer dieselben Familien dort wie damals. Melzer blieb, von der Arbeit kommend, vor dem Haus der Mutter stehen, die linke Hälfte des Hauses, die schmutziggelbe, das war ihre, rechts, in der graugrünen Hälfte, wohnte der Giebisch, alle

Häuser waren mittendurch geteilt, hatten zwei Besitzer, Melzer sah zum Mansardenfenster hinauf, das dunkel war, Maria mußte herunten bei der Mutter in der Küche sein, er zog den Zündschlüssel ab, und auf einmal hatte er wieder den Streit Marias mit der Mutter im Ohr, den fast allmorgendlichen Streit, in dem es immer darum ging, oder zumindest damit begann, wer von den beiden Frauen für Melzer das Frühstück machen, die Jausenbrote herrichten dürfe. Meistens war es ohnedies so, daß die Mutter die Jausenbrote schon gestrichen hatte, wenn Maria in die Küche herunter kam. Er hatte überhaupt keine Lust, da hineinzugehen und nach der Begrüßung auf Hinweise lauern zu müssen, wie sich die beiden den Tag über vertragen hatten, damit er wußte, was er sagen konnte oder ob er besser garnichts sagte. Seit Wochen fürchtete Melzer das Heimkommen, seit Maria im Krankenstand war, weil sie sich nach der überstandenen Grippe noch immer nicht recht wohl fühlte, sich manchmal auch tagsüber noch hinlegen mußte, da trank er sich oft erst Mut an, bevor er nach Hause fuhr, weil es ihm sonst viel zu schwer war, sich so zu verhalten, daß dem nicht gleich eine besondere Bedeutung gegeben wurde, daß sich nicht eine der beiden Frauen benachteiligt oder angegriffen vorkam. Und heute Vormittag hatte er so eine Hoffnung gehabt, daß es endlich anders werden würde, er hatte Hoffnung auf eine Wohnung gehabt, war in der Mittagspause hingefahren, um sie anzuschauen: das Verkaufslokal eines Schuhgeschäfts, das zum Jahresende aufgelöst werden sollte, mit dem winzigen fensterlosen Lagerraum dahinter, und er hatte es schon im Kopf eingerichtet, während er dem Tenschert, dem Besitzer, vor lauter Freundlichkeit auf jeden Blödsinn, den der von sich ließ, recht gegeben hatte, doch der hatte keine Rücksicht darauf genommen, und hatte dreihundertfünfzig Miete verlangt, da kriegt er ja eine Neubauwohnung drum, mit Bad und Klo drinnen, hatte Melzer gesagt, und der Tenschert hatte die Achseln gezuckt, wenn er eine kriegt, hatte er gegrinst, dann soll er sie nehmen, dann soll er nicht zu ihm kommen, und Melzer war hinausgestolpert, voll Wut, aber immer noch freundlich, er wird es sich überlegen, hatte er gemurmelt, und die ganze Hoffnung war weggewesen, irgendwie war der Tag vergangen, dauernd hatte er den Gedanken wegdrängen müssen, daß er die Wohnung vielleicht doch nehmen soll, ständig hatte er sich sagen müssen, daß er nicht so ein Trottel ist, den man bescheißen kann, zwei solche Löcher und so ein Preis, und jetzt saß er im Auto, mit der Hand auf der halboffenen Wagentür und starrte hinüber auf das Küchenfenster, dahinter stritten sie, oder hatten gestritten und schlichen umeinander herum, ohne zu reden, spuckten nur giftige Wörter, und er würde hineinkommen und jede würde im Recht sein wollen, und plötzlich warf er die Autotür zu, wie von selbst zog sein Arm, ohne daß Melzer sich dazu entschlossen hätte und er fuhr in die Conrathstraße.

Der Tenschert war allein in seinem Geschäft, saß auf einem der abgewetzten Polstersessel und hatte einen Berg Schuhe um sich herum. Ah, da sinds ja endlich, sagte er, als er Melzer sah, und er deutete auf die Schuhe vor sich, ich probier grad, sagte er, welche ich mir selber behalten werd. Melzer hatte sich vorgenommen, sich auf kein Gespräch mehr einzulassen, wenn er zahlt, was der Tenschert verlangt, hatte er gemeint, dann hat er so eine Rücksichtnahme nicht mehr notwendig. Ich hab keine Zeit, sagte Melzer, aber ich nehm die Wohnung. Es kam ihm ganz dumm vor, mitten im Geschäft zu stehen und dazu »Wohnung« zu sagen. Der Tenschert tat so, als ob er das erwartet habe, sowas Günstiges, sagte er, findet man nicht alle Tage, da müsse jeder, der nur ein bissel Hirn habe und rechnen könne, doch sowieso zugreifen. Melzer stand da, hatte eine passende Antwort im Kopf und dann gleich den Gedanken, daß es dem Tenschert gleichgültig war, was er sagte, der machte sein Geschäft, so und so, wann kann ich also einziehen, fragte Melzer. Der Tenschert tat beschäftigt mit dem Zuschnüren eines weiteren Paars Schuhe, lief ein paar Schritte im Raum herum, so schnell wirds nicht gehen, schauns Ihnen das an, zeigte er auf die Regale, das dauert seine Zeit, bis ich das ausgeräumt hab. Sauhund, dachte Melzer, wann also, wiederholte er, und er möchte am liebsten davon, aber vorher dem Tenschert noch eine in den schwammigen Arsch treten. Ich könnt Ihnen entgegenkommen, sagte der Tenschert und wippte in den Schuhen auf und ab, betrachtete sich im Spiegel, ich könnt schon zu Weihnachten zusperren und nicht erst zum Letzten, redete er auf seine Schuhe hinunter, schien nur die Schuhe im Kopf zu haben, die Vermietung war nur Nebensache, wenns mir beim Ausräumen helfen, sagte er, könnens schon ab erstem Jänner herein. Er sah Melzer schräg von unten herauf an, weil wenn ich niemanden zum Ausräumen hab, sagte er, dauerts sicher bis zum Frühling. Erster Jänner? sagte Melzer, ist in Ordnung, und es war ihm völlig gleichgültig, daß ihn der Tenschert für einen hielt, mit dem man alles machen kann, für einen der drauf ansteht und zu allem Ja und Amen sagen muß. Dafür könnens Ihnen dann ein Paar ordentliche Schuhe aussuchen, sagte der Tenschert. Danke, ja danke, sagte Melzer, ist das also jetzt fix? Jaja, nickte der Tenschert, ich geb Ihnen die Schuhe zum Selbstkostenpreis. Auf die kann ich verzichten, sagte Melzer. So? zog der Tenschert die Augenbrauen in die Höhe, verzichten können? habens zuviel Geld? Die dreihundertfünfzig für die Miete hab ich, sagte Melzer.

Der Mutter hat er gesagt, daß er was Spottbilliges gefunden hat, bloß hundertfünfzig im Monat. Er hat es ihr ersparen wollen, zu sehen, daß er um jeden Preis weg wollte. Aber der Mutter sind sogar die Hundertfünfzig noch zu viel vorgekommen. Wenns noch ein bissel gewartet hätts, hat sie gesagt. Sie hat Melzer mit fahrigen Handgriffen das Essen hingestellt, und er hat sie nicht anschauen können, weil ihre Stimme fast nach Heulen geklungen hat. Zum Glück ist im selben Moment Franz nach Hause gekommen und Melzer hat mit ihm über die Wohnungseinrichtung reden können, über das, was Franz ihm als Schlosser dabei helfen könnte. Melzer ist froh gewesen, daß er über etwas Sachliches reden konnte, über etwas, das ihm klar war, wo er sich auskannte. Er hat sich über die offene Freude Marias geärgert, die die Wohnung auf der Stelle sehen wollte. So brauchts auch wieder nicht tun, hat er gedacht, so ist die Mutter auch wieder nicht zu ihr gewesen, daß sie es gleich so zeigen muß, und er hat mit Franz erst noch ein Bier getrunken, bevor er mit ihr hingefahren ist. Er hat ihr gestanden, wie hoch die Miete wirklich ist, hat erwartet, daß sie Einwände machen, sagen würde, daß er verrückt sei, aber sie hat nur eine gleichgültige Handbewegung gemacht und gesagt, daß sie auf *alles* verzichte, wenn sie nur endlich eine eigene Wohnung hätten. Der Tenschert hat schon zugesperrt gehabt, und sie sind vor dem unbeleuchteten Schaufenster gestanden, haben hineinzuschauen versucht, aber nichts gesehen. Melzer hat ihr mit ein paar Handbewegungen alles erklärt, und Maria hat plötzlich ihren Lippenstift aus der Tasche genommen und ihre Namen auf die Auslagenscheibe geschrieben. Er hat ihr überrascht zugesehen und sich gewundert, daß sie auf so eine Idee kam, er wäre nie auf sowas gekommen. So, hat Maria gesagt, jetzt ist es endgültig, und Melzer hat den Arm um sie gelegt, und sie haben zu lachen angefangen, das lassen wir gleich als Türschild da, hat er gesagt, ihr den Lippenstift aus der Hand genommen und ein Rechteck um die Namen herum gemacht. Er ist sich plötzlich ganz übermütig vorgekommen, so wie schon lange nicht mehr. Wie früher, hat er gedacht. Beim Nachhausefahren hat er sogar ein schlechtes Gewissen wegen der Schrift auf der Schaufensterscheibe gehabt.

Sie sind am Abend bei Hubert und Rosi gewesen. Als sie gekommen sind, sind die beiden Kinder gerade zu Bett gebracht worden, aber als Gesprächsthema dageblieben. Maria hat mit Rosi nur übers Kinderkriegen, Kinderversorgen, Kindererziehen geredet, und Melzer hat gedacht, bei diesem ewigen Windelgerede kriegt er jetzt gleich einen Blasendrang. Er hat mit Bemerkungen übers Kindermachen das Gespräch in eine andere Richtung bringen wollen, aber er hat damit keinen Erfolg gehabt. Jaja, hat Maria gesagt, ganz typisch, Thema Nummer eins, sonst fällt dir ja nichts ein. Das ist auch was, hat Melzer gesagt, da könne er wochenlang reden, bei den Erfahrungen, die er habe. Maria hat abwehrend die Hände gehoben, behalts lieber bei dir, hat sie gesagt, sonst kommen wieder so Schweinereien heraus, und auf die ist keiner neugierig. Melzer hat mit Hubert über die *alten Zeiten* zu reden angefangen, über ihre ersten Probeläufe, und je mehr er getrunken hat, umso besser hat er sich erinnern können, Maria hat bei manchen seiner Ausdrücke ganz schmale Lippen bekommen, obwohl sie scheinbar garnicht zuhörte. Ihr mißbilligendes Kopfschütteln hat ihn geärgert, und er ist nur noch lauter, nur noch detaillierter geworden. Maria hat so interessiert über Kinderernährung geredet, daß Melzer ganz sicher war, sie verstecke sich bloß dahinter, um so tun zu können, als höre sie seine Schilderungen garnicht mit an. Plötzlich ist ihm, nach einem Schluck aus dem Glas, ein Rülpser hochgekommen, und Maria hat ihn angefahren, wenn sie wo auf Besuch seien, könne er wenigstens wissen, was sich gehört. Melzer ist dagesessen, ganz überrascht von ihrer Heftigkeit, und eine Wut ist ihm aufgestiegen, aber dann hat er zu grinsen angefangen, hat Luft in den Magen gedrückt und laut herausgerülpst, so, hat er gesagt, damit du mich nicht umsonst angebissen hast, das war jetzt ein ordentlicher Magenschas, der den Weg zum Arsch vergaß. Maria ist rot geworden, weißt, hat sie gesagt, seit wir verheiratet sind, bist manchmal ein richtiges Schwein. Melzer hat die Schultern gezuckt, möcht wissen, was an einem Rülpser so schweinisch ist, hat er gesagt, ist doch eh nur Luft. Aber unappetitlich ist es, hat Maria gesagt, ganz einfach grauslich, und er hat ihre Hand gepackt und sie ihr vor die

Augen hingerissen, da, hat er sie angezischt, ist das Nägelbeißen vielleicht appetitlicher? wennst dir die Finger abkiefelst wie einen Hendlknochen? Geh hörts doch auf, hat Rosi gesagt, streitets euch doch nicht wegen sowas, und Maria hat sich, als müsse sie da etwas beschützen, die flachen Hände auf ihren Bauch gelegt. Aber weil sie sich doch einbildet, sie ist was Besseres, hat Melzer gesagt, oder? hat er Maria angestoßen. Maria hat nichts gesagt und den Kopf weggedreht, oder? hat Melzer sie noch einmal angestoßen. Zumindest hab ich ein Benehmen, hat sie gesagt. Ja, hat Melzer gegrinst, die hat sogar so ein feines Benehmen, daß sie sich auf dem Häusl nicht einmal schiffen traut, wenn wer davorsteht, da geniert sie sich, könnt ja wer hören, so feine Manieren hat sie, da könntest eine Stunde vor der Häusltür stehen, und ihr könnts drinnen schon die Blase zerreißen, aber trauen würd sie sich nicht. Maria hat ihn mit hängender Unterlippe angestarrt, und er hat gegrinst, aber dafür kannst halt du auf deine Manieren stolz sein, hat sie gesagt. Rosi und Hubert haben gleichzeitig irgendetwas Versöhnliches sagen wollen, aber Melzer hat ihnen das Wort abgeschnitten, sags schon, hat er Maria fast angeschrien, sags schon, daß ich Proletenmanieren hab, sags schon, ist ja nicht das erste Mal. Ist eh wahr, hat Maria gesagt, und Melzer hat heiße Ohren bekommen, und deine geschissenen Manieren? hat er sie angeschrien, sonst hast ja eh nix mitgekriegt von daheim, deine klassen Manieren, da kannst dir was kaufen drum, das war die ganze Ausstattung, die was du mitgebracht hast. Er hat plötzlich zu reden aufgehört, und es ist ganz still gewesen, Maria ist langsam aufgestanden und zur Tür gegangen, mit beiden Händen auf dem Bauch, und Rosi ist ihr nachgelaufen, aber Maria hat ihren Mantel vom Garderobehaken gerissen, laß sie rennen, hat Melzer gesagt, sie kann eh nirgends hin. Er hat Maria draußen schluchzen gehört, und dann ist eine Tür aufgesperrt worden und wieder ins Schloß gefallen, dauernd muß ich mir sowas sagen lassen, hat er zu Hubert gesagt, da kriegst auch einmal genug. Rosi ist mit einem ganz ernsten Gesicht zurück ins Zimmer gekommen, sie ist weg, hat sie gesagt. Melzer ist aufgestanden, ist eh schon spät, hat er gesagt, ich geh auch. Er hat Hubert und Rosi die Hand gegeben, manchmal bist schon ein Rüpel, hat Rosi gesagt, könntest auch ein bissel rücksichtsvoller sein, sie hats ja auch nicht leicht gehabt. Jaja, bedaurs nur, hat Melzer gesagt, aber hab ichs leicht gehabt? nimmt sie auf mich eine Rücksicht? Trotzdem, hat Rosi gemeint, überhaupt jetzt, wo sie ein Kind kriegt. Das mußt doch auch verstehen, hat Hubert gesagt. Melzer ist hinausgegangen und ins Auto gestiegen, verstehen, hat er gesagt, verstehen tu ichs ja eh. Er ist den üblichen Weg nach Hause gefahren, ist stehengeblieben und hat die Autotür aufgehalten, als er an Maria vorbeigekommen ist, und sie ist wortlos eingestiegen.

Daß die Firma klein ist, hat auch seinen Vorteil: keiner kann was werden wollen, weil man hier nichts werden kann, was man nicht schon ist, Vorarbeiter oder sowas gibt es keinen, der Gabmann hat die Segnungen einer durch ein paar Groschen hergestellten Hierarchie noch nicht begriffen oder ist zu knausrig, um sich einen Aufpasser zu leisten. Es gibt kein *Betriebsklima,* höchstens für die Lehrlinge; der Gabmann ist gegen alle, da kennt er keinen Unterschied; daß alle für ihn sind, kommt nur in seiner Buchhaltung heraus. Jede Denunziation wäre hier ein persönlicher und auch persönlich genommener Akt und könnte nicht als Pflicht entschuldigt werden: also überlegt es sich jeder dreimal, bevor ihm sonst trotz Vorhangschloß in den Spind geschissen wird (was schon längere Zeit nicht mehr notwendig war), bevor ihm zufällig ein Stapel Türen ins Kreuz fällt oder plötzlich alle Türschlösser des Autos zugekittet worden sind. Melzer hat daher nicht viel Schwierigkeiten mit der Eigenproduktion von Möbelteilen (nur der Abtransport ist manchmal nicht ganz einfach): wenn der Gabmann wegfährt, arbeitet Melzer zwischendurch für sich selber, macht, was er zu Hause nicht machen kann, weil ihm die Maschinen fehlen, und keiner fragt lang, höchstens, was es werden soll, keiner kommt auf den Gedanken, da etwas nicht in Ordnung zu finden. Es ist eine Art Gewohnheitsfaustrecht: jeder stiehlt, wo er kann, und wenns bloß die eigene Arbeit ist. Und die paar, die sich nicht trauen, haben dann wenigstens nichts gesehen. Wenns einen Rolls Royce aus Holz geben tät, sagt Melzer, hätten wir schon alle einen, einen Riesenschlitten, in der Bude gemacht, unterm Alten seinen Augen, aber ohne daß er was sieht.

Die halbfertigen Teile baut Melzer in der neuen Wohnung zu Möbeln zusammen. Er ist seit Wochen jeden Abend dort, die groben Arbeiten, Wassereinleiten, Lichtleitungen unter Putz legen, hat er schon alle hinter sich, alles macht Melzer sich selber, er hat ja einen Beruf, mit dem man sich vieles selber machen kann, und er ist *geschickt:* das tröstet ihn darüber hinweg, daß er kein Geld hat, um es sich machen zu lassen. Daß er keinen

Abend mehr *für sich* hat und wie früher daheim hockt, macht ihm überhaupt nichts aus. Er tut die Arbeit nicht ungern, er sieht, es entsteht was, und wenn es fertig ist, gehört es ihm, wird ihm nicht weggenommen, steht dann nicht in einem Schaufenster und hat mit ihm nichts mehr zu tun. Auch die Streitereien Marias mit der Mutter gehen ihn kaum noch was an, er kriegt alles nur noch am Rande mit, und wenn es ihn in der neuen Wohnung allein nicht mehr freut, geht er zum Grüneis auf ein Bier, oder auf zwei, ohne daß ihm wer sagt, geh, im Kühlschrank sind eh welche, was brauchst denn fortrennen?, oder daß sich Maria plötzlich (eigentlich den ganzen Tag schon, sagt sie dann) nicht recht wohl fühlt. Manchmal denkt Melzer, er muß sich Zeit lassen, damit er nicht zu schnell fertig wird mit dem Herrichten der Wohnung, damit er sich die Freiheit, die er jetzt hat, nicht selber wegnimmt, und dann sitzt er auf der Polsterbank, die er als erstes Möbelstück fertiggestellt hat, raucht und überlegt, was er noch alles machen könnte, eine Fünfzimmerwohnung müßte es sein, sagt er sich, das wäre eine Lebensaufgabe. Daß Maria sich beklagt, er kümmere sich überhaupt nicht mehr um sie, kostet ihn nicht einmal ein Achselzukken. Wenn sie eine Wohnung will, sagt er, muß sie das in Kauf nehmen. Er könnte ihr noch mehr sagen, könnte mit ihr zu streiten anfangen, ihr vorwerfen, daß auch sie sich nicht mehr für ihn interessiert, aber gestritten wird in dem Haus eh schon genug, sagt er sich, und außerdem ist die Versöhnung nichts Besonderes mehr, weil sie ihn nicht mehr in sich hineinläßt, sie redet ihm ein, das schadet dem Kind, obwohl er von Arbeitskollegen weiß, daß es bis drei Wochen vor der Geburt geht. Er vergißt es ihr nicht, daß er sich für sie in der neuen Wohnung abgeschunden hat und sie hat sich garnicht dafür interessiert. Da ist er hundemüde nach Hause gekommen, sie ist meistens schon im Bett gelegen oder verschlafen vor dem Fernseher gehockt, und er hat ihr ganz genau erzählt, was er gemacht hat, hat beim Erzählen oft erst die richtige Freude gekriegt, aber Maria hat nur mit halbem Ohr zugehört, hat höchstens einmal genickt oder Jaja gesagt, aber ständig gefragt, wie lang er jetzt noch braucht und wann er denn endlich fertig wird, und er wäre am liebsten gleich wieder gegangen. Er hat es nicht verstanden, daß Maria sich unter dem, was er ihr erzählt hat, kaum etwas vorstellen konnte, daß es ihr gleichgültig sein mußte, ob er jetzt Torbandschrauben oder irgendwelche anderen verwendet hatte, die ihr ebenso unbekannt waren, und er hat ihr Desinteresse für die Details auf seine ganze Arbeit bezogen: weilst bei solche Leut aufgewachsen bist, die nie was selber gemacht haben, hat er ihr vorgehalten, die sich alles fix und fertig kaufen haben können, denen alles zum Arsch gerichtet worden ist. Und jetzt erzählt er eben überhaupt nichts mehr, ihm kommt das wie eine Bestrafung Marias vor, er gibt nur mehr kurze Antworten auf ihre Fragen nach dem Fortschritt der Arbeit und hat längst das Gefühl, er macht alles für sich selber. Wenn er sich vorstellt, daß Maria das alles dann benützen wird, kriegt er eine Wut. Am besten wärs, denkt er manchmal, wenn er allein in die Wohnung ziehen könnte.

Auf das Namensschild, das er selber gemacht und an die Tür geschraubt hat, hat er nur seinen Namen geschrieben.

Er hat Nachtmahl gegessen, hat die Zigarette schon im Gehen geraucht und ist dann in die Wohnung gefahren. Er hat das große Wandregal fertig zusammengeschraubt und dann begonnen, die Löcher dafür in die Wand zu bohren. Die Schlagermusik aus dem Kofferradio geht immer wieder im Kreischen der Bohrmaschine unter. Melzer bohrt sehr vorsichtig, weil ihm schon zwei Bohrer abgebrochen sind. Wenn mir der Hund jetzt auch noch abbricht, sagt er laut, kann ich Feierabend machen. Er pfeift die Melodie mit, die aus dem Radio kommt, pfeift weiter, wenn die Bohrmaschine die Töne aus dem Radio zudeckt, und wundert sich immer wieder darüber, daß er nach dem Bohren mit seiner Melodie schon viel weiter ist als die im Radio. Er ist fast sicher, daß er den richtigen Rhythmus hat, und dann trifft er plötzlich, zwei Löcher vor Schluß, wieder auf einen Stein, die Bohrmaschine reißt in seinen Händen herum und sofort ist der Bohrer ab. Melzer flucht, wirft die Bohrmaschine auf den Fußboden, setzt sich auf die Polsterbank, die er als erstes Möbelstück fertiggestellt hat, raucht und schaut die Wand mit den Bohrlöchern an. Er geht in der Wohnung herum, sieht ein paarmal auf die Uhr, neun vorbei, und dann zieht er plötzlich seine Latzhose aus und fährt zum Grüneis.

Die Kellnerin steht hinter dem Schanktisch und stochert versunken mit einem Zahnstocher im aufgerissenen Mund. Na, sagt Melzer, soll ich ihn dir ausreißen? Die Kellnerin macht schnell den Mund zu. Wie ein Nußknacker, denkt Melzer und bestellt ein Bier. Viel ist nicht los, lauter Kartenspieler, die außer den wie auswendig gelernt klingenden Kommentaren zum Spiel nichts zu reden wissen. Melzer setzt sich allein an einen

Tisch und schaut zur Tür. Die Kellnerin stochert schon wieder, und dann nimmt Melzer sein Glas und geht zu einer der Kartenpartien hinüber. Er steht hinter den Spielern, trinkt langsam sein Bier, versucht beim Spiel mitzudenken und macht einige Bemerkungen, bis der Bobbinger, der am Verlieren ist, mit dem Daumen heftig hinter sich deutet, wo an der Wand ein geschnitzter Holzteller mit der Inschrift »§ 1: Kiebitz halts Maul« hängt. Der verrät ja mein ganzes Blatt, bellt der Bobbinger, das ist ja kein Spielen. Melzer grinst, wenn ichs Maul halt, sagt er, wirds dir auch nicht mehr viel nützen. Man redet überhaupt nicht mit an einem fremden Tisch, sagt der Bobbinger. Man spielt auch nicht so blöd, sagt Melzer und der Bobbinger fährt ihn an, ich hab schon Karten gespielt, da hast du noch in die Hose geschissen, überhaupt, schreit er, sind wir noch lang nicht per du. Nein, sagt der Nebenmann des Bobbinger, zu dir wird er Euer Gnaden sagen, weilst so ein Kaiser beim Kartenspielen bist. Bevor der Bobbinger sich aufgeregt hat, hat Melzer schon gehen wollen, aber nun bleibt er noch eine Weile stehen, ohne was zu sagen, damit er nicht den Eindruck macht, er hat sich davonscheuchen lassen. Die Kellnerin ist sowieso nicht da und der Grüneis spielt selber, reagiert garnicht, als Melzer, zahlen bitte, sagt.

Melzer ist dann noch eine Runde durch den Ort gefahren, hat in ein paar Wirtshäuser geschaut, überall war die gleiche aussichtslose Wochentagsatmosphäre, ein paar Kartenspieler, der Wirt, der schon ans Zusperren dachte, lauter Männer, von denen viele nur noch sitzen blieben, weil sie sich dabei, nicht so wie fürs Heimgehen, zu nichts entschließen mußten. Melzer hat überall ein kleines Stehbier getrunken, weil es ihm peinlich gewesen wäre, sich nur umzusehen und gleich wieder zu gehen. Nur beim Kierlinger ist mehr los gewesen. Im Gastzimmer hat ein Betrunkener ständig den Badenweilermarsch im Musikautomaten spielen lassen, hat sich selbst kommandiert, ist im Stechschritt zur Musikbox, hat die Hacken zusammengeschlagen und seinen Schilling eingeworfen. Die Leute haben gelacht, und Melzer hat nicht gewußt, finden sie das so lustig, oder lachen sie den Besoffenen aus. Er hat den Oberst Rudel persönlich gekannt, hat der Betrunkene ständig geschrien, das war ein Mann, und da sieht er nur lauter Schlappschwänze, jemand hat den Sessel, vor dem er gestanden ist, zurückgeschoben, und der Betrunkene ist beim Niedersetzen unter den Tisch gefallen. Im Extrazimmer ist ein Wirbel gewesen, ständig Gelächter, Betriebsjubiläum feierns, hat der Wirt zu Melzer gesagt, fünfzig Jahre, die ganze Belegschaft. Wenn die Tür zum Extrazimmer aufgegangen ist, hat Melzer auf das Schild hingesehen, auf dem in goldenen Buchstaben gestanden ist: Ein Hoch unserem Herrn Chef. Auf den Tischen hat es schon nach einer ausgiebigen Sauferei ausgesehen, die Leute haben gelacht und geschrien, und ein kleiner Dicker ist aufgestanden, hat die Arme in die Höhe gerissen und den sofort einsetzenden Gesang »Hoch soll er leben« dirigiert. Der Wirt hat den Kopf geschüttelt, denen ihr Chef ist garnimmer da, hat er gesagt, und jetzt lassens ihn noch immer hochleben. Das muß ein besonderer Chef sein, hat Melzer gedacht und dann ist der Lenz, ein früherer Schulfreund Melzers, zwischen zwei in ihn eingehängten Mädchen herausgekommen, was Scharfes für die Damen, was Süßes für den Herrn, hat er geschrien und die beiden Mädchen haben sich vor Lachen gebogen, haben sich nicht beruhigen können, und der Lenz hat Melzer auf die Schulter geschlagen, na Bruno, hat er geschrien, saufst auch einen mit? Melzer hat auf das Bierglas vor sich gedeutet, aber nix da, hat der Lenz gelacht, heute saufen wir nur was Besseres. Er hat die Flaschen im Regal angeglotzt, wollts einen Kognak, Menscher? hat er den Mädchen die Arme um den Hals gelegt, also vier Kognak, du Bierpritschler, aber echte, hat er zum Wirt gesagt, weil fürn Chef seine Rechnung ist mir nichts zu teuer. Das zahlt ihr Chef nicht, hat der Wirt gesagt, der zahlt nur, was er drinnen auf den Tisch stellen hat lassen. Der notige Hund, hat der Lenz geschrien und seine Brieftasche herausgerissen, dann zahl ichs eben selber, hat er einen Geldschein auf den Schanktisch geworfen, aber dafür bringt sie uns hinein, hat er gesagt, vier Kognak, mit Service, ganz heikel, hat er gelacht und die beiden Mädchen ins Extrazimmer gezogen. Melzer ist stehengeblieben und hat sein Bierglas in die Hand genommen, na was ist? hat der Lenz geschrien, geh weiter, oder willst keinen Kognak? Melzer ist unschlüssig dagestanden, hat vor Verlegenheit zu grinsen angefangen, aber das geht ja nicht, hat er gesagt und ist ein paar Schritte auf die Tür zugegangen. Aber kommens, hat eins der Mädchen gesagt, der Alte ist eh schon weg. Sie hat ihn am Ärmel genommen, sinds nicht feig, hat sie ihn angelacht. Feig? hat Melzer gesagt, und er hat das Mädchen schnell von oben bis unten angesehen, Busen, alles da, hat er gedacht, und er ist entschlossen neben ihr ins Extrazimmer gegangen. Ein paar haben ihn angeschaut, und er ist froh gewesen, als er endlich auf einem Sessel gesessen ist. Vor ihm ist ein riesiger Blumenstrauß gestanden, und er ist sich dahinter wie in Sicherheit gebracht vorgekommen. Das Mädchen hat ihm ein Weinglas hingerückt, und er hat sofort getrunken. Ich heiß Bruno, hat er zu dem Mädchen gesagt, und wie heißt denn du? Gerti, hat das Mädchen gesagt, und der Lenz hat geschrien, was? per du seids, ohne Bruderschaft trinken? Das holen wir mit dem Kognak nach, hat das Mädchen gelacht. Ich kenn dich eh von irgendwoher, hat Melzer gesagt, und dann ist der Wirt schon mit den Schnäpsen gekommen. Beim Bruderschaftstrinken hat ihm die Gerti gleich ihre Zunge in den Mund geschoben und Melzer hat ein paar Minuten lang geglaubt, jetzt sei alles klar. Aber dann hat er mit dem anderen Mädchen getrunken und die hat ihn genau wie Gerti geküßt, und er hat nicht gewußt, küssen die zwei beim Bruderschaftstrinken immer so oder hat das etwas zu bedeuten. Nana, hat der Lenz gesagt, laß mir auch noch was über. Melzer hat auf die Gerti eingeredet, er hat ununterbrochen reden können, ohne nachzudenken, er hat seinen Arm um sie gelegt, wie früher, hat er gedacht und ihr dann seine Hand unter den Pullover geschoben. Er hat ihren Rücken gestreichelt, und sie hat nichts dagegen gehabt. Der Dicke hat wieder dirigiert, ein paar haben »Hoch soll er leben« gebrüllt, und der Lenz hat gesagt, der Wanek tät am liebsten den Sessel abbusseln, wo der Alte gesessen ist. Und das Beste ist, hat die Gerti zu Melzer gesagt, daß die Angestellten auch alle weggegangen sind, als der Alte abgezogen ist. Die setzen sich doch nicht mit uns allein her, hat das andere Mädchen gesagt, denen sind wir halt viel zu minder, und der Lenz hat gemeint, denen gehe bloß der Arsch, daß ihnen wer in die Goschen haue, wenn der Alte nicht da sei. Melzer hat mit Gerti noch ein paarmal Bruderschaft getrunken. Er hat das Gefühl gehabt, wenn er schon sonst nichts kann, Mädchen behandeln, das kann er, dafür hat er Gespür, da hat keiner einen Auftrag gegen ihn. Als die Gerti aufs Klo gegangen ist, ist er ihr nachgegangen, hat im stockfinsteren Hof vor der Klotür auf sie gewartet, und dann sind sie an der Hausmauer gelehnt, dicht aneinander, und er hat endlich mit seinen Händen auch überall dorthin greifen können, wo er schon drinnen im Extrazimmer in Gedanken gewesen war. Weißt was, hat er gesagt, hauen wir ab.

Als Melzer das Licht in der Wohnung aufdreht, hat er plötzlich das Gefühl, daß jetzt alles aus ist. Die nackte Glühbirne, die von der Decke hängt, ist ihm viel zu hell. Wie wenn nach dem Film das Licht im Kino angeht, kommt ihm vor. Na servas, sagt

Gerti, da schauts aus. Ihre Stimme hallt im Zimmer, und sie fängt zu kichern an, wie in der Kirche hört sich das an, sagt sie. Melzer steigt vor ihr über das am Boden liegende Regal und deutet auf die Polsterbank, ich bin erst beim Einrichten, sagt er, setzt sich auf die Bank und stellt die Weinflasche, die er beim Weggehen beim Kierlinger gekauft hat, vor sich hin. Na geh schon her, sagt er, und zieh dir wenigstens den Mantel aus. Gerti kommt mit unsicheren Schritten auf ihn zu, ist die leicht schon besoffen? denkt Melzer. Sie schlüpft aus dem Mantel, saukalt ist es da, sagt sie und zieht den Mantel gleich wieder an. Wir haben eh eine Wärmeflasche da, sagt Melzer und deutet auf die Weinflasche, in deren Korken er eine Schraube dreht, weil kein Korkenzieher da ist. Die Gerti steigt vor ihm von einem Fuß auf den anderen, ich müßt eh schon längst daheim sein, sagt sie. Melzer sieht sie an, sie hat die Arme vor der Brust verschränkt und den Hals eingezogen, ja, sagt er, wir gehen eh gleich, und er hält ihr die Flasche hin. Keine Gläser? sagt sie und macht einen kleinen Schluck aus der Flasche, trink ordentlich, sagt Melzer, und sie trinkt gehorsam ein paar lange Schlucke. Na also, sagt Melzer und zieht sie neben sich auf die Polsterbank. Ich muß schon gehen, sagt sie, lehnt sich aber an ihn, jaja sagt Melzer und biegt ihren Kopf zu sich her. Er macht die Augen zu, aber unter seinen Augenlidern bleibt es hell, und er steht auf, dreht das Licht ab und tastet sich zur Bank zurück. Er hört, wie Gerti aufgestanden ist und ein paar Schritte macht, ich möcht gehen, sagt sie, und Melzer schlägt sich das Schienbein am Rahmen des Regals an, Scheiße, sagt er, und dann stößt er gegen Gerti und drängt sie zurück auf die Bank, nein, sagt sie, nein, ich möchte gehen. Jaja, sagt Melzer und fängt an, ihr das Gesicht abzuküssen, ich steh auf dich, keucht er in ihr Ohr, ich steh auf dich, und er merkt, wie sie auf einmal nachgibt, wie sie sich an ihn drückt, Einserschmäh, denkt Melzer und möchte am liebsten laut loslachen, aber dann hat er plötzlich eine Gänsehaut am Rücken, ich steh auf dich, sagt er, und ihm ist überhaupt nicht mehr zum Lachen dabei, er zerrt an ihrem Mantel zieh aus, flüstert er, und sie windet sich aus dem Mantel und als er ihn über sich und Gerti breitet, fällt die Weinflasche um. Er hört, wie sie über den Boden rollt und gluckernd ausrinnt und ist mit einem Sprung auf den Beinen, tastet auf dem Fußboden herum, greift in Nasses, aber als er die Flasche endlich in der Hand hält, ist sie schon ganz leicht. Er stellt sie auf und setzt sich zurück auf die Bank, das ist ja kein Leben, denkt er, das ist einfach kein Leben. Was hast denn? sagt Gerti und legt die Hand auf seinen Rücken. Melzer steigt aus den Schuhen, nichts, sagt er, eh nichts, und er legt sich neben sie, das wird nichts mehr, denkt er, diese Scheißbude, und er spürt, wie seine Füße kalt werden, weil der Mantel viel zu kurz ist, der Scheißwinter, denkt er und schiebt seine Hand, die noch ganz naß ist, unter ihren Pullover. Sie zuckt zusammen, ist gleich vorbei, sagt er in ihr Ohr, und er drückt sie ganz fest an sich, hält sich an ihr fest, wenn er sie jetzt ausläßt, hat er das Gefühl, dann hat er überhaupt niemanden mehr, ich steh auf dich, ich steh auf dich, sagt er, sagt es immer wieder, drängt mit diesem Satz alle anderen Gedanken aus dem Kopf, gräbt sich, während er zwischen ihren Beinen ist, ganz verzweifelt in diesen Satz hinein.

Als er sich im dunklen Schlafzimmer zum Bett hingetastet hat, ist plötzlich das Licht angegangen, und Maria hat ihn, ganz wach, angesehen. Jetzt kommst erst daher, hat sie gesagt, ich hab schon geglaubt, dir ist was passiert. Melzer hat sofort eine Wut bekommen, wegen mir, hat er gesagt, brauchst *du* dir keine Sorgen machen. Maria hat sich aufgesetzt, hat ihn mit ängstlicher Miene angeschaut, und dann hat sie die Nase nach vorn gestreckt und die Luft eingezogen, du stinkst ja nach Alkohol, hat sie gesagt, ich riechs ja bis da her. Na und, hat Melzer hervorgestoßen, und? Du bist nicht in der Wohnung gewesen, hat Maria gesagt, sondern saufen. Sowieso, hat Melzer gesagt, besoffen bin ich, daß ich nicht stehen kann, und er hat sich schnell ausgezogen und ist ins Bett gestiegen. Maria hat das Licht abgedreht und nichts mehr gesagt, und Melzer ist dagelegen und hat es absurd gefunden, neben Maria zu liegen, er hat nicht gewußt, wie er überhaupt dazu kommt. Seit sie eingezogen ist, ist es ihm ganz selbstverständlich gewesen, nie war es etwas Besonderes, es hatte sich alles so ergeben, alles wie von selbst, und jetzt kam es ihm auf einmal absurd vor. Er hat gehört, wie sie neben ihm zu weinen angefangen hat, jaja, hat er gedacht, plärr nur, aber nach einer Weile hat sie ihm doch leid getan, sie kann auch nichts dafür, hat er gedacht, aber er hat das Gefühl gehabt, daß er ihr auch nicht helfen kann. Es ist mit offenen Augen dagelegen, hat ins Dunkel gestarrt und daran gedacht, wie er die Gerti nach Hause geführt hat. Während der zehn Minuten Fahrt haben sie kein Wort geredet. Sie ist ausgestiegen und einen Moment unschlüssig vor der offenen Autotür gestanden. Ist was? hat Melzer gefragt und auf die Glut seiner Zigarette gestarrt. Sehen wir uns einmal wieder? hat sie gesagt, und er hat die Schultern gezuckt, vielleicht, hat er gesagt, werden wir schon sehen. Na dann servus, hat sie gesagt und ist auf das Haus zugegangen, das etwas abseits der Straße lag, und Melzer ist weggefahren und hat sich gezwungen, sich nicht nach ihr umzusehen. Es hat ja keinen Sinn, hat Melzer gedacht, es hat alles überhaupt keinen Sinn, und nach einer Weile hat er zu Maria hinübergegriffen. Geh weg, hat sie gesagt, geh weg, aber er hat sich trotzdem neben sie gelegt.

Bevor er sich dann in seine Einschlafstellung gerollt hat, hat er schon gedacht, ist doch alles ein Witz, wo doch bei ihr eh schon seit einem Monat nichts mehr geht, wo sie mich doch eh schon seit einem Monat nicht mehr läßt, ist doch ein Witz, ist doch ihre eigene Schuld. Weil herausschwitzen kanns ja auch keiner.

Melzer konnte sich schwer vorstellen, wie das sein würde, wenn das Kind da und er Vater sein würde. Irgendwie würde sich da was verändern, das war ihm klar, so ein Kind, das hatte Ansprüche, um die man sich schwer herumdrücken konnte, Maria würde nicht mehr nur für ihn da sein können. Er konnte das Wort »Vater« mit sich in keinen Zusammenhang bringen. Das eigene Fleisch und Blut, dachte er. Aber das kam ihm gleich ganz blöd vor, so als halte er sich selber eine Rede, tue vor sich selber ganz geschwollen. Es schien ihm unmöglich, Vater zu werden, wenn er an den eigenen Vater dachte. Ein Autobuschauffeur, der meistens nur zum Schlafen da war, jede Woche auf vielleicht einen Tag, einer, den man nur stören konnte, der, wenn Melzer auf ihn vergessen hatte, brüllend aus dem Schlafzimmer kam, ob denn die Bankerten nicht wenigstens den einen Tag, wo er schon da sei, wenn er sich endlich ausschlafen könne, ob sie denn nicht fünf Minuten die Goschen halten könnten, schrie er. Sein Freund Hubert hat lange Zeit geglaubt, daß er überhaupt keinen Vater habe, daß dieser, wie die Väter der Hälfte der Schüler der Klasse, gefallen sei, und er hat es nicht glauben wollen, daß der Mann, der plötzlich ins Zimmer gekommen war, der *richtige* Vater Melzers sei und nicht bloß ein *Onkel*. Später, als Melzer dann schon größer war, kam der Vater immer seltener, aber jedesmal, wenn er kam, brachte er die Mutter ins Flennen, oft war von Scheidung die Rede. Melzer hatte eine Wut auf den Vater, weil die Mutter nach einer Auseinandersetzung die Kinder am liebsten ständig um sich gehabt, sie garnicht aus dem Haus gelassen hätte, während draußen vor dem Haus die Freunde pfiffen, um ihn abzuholen. Er konnte sich damals nicht vorstellen, daß das, was die Mutter zum Weinen brachte, die Scheidung, daß das etwas ändern würde. Braucht ihn ja eh keiner, hatte er damals gesagt, und die Mutter war ihm über den Mund gefahren, daß man so nicht über seinen Vater reden dürfe. Schließlich blieb der Vater über ein halbes Jahr weg, ohne daß das mit einem einzigen Wort beredet worden wäre, alles ging weiter wie bisher, gerade daß Melzer manchmal kurz daran dachte, daß es jetzt schon lange her sein mußte, seit der Vater zum letzten Mal dagewesen war. Hoffentlich kommt er nicht mehr, dachte Melzer. Aber der Vater kam wieder, war plötzlich wieder da und tat so, als sei das die selbstverständlichste Sache von der Welt, nach so langer Zeit plötzlich wieder aufzutauchen. Melzer hörte sie unten im Schlafzimmer streiten, wenn er nur schon ein wenig größer wäre, dachte er, dann könnte er der Mutter helfen, und nach zwei Tagen war der Vater wieder weg, diesmal endgültig, und ein paar Monate später bemerkte Melzer, daß die Mutter einen Bauch hatte, fünfzehn war er damals und hatte selbst schon den ersten Versuch hinter sich. Aber wenn er an die Mutter dachte, an ihr schwammiges Fleisch, die Fettsträhnen an den Oberschenkeln und an die Krampfadern, an ihren durch tiefe Einschnitte in mehrere Wülste unterteilten Bauch, dann konnte er sich nicht vorstellen, daß sie mit dem Vater *etwas zu tun gehabt* hatte, daß sich der Vater wirklich auf dieses weiche, überall nachgiebige Stück Fleisch eingelassen, sich daran *vergriffen* hatte. Diese Vorstellung war ihm eine Zeitlang so widerlich, daß er glaubte, die Mutter nicht mehr berühren zu können, nichts mehr essen zu können, was sie angegriffen hatte, und er glaubte auch, daß ihm sogar grausen würde, wenn er selbst wieder einmal ein Mädchen *soweit* hätte.

Irgendwie würde er anders werden als der Vater, das wußte Melzer, aber es kam ihm trotzdem so vor, als sei er dann auch nur etwas ganz Unnötiges, irgendwie auch bloß geduldet, nur der, der das Geld nach Hause bringt. Der schreien darf.

Ende März, einen Monat vor dem errechneten Termin, kam das Kind zur Welt. Melzer ist an seinem Arbeitsplatz erst verständigt worden, als schon alles vorbei war, und er hat die Mutter, die am Telefon gewesen ist, angeschrien, warum er das erst jetzt, warum er es *als Letzter* erfahre, aber die Mutter hat ihn nicht einmal ausreden lassen, er hätte es Maria auch nicht abnehmen können, hat sie gesagt, hätte nichts tun können dabei, und außerdem sei alles so schnell gegangen, daß keine Zeit gewesen sei, ihn anzurufen. Melzer ist enttäuscht gewesen, weil er so überhaupt keine Rolle gespielt hat, weil alles ganz ohne ihn gegangen ist, aber er hat dann seine Enttäuschung gleich darauf schieben können, daß das Kind ein Mädchen war. Ein paar Arbeitskollegen haben gleich zu sticheln angefangen, bist eben doch zu schwach, um einen Buben zusammenzubringen, haben sie gesagt, und der Matuschek, der selber schon zwei Buben hatte, hat sich angetragen, ihm beim nächsten Mal auszuhelfen. Für eine Kiste Bier, hat er gesagt, mach ich dir einen Buben, brauchst mir deine Alte nur einmal schicken. Melzer hat nichts anderes tun können, als zu sagen, ihm sei das ganz gleichgültig, Kind sei Kind, und schließlich müsse es ja auch Mädchen geben. Die haben nämlich, wenns euch erinnerts, hat er gesagt, sowas Angenehmes zwischen den Beinen. Genau, hat der Jeschko gesagt, genau, zwischen den zwei großen Zehen, und dann ist in dieser Richtung weitergeredet worden. Melzer hat gleich zu Maria ins Krankenhaus fahren wollen. Aber da hast garkeine Chance, hat der Matuschek gesagt, daß du da hineinkommst, wenns nicht auf Klasse liegt. Ich komm hinein, hat Melzer gemeint und ist hingefahren, aber der Portier hat ihn gleich abgefangen. Eh nur auf einen Sprung, hat Melzer gesagt, dann geh ich schon wieder, aber schließlich muß ich wissen, wie es meiner Frau geht. Der Portier hat den Kopf geschüttelt, kommens am Nachmittag wieder, hat er gesagt, da ist Besuchszeit. Melzer hat sich nicht von der Stelle gerührt, da mußt hart sein, hat er gedacht, dann kommst schon hinein. Außerdem, hat ihm der Portier versichert, muß es Ihrer Frau gutgehen, sonst wärens längst verständigt worden. Nur auf einen Sprung, hat Melzer wiederholt, aber der Portier hat abgewunken, wo kommen wir denn da hin, wenn jeder hineinrennt, wann er will. Aber die reichen Beuteln dürfen, ist Melzer laut geworden. Schreins da nicht, hat der Portier gesagt, hättens Ihre Frau ja auch auf Klasse legen können. Und wer hätts gezahlt, hat Melzer ihn angefahren, Sie vielleicht? Ich?, hat der Portier gesagt, ich hab doch mit nichts was zu tun, ich bin doch nur der Portier.

Bevor er dann am Nachmittag mit der Mutter ins Krankenhaus gefahren ist, hat Melzer seinen Taschenkalender durchgesehen. Er hatte sich zwar in den letzten Wochen oftmals den Namen Tino Melzer vorgesagt und gefunden, sein Sohn werde mit so einem Namen sicher einmal nicht so unzufrieden sein, wie er mit seinem, aber er hatte vergessen, sich auch einen Mädchennamen auszudenken. Bei den paar Namen aus dem Kalender, die ihm zumutbar erschienen, sind ihm gleich die ehemaligen Freundinnen in den Kopf gekommen, die so geheißen hatten, und er hat gedacht, wenn er sein Kind so nennt, dann wird ihm sicher jedesmal, wenn er das Kind ruft, die ehemalige Freundin einfallen. Das kann er Maria nicht antun, hat er gemeint, auch wenn sie nichts davon weiß, das wäre ja fast so, als unterschiebe er ihr ein anderes Kind. Schließlich ist er auf den Namen Marina gekommen, und er hat die Arbeitskollegen gefragt, was sie dazu sagen. Ein bissel ausgefallen, haben sie gemeint, aber sonst nicht schlecht. Also genau das Richtige, hat Melzer gedacht, weil gewöhnlich heißen eh alle. Wenns schon sonst nichts mitkriegt, hat der Wielander gesagt, hats wenigstens einmal einen besonderen Namen.

Maria ist in einem weißen, kragenlosen Krankenhausnachthemd in einem großen Saal gelegen, in dem mindestens noch zehn weitere Frauen lagen. Melzer hat sie, als er neben der Mutter in der Tür gestanden ist, nicht gleich erkannt. Die Mutter ist auf Marias Bett zugesteuert, und Melzer ist hinter ihr dreingegangen, mit linkischen Bewegungen, und er hat im Gehen das Papier von den paar rosa Nelken gewickelt, die er unten am Krankenhauseingang gekauft hatte. (Willst ihr nicht wenigstens ein paar Blumen mitbringen, hatte die Mutter ihn gestoßen, ein bissel *aufmerksamer* könntest auch sein.) Melzer ist sich in diesem Raum ganz fehl am Platz vorgekommen, als erwarte man hier eine Entschuldigung von ihm, und er wußte garnicht wofür. Er hat nach den ersten Worten der Begrüßung nicht gewußt, was er reden sollte, er ist froh gewesen, daß die Mutter mit war, die gewußt hat, was da für Fragen zu stellen waren, was sonst zu sagen war. Er ist neben dem Sessel gestanden, auf dem die Mutter gesessen ist, hat zugehört, wie die Größe und das Gewicht seiner Tochter beredet worden sind, die Mutter hat die entsprechenden Daten ihrer drei Kinder alle noch heruntersagen können, und Maria hat aus der Lade ihres blechernen Nachttisches einen Zettel genommen und ihn Melzer lächelnd hingehalten. Er hat auf den winzigen Fußabdruck geschaut, der darauf war und der gerade doppelt so groß war wie der Daumenabdruck Marias daneben. Verbrecherkartei, hat Melzer gesagt, aber gleich gemerkt, daß das nicht der richtige Kommentar war. Die Mutter hat den Fußabdruck süß gefunden, und dann hat Maria den Hergang der Geburt erzählt, und Melzer hat sich ein wenig geniert dabei, hat sich umgesehen, ob nicht jemand zuhört, ob man ihn nicht anschaut. Scheußlich sei es gewesen, hat Maria gesagt, so habe sie sich das nicht vorgestellt. Jaja, hat die Mutter gesagt, Honiglecken sei es keins, aber wenn nur die Kinder gesund sind, wenns alles haben, wie sichs gehört. Maria hat verstohlen auf ein Bett gezeigt, das Kind von der, hat sie geflüstert, hat einen Wolfsrachen, und die Mutter hat die Frau angestarrt, bis Melzer sie in die Seite gestoßen hat. Saugrob sei man zu ihr gewesen, hat Maria erzählt, überhaupt die Frau, die sie »unten« rasiert habe. Wo haben denn Sie Ihren Bauch, habe die Frau gefragt, und auf Marias Antwort, daß sie einen Monat zu früh dran sei, habe die Frau verächtlich gesagt, na ob das Kind leben wird? Und beim Rasieren habe Maria einmal zusammengezuckt, und die Frau habe sie angefahren, sinds nicht so zimperlich, die jungen Leut heute, habe sie gesagt, sind alle so wehleidig, dabei habens alle so eine schöne Jugend gehabt, was hätten denn wir sagen sollen? Naja, hat die Mutter gemeint, für die Leut da ist das Kinderkriegen nichts Besonderes, die sehen das jeden Tag. Trotzdem, hat Maria gesagt, so brauchens auch nicht sein. Auf der Klasse, hat Melzer gemeint, sinds sicher ganz anders. Naja, hat die Mutter gesagt, das ist eben so, aber Hauptsache ist, daß das Kind gesund ist, mehr kann man sich ja eh nicht wünschen. Dann ist eine Schwester in den Saal gekommen, so meine Herrschaften, hat sie gerufen, die Schönheitskonkurrenz kann losgehen, und Melzer ist wie alle anderen Väter und Großmütter im Saal aufgestanden und ist mit der Mutter auf den Gang hinausgegangen. Er hat die Nummer gesagt, die Maria ans Handgelenk gebunden gehabt hat und hinter einer Glasscheibe hat ihm eine Schwester das Kind hingehalten. Melzer ist dagestanden und hat darauf gewartet, daß er irgendein Gefühl kriegt, aber er hat nichts gespürt, schiach ist es, hat er gedacht, ordentlich schiach, er hat die Mutter reden gehört, in einer ganz kindischen Sprache, immer mit einem i am Schluß der Wörter, Melzer hat genickt und ist sich betrogen vorgekommen, die Schwester hat das Kind zurückgelegt und ein anderes geholt, und er ist zu Maria zurückgegangen. Sie hat ihn erwartungsvoll angesehen, und Melzer hat sich zu einem Lächeln gezwungen. Ja, hat er gesagt, die Haare hat sie von mir, eindeutig von mir. Er ist froh gewesen, daß ihm wenigstens das eingefallen ist. Was kann denn das schon werden, hat er gedacht, wenn das schon so anfängt.

(Ein paar Tage später, das Kind war schon ins Geburtenregister eingetragen und getauft worden, ist Melzer an seiner Hobelbank gestanden und der Jeschko hat, jedesmal, wenn er an ihm vorbeigegangen ist, eine Melodie gepfiffen. Gimpeln pfeifen, hat Melzer schließlich gesagt, morgen wirds schön. Der Jeschko hat gegrinst und weitergepfiffen. Fällt dir nichts auf, hat er dann gefragt. Auffallen? hat Melzer gesagt. Der Jeschko hat wieder ein paar Takte gepfiffen, kennst den Schlager nicht? hat er gesagt, den habens doch eh dauernd im Radio gespielt und in allen Musikautomaten ist er doch auch gewesen, und Melzer hat auf einmal gewußt, was der Jeschko meinte. Marina, Marina, Marina, hat der Jeschko gegrölt, und Melzer hat hilflos die Schultern gehoben und fallen lassen. Der Titel von einem ausgeleierten Schlager, hat er gedacht, da kann ja garnichts daraus werden.)

Aus ihr war da also etwas herausgewachsen. Ihm war es fremd, bloß etwas, das schrie, die Windeln vollschiß, rundum alles beanspruchte, wie selbstverständlich der Mittelpunkt war. Wenn er sich sagte, es ist mein Kind, hatte er das Gefühl, das sei nur leeres Gerede und bedeute überhaupt nichts. Wenn er das Kind anfaßte, kam ihm vor, er würde ihm mit seinen großen Händen gleich etwas brechen, die Haut des Kindes würde von seinen rauhen schwieligen Handflächen zerkratzt, abgeschunden werden wie von Glaspapier. Er faßte das Kind nur an, weil er Maria damit eine Freude machen wollte, so als sei das Anfassen ein Beweis, daß er sich zu dem Kind bekannte. Wenn er von der Arbeit nach Hause kam, erzählte Maria, erzählte die Mutter, was das Kind alles gemacht, wieviel es geschlafen, wieviel es getrunken habe, und ihm kam das immer ganz gewaltig übertrieben vor. Soviel Aufhebens um das kleine Ding! Und auch in der Nacht keine Ruhe. Alle drei Stunden mußte das Kind gefüttert werden. Weil es eine Frühgeburt war, war es zu schwach, um an der Brust zu trinken. Melzer hielt es ohnedies für ganz unmöglich, daß die kleinen Brüste Marias ein Kind ernähren könnten. Die Schwäche des Kindes war in Wirklichkeit vielleicht nur eine Ausrede Marias. Er hatte Kinder an der Brust der Mutter gesehen. Diese Brüste hatten ganz anders ausgesehen, waren prall gewesen wie ein Kuheuter. Immer wurde er wach, wenn Maria in der Nacht die Treppe hinunterstieg, döste ein wenig ein, während sie unten in der Küche das Fläschchen machte, wurde wieder wach, wenn Maria die Treppe heraufkam, Licht machte und das Kind aus dem Korb neben dem Bett nahm und ihm die Flasche gab. Da sah er immer auf die Uhr, stellte fest, ob das jetzt die erste oder zweite Unterbrechung war und rechnete sich vor, wie lange er noch schlafen dürfe, und immer war es ihm viel zu wenig lang, war er so müde, daß er sich garnicht vorstellen konnte, nach den paar noch verbleibenden Stunden ausgeschlafen zu sein, und er wurde wütend, und der Ärger hielt ihn wach, und wenn der Wecker zum Aufstehen läutete, war er zerschlagen und mürrisch, und am liebsten hätte er schon am frühen Morgen alles kurz und klein geschlagen vor lauter Hilflosigkeit. Manchmal lauschte er in der Nacht auf den Atem des Kindes und wünschte sich für Momente, daß es nicht mehr atmen würde, aber wenn er es wirklich nicht hörte, wurde er so unruhig, daß er sogar Maria weckte, die sich überzeugen mußte, daß alles in Ordnung war. Wie sich die Leute freiwillig so eine Last aufhalsen, freiwillig Kinder anschaffen konnten! Er erinnerte sich an den Mischek, an einen Gesellen des Stollhuber während seiner Lehrzeit, dessen Frau immer wieder nach Wien und noch weiß Gott wohin gefahren war, alle möglichen Kuren und Wunderbadereien auf sich genommen hatte, weil sie trotz zäher Versuche nicht schwanger hatte werden können, bis sich herausgestellt hatte, daß nicht sie dran schuld war, sondern der Mischek selber, der von da an in kein Wirtshaus mehr hatte gehen können, wo ihn der Spott nicht wieder herausgetrieben hätte. Wahrscheinlich, dachte Melzer, sind die meisten Kinder eh bloß passiert, und hinterher sagen die Eltern dann, daß es ein Wunschkind war, weil es halt besser ausschaut. Nach Willen und Entscheidung ausschaut. Und nach Vernunft. Weil ja angeblich nur den Blöden, die sich nicht auskannten, Kinder passieren konnten. Melzer war ja auch so ein Wunschkind. Franz, der Bruder, auch. Vom Vater während eines Urlaubs von der Front der Mutter in den Bauch gepflanzt. Die Mutter hatte zwar nie darüber geredet. Aber er hatte es sich ausgerechnet. Und dann hatte er einmal, in der Kassette, wo die Mutter die Dokumente verwahrte, ein dünnes Bündel mit einem blauen Seidenband zusammengebundener Briefe gefunden, und er hatte sie gelesen, Briefe des Vater an die Mutter von der Front, er hatte sich geniert, als er da Dinge las, von denen er gedacht hatte, sie kämen zwischen dem Vater und der Mutter garnicht vor, er hatte den Brief gelesen, in dem der Vater geschrieben hatte, daß die Mutter es dem Führer schuldig sei, Kinder zu gebären, und daß sie ihm daher keine Vorwürfe machen dürfe, rücksichtslos gewesen zu sein, sie zur ehelichen Pflicht gezwungen, ihr im Urlaub ein Kind angehängt zu haben und dann wieder in den Krieg gegangen zu sein. Melzer war wie vor den Kopf gestoßen gewesen: er, ein Kind, das keiner gewollt hatte! Ein Kind, das vielleicht noch im Bauch verflucht worden war, das die Mutter sicher öfter als einmal in Gedanken ertränkt, erstickt, mit einer langen Nadel in die noch weiche, pochende Fontanelle gestochen hatte. Aber je mehr er darüber nachgedacht hatte, umso mehr hatte er etwas wie Schadenfreude darüber gehabt, daß er trotzdem, gegen den Willen der Mutter, da, am Leben gewesen war. Es war ihm fast so vorgekommen, als habe er alle betrogen. Und sein Kind würde sich, wenn es jemals die Umstände seiner Geburt erfahren sollte, genauso fühlen können wie er damals. Wenn er dran dachte, kam er sich jetzt schon schuldig vor. Und das Kind würde später vielleicht auch einmal vor ihm stehen und, noch unverheiratet, ein Kind im Bauch haben, gegen seinen Willen. Buben waren da viel gescheiter. Die brachten wenigstens nichts nach Hause. Und wenn sie schon wo eine vollgepumpt hatten, dann war das noch längst keine Schande, fiel nicht als Vorwurf, das Kind nicht richtig erzogen zu haben, auf die Eltern zurück, wie bei einer Tochter, die einem die Frucht im Bauch in der Wohnung spazierentrug. Und einem Sohn hätte er auch was lernen, dem hätte er seine *Erfahrungen* weitergeben können, damit er es einmal besser habe als der Vater, nicht die gleichen Fehler mache. Damit er hat, was der Vater gerne gehabt hätte, wird, was der Vater nicht hat werden können: alles andere als das, was er jetzt war: Arbeiter, verheiratet, ein Kind, keine gescheite Wohnung, und sonst weiter auch nichts. Aber was sollte er einem Mädchen beibringen? Für ein Mädchen war doch die Mutter zuständig. Sollte er ihr vielleicht sagen, wie man sich dagegen schützt, von jedem Dahergelaufenen übernommen, ins Bett hineingeredet zu werden? Wie man einen kriegt, der was hat, damit es nicht in Ewigkeit so weitergeht mit dem Kleineleutedasein? Darüber konnte er als Vater doch mit der Tochter nicht reden, das konnte höchstens Maria, die aber von all dem keine Ahnung hatte, sonst wäre sie nicht selber vor ihm hingeschmolzen wie Butter in der Sonne, ohne sich um eine *Zukunft* zu kümmern.

Das Kind war ihm wie etwas, das sich in sein Leben hineingedrängt hatte und das drin blieb, auch wenn er es hinausdachte. Weißt, hatte der Jeschko zu ihm gesagt, nächstes Mal machst ihr das Kind einfach im Hals, damit sie es ausspucken kann, wenn sie es nicht will. Ein kleiner Trost war ihm, daß Mädchen normalerweise nicht so lange im Haus bleiben wie Buben, sondern sich früher hinausheiraten ließen.

Manchmal, wenn er das Kind, diesen rücksichtslosen Eindringling, mißmutig ansah, kippte sein Ärger um, und er dachte sich ein Leben zurecht, wo das Kind keine bloß vorgetäuschte, nur für die anderen zur Schau getragene Freude sein würde. Das war schwer vorstellbar. Und hat ihn meistens nur noch mißmutiger gemacht.

Eine Weile sah es so aus, als würde sich Maria mit der Mutter wieder besser vertragen. Maria war froh, daß ihr die Schwiegermutter etwas von der Arbeit mit dem Kind abnahm, ihr verschiedene praktische Handgriffe zeigte, auf die Maria von selber nie gekommen wäre. Sie war froh, daß sie nicht aus eigener Erfahrung klug zu werden brauchte. Aber was die beiden Frauen zusammengebracht hatte, das brachte sie auch wieder auseinander: nach einiger Zeit fingen die alten Reibereien wieder an, die spitzen Bemerkungen, das stumm nebeneinander Herleben, das einander Auflauern, die Überempfindlichkeit gegen die Gewohnheiten der anderen, nur daß jetzt nicht mehr Melzer im Mittelpunkt stand, sondern das Kind. Melzer hatte Maria oft vorgeworfen, daß sie sich wohl zu gut vorkomme, um sich von seiner Mutter etwas sagen zu lassen, aber nun sah er langsam, daß die Mutter Maria keine Chance ließ. Maria hatte der Mutter zu neumodische Ansichten (so neue Tanz, so blöde), kümmerte sich ihrer Meinung zu wenig um das Kind, ließ es, ohne nachzuschauen, weiß Gott wie lang schreien, und die Mutter nahm das Kind ständig aus dem Korb, trug es herum, hutschte es, nur um es Maria vorhalten zu können. Gelt du armes Butzerl, wennst die Omi nicht hättst, redete sie im Singsang auf das Kind ein, während Maria im selben Zimmer Windeln bügelte, gelt mein armes Herzerl, gar niemand tät sich sonst kümmern um dich, wenn die Omi nicht wär. Aber auch als Maria sich wirklich bemühte, nur um Ruhe zu haben, alles so zu machen, wie es die Mutter gemacht haben wollte, als sie, kaum daß das Kind sich rührte, schon hinlief, um es zu beruhigen, als sie überhaupt nichts mehr anderes tat, als mit dem Kind herumzutun, fand die Mutter noch immer genug, was ihr nicht paßte, so müsse Maria es machen, weil *man* es so mache, hieß es ständig, komm laß mich her. Melzer hatte früher selten Schwierigkeiten mit der Mutter gehabt: sie war ein gut funktionierender

Dienstbote für ihn gewesen, einer, der schon so lange im Haus ist, daß man es ihm auch erlaubt, hin und wieder zu maulen, und er hätte es nie für möglich gehalten, daß seine Mutter so bösartig sein könnte, so grob und wehleidig zugleich. Auch als Maria ihn schon täglich damit empfangen hatte, sie halte es jetzt wirklich nicht mehr aus mit der Mutter, hatte er sie entschuldigt: aber sie meints ja nicht so, aber sie hat halt ihre Gewohnheiten, und in dem Alter ändert man sich nicht mehr so leicht; bis die Mutter dann eines Tages zu ihm sagte, daß es doch gescheiter gewesen wäre, er hätte sich keine aus einem Waisenhaus zusammengeheiratet, eine, die bei diesen reichen Leuten nichts gelernt habe, als sich auf nichts was einzubilden. Da wäre ja wahrscheinlich diese Geschiedene, diese Inge mit dem Kind, noch besser gewesen, sagte die Mutter. Melzer hat die Mutter angestarrt, und auf einmal hat er so viele Gedanken im Kopf gehabt, daß er kein Wort herausbrachte, und er hat sich umgedreht, hat sie stehengelassen und ist die Treppe hinaufgelaufen. Er ist in sein Zimmer gestürzt, aber als er Maria sitzen gesehen hat, flennend, mit dem Kind am Schoß, ist er wieder hinunter und hat sich im Klo eingesperrt. Die Inge, die Inge, hat er gedacht, jetzt sagts, die Inge wär besser gewesen. Und damals hatte sie dauernd geschimpft, hatte sie ihn dauernd aufgehetzt, und er hatte sich aufhetzen lassen, hatte Inge stehenlassen, da war die Mutter dran schuld, die hat sie ihm miesgemacht, zumindest mitschuld war sie, und so oft hatte er an Inge gedacht, an sie denken müssen, und er hatte es bedauert, hatte gemeint, das läßt sich doch noch einmal einrenken, besonders wenn er betrunken gewesen war, hatte er gemeint, er muß zu ihr fahren und sie um Verzeihung bitten, er muß zu ihr, um sie wieder anschauen, angreifen zu können. Melzer ist auf der Klomuschel gesessen und hat sich erinnert, wie er Inge den Laufpaß gegeben, wie er sich danach gefühlt hatte: als ein ganz gewaltiger Kerl; er hat daran gedacht, wie er danach, auf der Heimfahrt, in ein Lokal gegangen war, eine Kapelle hatte dort gespielt, man hatte getanzt, und er war so gut aufgelegt gewesen, daß er mit Maria, neben der er zufällig an der Bar zu stehen gekommen war, getanzt hatte, obwohl ihm sonst am Tanzen, wenn er keine Hintergedanken dabei hatte, wenig lag, und obwohl die ganze Maria (mit Ausnahme ihrer rauhen Stimme) ihm einfach als ein Witz erschien im Vergleich zu Inge, hatte er Maria am nächsten Abend getroffen, war nicht zu Inge gefahren, um alles wieder ins Lot zu bringen, was er sich den ganzen Tag über vorgenommen hatte, war diesen Abend nicht hingefahren, den nächsten Abend nicht, die ganze Woche nicht, war immer weiter von Inge weggerückt und Maria nahegekommen, und einmal hatte er wirklich noch den Versuch unternehmen wollen, zu Inge zurückzukehren, weil es ihm auf die Nerven gegangen war, daß Maria nicht so wegkonnte, wie er wollte, und er war schon auf dem Weg zu Inge gewesen, hatte sich das Wiedersehen ausgemalt, aber dann hat er nicht gewußt, wie er es rechtfertigen soll, daß er sie damals stehengelassen hatte, und plötzlich war es ihm eine Zumutung gewesen, sich überhaupt für irgendetwas rechtfertigen zu müssen, und er hatte umgedreht und war nie mehr hingefahren.

Melzer ist plötzlich aufgestanden, hat ganz automatisch an der Kette der Klospülung gezogen und ist zu Maria hinaufgegangen. Ich nehm mir ab nächster Woche Urlaub und mach die Wohnung fertig, hat er gesagt, und dann ziehen wir um. Maria hat ihn mit offenem Mund angestarrt, was sagst da? hat sie gestottert, was? ist das wahr? Ja, hat er gesagt, weil sonst bringts euch noch gegenseitig um, und ich will nicht schuld sein. Weil schuld dran, daß alles so beschissen ist, hat er gesagt, ist er ja wirklich nicht. Na wer ist denn schuld, hat Maria gefragt. Das möcht ich auch gern wissen, hat Melzer gesagt.

An einem Samstagvormittag sind sie übersiedelt. Melzer hat nur dreimal mit seinem alten Simca hin- und herfahren müssen, dann war alles, was sie hatten, in der neuen Wohnung. Melzer hat sich gewundert, daß es nicht mehr war. Grad ein paar Binkeln, hat er gesagt, wie bei die Biafraflüchtling. Als er zum letzten Mal zurückgefahren ist, um Maria und das Kind zu holen, ist auf einmal die Mutter nirgends zu finden gewesen. Aber gerade war sie noch da, hat Maria gesagt, und sie hat sogar die Kleine noch umgewickelt, obwohls garnicht naß war. Melzer hat das ganze Haus abgesucht, hat sogar in die Kästen geschaut, er hat plötzlich ein ungutes Gefühl gehabt, man weiß ja nie, hat er gedacht. Die Schuhe der Mutter sind im Vorzimmer gestanden, sie mußte in Hausschlapfen fortgegangen sein, und Melzer hat sich vorgestellt, wie die Mutter in den geblümten Schlapfen auf der Straße ging, und auf einmal ist ihm alles lächerlich vorgekommen, unmöglich, hat er gedacht, wenn schon, dann hätts zumindest Schuhe angezogen.

Die hockt sicher bei irgendwelchen Nachbarn, hat er zu Maria gesagt, und sie haben noch eine Viertelstunde gewartet, aber die Mutter ist nicht gekommen, und Melzer hat gesagt, daß es ihm jetzt reicht, wenns spinnt, solls spinnen, und er hat die Haustür zugesperrt und den Korb mit dem Kind ins Auto getragen. Die spielt sich ja nur auf, hat Maria gemeint, und Melzer hat genickt, aber es hat ihn ein wenig geärgert, daß es Maria gesagt hat. Er ist noch einmal zurückgegangen, hat den Haustorschlüssel von seinem Schlüsselbund genommen und ihn unter den Fußabstreifer gelegt. Ein Witz, hat er gedacht, jetzt war ich so lang da, aber wennst schaust, merkst nichts davon. Auf einmal ist ihm der Kirschbaum eingefallen, den er gepflanzt hatte, als er aus der Schule gekommen war. Damals hatte es eine Schulaktion gegeben, im letzten Schuljahr, und Melzer hatte, wie die meisten anderen auch, ein Bäumchen genommen, weil er gemeint hatte, kosten tuts eh fast nichts, und außerdem zahlts die Mutter, und vielleicht merkt mans doch im Abschlußzeugnis, überhaupt, wo der Korbel, der Deutschlehrer, die Aktion macht. Melzer ist durch den Garten zu *seinem* Baum hinaufgegangen, ist davorgestanden, der Baum hatte nur mehr auf der einen Seite ein paar Blätter, sonst war er schon ganz dürr, das ist immer ein Krepierer gewesen, hat Melzer gedacht, ohne eine einzige Kirsche, und er hat sich plötzlich weggedreht und ist schnell zum Auto zurückgegangen. Fahren wir doch endlich, hat Maria gesagt, oder kannst dich nicht trennen? Gleich, hat Melzer genickt, ich muß da nur mehr kurz was erledigen, und er ist zum Schuppen gegangen und hat eine Säge geholt. Er hat in Bauchhöhe zu schneiden begonnen, und zehn Minuten später ist der Baum krachend zur Seite gebrochen. Der Nachbar hat gleich über den Zaun geschaut, recht hast gehabt, Bruno, hat er gesagt, aus dem wär eh nichts mehr geworden. Melzer hat sich die Sägespäne von der Hose geklopft, ich zieh nämlich heut aus, hat er gesagt. Ah, ist es endlich so weit, hat der Nachbar genickt. Ja, Schluß ist, hat Melzer gegrinst und ist zum Auto gegangen. Als sie von der SA-Siedlung auf die Schubertstraße hinausgebogen sind, hat Melzer gedacht, ich hätts vielleicht doch nicht machen sollen, weil die Mutter versteht das ja nicht. Weil eigentlich, hat er dann gemeint, versteht er es ja auch nicht.

Maria hat es sich nicht nehmen lassen, gleich zu kochen anzufangen, und Melzer hat noch schnell vor dem Zusperren der Geschäfte einkaufen fahren müssen. Maria hat Kartoffelsuppe und Schokoladenpudding gemacht, und Melzer hat ständig sagen müssen, daß es ihm wirklich schmeckt, daß es genausogut ist wie bei der Mutter. Wie daheim, hat Melzer gesagt, und

Maria hat ihn sofort ausgebessert, daheim, hat sie gesagt, das ist jetzt da. Sie haben angefangen, den noch in der Wohnung herumstehenden Kram einzuräumen, und dann ist Melzer, ganz gegen seinen Vorsatz, doch zur Mutter gefahren. Die Mutter war da und die Brüder auch, und es war alles in Ordnung, und die Mutter hat getan, als sei sie garnicht absichtlich gerade zu der Zeit zur Katzenschlager, der Nachbarin, gegangen, als er Maria geholt hatte, sondern zufällig und ohne sich etwas dabei zu denken. Mein Gott, hat die Mutter gesagt und mit dem Geschirr im Abwaschwasser geschappert, was braucht man sich denn da groß verabschieden, bist ja nicht aus der Welt. Melzer hat genau gemerkt, daß die Mutter ihn anlog, und er hat gewußt, wenn er jetzt noch länger darüber redet, wenn er nur ein bißchen stochert, dann kann sie sich nicht mehr verstellen und fängt zu plärren an, und er ist lieber gleich wieder gefahren.

Sie haben den ganzen Nachmittag gebraucht, bis alles, was Melzer zuerst so wenig erschienen ist, weggeräumt war, bis alles seine Ordnung hatte, seine endgültige Ordnung, an der nicht mehr gerüttelt werden würde. Melzer ist dabei das Fotoalbum in die Hand gekommen, und er ist mit Maria auf dem Fußboden gesessen und hat ihr die Fotos erklärt, auf denen das Wrack eines Autos zu sehen war, ein ganzes Fotoalbum voll mit Bildern eines Autowracks, von allen möglichen Seiten aufgenommen. Melzer hat die Geschichte dazu erzählt, wie er in der Nacht auf einer schnurgeraden Straße plötzlich ins Schleudern geraten ist, in einem Waldstück, wo die Fahrbahn, die auf freier Strecke ganz trocken gewesen ist, plötzlich naß war, es ist alles so schnell gegangen, daß er garnichts mehr dagegen machen konnte, und trotzdem auch wieder so langsam, daß er direkt zuschauen konnte, wie es passierte, er ist in den Sand am Rand der Fahrbahn hinein- und nicht wieder herausgekommen und dann ist plötzlich ein Schleuderstein dagewesen, er hat ihn noch auf sich zukommen sehen, und dann war der Aufprall da, und das Auto hat sich überschlagen, ist auf dem Dach geradeaus weitergeschossen, er hat die Lichter eines entgegenkommenden Autos im Überschlagen gesehen und hat die Augen zugemacht, ein irrsinniges Kreischen ist unter seinem nach unten hängenden Kopf gewesen, fünfzig Meter ist er auf dem Dach geradeaus weitergeschossen, eine Ewigkeit, und er hat gedacht, das hört nicht mehr auf, und dann hat es plötzlich einen argen Ruck gegeben, und das Auto ist wieder auf die Räder gefallen, und es ist ganz still geworden. Wennst dir das Auto anschaust, hat Melzer gesagt, dann glaubst nicht, daß da noch einer lebendig herausgekommen ist, und dabei hab ich nichts gehabt als zerschundene Schienbeine. Die Funken seien nur so weggesprüht, als das Auto auf dem Dach über die Straße geschlittert sei, hätten die Augenzeugen im entgegenkommenden Auto erzählt, und das Blech des Daches sei tatsächlich an einigen Stellen völlig durchgeschliffen gewesen, aber er sei aus dem Wrack geklettert, als sei nichts gewesen. Melzer redet und redet, obwohl er ganz genau weiß, daß er die Geschichte Maria schon mindestens einmal erzählt hat. Er hat diese Geschichte allen erzählt, die ihm zugehört haben, erzählt sie noch immer im Wirtshaus, wenn einer sie noch nicht kennt, und zeigt die beiden Fotos des Wracks dazu her, die er in seiner Brieftasche hat, das ist ein Abenteuer gewesen, das größte Abenteuer seines Lebens, ist er sicher, so ein Abenteuer, das ist was, das hat nicht jeder, schon allein deshalb, weils kaum einer überlebt, und wenn sich schon sonst nichts getan hat in seinem Leben, dieses Abenteuer hat er gehabt, das kann er erzählen.

Aber das Beste, hat Melzer zu Maria gesagt, paß auf, das kommt erst, und er hat ihr erzählt, wie das Wrack ein paar Tage neben der Straße gestanden ist, bevor er es sich hat abschleppen und in den Garten hinter dem Haus der Mutter hat stellen lassen. Und an dem Wrack neben der Straße ist am Morgen nach dem Unfall der Vater mit dem Autobus vorbeigefahren, und weil er gerade keine Leute im Autobus gehabt hat, ist er stehengeblieben, weil auch andere dort gestanden sind, und hat sich den Blechhaufen angeschaut, und auf einmal hat er die Autonummer erkannt. Die Leute, die noch dabeigestanden sind, haben gesagt, da ist keiner mehr ausgestiegen, das gibts garnicht, und der Vater hat die Decken genomen, die über die Sitze des Autos gebreitet waren. Er ist zum Autobusbahnhof gefahren und hat sich ablösen lassen, mein Sohn, hat er gesagt, ist nämlich verunglückt. Und er ist mit den Decken über dem Arm bei der Mutter aufgetaucht, was willst denn du da, hat die Mutter ihn angefahren, und er hat ihr die Decken hingehalten, die sind noch vom Buben, vom Bruno, hat er gesagt und angeblich Tränen in den Augen gehabt. Weißt, hat Melzer zu Maria gesagt, wenn ich das sehen hätt können, wie er dasteht mit den Autodecken und halbert plärrt und sonst hat er sich nie geschissen um uns, alle heilige Zeit hab ich ihn einmal getroffen, meistens eh nur zufällig, aber jetzt steht er auf einmal da und plärrt.

Wenn ich das hätt sehen können, hat Melzer gelacht, allein dafür hätt sich der Unfall schon ausgezahlt.

Als letztes haben sie die Vorhänge an den Fenstern aufgemacht, und es ist schon dunkel geworden. Das Kind hat die ganze Zeit geschrien, und Maria hat es in die Küche gestellt und die Tür zugemacht. Verzogen ist der Fratz, hat sie gesagt, weil ihn deine Mutter ständig herumgeschleppt hat. Hör endlich auf, hat Melzer abwehrend die Hände gehoben, jetzt ist es eh vorbei. Ja, hat Maria gesagt, jetzt komm ich mir erst vor wie wirklich verheiratet, und Melzer hat gemeint, daß er sich schon die ganze Zeit verheiratet genug vorgekommen ist. Maria hat ihn lauernd angesehen, was soll denn das heißen, hat sie gefragt, und Melzer hat die Schultern gezuckt, ach was weiß ich, hat er langsam gesagt, eigentlich garnichts.

Das Kind hat das letzte Fläschchen bekommen und ist dann bald eingeschlafen. Melzer hat ganz langsam sein Nachtmahl gegessen, hat eine Wurstscheibe nach der anderen zweimal zusammengefaltet, sie auf die Brotscheibe vor sich auf dem Teller gelegt und mit seinem Taschenmesser knapp neben der Wurst das Brot durchgeschnitten, das Stück in den Mund geschoben und einen Schluck Bier dazu getrunken. Er hat fast garnichts geredet und Maria hat gesagt, ein bissel geht mir der Fernseher schon ab. Das ist eh das Nächste, hat Melzer gesagt, was wir uns anschaffen müssen. Dann ist er neben Maria auf der Polsterbank gesessen und hat geraucht, gleich rechts neben ihnen ist der Korb mit dem Kind gestanden, und auf einmal hat Maria den Kopf an seine Schulter gelegt, jetzt, hat sie gesagt, kann uns nichts mehr passieren. Melzer hat gespürt, wie sich ihm plötzlich alle Muskeln angespannt haben, er hat tief eingeatmet und das Kind angeschaut, wenn mir das einer vor einem Jahr gesagt hätt, hat er gedacht, Frau und Kind, und ich in der Mitte, nur für einen ganz blöden Witz hätt ich so eine Rederei gehalten. Maria hat eine Kerze angezündet und das Radio leise aufgedreht, und Melzer hat das idiotisch gefunden. Was soll denn das? hat er gedacht, so eine Intimbeleuchtung, wir sind doch kein Liebespaar mehr. Man hat vor dem Fenster die Autos vorbeifahren gehört, und es ist angenehm warm gewesen, Maria ist dicht neben ihm gesessen, und er hat auf den hellen Fleck der Straßenlampe auf dem Vorhang geschaut, der sich leicht hin- und herbewegt hat. Er hat sich ein wenig dagegen gewehrt, daß er sich hier, so wie alles war, wohl gefühlt hat, er hat immer wieder dagegen angedacht, aber er hat nichts dagegen tun können, daß er auf einmal selber das Gefühl gehabt hat, jetzt kann kommen was will, jetzt kann nichts mehr passieren.

Damals, sagt Melzer, hat der Wecker immer erst um Viertelsieben geläutet, und da sind wir aufgestanden, die Maria und ich, und sie hat mir den Kaffee gemacht und die Jausenbrote gestrichen, und ich hab mich einstweilen gewaschen, über der Abwasch, weil Badezimmer haben wir ja keins gehabt, und wenn da noch Geschirr dringestanden ist, weils die Maria am Abend nicht abgewaschen hat, da hab ich eh gleich die Nase voll gehabt für den ganzen Tag, und da sind wir fast immer ins Streiten gekommen, weißt eh wie das ist, sagt er, wennst noch halb im Bett liegst und halb bist schon in der Arbeit, da bringt dich jeder Schmarren auf die Palme, da brauchen nur ein paar Haare von ihr in deinem Kamm sein und schon zerspringst, oder sie hat die Zahnpastatube schon wieder nicht vom Ende her ausgedrückt, sondern in der Mitte zusammengequetscht, und wenn dir dann noch ein Schuhband abreißt, dann ist es überhaupt aus, weil wahrscheinlich hat sie eh drauf vergessen, welche auf Vorrat zu kaufen, na und dann hab ich den Kaffee getrunken, immer im Stehen, weil mir die Zeit immer knapp geworden ist, seit ich zum ersten Mal arbeiten gegangen bin, ist sie mir in der Früh knapp geworden, und gegessen hab ich nie was, ich eß ja auch heute noch nichts, weil ich in der Früh nichts hinunterbring, da bin ich ja eh schon angespeist vom Aufstehen, und dann hab ich mich eben ins Auto gesetzt und bin in die Bude gefahren, und immer ist es gewesen, als würd das Auto von ganz alleine hinfahren, und manchmal, wenn in der Früh die Sonne geschienen hat, hab ich mir gedacht, jetzt bieg ich da nicht links zur Bude ab, sondern fahr geradeaus weiter, immer geradeaus weiter, weg, weit weg, einfach irgendwohin, es ist einfach schön, wennst dir denkst, jetzt hau ich den Hut auf alles, jetzt machst dich frei, einfach ganz frei, aber während ich noch dran denk, bin ich schon abgebogen und in den Hof von der Firma gefahren, ist ja eh klar, weil du kannst ja nicht so einfach davonrennen, wo willst denn schon hin? wennst nichts hast, wovon willst denn leben? und die Familie? da hast eben eine Verantwortung, und dann bin ich eben in der Bude gestanden und hab gehackelt, bis um neun einmal, bis zur Jausenpause, und dann bis um zwölf bis zur Mittagspause, ich weiß selber nicht, wie das kommt, aber kaum stehst in der Bude, zieht sich die Zeit wie ein Strudelteig, ich habs immer so gemacht, beim Gabmann ist das ja noch gegangen, daß ich jede Stunde für fünf Minuten aufs Klo gegangen bin, eine rauchen, ich hab mir einfach den Vormittag in lauter Stunden eingeteilt, und wenn ich dann da drinnen gehockt bin, hab ich mir manchmal gedacht, daß es schöner wär, das ganze Leben am Häusl hocken zu bleiben, als da wieder hinaus in die Werkstatt zu gehen, und manchmal, wenn mir irgendwas besonders Schönes im Hirn herumgegangen ist, hats mich direkt eine Überwindung gekostet, wieder hinauszugehen, ohne Schmäh, und in der Mittagspause bin ich essen gefahren, seit wir da in der Conrathstraße gewohnt haben bin ich essen gefahren, früher hab ich mir was mitgenommen, und nach dem Essen hab ich mich ein bissel auf die Bank gelegt, so ungefähr zehn Minuten oder eine Viertelstunde und hab mir die Autofahrersendung angehört, und die Mittagspause ist natürlich gerannt wie verrückt, kaum hast dich hingelegt, hast auch schon wieder in die Bude fahren müssen, den Nachmittag herunterbiegen, zuerst bis drei, dann Pause, dann bis fünf, der Nachmittag vergeht mir immer ein bissel schneller als der Vormittag, das war schon immer so, seit ich mich erinnern kann, am ärgsten ist es nach der Vormittagspause bis zwölf, da hab ich mir manchmal gedacht, in der Zeit könntest direkt ein ganzes Leben herunterleben, so lang sind mir die drei Stunden manchmal vorgekommen, und wenns dann endlich fünf war und ich hab grad keine Überstunden gemacht, dann warst eben wieder für einen Tag erlöst und bist heimgefahren, aber da ist es, wennst genau schaust, ja auch nur so weitergegangen, irgendwas ist immer zu machen gewesen, in der Wohnung oder bei der Mutter oder für irgendwen was pfuschen, oder wenn ich schon wirklich nichts zu machen gehabt hab oder wenn ich mich aufgerafft und gesagt hab, heute scheiß ich drauf und mach mir einen schönen Abend, dann hab ich eben ein paar Bier inhaliert und hab mirs Fernsehen angeschaut, außer am Freitag, da war Herrenabend, und wenn grad das Kind nicht geplärrt hat, dann hab ich mir das eben in Ruhe angeschaut, hab ich mich da anstrudeln lassen von denen, was Gescheites ist ja eh nie, und die Maria ist fast immer eingeschlafen dabei und hat geschnarcht und nachher hats immer behauptet, sie hat eh alles gesehen, na und dann wars eh schon Zeit zum Schlafengehen, und da hast eben hie und da, weil es wird ja eh immer weniger, ein Streiferl bei der Alten gemacht, weißt eh wie das ist, sagt er, die ersten paar Mal ist es aufregend, daß du glaubst, es haut dir die Siche-

rungen durch, da tätst am liebsten den ganzen Tag mit ihr im Bett bleiben, aber dann gewöhnst dich dran, weils doch eh immer das gleiche ist, es gibt ja, glaub ich, überhaupt nichts, was sich so gewaltig ändert, was zuerst so zum Überschnappen ist und nach einiger Zeit so flau, daß du dich manchmal wirklich wunderst, daß du noch einen Steifen zusammenbringst, aber so ist das eben, dagegen kannst einfach nichts machen, und drum heißt das dann auch eheliche Pflicht, und wennst die Kinder noch dazu im selben Zimmer hast, dann ist es ja überhaupt ein Schmarren, da darfst dich nicht zu viel rühren und Muckser darf dir auch keiner auskommen, da darfst dich, wenn dir schon einmal danach ist, weilst vielleicht was gesoffen hast, da darfst dich nicht zuviel hineinknien, sonst werden die Gfraster munter, und bis sie wieder einschlafen, ist dir eh längst alles vergangen. Ja, sagt er, und damit ist der Tag dann um gewesen, und am nächsten Tag ist es wieder genauso angegangen und weitergegangen, wenn nicht grad Samstag oder Sonntag war. Da bin ich dann ein bissel länger im Bett geblieben, aber vom Schlafen war eh keine Rede mehr, weil Kinder sowieso schon immer zeitlich munter sind, und wenn ich nichts zu arbeiten oder zu pfuschen gehabt hab, meistens hab ich ja eh was gehabt, dann bin ich zur alten Biegenzahn gefahren, die hat so eine Badeanstalt gehabt, mit fünf Badewannen, eine uralte Bruchbude mit altmodischen Fliesen an den Wänden, die fast heruntergefallen sind, wennst dich angelehnt hast, und an der Decke ist zentimeterdick der Schimmel gestanden, aber ich bin trotzdem gerne hingegangen und bin so lange in der Wanne gelegen, bis mir kalt geworden ist, die ersten paar Mal als ich dort war, ist die Biegenzahn schauen gekommen, ob ich nicht ersoffen bin, aber dann hat sie es schon gewußt, daß ich immer so lange drin bleib, war ja eh egal für sie, weil ja außer mir nur selten wer am Samstagvormittag zum Baden dagewesen ist, die meisten haben doch schon selber ein Badezimmer, und da bin ich in der Wanne gelegen und hab die Augen zugemacht und hab meine Ruh gehabt, so wie am Klo in der Bude, nur daß es nicht gestunken hat und gedrängt hat dich auch nichts, keine Arbeit und garnichts, und ich hab mir denken können, was ich wollen hab. Eigentlich, sagt er, ist das immer das Schönste gewesen damals, da bin ich mir so richtig wie ein Mensch vorgekommen. Meistens bin ich dann mit der Maria was einkaufen gefahren, und dann haben wir gegessen, irgend was, was schnell gegangen ist, Erdäpfelgulasch oder sowas, und wenn sie abgewaschen gehabt hat, sind wir mit dem

Kinderwagen ausgefahren, haben einen Rundgang um den Teich gemacht, und am Rückweg haben wir bei der Mutter hineingeschaut, haben eine Jause gekriegt, und dann sind wir halt wieder heim und haben ein bissel herumgebandelt, und dann wars eh schon Abend, und das Fernsehen ist schon angegangen, oder manchmal, aber eh nur ganz selten, haben wir die Kinder bei der Mutter gelassen und sind am Abend weggegangen, zum Hubert und zur Rosi und hie und da auch zum Gerhard und zur Helga, manchmal sinds auch zu uns gekommen, und wir haben einen Doppler Wein getrunken und geredet, eigentlich eh immer über dasselbe, weil man mit bestimmten Leuten meistens übers selbe redet, so eine Tratscherei eben, weil ja sowieso nichts Besonderes passiert, und dann war der Sonntag, und ich bin am Vormittag zum Grüneis, weil ich der Maria beim Kochen eh nur im Weg herumgestanden bin, und ich hab dann das Bier zum Mittagessen mit nach Hause genommen, am Sonntag hats immer was Besonderes gegeben, meistens was aus der Illustrierten, die die Maria abonniert gehabt hat, und wenns besonders schön war, haben wir am Nachmittag einen Ausflug gemacht, sind irgendwo eingekehrt auf eine Jause, oder wir haben mit dem Kinderwagen einen Stadtrundgang gemacht, manchmal auch einen Besuch, und dann wars Abendessen, meistens etwas, was vom Mittag übriggeblieben ist, und da hast eh schon an den Montag denken müssen, und wir haben uns das Bett schon zeitlich aufgemacht, schnell noch bevor das Fernsehen angegangen ist, und haben vom Bett aus zugeschaut, und dann wars wieder Montag, und die Woche ist wieder angegangen, um Viertelsieben hat der Wecker geläutet undsoweiter, undsoweiter, wie es halt so geht.

Es ist *seine* Familie, keine mehr, aus der er herauswächst, wie bei der Mutter, wo er mit jedem Tag Älterwerden ein Stück mehr herausgewachsen, wo er dann nur noch zur Überbrückung geblieben war, bis er seine eigene Familie hatte, eine, in die er immer mehr hineinwachsen konnte, wo er sich nicht mehr abbeuteln konnte wie früher, als ihn alles, seit er groß genug war, um sich von der Mutter nichts mehr sagen lassen zu müssen, nur so viel angegangen war, als er sich davon hatte angehen lassen wollen, wo es gewesen war wie im Hotel, sein Essen hatte er gehabt, und sein Bett und die Wäsche war ihm gewaschen und der Anzug ausgebürstet worden, wenn ihm nach Reden gewesen war, hatte er reden können, die Mutter hatte ihn bedient, wie sie früher den Vater bedient hatte, dazu war sie da gewesen, die Kinder in die Welt setzen und sie bedienen, bis sie aus dem Haus gingen, sie hatte die *ganze* Verantwortung für den Haushalt, für die Familie gehabt: die Arbeit; alles war in den längst ausgefahrenen Geleisen gelaufen, und er hatte nichts tun müssen, damit es lief, und jetzt mußte er sich plötzlich selber verantwortlich fühlen, mußte er was tun, mußte sich drum kümmern, daß alles ins Laufen kam, zwar erledigte Maria, was früher die Mutter erledigt hatte, aber sie war ihm verantwortlich, wollte mit ihm darüber reden, redete auch, sie waren eine dekretierte Familie, aber was drumherum dazugehörte, der ganze, möglichst reibungslos laufende Haushalt, mußte erst gezimmert werden, Maria mußte erst lernen, wie er es haben wollte, wie er es von der Mutter her gewöhnt war, es zu haben, und hinten und vorne fehlte noch alles, und indem er sich in den Alltag des Haushaltens hineinverwickelte, um so schnell wie möglich alles zu schaffen und herbeizuschaffen, daß es auch ohne ihn laufen könnte, damit es ihn wieder nichts mehr angehen müßte, wie früher bei der Mutter, er sich wieder abbeuteln könnte wie ein nasser Hund und davonlaufen, sich in die Sonne stellen, umso mehr wurde ihm dieser Alltag zum Gewöhnlichen, zur Gewohnheit: eine breite graue Zone, von morgens bis abends, das Jahr hindurch, zwischen den beweglichen und unbeweglichen Festen, worauf er sich, in der Hoffnung aus der Grauzone herauszukommen, hinfreute, und wo es dann öde und langweilig war, ein Loch anstelle des Alltäglichen, wofür er nichts hatte, es zu stopfen, weil er vor lauter Alltag keine Zeit gehabt hatte, etwas Besonderes, nicht Alltägliches, ein besonderes Interesse, keins für alle Tage, großwerden zu lassen.

Sie sind am Abend vor dem Fernseher gesessen, ziemlich dicht daran, damit der Ton das Kind nicht aufweckte, das im Gitterbett zwei Meter davon entfernt schlief, und auf einmal war das Bild weg, der Schirm nur noch eine kribbelnde, zischende Fläche, und sie haben darauf gewartet, daß sich die Fernsehsprecherin gleich für die Störung entschuldigen würde, sie haben auf das Gewimmel gestarrt und sind immer unruhiger geworden, Melzer hat gesagt, jetzt ist sie hin, die Kiste, aber er hat es nur gesagt, um gleich angenehm überrascht sein zu können, wenn das Bild noch käme. Er hat ganz sinnlos auf den Programmtasten herumgedrückt, aber das zischende Kribbeln ist geblieben, und nach einer Weile hat er doch die Hoffnung aufgegeben und hat schimpfend abgeschaltet. Das Zimmer ist ihm plötzlich unerträglich leer vorgekommen, so als sei er von irgendwem allein gelassen, verlassen worden, und er hat das Segelschiff auf dem Fernseher abgedreht und das Deckenlicht eingeschaltet, aber durch das helle Licht ist alles noch viel leerer geworden. Was machen wir denn jetzt, hat Maria gefragt. Na irgendwas, hat Melzer gesagt, wird uns doch sicher was einfallen. Er hat in einer Lade zu kramen angefangen, um den Garantieschein des Fernsehapparates zu suchen. Nichts findet man bei uns, hat er Maria angefahren, dauernd verkramst alles. Sie hat anscheinend, hat er gesagt, sonst nichts zu tun, sonst könnte sie nicht dauernd in den Laden herumkramen und seine Ordnung durcheinanderbringen. Maria hat ihm suchen geholfen, sie hat den Schein nach ein paar Handgriffen gehabt, er ist ohnedies in der *richtigen* Lade gewesen, trotzdem hat Melzer gesagt, weil er kann sich genau erinnern, daß er das alles ganz anders eingeordnet hat. Er hat gesehen, daß die Jahresfrist der Garantie schon vor einigen Wochen abgelaufen war, und hat eine Weile auf die Herstellerfirma des Fernsehers geschimpft, heut wird ja alles so gebaut, hat er gesagt, damit das Zeug bald hin wird, damit sie wieder was verdienen, die Hundsviecher. Maria hat das Fernsehprogramm angeschaut und hat ihm dann vorgelesen, was sie jetzt, wenn sie den Fernseher zur Reparatur geben würden, in den nächsten Tagen versäumen würden. Weißt, hat Melzer gesagt, nicht daß ichs Fernsehen brauch, aber ich hätt wenigstens wissen wollen, wie das Stück ausgeht. Ja, hat Maria gesagt, viel hats eh nicht geheißen, war eh nur so ein aufgelegter Blödsinn. Das schon, hat Melzer gesagt, aber wennst einmal so lang schaust, willst halt doch wissen, wie es ausgeht. Wir könnten uns das Bett aufmachen, hat Maria gemeint, schadet eh nichts, wenn man einmal früher schlafen geht. Wir könnten auch reden, hat Melzer gesagt. Das können wir im Bett auch, hat Maria gemeint. Melzer hat auf die Uhr gesehen, fortgehen, hat er gedacht, könnt ich auch noch, und er hat versucht, sich vorzustellen, was Maria dazu sagen würde, und hat den Gedanken gleich wieder fallen lassen. Na machen wirs Bett halt auf, hat er gesagt, schaden kanns wirklich nichts.

Als sie im Bett waren, hat Maria gleich das Licht abgedreht. Was drehst denn schon ab, hat Melzer gefragt, und Maria hat gemeint, daß sie ebensogut im Finstern reden könnten. Er hat noch einmal über den Fernseher zu schimpfen begonnen, wenns auf den Mond fliegen können, hat er gemeint, müssens doch auch einen Fernseher bauen können, der länger hält als ein Jahr.

Alles ist heute ein Schund, hat er gesagt, außen hui innen pfui, und er hat von der Glühbirne geredet, die die Mutter noch immer in ihrer Nachtischlampe hatte, eine Glühlampe, von der sie nach dem Krieg die blaue Farbe abgekratzt hatte, die wegen der Luftschutzverdunkelung drauf gewesen war, und die Birn brennt noch immer, hat er gesagt, fast fünfundzwanzig Jahre brennt sie schon, und die man jetzt zu kaufen kriegt, sind alle Augenblick hin. Man müßt da einmal was machen, hat er gesagt, einen ganz mordsmäßigen Wirbel müßt man schlagen, meinst nicht auch, hat er gefragt, aber Maria hat nur etwas gebrummt. Hörst mir überhaupt zu? hat Melzer gesagt und mit der Hand zu ihr hinübergegriffen. Jaja, hat Maria gesagt, und er hat die Hand gleich drüben gelassen, hat begonnen, an ihr herumzugreifen, aber ich will heute nicht, hat Maria gesagt, wirklich nicht. Melzer hat die Hand zurückgezogen, hat ja keiner was gesagt, hat er gemeint. Und eigentlich bin ich müde auch schon, hat Maria gesagt, das merkt man erst, wenn man ins Bett kommt. Jaja, hat Melzer gesagt und sich auf die andere Seite gedreht.
Er hat lange nicht einschlafen können, weil er das Gefühl gehabt hat, etwas versäumt zu haben, etwas, das nicht der Schluß des Fernsehfilms war. Die gleichmäßig schnarrenden Atemzüge Marias haben ihn geärgert, sind ihm vorgekommen wie eine ganz grundlose, stumpfsinnige Zufriedenheit. Er hat sich daran erinnert, wie er sich früher, wenn er nicht hatte einschlafen können, immer vorgestellt hatte, wie schön es sein würde, wenn er einmal eine Frau neben sich haben würde, jemanden, mit dem er reden könnte, um der Schlaflosigkeit nicht allein ausgeliefert zu sein und nichts weiter denken zu können, als daß jede Minute, die man nicht schlafen könnte, einem am nächsten Morgen abgehen würde. Er hat eine Wut auf Maria gehabt, die einfach nicht merkte, daß er sich von einer Seite auf die andere wälzte, die da einfach schlief, ohne sich um ihn zu kümmern, am liebsten hätte er mit dem Fuß hinübergetreten, er hat einfach die Falsche erwischt, hat er gedacht, weil eine andere würde reden mit ihm, bis er einschläft oder würde ihn drüberlassen, wovon man ja auch müde wird. Er hat sich so lange vorgestellt, daß er aufsteht und weggeht, bis er doch eingeschlafen ist.

Melzer hat zuerst ein wenig Scheu gehabt, zu Horst zu gehen, nach so langer Zeit und nur deshalb, weil er den Fernsehapparat repariert haben wollte, aber dann hat er gesagt, wenn ich ihm ein Geschäft zukommen laß, muß doch er froh sein. Außerdem ist er ja viel billiger als die richtigen Reparaturwerkstätten. Er ist in die Villenkolonie gefahren, in die Eisenbahnersiedlung, die gegen Ende des Ersten Weltkrieges, als der ganze Stadtteil ein riesiges Barackenlager für dreißigtausend Flüchtlinge gewesen war, diesen großspurigen, längst ganz unpassenden Namen bekommen hatte. Wenn er ihm eine Arbeit bringt, hat Melzer während der Fahrt gedacht, dann kann sich der Horst wenigstens einbilden, daß ihn wer braucht; für einen Krüppel ist das schon was.

Während der Schulzeit waren sie Freunde gewesen: Melzer, der beim Sechzigmeterlauf immer der Schnellste gewesen war, und Horst, der dabei nur hatte zuschauen können, weil er mit acht Jahren Kinderlähmung gehabt hatte, nach der seine Beine nicht mehr gewachsen, die Beine eines achtjährigen geblieben waren. Aber damals hatte Horst noch Radfahren können, und Melzer hatte ihn überallhin mitgenommen, zum Indianerspielen in den Wald, zu ihrem Mississippi, wenn im Sommer nach einem Gewitter der Fluß aus den Ufern getreten war und kilometerweit alles überschwemmt hatte, worin es Inseln gegeben hatte, auf denen sie Hütten gebaut hatten, und Melzer hatte Horst geschleppt, wenn mit dem Rad kein Weiterkommen mehr gewesen war, aber dann war der Oberkörper von Horst gewachsen, war erwachsen geworden, und es hatte ihn in den Rollstuhl gezwungen. Melzer hat ihn noch hin und wieder besucht, hat ihn im Rollstuhl herumgefahren, aber dann hat er angefangen, sich dafür zu genieren, wenn er dabei Mädchen traf, ist sich hinter dem Rollstuhl wie eine Krankenschwester vorgekommen, ganz und gar unmännlich, und er hat gesehen, wenn er Horst mithat, kommt er an kein Mädchen heran, oder wenn schon, dann war ihm Horst dabei im Weg, und er hat Horst nur mehr zufällig getroffen, meistens im Kino, wo Horst in seinem Rollstuhl im Mittelgang des Kinos stand und sich schon dadurch viel zu deutlich von allen anderen unterschied, als daß Melzer, unsicher wie er war, noch allzuviel mit ihm hätte zu tun haben wollen. Ganz selten, aber nun schon Jahre nicht mehr, hatte Melzer ihn besucht, als Horst, der kein Lehrling hatte werden können, sich schon einen Beruf zugelegt hatte, ohne Meister und Gesellen, er hatte aus Interesse Radios gebastelt und dann angefangen, für Bekannte Radios zu reparieren, hat sich dadurch plötzlich doch noch zu etwas nützlich gefunden, sein Vater hat ihm einen Fernkurs für Radiotechnik gezahlt, und bald hat er sich auch über Fernsehapparate getraut, und seither macht er den zwei Reparaturwerkstätten im Ort eine ungesetzliche Konkurrenz: viele bringen ihm ihre kaputten Apparate zur Reparatur, weil er billig ist. Weil sie ihm helfen wollen, sagen sie, Melzer macht da garkeine Ausnahme, weil die Ausrede viel zu naheliegt, er läßt das Auto neben dem langen Holzschuppen vor dem Haus stehen und schleppt den Fernseher die paar Stufen zum Haus hinauf, neben denen auch eine hölzerne Rampe für den Rollstuhl von Horst hinaufführt. Horsts Mutter macht ihm auf. Ich hätt da einen Fernseher zum Reparieren, sagt Melzer. Naja, sagt die Frau, ich weiß nicht, der Horsti ist eh so überlastet. Na muß ja nicht sein, sagt Melzer und dreht sich sofort um. Wenn Horst nicht drauf ansteht, *er* steht bestimmt nicht drauf an. Wartens, sagt die Frau, ich werd einmal fragen. Ist er da, der Horst, fragt Melzer, und die Frau reißt plötzlich die Augen auf, jessas, sagt sie, du bist ja der Bruno, nein, dich hätt ich jetzt nicht erkannt. Melzer nickt und grinst, obwohl es ihn stört, daß die Frau du zu ihm sagt. Er ist doch nicht mehr der Bruno von damals. Was würde sie denn sagen, wenn er zu ihr du sagt? Ja, komm weiter, sagt die Frau, das ist natürlich was anderes, und er geht hinter ihr durchs Vorhaus, in dem einige Radio- und Fernsehapparate stehen. Was machst denn immer, sagt sie, weil man garnichts mehr von dir hört? Naja, sagt Melzer, was man halt so macht, und er geht hinter ihr in die Küche, die noch genauso eingerichtet ist wie damals. Eine Ewigkeit warst nicht mehr da, sagt sie, bist leicht verheiratet auch schon? Ja, sagt Melzer, schon ein paar Jahr. Na sowas, sagt die Frau, und Kinder hast vielleicht auch schon? Melzer nickt, und sie macht die Tür ins angrenzende Zimmer auf, Horsti, schreit sie, der Bruno ist da. Vom Nebenzimmer kommt laute Musik, Aschermittwochmusik, denkt Melzer. Welcher Bruno, hört er Horst von drinnen schreien. Die Frau zieht die Unterlippe zwischen die Zähne, jessas, sagt sie, jetzt weiß ich nicht einmal mehr wie du heißt. Melzer stellt den Fernseher ab, Melzer, sagt er, heiß ich, und die Frau schreit, der Melzer Bruno, Horsti, kann er hereinkommen? Er sitzt nämlich gerade, sagt sie zu Melzer. Natürlich sitzt er, denkt Melzer, er sitzt ja immer, stehen kann er ja nicht. Wenns ihn nicht stört, schreit Horst. Die Frau deutet auf die offene Tür, Melzer stemmt seinen Fernseher wieder hoch und geht hinein. Servus, sagt Horst und hält ihm die Hand hin, ich bin gerade beim

Scheißen. Melzer sieht, daß Horst auf einem großen, rotemaillierten Blechhafen sitzt, der oben einen Schaumgummiring hat. Weißt, sagt Horst und grinst Melzer an, bei mir ist das Scheißen was Besonderes, das ist eine Prozedur, weils nicht so leicht geht wie bei anderen. Manchmal, sagt er, sitz ich gleich zwei Stunden, störts dich? Aber wo, sagt Melzer, überhaupt nicht, und er stellt den Fernseher ab. Wenn der alle Kunden so empfängt, denkt er. Horst erklärt ihm gleich die Geräte, die herumstehen, sogar Farbfernseher könnte er schon reparieren, sagt er, aber die Kunden, die er hat, können sich leider keine leisten. Melzer muß erzählen, was er in den letzten Jahren gemacht hat, was er jetzt macht. Er braucht dafür nur ein paar Sätze, dann ist schon alles erledigt. Bei mir tut sich einfach nichts, sagt er, das rennt eben so. Dann muß er Horst die Klopapierrolle bringen, und er dreht sich weg, schaut sehr interessiert das laufende Tonbandgerät an, Horst kichert hinter ihm und ruft dann die Mutter. Als Melzer sich umdreht, sitzt Horst schon mit einer Decke über den Beinen auf der großen Polsterbank neben einem Fernsehapparat mit geöffneter Rückwand, und die Mutter Horsts schaut in den roten Häfen, na viel ist heut wieder nicht gegangen, Horsti, sagt sie, du mußt dir mehr Zeit lassen, und sie wirft einen vorwurfsvollen Blick auf Melzer und trägt den Häfen hinaus. Melzer hält die Luft an und atmet dann ganz vorsichtig durch den Mund, kann ich da eh rauchen? fragt er. Horst erinnert ihn an die ersten Zigaretten, die sie gemeinsam geraucht haben, acht oder neun Jahre sind sie damals alt gewesen, und zu dritt haben sie eine Schachtel Monopol aus dem USIA-Konsum geraucht, allen ist schlecht geworden, Horst weiß noch, daß die Zwanziger-Packung Monopol einen Schilling fünfundsechzig gekostet hat, und er redet noch über andere Gelegenheiten, bei denen sie geraucht haben, und Melzer wundert sich, was Horst noch alles weiß, während er es längst vergessen hat. Horst kann sich an winzige Einzelheiten noch ganz genau erinnern, weiß noch alle Namen, weiß sogar noch die Wochentage, an denen manche Sachen passiert sind. Jetzt, wo Horst davon redet, fällt es auch Melzer wieder ein und er hat das Gefühl, daß das eine sehr schöne Zeit gewesen sein muß, Horst sagt auch dauernd, damals hat es sich abgespielt, klaß ist es gewesen.

Endlich hört dann auch die Musik auf, die aus den riesigen Lautsprechern gekommen ist. Gott sei dank, daß es aus ist, sagt Melzer, da kriegt man ja Junge. Gefällts dir nicht? sagt Horst, Telemann war das. Das weiß ich nicht, was das war, sagt Melzer, auf jeden Fall wars sowas, was sie im Radio immer spielen, wenn der Bundespräsident oder sonst so ein hoher Schädel gestorben ist. Mir taugt das, sagt Horst, ich steh mirs drauf. Aber jetzt ist keiner gestorben, sagt Melzer. Da braucht bei mir nicht extra einer sterben, sagt Horst. Ach das ist nichts für mich, sagt Melzer, da muß man ja mir scheint verstehen auch was davon. Na was ist denn eine Musik bei dir, fragt Horst, so blöde Schlager vielleicht? Naja, sagt Melzer, das kommt drauf an, einen »Lamour« zum Beispiel, im richtigen Moment, dafür hab ich schon was über, sagt er, da geht alles viel schneller, da brauchst halb so viel reden. Mit Lamour ist es nichts bei mir, sagt Horst, und Melzer schaut auf die kleinen Beine unter der Decke, und er hat plötzlich ein schlechtes Gewissen, weil er vor Horst über Mädchen geredet hat. Aber Horst fängt zu lachen an, geh, sagt er, mir macht das garnichts aus, ich bin das doch längst gewöhnt. Er zuckt die Schultern und ist auf einmal ganz ernst, weißt, sagt er, nur manchmal, da bin ich so blöd, da red ich mir so Sachen ein, wie man sie eben früher in so idiotischen Romanen gelesen hat, daß auch so einer wie ich eine Frau kriegen kann, daß es welche gibt, die sich erbarmen, weil der Schwanz, lächelt er ganz traurig, der tät schon funktionieren, und irgendwie täts dann schon gehen, daß sie nicht zu kurz kommt, aber, wischt er auf einmal mit der Hand heftig durch die Luft, das sind ja lauter Spinnereien, wenn der Tag zu lang ist. Melzer sitzt da, es ist ihm unangenehm, daß Horst mit ihm über sowas redet, die Vorstellung, daß eine Frau den Krüppel auf sich hinaufhebt und der macht ein paar Zucker und sie hebt ihn dann wieder herunter, ist ihm direkt widerlich. Warum muß er sich das anhören? Sie sind doch nicht mehr die Freunde von damals. Er hat ja nur den Fernsehapparat zur Reparatur gebracht. Sein eigener Körper kommt Melzer so aufdringlich normal vor, wie eine Zumutung für einen Krüppel, eine Provokation, er schaut sich um, will über seinen Fernseher zu reden anfangen, aber da lacht Horst schon wieder, dafür kann ich mit einer Hand einen Fernseher aufheben und umdrehen, sagt er, das kann nicht bald einer. Melzer schaut die großen Hände Horsts an, einen Fernseher mit einer Hand? sagt er, ich glaub, das wär mir zu schwer. Bei mir ist alles in den Händen, sagt Horst, und natürlich, grinst er, natürlich im Kopf. Er deutet auf das große Buchregal neben sich, alles gelesen, sagt er, und da hab ich auch solche Bücher darunter, sagt er, weißt eh, so schweinische, und die les ich, da genier ich mich garnicht dabei, der Henry Miller zum Beispiel, sagt er, das ist eine ordentliche Sau, der taugt mir. Melzer sagt, daß er zum Bücherlesen überhaupt nicht kommt, da hat er viel zu wenig Zeit, und wenn er es nicht auf einen Zug durchlesen kann, dann hat es garkeinen Sinn, wenn er es weglegen muß, und bis zum nächsten Mal hat er den Anfang schon wieder vergessen. Außerdem, sagt er, sind das lauter solche Geschichten von irgendwelchen Besseren, das ist ja ganz eine andere Welt, und da les ich, sagt er, schon lieber so Heftln, das ist keine Anstrengung, da weißt, wie du dran bist, und spannend sinds auch. Na ein paar von meinen Büchern, sagt Horst, die würden dich sicher interessieren. Geh, sagt Melzer, das ist ja alles nichts für mich, ich hab ja keine Zeit. Oder magst leicht nichts Schweinisches, fragt Horst. Na schon, sagt Melzer, und er erzählt, daß in der Firma manchmal jemand solche Bilder mithat, und die schaut er sich auch an, ist doch eh klar, aber bevor er da so einen Schinken liest, grinst er, da steigt er lieber auf seine Alte oder auf sonst eine Katz und macht es sich selber. Genau, sagt Horst, das ist eben der Unterschied zwischen uns. Früher, sagt er, weißt es ja eh, da hab ich die Groschenromane auch gefressen, aber jetzt schon lange nicht mehr, weil alles derselbe Blödsinn ist, alles nach demselben Schema. Na ich les ja auch nur selten welche, sagt Melzer, weil eigentlich les ich ja überhaupt nichts. Kennst die Jerry Cotton-Heftln, fragt Horst, und er erzählt, daß der Kerschtenschitz Hansi, ein Freund seines jüngsten Bruders, ganz verrückt danach sei, jeden Mittwoch kaufe er sich den neuen Jerry Cotton, könne auch schon genauso reden, wie dort geredet werde, und da habe er ihn einmal gefragt, ob ihm denn das nicht langsam zu blöd sei, immer dasselbe: ständig fliegen dem Jerry Cotton die Kugeln um die Ohren, aber sterben tut er nie. Und weißt, lacht Horst, was der Hansi gesagt hat? na und, hat er gesagt, was kann denn ich dagegen tun, wenn der Jerry nicht stirbt. Melzer grinst, obwohl er dabei garnichts zum Grinsen findet, da ist schon was Wahres dran, denkt er, weil das ist eben so bei den Romanen, da kannst eh nichts machen.

Horst kommt dann gleich wieder mit Geschichten aus ihrer Kindheit, kannst dich erinnern, weißt eh, damals, sagt er dauernd, und er redet von der Ostermann Erni, die jetzt auch schon längst verheiratet ist und ein paar Kinder hat, mit der sie hinter den verfallenden Reichsarbeitsdienstbaracken Gegengeschäfte gemacht haben: Hosentürenaufmachen gegen Rockheben. Horst ist dabei, wie bei allem, was mit Mädchen zu tun hatte, nur Zuschauer gewesen. Und Melzer fällt auf einmal ein, wie er danach einmal nach Hause gekommen ist, und der Ostermann, der alles beobachtet hatte, war bei der Mutter gewesen, und Melzer hat eine Stunde auf einem Holzscheit knien müssen, und die Mutter ist ganz außer sich gewesen, hat ihm ununterbrochen Vorwürfe gemacht, ohne das Vorgefallene beim Namen zu nennen. Melzer ist sich damals wirklich vorgekommen wie der schlechteste Mensch, und das Holzscheit unter den Knien hat sehr wehgetan, und er hat sich geschämt, hat die Mutter nicht anschauen können, und er hat sie nicht wie sonst schon nach zehn Minuten gebeten, aufstehen zu dürfen, ist wirklich die ganze Stunde knien geblieben, ohne ein Wort zu sagen, hat auf die Streifen des Fleckerlteppichs hinuntergestarrt und hat dann kaum gehen können, hat am nächsten Tag noch geschwollene Knie gehabt. Na so klaß, sagt Melzer, wie du tust, wars auch wieder nicht. Aber klar, sagt Horst, da hast doch machen können, was du willst, da hast einfach gelebt wie ein junger Hund. Einen Hund, denkt Melzer, würd keiner auf einem Holzscheit knien lassen, und Horst redet schon wieder weiter vom Leben, das sie damals gehabt haben. Melzer schaut ihn mitleidig an, der redet ja nur so, denkt er, weil er jetzt nichts mehr vom Leben hat.

Dann, schon im Auto, hat Melzer an zu Hause gedacht und was er am Abend machen wird, ohne Fernseher, und Hubert und Rosi können auch nicht kommen, weil Huberts Mutter krank geworden ist, die ihnen sonst auf die Kinder aufpaßt, und so wird er vielleicht mit Maria Halma spielen und schon wieder zeitig schlafen gehen, heute wird sie zwar nicht sagen, nein, du, heute nicht, heute wird er dürfen, ist ja Wochenende, und auf einmal hat er das Gefühl, daß er doch auch nicht mehr hat vom Leben als Horst, was hat er sich denn früher vorgestellt? und was ist jetzt? und er versucht krampfhaft an etwas zu denken, wo sein Leben wirklich anders ist als das von Horst, und er stellt ihn sich vor, mit seinen unbrauchbaren Beinen, wie er stundenlang auf dem roten Blechhäfen sitzt, und der Gedanke, daß bei ihm auch nicht mehr los ist, kommt ihm gleich ganz idiotisch vor, manchmal bin ich schon ganz deppert, sagt er sich, das ist ja überhaupt nicht zu vergleichen. Mit einem Krüppel ist das doch kein Vergleich.

Am Montagmorgen ist Melzer zur Arbeit gekommen, ziemlich spät, niemand war mehr im Garderoberaum, er hat die Siebenuhrsirene der in der Nähe liegenden Textilfabrik gehört und ist eilig in die Latzhose gefahren. Draußen in der Werkstatt hat trotzdem noch keiner gearbeitet, nicht einmal der Rahner, der sonst schon immer vor der Zeit anfing. Alle sind auf einem Haufen gestanden, sogar die Lehrlinge, haben geredet, alle auf einmal, Melzer hat sich dazugestellt, aber er hat nicht genau mitgekriegt, worum es ging, irgendwie um Geld, das hat er verstanden, und dann hat ihn einer aufgeklärt: Der Leiser hat im Toto einen Zwölfer gemacht. Melzer hat sofort gedacht, alles nur ein Schmäh, sowas gibts garnicht, keiner macht einen Zwölfer und schon garnicht der depperte Leiser. Er hat ihn angesehen, der Leiser war ganz außer sich, hat große Handbewegungen gemacht, das Schwein müßts euch einmal vorstellen, hat er gesagt, denn wenn sich die Vienna nicht noch in der letzten Viertelstunde ein Eigentor geschossen hätt, wärs nur ein Elfer geworden. Ja, hat der Matuschek gesagt, manche scheißen im Schlaf und werden nicht einmal dreckig dabei. Melzer schüttelt den Kopf, immer haben die anderen das Glück, kommt ihm vor, er hat nie eins, wo hat denn er schon einmal Glück gehabt? Fünf Schilling hat er einmal gefunden. Andere finden gleich Brieftaschen, die sich auszahlen. Alle reden durcheinander, jetzt mußt was zahlen, Leiser, eine Kiste Bier mindestens, genau, aber was heißt eine Kiste? für jeden muß er eine zahlen, wieviel hat er denn eigentlich gewonnen? na ein paar Hunderttausend sicher, er weiß es ja noch nicht, aber ein Zwölfer ist ein Zwölfer, also Zigtausend mindestens, was wirst denn manchen mit dem Geld? weißt doch eh nicht, was du damit machen sollst, wennst es mir gibst, ich weiß es, zahlen soll er was. Wenn ich einen Zwölfer gemacht hätt, sagt Melzer, dann wär ich nicht so blöd und tät am Montag arbeiten gehen. So? sagt der Reitsamer, und wem tätst es erzählen, bei wem tätst am Tisch hauen? Melzer dreht sich um, garniemandem tät ichs sagen, redet er über die Schulter zurück, ich tät mich allein ansaufen, ganz mit mir allein, sagt er und er stößt den Lehrling an, der ihm immer helfen muß, ohne daß er dabei was lernen kann, geh her, sagt er, wir haben keinen Zwölfer gemacht, wir müssen uns die Millionen ehrlich verdienen, sagt er und geht auf seine Werkbank zu. Im selben Moment kommt der Chef herein, na darf denn das wahr sein, sagt er, ich hab mirs ja eh gleich gedacht, weils gar so ruhig ist, brauchts leicht eine Extraeinladung heute? Irgendwer schreit, daß der Leiser einen Totozwölfer gemacht hat. So? sagt der Gabmann und schaut sich suchend um. Der Leiser nickt und zieht die Schultern hoch, als möchte er sagen, daß es ihm leid tut, weil ihm der Zwölfer passiert ist. Gratuliere, sagt der Gabmann, da könnens mir ja gleich den Arbeitsausfall für die ganze Belegschaft zahlen. Das macht er mit einer Hand, Herr Chef, sagt der Wielander. Wo er nicht einmal ein Bier zahlt, sagt der Jeschko. Aber jetzt dalli, sagt der Chef und schaut auf die Uhr, zehn nach sieben und noch keiner arbeitet, mit euch hab ich auch einen Zwölfer gemacht. Genau, sagt der Senk, wenns uns haben, brauchens nicht einen Totozwölfer auch noch. Was? sagt der Chef, was? werdens nicht schon wieder frech, arbeitens lieber was. Recht hat er ja eh, der Senk, denkt Melzer und spannt einen Dübelbohrer ein, der Alte hat uns und wir können Toto spielen. Er hebt mit dem Lehrling das Brett unter die Bohrmaschine, aber das ist einmal so, sagt er. Was ist so, fragt der Lehrling. Na alles, sagt Melzer, alles ist so.

Am Mittwoch hat der Leiser dann erfahren, daß er etwas über dreiundzwanzigtausend Schilling gewonnen hat. Er ist zwischen Ärger und Selbsttröstungen hin- und hergefallen, hat aber doch eine Kiste Bier gezahlt. Jeder hat eine Flasche bekommen, und die restlichen vier sind bei denen reihum gegangen, die am schnellsten trinken konnten, die Lehrlinge haben zuschauen dürfen, auch die beiden, die die Kiste geholt hatten. Nur eine Flasche für jeden, haben ein paar gemault, genierst dich nicht, Leiser? Aber der hat gesagt, daß er auf keinen Fall mehr zahlen kann, das ganze Geld sei nämlich schon eingeteilt, Waschmaschine, vorzeitige Kreditrückzahlung fürs Auto und ein paar Maschinen für die Heimwerkstatt im Keller, alles andere hat er ohnedies schon gestrichen, hat er gesagt, mehr kann er nicht. Einen Trost, daß es doch nicht mehr war, hat der Leiser gehabt: er hat sich in der Firma beim Ausfüllen der Totoscheine als anerkannter Experte fühlen dürfen. Melzer hat zum ersten Mal auch einen Totoschein ausgefüllt. Was der Leiser zusammenbringt, hat er gemeint, kann er auch, und er hat sich am Sonntag den Sport im Fernsehen zum ersten Mal nicht mehr nur nebenbei angesehen. Es hat ihn zwar noch immer nicht interessiert, was die da am Bildschirm gemacht haben, aber er ist doch aufmerksam dabeigesessen, weil er gemeint hat, er muß das lernen fürs Totospielen. Er ist beim ersten Mal gleich auf sechs richtige Tips gekommen. Für den Anfang, hat er gemeint, ist das ganz gewaltig, wenn ich mich da ein bissel steigere, hab ich auch bald einen Zwölfer. Er hat den Totozwölfer fest in seine Zukunft eingeplant. Wenn er überlegt hat, wie er das Geld für eine bestimmte größere Anschaffung zusammenbringen soll, dann hat er sich oft gesagt: aber bis dahin hab ich schon sicher den Zwölfer. Daß andere schon jahrelang spielen, ohne einmal eine größere Summe zu gewinnen, hat er sich erst garnicht zum Gegenbeweis seiner Hoffnungen werden lassen. Weil anders, hat er gedacht, gehts eh nicht, also muß es so gehen. Eine Zeitlang ist ihm vorgekommen, er kann sich seine Zukunft, seit er Toto spielt, ein wenig besser vorstellen, weil da etwas vorne lag, in Aussicht war, auf das er warten konnte. Über mehr als sechs richtige Tips ist er nicht hinausgekommen. Aber er hat dann wenigstens mitreden können, wenn über Fußball geredet wurde.

Er kommt mittags nach Hause, wäscht sich die Hände, setzt sich zum Tisch, scheucht Marina vom Radio weg, wo sie an den Knöpfen herumgegriffen hat, Maria teilt die Teller aus, schöpft Suppe aus dem Topf, nach einem Schlager kommt der Straßenzustandsbericht aus dem Radio, Melzer löffelt, Maria hat die Kleine am Schoß und füttert sie, immer diese Packelsuppe, sagt Melzer. Heute hats schnell gehen müssen, sagt Maria, ich war beim Doktor. Melzer läßt den Löffel sinken, schaut auf, ah ja, stimmt ja, sagt er, und? Ja, sagt Maria, ich krieg eins. Melzer schaut sie an, soll er was sagen? was sagt er da? im Fernsehen hat er vor kurzem gesehen, wie der Mann die Frau vor Dankbarkeit fast in Stanniolpapier gewickelt, sie angehimmelt hat wie die Himmelmutter, aber das fällt doch ihm nicht ein, er hat da garkeinen Grund, wenn es jetzt wieder losgeht, er hat direkt schon wieder den Geruch in der Nase, wenn ein Neugeborenes in der Wohnung ist, ihm wird ja kein Erbe geboren, dem er das Schloß, die Ländereien, die Fabrik vererben könnte, braucht er also auch nicht dankbar sein, wenn sie wieder was aus sich herausschüttet. Ist eigentlich eh wurscht, sagt er, ob ein bissel früher oder später. Die meisten haben zwei Kinder, und wenn sie schon verheiratet und eine Familie sind, dann gehört das eben dazu, daß man Kinder hat, zwei Kinder, wenn schon, denn schon. Naja, sagt Maria, von mir aus hätten wir noch ein bissel warten können. Melzer schaut sie über den Löffel an, ist ja nicht meine Schuld, sagt er. Na meine vielleicht? sagt Maria leise, du paßt ja nie auf. Blödsinn, fährt er sie an, du mußt doch wissen, wanns geht und wann nicht, und außerdem hättst die Pille nehmen können. Weißt eh, sagt Maria, daß ichs nicht vertrag, daß mir immer so schlecht davon wird. Andere nehmens auch, sagt

Melzer. Maria wischt der Kleinen den Mund ab, stellt sie auf den Boden, Marina hangelt sich das Regal entlang bis zum Radio, weg vom Radio, hab ich gesagt, sagt Melzer scharf, sonst kriegst ein paar auf die Finger. Folgen kann der Fratz überhaupt nicht, sagt er zu Maria, und sie nimmt die Kleine und geht in die Küche hinaus, holt den Topf mit den eingebrannten Kartoffeln, schöpft Melzer davon auf den Teller, dann nimmt sie sich selber Suppe, und sie fangen zu löffeln an, so Anfang Dezember wirds kommen, sagt sie, Melzer nickt, gerade wenns am kältesten ist, sagt sie, daß man nicht hinauskann. Melzer zuckt die Schultern, man kann sichs eben nicht so genau aussuchen, sagt er, und außerdem sind das keine eingebrannten Erdäpfel, sondern angebrannte. Maria schaut in seinen Teller, dann in den Topf, angebrannt sinds nicht, sagt Maria, nur ein bissel angelegt haben sie sich am Häfen, weils so schnell gehen hat müssen. Red nicht, sagt Melzer, wenn ich sag, sie sind angebrannt, dann sinds angebrannt, weg vom Radio, schreit er plötzlich auf, weil Marina schon wieder an den Knöpfen herumgegriffen und ganz laut aufgedreht hat. Maria nimmt sie auf den Schoß, hat sie auf einem Knie sitzen, hält sie mit der linken Hand, ißt neben dem Kind zum Tisch gebeugt mit der rechten, Melzer löffelt den Rest auf seinem Teller in sich hinein, ganz schnell, damit er den Geschmack nicht so spürt, und dann lehnt er sich zurück, Aschenbecher, sagt er, und Maria steht auf, holt ihn aus der Küche, er raucht, hört zu, wie sich die Stimme im Radio über die Verantwortungslosigkeit mancher Eltern aufregt, die ihre Kinder auf der Straße spielen lassen, und dann heiße es immer, die Autofahrer seien schuld. Aber diesmal wirds ein Bub, sagt Melzer, diesmal möcht ich wirklich einen Buben. Ja, sagt Maria, das wär nicht schlecht. Dann haben wir ein Pärchen, sagt Melzer. Er legt sich auf die Bank und stellt den Aschenbecher auf seinen Bauch. Obwohl ein Mädchen praktischer wär, sagt Maria, weils dann immer gleich die Sachen von der Marina anziehen könnt. Nein, sagt Melzer, diesmal möcht ich einen Buben. Sie soll diesmal gefälligst einen Buben aus sich herauslassen. Soll er sich in der Bude wieder pflanzen lassen? Wie kommt denn er dazu? Da scheißt er doch auf ein Kind. Maria ist mit dem Essen fertig und geht mit der Kleinen in die Küche, und er hört, wie sie Wasser zum Abwaschen einlaufen läßt. Im Radio singt eine Frauenstimme, daß nur der Bossa Nova dran schuld war. Dann soll ein Autofahrer unterwegs wegen eines Todesfalls in der Familie dringend Onkel Willi anrufen. Laut Wetterbericht bleibt es regnerisch. Melzer dreht sich beruhigt auf die Seite. Das paßt ihm. Da braucht er wenigstens heute noch nicht mit dem Fensterstreichen anzufangen, was er der Mutter versprochen hat.

Sie sind am Samstagnachmittag bei der Mutter. Verwandtschaft ist auch da: Tante Agnes und Onkel Otto, die für ihr Gemüsegeschäft in Wien bei einigen Bauern der Umgebung Kartoffeln aufgekauft haben. Onkel Otto kann sich über die heutige Zeit nicht beruhigen, früher wärens froh gewesen, die Bauernschädeln, wennst ihnen was abgekauft hättst, da haben sie dir die Säcke bis ins Geschäft geliefert, sagt er, und heute hat jeder seinen Vertrag mit der Fabrik, und da mußt fast bitten, daß sie dir welche geben, und zu einem Preis, fast wie beim Großhändler, daß es sich eh kaum auszahlt, wennst selber herumfährst. Wird schon wieder anders werden, sagt die Tante Agnes, wenn die Zeit schlechter wird, wirds gleich wieder anders. Verschreis nicht, sagt die Mutter, sind wir froh, daß es so ist. Na so gut ist es wieder auch nicht, sagt Melzer, er merkt garnichts davon, daß die Zeit so gut ist. Onkel Otto kann anfangen, über sein Lieblingsthema zu reden: wenn man tüchtig ist, bringt man es zu etwas. Er hat ja auch nichts gehabt, und jetzt hat er das bestgehende Gemüsegeschäft weit und breit. Alle können nicht, sagt Melzer, irgendwer muß auch die Dreckarbeit machen. Wer will, der kann, sagt der Onkel, wenn einer tüchtig ist, und er redet über den Schwiegersohn, der es schon zum Oberbuchhalter gebracht hat, obwohl er erst knapp über dreißig ist, das ist eine Leistung in der kurzen Zeit und in einer so großen Firma, paß auf, sagt der Onkel, der wird noch Prokurist. Fast ist er es eh schon, sagt die Tante, und dann singt sie abwechselnd mit dem Onkel das Loblied des tüchtigen Schwiegersohns weiter. Sogar der Mutter scheint das nun schon zu viel zu sein. Schließlich hat sie keine so tüchtigen Söhne. Sie macht vergebliche Versuche, das Gespräch in eine andere Richtung zu bringen. Nur Maria schaut gläubig. Pantschen würd ich ihr am liebsten eine, denkt Melzer, und dann behauptet er plötzlich mitten in eine Atempause des Onkels hinein, daß man Arschkriechen können muß, wenn man es zu etwas bringen will, und er ist noch nie ein Arschkriecher gewesen. Freundlich muß man sein, sagt die Tante, das hat noch keinem geschadet, und dir, zeigt sie auf Melzer, tät auch keine Perle aus der Krone fallen, wennst manchmal ein bissel freundlicher wärst. Das ist schon wahr, nickt die Mutter. Jaja, sagt Maria. Aber Melzer bleibt dabei, daß er kein Arschkriecher ist. Man kann nicht immer mit dem Kopf durch die Wand, läßt der Onkel eine neue Weisheit los, so gescheit muß man schon sein. Ja, sagt Melzer, besonders wenn man weiß, daß hinter der Wand frisch wieder nichts ist. Einen Augenblick ist es still, jetzt hat er was Gescheites gesagt, kommt es Melzer vor, da steht denen das Hirn, und der Onkel tut ihm den Gefallen und fragt wirklich, wie er das gemeint hat. Na kannst mir vielleicht sagen, sagt Melzer, was ich bei uns in der Firma werden könnt? Da bist nichts, sagt er, und wirst nichts, weil Obertischler gibts keine. Ausrede, sagt der Onkel, wenn man tüchtig ist, bringt mans zu was, und mußt ja nicht in der Firma bleiben, meint er, kannst ja in eine andere gehen, wo du Chancen hast. Aber geh, ist ja bei uns nirgends besser, sagt Melzer, um einen Tischler braucht sich doch keiner reißen, wenns genug gibt. Dann muß man besser sein als die anderen, meint der Onkel, da muß man sich eben weiterbilden. Siehst, sagt Maria, das sag ich dir auch immer. Weil ausgelernt hat man nie, sagt der Onkel. Weil wenn jetzt das Kleine kommt, sagt Maria, könnts nicht schaden, wennst mehr verdienst, und eine größere Wohnung, sagt sie, und Melzer fährt sie an, arbeite ich dir zu wenig, bellt er, und mach ich vielleicht nicht genug Überstunden und pfusch ich nicht eh wie ein Trottel jeden Tag? Geh hörts auf, sagt die Mutter und rückt unruhig auf ihrem Sessel herum, streitets doch nicht wegen sowas. Aber weils wahr ist, sagt Melzer. Mußt eben was anderes machen, was lernen vielleicht, sagt der Onkel, man muß halt schauen, daß man weiterkommt im Leben. Aber er mag ja nichts lernen, das ist alles, sagt Maria, ich hab ihm doch eh schon oft genug zugeredet wie einem kranken Kind. Melzer wirft ihr einen Blick zu: wenn wir heute heimkommen, na warte, heißt das. Wie kommt denn sie dazu, daß sie sich gegen ihn stellt? Macht er nicht eh alles für die Familie? Er schont sich doch eh nicht. Aber antreiben läßt er sich von der Alten nicht. Wär ja noch schöner. Man kann nicht was lernen, sagt er zum Onkel, wenn man nicht weiß wofür. Aber es schadet nichts, sagt der Onkel, was man einmal kann, kann einem keiner wegnehmen. Naja, sagt Melzer, und er steht auf und geht hinaus aufs Klo, wenn er zurückkommt, hofft er, werden sie schon über etwas anderes reden. Warum soll er sich denn dauernd diese Sprüche anhören? Die hat er doch alle schon einmal gehört. Dauernd hat man ihm damit das Hirn zugenagelt. Was man gelernt hat, kann einem keiner wegnehmen! Nicht für die Schule, sondern für das Leben lernen wir! Was hat er denn gebraucht von dem, was sie ihm damals eingetrichtert haben? Lesen, Schreiben und die Grundrechnungsarten. Aber das ganze sonstige Zeug? Die »Bürgschaft«, ober- und unterständige Fruchtknoten, mitteleuropäische Wasserscheide, drei drei drei bei Issos Keilerei? Was hat er denn mit diesen Brocken anfangen können, die er noch immer im Hirn hat? Haben ihm die geholfen, sich nach der Schule zurechtzufinden, den Lehrherrn und die Gesellen auszuhalten? Und jetzt soll er schon wieder was lernen und nicht wissen wozu. Da soll er sich in seiner Freizeit hinhocken und etwas in sich hineinwürgen, und nachher soll er sich vielleicht ein Schild um den Hals hängen, wo drauf steht, was er jetzt alles kann, und soll auf der Straße spazierengehen, damit ihn ein Unternehmer sieht und einkauft? Auf so einen haben wir schon immer gewartet, wird der Unternehmer sagen, wir zahlen ihnen jeden Lohn. Da arbeitet er doch lieber schwarz im Pfusch, da weiß er, wie er dran ist. Überhaupt, denkt Melzer, der Onkel und die Tante: wenn die drauf angewiesen wären, was sie gelernt haben und was sie von der Schule her noch wissen, wenn sie das Gemüsegeschäft nicht hätten, dann würdens lieb ausschauen. Und könnten ihm da nicht ihre guten Ratschläge anhängen. Am liebsten würde er dem Onkel wünschen, daß ein Supermarkt neben seinem Geschäft eröffnet wird. Und der Maria wird er das Gestell putzen, wenn sie heimkommen. Weil wenn sie glaubt, daß er extra für sie was werden muß, damit sie sich wieder besser vorkommen kann, dann wird er ihr schon zeigen, was sie wirklich ist. Da wird er ganz einfach einmal von Scheidung reden. Dann werden ihr die Flausen schon vergehen. Auch wenn er es sich nicht wirklich leisten kann, sich scheiden zu lassen. Denn bei dem Lohn für drei zahlen? das bringt ihn um. Aber reden kann er wenigstens davon. Damit sie nicht so übermütig wird. Damit sie wieder einmal sieht, wie das Leben wirklich ist.

Sowas Besonderes war es ja damals nicht, sagt Melzer, zuwider wars mir halt, die weite Fahrerei, und ein Urlaubstag ist auch immer draufgegangen dabei, und das zeitige Aufstehen, schon um halbfünf in der Früh, aber was Besonders wars nicht, und ich habs ja schon vorm Heiraten gewußt, daß es so ist, ist ja nichts Unerwartetes gewesen. So alle drei, vier Monate ungefähr hab ich damals mit ihr nach Wien fahren müssen, ins Krankenhaus, in die Ambulanz, und da habens ihr die Wucherungen auf den

Stimmbändern abgekratzt, weil die sind ständig wieder nachgewachsen, so wie die Warze da auf meinem kleinen Finger, hält er die Hand her, die hab ich auch schon mindestens fünfmal wegbrennen lassen, und immer wieder kommts. Von den Wucherungen hat die Maria ja die rauhe Stimme gehabt. Es ist eh nur eine Sache von ein paar Minuten gewesen, wenn sie einmal drangekommen ist, aber weißt eh, sagt er, wennst ein Krankenkassenpatient bist, dann mußt eben warten und warten, bis du drankommst, wie ein Fuhrroß vorm Wirtshaus auf den versoffenen Kutscher, und dann ist die Maria in einem großen Saal gesessen, einmal hab ich zugeschaut, aber schön zum Anschauen wars nicht, überhaupt wennst einen empfindlichen Magen hast, so ein großer Saal war das, mit einem Haufen Sessel in einer Reihe, und da ist ein Patient neben dem anderen gesessen, mit aufgesperrtem Mund und gehustet habens und Blutklumpen gespuckt und gewürgt hat sies, daß du geglaubt hast, jetzt und jetzt kotzens dem Doktor das Frühstück über den weißen Mantel, und der Doktor hat jedesmal zu Maria gesagt, sie soll zu rauchen aufhören, jedesmal hat er ihr das gesagt, obwohl sie doch eh nicht geraucht hat. Am laufenden Band ist das gegangen, und wahrscheinlich hat der Doktor zu jedem dasselbe gesagt, weil protestieren hat man ja erst nachher können, wenn er mit seinen Instrumenten wieder aus dem Hals heraußen war. Die ersten paar Mal, sagt er, bin ich mit ihr da in dem Wartesaal gesessen und hab meine Sünden abgebüßt, weil ich das ja überhaupt nicht leiden kann, dieses Gerede von den Leuten in einem Wartezimmer, wo ein jeder eine ärgere Krankheit haben will als der andere, aber dann bin ich immer in diese Stehweinhalle gegenüber vom Bahnhof gegangen und hab gewartet, bis sie fertig war, weil ich mir gedacht hab, daß es sowieso ein Blödsinn ist, wenn wir alle zwei warten, und es genügt doch auch, wenn sie allein wartet. Und da hab ich immer mein Paar Würstel gegessen und ein paar Bier getrunken, und wenn sie gekommen ist, weit wars ja nicht vom Spital, dann sind wir eben wieder heimgefahren. Am liebsten hätt ich ja das Fenster ganz heruntergekurbelt während der Fahrt, weil ich den Geruch, den die Maria dann gehabt hat, diesen scheiß Krankheitsgeruch vom Spital und vom Hals heraus, weil ich den überhaupt nicht vertrag, aber das Fenster hat bummfest zubleiben müssen, weil sie in keinen Luftzug hat kommen dürfen, zumindest hats das behauptet, und rauchen hab ich auch nicht dürfen, und da kannst dir denken, wie ich von der Fahrerei immer angefressen gewesen bin, aber die Hauptsache war ja trotzdem, daß die Maria wieder eine Stimme gehabt hat, und wenn ich dann in der Nacht neben ihr gelegen bin und sie hat was gesagt, hab ich immer geglaubt, ich hab eine neue Frau. Das war ein ganz komisches Gefühl, sagt er, wie wennst einen Seitensprung machen tätst mit deiner eigenen Frau. Ihre Stimme ist dann zwar noch immer ein bissel heiser gewesen, aber nicht mehr so dumpf, nicht mehr so ein Kratzen, so ein Keuchen, wie in den letzten Tagen, bevor wir nach Wien gefahren sind, und sie hat sich auch nicht mehr so anstrengen müssen, um überhaupt ein lautes Wort herauszubringen. Und dann, sagt er, ist ihre Stimme ein paar Tage lang so geblieben, aber nicht einmal so lang, als daß ich mich dran hätt gewöhnen können, und dann hat sie sich schon wieder ständig räuspern müssen, weils dauernd das Gefühl gehabt hat, sie hat was im Hals, einen Fremdkörper, und den muß sie herausbringen, und ihre Stimme ist dann von Tag zu Tag belegter, eben rauher geworden, und ich hab dann immer zu ihr gesagt, jetzt hast wieder deine RICHTIGE Stimme, weil die Stimme dann so gewesen ist wie damals, als ich die Maria kennengelernt hab. Ja, sagt er und zuckt die Schultern, und nach einiger Zeit, wenns flüstern hat wollen, ist dann schon wieder nichts mehr herausgekommen und sogar bei der größten Anstrengung ist sie schon nicht mehr laut genug gewesen, als daß sie über die Straße hätt schreien können, wenn drüben ein Bekannter gegangen ist. Na dann sind wir eben, sagt er, wieder nach Wien gefahren.

So ein Klotz ist er doch nicht. Er versteht schon einiges. Aber daß sie in letzter Zeit gar so empfindlich ist? Er macht extra immer wieder Bemerkungen zum Quiz, das vor ihnen auf dem Bildschirm abläuft, nur damit sie auch etwas sagt. Aber sie macht den Mund nicht auf. Nicht einmal zu einem Grinsen läßt sie sich hinreißen. Der Quizmaster kann sich verrenken, witzig sein wollen, so viel er will, Maria starrt nur hin, als rede der in einer Fremdsprache. Sie hat eben Launen. Natürlich trägt sie ihm nach, was er am Nachmittag gesagt hat. Obwohl er nichts Arges an den paar Sätzen finden kann. Sie sind bei Hubert und Rosi gewesen und im Garten gesessen, weil es ungewöhnlich warm für die Jahreszeit war, und nach dem Kaffee ist Hubert wie üblich mit seiner Riesenkognakflasche gekommen, die fast so hoch war wie der Tisch, und er hat mit ihm ein paar Gläser getrunken und ist ganz schläfrig geworden davon, er hat mit dem Gartensessel hin- und hergeschaukelt und ins buntgefärbte

Laub der Bäume hinaufgeschaut, richtig friedlich ist es, hat er gedacht, und er hat die Stimmen der Kinder und die am Tisch nur noch von ganz weit her gehört, ist erst wieder richtig wach geworden, als er gemerkt hat, daß sie über ihn lachen, er schläft mit offenen Augen wie ein Hase, hat Hubert gesagt, Melzer hat wieder zugehört, was am Tisch beredet wurde, Marias Hals, ihre Stimme waren gerade dran, und ihm ist etwas eingefallen, er hat zu grinsen angefangen, wißts, der Hals von Maria, hat er gesagt, der kommt mir vor wie der Auspuff von einem Moped, der wächst auch alle tausend Kilometer zu unds Moped zieht nicht mehr richtig, und wennst zu viel Gas gibst, stirbts überhaupt ab. Das hat er am Nachmittag gesagt. Ist das denn gar so arg, daß sie ihn mit Schweigen dafür strafen muß? Er hat sich umgesehen, aber es hat keiner gelacht, alle haben so ein zwielichtiges Grinsen im Gesicht gehabt, aber mir stirbt der Motor noch nicht ab, hat Maria auf einmal gesagt, auch wennst das vielleicht gern hättest. Er ist dagesessen und hat geglotzt wie blöd, aber Maria, hat er gestottert, so hab ich das doch nicht gemeint, und er hat seinen Vergleich noch einmal heruntergelassen, hat geredet, erklärt, wenn sie Gas gibt, also wenn Maria schreien will, dann geht es nicht, das hat er sagen wollen und nicht, was sie sich einbildet, und er hat geredet und geredet und immer mehr das Gefühl gehabt, daß er sich in einen Wirbel hineinredet, und da ist er aufgesprungen, hat die Arme ausgestreckt, paß auf, so, hat er gesagt, ein Moped, und er hat das Geknatter eines Mopeds nachgeahmt, ist zwischen den Bäumen herumgelaufen, hat vor dem Tisch gehalten und mit der rechten Hand Gas gegeben, er hat den Gasgriff bis zum Anschlag gedreht, und sein Geheul ist lauter geworden und hat auf einmal zu stottern angefangen und je mehr er den Gashebel aufgedreht hat, umso mehr hat er gestottert, und dann ist der Motor abgestorben. Die Kinder Huberts und Marina sind hinter ihm gestanden und haben gebrüllt vor Lachen, und da haben sie auch am Tisch zu lachen angefangen, auch Maria hat gelacht, und Melzer hat gemeint, jetzt ist alles wieder in Ordnung, das hat er aufgeklärt, jetzt versteht man ihn, und er hat das Moped noch einmal gestartet, hat noch eine Schaurunde mit den johlenden Kindern hinter sich gedreht und hat sich dann lachend neben die lachende Maria in den Sessel fallen lassen, aber klaß wärs natürlich, hat er gesagt, wenn man dich auch in ein Schmiedefeuer legen könnt, zum Ausbrennen, wie einen Auspufftopf, da müßten wir nämlich nicht immer extra nach Wien fahren, und er hat beim Reden Maria aus den Augenwinkeln heraus angeschaut, aber sie hat gegrinst und den ganzen restlichen Nachmittag ist anscheinend alles in bester Ordnung gewesen, aber kaum sind sie nach Hause gekommen, ist ihr das Gesicht eingeschlafen, sie hat nichts mehr geredet, ist herumgegangen wie ein geducktes Huhn, und er hat fragen können, was sie hat, aber sie hat nur die Schultern gezuckt. Sie versteht halt keinen Spaß mehr, denkt er, früher hat sie einen verstanden. Wie er sie kennengelernt hat, am ersten Abend, hat er doch auch beim Tanzen zu ihr gesagt, sie hat eine Stimme wie wenn ein Igel schnarcht, und sie hat darüber gelacht, hat sich ein paarmal an diesem Abend an seinen Vergleich erinnert und immer wieder lachen müssen, ich hab zwar noch keinen Igel schnarchen gehört, hat sie gesagt, aber das ist einmal etwas Neues. Sonst, hat sie erzählt, sagen die Leute immer dasselbe zu ihr, ob sie mit Reißnägeln gurgelt, werde immer wieder gefragt, keinem falle da etwas Gescheiteres ein. Igel ist besser, hat Melzer damals gemeint, er muß das wissen, wo er doch zu Hause einen im Garten hat, und wenn ich jetzt in Zukunft den Igel schnarchen hör, hat er sie angelacht, dann werd ich glauben, du bist unterm Laub. Ja, damals hat sie noch einen Spaß verstanden, und sie hat sogar noch dazu gelächelt, als sie ihm an einem Abend vorgemacht hat, wie das Kind schon »redet«, und er hat dazu gesagt, wenn er sie so krächzen hört, muß er glauben, sie haben eine Krähe zum Kind. Und warum macht sie jetzt so ein Gesicht? Wegen nichts und wieder nichts. Daß ihr Hals schlechter geworden ist seit damals, kann doch auch nicht der Grund sein. Dauernd ist irgendwas, womit sie ihm das Leben sauer macht. Mit den Weibern kennt man sich eben nie so richtig aus, denkt er. Und einmal wirds ihr schon zu blöd werden, und sie wird wieder zu reden anfangen. Außerdem ist es eh wurscht: im Fernsehen redens eh und nachher ist ja schon Tuchentverteilung. Vorm Einschlafen wird es ihr dann schon was herausstoßen. Aber dann wird *er* nichts sagen.

Kaum daß sie länger als eine Woche vorbei waren, hat Melzer die Tage schon nicht mehr auseinanderhalten können. Wenn er zurückschaut, ist ihm vorgekommen, ist da garnichts gewesen, fast garnichts. Es hat ein paar Punkte gegeben, an denen er sich orientiert hat: das zweite Kind, wieder ein Mädchen; die Hochzeit seines Bruders, der die Tochter eines kleinen Schlossermeisters, zwanzig Kilometer vom Ort entfernt, geheiratet hat und gleich nach der Hochzeit dorthin gezogen ist. Die momentan bedeutsamen Dinge sind schnell verblaßt: die ersten Schritte der Kinder, die ersten Zähne, ein paar folgenlose *Weibergeschichten*, Geburtstage, Namenstage, Weihnachten. Manchmal, wenn jemand auf Besuch da war, und das Album mit den Fotos von Marina und Karin ist angesehen und beredet worden, dann hat Melzer sich zu erinnern versucht, was zu der Zeit, als die Fotos aufgenommen wurden, noch passiert , was mit ihm selber gewesen war, aber es ist ihm nur ganz selten etwas dazu eingefallen und wenn, dann war es etwas ganz Belangloses.

Wenn er an der Weißhappl-Ecke vorbeigekommen ist, die noch immer Treffpunkt im Ort war, standen dort bereits die Mädchen und Burschen, die er noch ganz gut mit der Schultasche auf dem Rücken in Erinnerung hatte, und er ist an ihnen vorbeigegangen, an ihren großspurigen Reden, der gemachten Lässigkeit, und hat sich sehr überlegen gefühlt, irgendwann ist man eben kein junger Spund mehr, kein Windhund, da wird man erwachsen, hat er gedacht, aber wenn er dran vorbei war und sich umgedreht und zurückgeschaut hat, hat er doch denken müssen, damals, als *er* noch da gestanden ist, damals ist *seine* Zeit gewesen, da hat sich noch etwas getan mit ihm, da ist noch etwas weitergegangen, ständig hat es etwas Neues gegeben, und wenn es nur ein neues Lokal in der Umgebung gewesen ist, in dem er vorher noch nie gewesen war, oder eine neue Zigarettenmarke, zuvor unbekannte Getränke, da ist das Leben, kommt ihm vor, noch wie ein Abenteuer gewesen, und nun schien alles nur noch in eine Richtung zu rennen, ohne daß er etwas dazutun muß, scheint nur mehr die Zeit zu vergehen, an ihm vorbeizugehen.

Die Zukunft: Da sind die Raten für den Elektroherd samt Grillbackrohr schon abbezahlt. Da wird schon eine Waschmaschine im Haus sein, die ja notwendig ist, weil es keine Waschküche hier gibt und Maria zur Mutter Wäschewaschen gehen muß. Und eine andere Wohnung werden sie vielleicht auch schon haben, und ein neues Auto, weil beim alten schon die Bodenplatte durchzurosten anfängt und Melzer bald mit den Füßen auf der Straße mitlaufen kann. Es ist ein Leben von einer Anschaffung zur anderen, ein neuer Einrichtungsgegenstand ist ein Höhepunkt, auf den man monatelang hingespart hat, ist wie ein Ziel, von dem aus es zum nächsten geht, kaum ist das Ding ein paar Tage im Haus, ist es ja schon nichts Besonderes mehr, und man versteht die Erwartung nicht, die man gehabt hat, als es erst in Aussicht war. Oder mit der Zukunft sind die Kinder gemeint gewesen: wenns einmal so groß sind wie jetzt die Kinder von Hubert und Rosi; wenn wir einmal keinen Kinderwagen mehr brauchen; wenns in die Schule gehen.

Was passierte, schien nichts mehr ändern zu können. Es hat mehr oder weniger Ärger zu Hause und in der Firma gegeben, aber nicht so viel, daß daraus eine Wut geworden wäre, die Folgen gehabt hätte, und er ist auch nur mehr selten in eine Sauferei hineingeraten, die so arg gewesen wäre, daß er sie später hätte bereden können, daß er sie als einen Punkt in der Erinnerung behalten hätte. Er ist meistens nur noch achselzukkend unzufrieden gewesen: kannst nichts machen. Seinen früheren und jetzigen Freunden geht es doch genauso. Und an den Jüngeren, die manchmal noch ein wenig aus der Reihe tanzten, hat er sich doch auch kein Beispiel nehmen können. Darüber ist er längst hinaus, hat er gesagt und dabei wirklich das Gefühl gehabt, als könne er froh sein, daß er drüber ist.

Der Gabmann steht in der Tür zur Werkstatt, schaut von einem zum anderen und kommt dann auf Melzer zu. Melzer arbeitet weiter, als habe er ihn garnicht gesehen, der Gabmann steht hinter ihm und räuspert sich, und da dreht Melzer sich um, der Senk geht morgen auf Urlaub, sagt der Gabmann, und da brauch ich wen in die Spritzkabine. Melzer fängt gleich zu maulen an, warum gerade er, alle anderen können genausogut spritzen, sagt er, aber der Gabmann erklärt, daß er dort einen guten Mann braucht und nicht irgendeinen. Melzer mault noch eine Weile weiter, weil er weiß, das kann er sich erlauben, er ist schon lang genug da, daß er sich wenigstens das Maulen erlauben darf, den Gabmann beeindruckt das ohnedies nicht; daß er nicht in die Spritzkabine gehen wird, sagt Melzer ohnedies nicht, weil er weiß, *das* kann er sich nicht erlauben. Also ist das klar, sagt der Gabmann, und Melzer nickt, beißt die Zähne zusammen und dreht sich zu seiner Arbeit zurück. Jetzt kann er sich denken, was er will, helfen wird alles nichts, er wird ja ein paar Groschen mehr verdienen, die kann er zwar brauchen, der Gabmann hat auch getan, als würde er ihm damit einen Gefallen tun, aber wenn Melzer eine Arbeit überhaupt nicht leiden kann, dann ist es das Spritzlackieren, das Lackfressen, überhaupt am Anfang, die ersten paar Tage, wenn er es noch nicht gewöhnt ist, da brummt ihm ab Mittag ständig der Kopf, und das Essen schmeckt ihm nicht mehr, nicht einmal die Zigaretten, und jetzt soll er das zwei Wochen machen, weil der Senk unbedingt seiner Schwester beim Aufstocken des Hauses helfen muß. Melzer arbeitet wütend vor sich hin, er ist dabei, die Ecken eines Rückwandfalzes auszustemmen, die die Fräse rund stehen läßt, er verwendet vor lauter Wut nicht einmal einen Hammer, schlägt heftig mit dem Handballen gegen das Heft des Stemmeisens, stößt es dann waagrecht gegen die Falzecke, und auf einmal rutscht ihm das Stemmeisen über den Falz hinaus und fährt ihm in die linke Hand. Melzer schreit auf, bleibt wie erstarrt in der Bewegung stehen, das Stemmeisen steckt zwischen Mittel- und Ringfinger und er reißt es heraus, sieht, daß er zwischen den beiden Fingern ein Loch hat, ein Loch mit weißen ausgefransten Rändern, auf denen sich langsam Blutperlen bilden. Hast was? sagt der Haider, der neben ihm arbeitet, und schaut ihn erschreckt an. Melzer dreht krampfig die Hand, er schaut in das Loch hinein, und seine Hand fängt zu zittern an, das Stemmeisen, sagt Melzer, und er spreizt mit der anderen Hand vorsichtig die beiden Finger auseinander, sieht von oben in das Innere der Hand hinein, sieht die Sehnen und Knochen und auf einmal fängt er zu lachen an, lacht brüllend heraus, der Haider neben ihm starrt ihn an, schau dir das an, sagt Melzer, sowas hast noch nicht gesehen, und er hält dem Haider die Hand mit den auseinandergespreizten Fingern hin, so schaut eine Hand drinnen aus, sagt er, das hätt ich mir nicht gedacht. Der Haider schaut kurz hin, grauslich, sagt er, sowas Grausliches. Aber garnicht, sagt Melzer, komisch ist das, und er geht von einem zum andern, zeigt überall lachend seine Hand her, außer einem leichten Brennen hat er überhaupt keine Schmerzen, und er blutet auch nur ganz wenig, da mußt ins Spital, nähen lassen, sagt der Matuschek, aber Melzer lacht nur, geh, sagt er, da mußt einfach ein bissel hart sein, ein Pflaster drauf und paßt schon. Die Weiber drüben haben eh eins, sagt der Matuschek, aber ich würds trotzdem nähen lassen, ist doch ein Mordsloch. Melzer geht hinüber in die Kanzlei, hält den beiden Mädchen seine Hand unter die Nase, mir hats die Hand abgerissen, sagt er, gebts mir ein Pflaster drauf. Eines der Mädchen wird blaß, als er die Finger auseinanderspreizt, da müssens zum Arzt, sagt sie, ich trau mir da nichts machen. Wegen so einem Gelsenbiß, sagt Melzer, aber das Mädchen ist schon bei der Tür, Herr Chef, sagt sie, da hat sich einer wehgetan. Melzer hört, wie der Gabmann im Nebenzimmer zu schimpfen anfängt, immer so Sachen, dauernd ist was, weils nicht aufpassen können, und er kommt herausgestürmt, was? Sie, Melzer? schreit er, na das habens aber jetzt absichtlich gemacht. Melzer stottert herum, kein Mensch macht sich sowas gern, sagt er, und der Gabmann fährt auf ihn hin, lassens anschauen, sagt er und schrickt zurück, als ihn Melzer in das Loch schauen läßt. Wie ist denn das wieder passiert? fragt der Gabmann. Stemmeisen, sagt Melzer, auf einmal hab ichs drin gehabt. Der Gabmann schüttelt den Kopf, und wen stell ich jetzt morgen in die Spritzkabine, sagt er, sagens mir das einmal? Melzer bewegt die Hand, ich will ja eh nur ein Pflaster, sagt er, dann gehts schon wieder. Ja, bellt der Gabmann ihn an, den Helden spielen auch noch vor den Menschern da. Und wenn nachher was ist, sagt er, dann hab ich den Scherm auf, dann hab ich die Schuld gehabt.

Er geht mit Melzer in den Hof hinunter und fährt den Wagen aus der Garage. Als Melzer einsteigt, sieht er, daß der Gabmann auf den Sitz, wo er sich hinsetzen soll, eine Zeitung gebreitet hat, und auf einmal freut es ihn, daß der Gabmann Schwierigkeiten hat, jemanden zum Spritzen abzukommandieren. Mir könnens nichts erzählen, sagt der Gabmann, das habens mir zu Fleiß gemacht. Melzer zuckt die Schultern, so ein Trottel, denkt er, der glaubt auch, er ist der Mittelpunkt der Welt. Ist schon öfter wem das Stemmeisen ausgerutscht, sagt er. Jaja, sagt der Gabmann, weil keiner aufpaßt, weil alle den Schädel ganz woanders haben, und er schaut zu Melzer hinüber, haltens lieber die Hand anders, sagt er, sonst tröpfelns mir noch was ins Auto.

Melzer will beim Arzt gleich ins Wartezimmer, aber der Gabmann deutet auf die Tür daneben, auf der »Privat« steht, und klingelt. Ein Dienstmädchen läßt sie hinein. Ein Unfall, sagt der Gabmann, dringend, und sie werden ins Wohnzimmer geführt, das mit alten Möbeln vollgerammelt ist wie ein Antiquitätenladen. Nehmens Platz, sagt das Mädchen, ich meld Sie gleich an. Melzer sieht sich um, wo er sich hinsetzen kann, die Zeitung auf dem Sitz des Autos fällt ihm ein, und er bleibt stehen, stellt sich zum Fenster und schaut hinaus. Der von einem dichten, mannshohen lebenden Zaun umgebene Garten ist nichts als ein Kurzgeschnittener Rasen mit einer Hollywoodschaukel in der Mitte. Melzer findet den Garten lächerlich, wahrscheinlich, denkt er, gehen dem alle Bäume ein, so wie ihm die Patienten eingehen. Dann kommt das Mädchen zurück und hält die Tür auf. Eh hab ichs ganze Wartezimmer voller Leut, fährt ihn der Doktor Schnabl an, und da kommt mir hinten auch noch dauernd wer herein. Als der Gabmann hinter Melzer auftaucht, wird er sofort freundlicher, ah Habedieehre, Herr Gabmann, sagt er, von Ihnen ist der also, deutet er mit dem Kopf auf Melzer. Er sieht sich Melzers Verletzung an, läßt ihn die Hand bewegen, Sehnen und so sagt er, ist mir scheint nichts verletzt, das wird sich nicht besonders auszahlen, grinst er Melzer an. Warum auszahlen, fragt Melzer. Na mit einem langen Krankenstand ist es nichts, sagt der Arzt. Aber ich will ja garnicht in Krankenstand, sagt Melzer. So? lacht der Schnabl, du willst nicht in Krankenstand? das ist mir aber ganz was Neues bei euch. Wie lang wirds denn dauern, fragt der Gabmann hinter dem Rücken Melzers. Der Schnabl dreht Melzers Hand vor seinen Augen, naja, sagt er, so zwei, drei Wochen. Melzer hört, wie der Gabmann aufseufzt, weils nicht aufpassen können, sagt er, und ich hab dann die Schererein, ich weiß nicht, wo ich die Leut hernehmen soll, weil dauernd einer krank ist. Jaja, sagt der Schnabl und fängt an, die Haut um die Wunde herum zu vereisen, ich frag mich auch oft, sagt er, wo die ihr Hirn haben, wenn ich manche Verletzung seh, Melzer schluckt, er spürt, wie ihm die Wut den Hals heraufsteigt, so ein blödes Arschloch, denkt er, den müßt man einmal in eine Tischlerei lassen. Gleich am ersten Tag würden ihm alle zwei Hände fehlen. Dabei hatte er den Schnabl ganz anders eingeschätzt, der war doch dafür bekannt, daß er einen Krankenstand verschrieb, auch wenn man nichts hatte als Arbeitsunlust. Und jetzt redet er genauso blöd wie der Gabmann, redet er ihm zu Gefallen. Gegen uns haltens eben alle zusammen, alle Besseren, denkt er, und er sieht zu, wie der Arzt die Wunde vernäht und ganz gegen seine Vorstellung richtige Knöpfe macht. Schneider könnt er höchstens werden, denkt er, aber Tischler nicht.

Er ist nach Hause gefahren, und es hat nicht lange gedauert, bis er Maria zusammengeschrien hat, nur weil sie gesagt hatte, daß sie jetzt also, weil er in kein Wasser greifen kann, wieder aufs Ausmalen der Küche warten kann, obwohl ihr vor den schwarzen Wänden schon graust. Melzer hat herumgebrüllt, aber mitten im Brüllen hat er plötzlich an seinen Vater denken müssen, jetzt bin ich schon genau wie der, hat er gedacht, gerade hatte er den Satz herausgeschrien, den auch der Vater immer wieder herumgebrüllt hatte, ob sie sich einbildet, daß er nur das Arbeitsvieh ist, das nur dazu da ist, sie und ihre Gfraster zu versorgen, hatte er gerade wie der Vater gebrüllt, und auf einmal ist die ganze Wut auf Maria weggewesen, und er hat sich umgedreht und ist in die Küche hinausgegangen. Er hat den Kühlschrank aufgemacht, aber es ist kein Bier drinnen gewesen. Er hat den Kopf geschüttelt, weil er sofort, wie automatisch, den Satz drinnen gehabt hat, ob sie sich denn jetzt schon um überhaupts nicht mehr kümmere, ein Satz, der in letzter Zeit üblich gewesen ist, wenn sie vergessen hatte, Bier zu kaufen. Wie es sowas gibt, hat er gedacht, und ihm ist auf einmal vorgekommen, als würde er jetzt seinen Vater besser verstehen.

Nach einer Weile ist er wieder ins Wohnzimmer gegangen, hat das Radio aufgedreht und zu Maria gesagt, wenn sie Lust hat, geht er am Nachmittag mit ihr und den Kindern in die Konditorei. Er hat sie, während er ihr dieses Angebot gemacht hat, nicht anschauen können, sondern hat auf den Strich gesehen, der auf der Skala des Radios von rechts nach links gewandert ist.

Am Abend ist Melzer ins Wirtshaus gegangen. Er hat seine weiße Hand demonstrativ auf den Tisch gelegt und sofort sind die Fragen gekommen, und er hat erzählen können, hat endlich die Sache so gewesen sein lassen können, wie sie nach seiner Meinung *eigentlich* hätte ablaufen müssen. Aber wie er gerade mitten in seiner Schilderung ist, redet ihm der Eibner drein, du hast ja wenigstens noch alle Finger dran, sagt er, aber wenn ich dran denk, wie der Schimmer mit der linken Hand in die Papierschneidemaschine gekommen ist, wird mir heute noch anders. Geh hör auf, sagte Melzer, die Geschichte hast eh schon hundertmal erzählt, die kennt eh schon jeder, aber der Hudetz sagt, nein, er kennt sie noch nicht, und sofort fängt der Eibner an, ja, sagt er, da sind dann seine Finger eben gelegen, ganz weiß waren sie, richtig unecht habens ausgeschaut, auf dem Stapel Bimssteinreklame sind sie gelegen, die hat der Schimmer zuschneiden müssen, vier Finger, den Daumen hat er noch dran gehabt, und die vier Finger haben fast überhaupt nicht geblutet, dafür aber der Stumpf vom Schimmer, da ist das Blut nur so herausgeschossen, wie er dagelegen ist, ohnmächtig natürlich, und wenn ich heute noch dran denke, sagt der Eibner, wie mir gewesen ist, wie ich dann die Bimssteinreklame hab fertigschneiden müssen, es ist ja tragisch, hat der Chef gesagt, aber der Auftrag muß um elf zur Post, Eibner hat der Chef gesagt, schneiden Sies fertig, wenn ich da dran denk, sagt der Eibner und verzieht das Gesicht, dann wird mir heute noch schlecht. Und der Schimmer, fragt der Hudetz, was war mit dem Schimmer. Der Eibner zuckt die Schultern, naja, sagt er, den hat die

Rettung natürlich ins Spital und er erzählt, wie er, weil er doch der Betriebsrat ist, am Nachmittag zum Schimmer ins Krankenhaus gekommen ist, und der Schimmer ist ganz weiß in einem Bett gelegen mit einem Riesenverband an der Hand und hat garnicht gewußt, daß er sich alle vier Finger weggeschnitten hat, er hat sich eingebildet, sich nur etwas hineingeschnitten zu haben, keiner hatte ihm gesagt, wie es wirklich war, und der Schimmer hat immer wieder gesagt, ihm tun die Finger so weh, die er garnicht mehr drangehabt hat. Das ist ein Wahnsinn, sagt der Eibner, wennst so dastehst und zuhören mußt und weißt, wie es wirklich ist, das ist einfach zum Davonrennen. Aber der Schimmer ist doch eh wieder bei euch in der Druckerei, sagt der Kerschbaumer, oder? Der Eibner stellt sein Bierglas weg, der hat sich eh dran gewöhnt, sagt er, daß er nur mehr den Daumen hat, der hat so irgendeine Schule gemacht, und jetzt ist er wieder bei uns und schneidet auch wieder. Was, sagt der Hudetz, der schneidet wieder? Sowieso, sagt der Eibner, der schneidet auf derselben Maschin, wo er sich die Finger weggeschnitten hat, das macht ihm garnichts aus. Der Kerschbaumer wiegt zweifelnd den Kopf hin und her, na, sagt er, ob ihm das wirklich nichts ausmacht? Na ich glaub nicht, sagt der Eibner, und außerdem ist es ja wurscht, weil wenn er Drucker ist, muß er auch schneiden, da bleibt ihm garnichts anderes übrig.

Keiner hat auf die Erzählung des Eibner hinauf noch etwas über Melzers Hand wissen wollen. Er hat sie schon längst enttäuscht vom Tisch genommen und unter der Tischplatte auf seine Knie gelegt. Gegen eine abgeschnittene Hand kommt er mit seiner fünf Zentimeter langen Naht einfach nicht an, da ist er einfach keine Konkurrenz. Er trinkt sein Bier aus und rückt den Sessel zurück. Ich schau noch ein Haus weiter, sagt er.

Wird ja nicht überall ein Eibner herumsitzen.

Er hat plötzlich den ganzen Tag für sich gehabt, keiner hat ihm davon etwas weggenommen, und er ist zu Hause herumgesessen, ist aus Langeweile ständig zum Kühlschrank gegangen, hat irgendwas gegessen oder nur in den Kühlschrank hineingeschaut, er hat sich alles, was im Fernsehen gelaufen ist, angesehen, auch die Sendungen für Kinder, er ist sogar mit dem Kinderwagen ausgefahren, obwohl ihm Väter mit Kinderwägen immer als erstes etwas ganz besonders Lächerliches vorgekommen sind, er ist jeden Tag ins Wirtshaus gegangen, schon tagsüber, oft schon am Vormittag, ist deswegen auch immer mit Maria ins

Streiten gekommen, obwohl Maria behauptete, sie sei ohnedies froh, wenn er aus dem Tempel sei, weil so ein Mann daheim, sagte sie, ist einfach nicht auszuhalten, das ist eine Strafe Gottes. Natürlich, hat Melzer gesagt, zum Arbeiten und Geldheimbringen bin ich dir recht, aber sonst kann ich mich schleichen, aber ich schleich mich ja eh, hat er gesagt, brauchst garnicht lang reden.

Er war nur selten krank gewesen, auch nur selten im Krankenstand, er ist nie ein Tachinierer gewesen, hat er gesagt und ist fast stolz darauf gewesen, aber trotzdem hatte er seine Krankenstände als etwas Angenehmes in Erinnerung gehabt, und jetzt war da auf einmal einer, der nur öd war. Auf *so* einen Krankenstand kann er verzichten, hat er gesagt, wenn er nichts tun kann wegen der blöden Hand, und überall, wo er in der Wohnung hinschaut, schaut ihn die Arbeit an. Das müßte er machen und das, und da muß er ja verrückt werden, wenn er endlich Zeit für so viele Arbeiten daheim hätte, die er immer aufgeschoben hat, wenn er endlich könnte und doch nicht kann, und wenn man nur ein bissel ein Einsehen hat, dann muß man doch verstehen, daß er grantig wird. Er ist bei den Pensionisten und den anderen Krankenständlern am Wirtshaustisch gesessen, ein Glück, hat er gesagt, daß er mit seiner wehen Hand wenigstens die Karten halten kann. Gegen Ende der Woche hat er gemeint, daß er jetzt bald zur Weltmeisterschaft im Dauerblödreden antreten kann, denn jetzt schafft er es schon, einen ganzen Nachmittag lang über nichts anderes als den schwarzen Flaum auf der Oberlippe der Kellnerin zu reden.

Er hat sich vorgenommen, irgendwas anzufangen, weil sonst, hat er gemeint, steht er einmal genauso blöd da wie die Pensionisten, die, weil sie ihre Arbeit nicht mehr haben, nichts mehr haben und nur noch aufs Sterben warten können. Irgendein Hobby, hat er gedacht, irgendwas tun, aber alles, was ihm eingefallen ist, ist wieder nur Arbeit gewesen, zu Hause in der Wohnung, am Auto, lauter Dinge, die er wegen seiner Hand nicht machen konnte. Am Beginn der zweiten Woche seines Krankenstandes hat er es dann nicht mehr ausgehalten, und er hat einen Plastiksack über seine bandagierte Hand gebunden und hat angefangen, die Küche auszumalen, deren Wände wegen des fehlenden Fensters schon ganz schwarz waren.

Als er gerade auf der Leiter steht und zum zweiten Mal die Decke anstreicht, läutet es an der Tür. Ist eh offen, schreit Melzer, und er beugt sich zu der sich öffnenden Tür hinüber, sieht einen Mann in braunem Gestapomantel hereinkommen, und der Mann sieht sich um, schaut dann die Leiter hinauf, und Melzer zuckt zusammen: unten steht der Krankenkontrollor. Aha, sagt der, schon wieder so ein Kranker. Melzer schmeißt die Bürste in den Kübel, daß die Farbe herausspritzt und steigt die Leiter hinunter. Heute hab ich lauter solche Kranken, grinst ihn der Mann an. Was heißt lauter? sagt Melzer, da schauns her, fuchtelt er ihm mit der plastikverpackten Hand vor den Augen herum. Aber der Mann kümmert sich nicht drum und geht wie selbstverständlich durch die offene Tür ins Wohnzimmer hinüber und setzt sich an den Tisch. Als ob sies riechen könnten, die Hundsviecher, denkt Melzer, und er sieht die weißen Fußabdrücke, die der Mann auf dem Teppich hinterlassen hat, und dann noch alles antreten, denkt er wütend, und er schlüpft aus seinen schmutzigen Schuhen und geht auf Socken hinein. Der Kontrollor schreibt etwas in ein schwarzes Notizbuch; wie der Katalog in der Schule, denkt Melzer, wenn man was ausgefressen hat. Den Schein, sagt der Mann, und Melzer legt ihm die Krankenbestätigung hin und fängt an, die Schnur mit der er den Plastiksack an seiner Hand befestigt hat, aufzubinden. Könnens ruhig zulassen, sagt der Mann, und Melzer sieht, daß ihm der Kontrollor unter der Rubrik »Kontrolle durch den Amtsarzt« etwas hinschreibt. Aber ich hab ja noch nicht einmal die Nähte heraußen, sagt er und zerrt heftig an der Schnur, bringt sie endlich auf und streckt die bandagierte Hand hin. Das geht mich nichts an, sagt der Mann, morgen gehens zum Amtsarzt. Er steht auf, steckt sein Buch ein, Wiederschaun, sagt er und geht durch die Küche zur Tür, Melzer steht da, schaut den rosa Schein am Tisch, schaut den schon grauen Verband der Hand an, aber wenn ich noch nicht einmal die Nähte heraußen hab, schreit er und läuft zur Küche, wie kann ich denn da arbeiten? Darüber entscheidet der Amtsarzt, sagt der Mann, und da, zeigt er auf die frisch getünchten Wände, da könnens doch auch arbeiten, oder? Mit einer Hand, sagt Melzer, nur mit einer Hand. Der Kontrollor macht die Tür auf, im Krankenstand, sagt er, gibt man eine Ruh, damit man schnell gesund wird, und Melzer hat was auf der Zunge, kann es aber nicht mehr sagen, der Kontrollor ist schon weg, Wunder wärs keins, denkt Melzer, wenns so einen Kontrollor einmal wo finden würden, Schädel eingehaut und so weiter, und er starrt auf die geschlossene Tür hin, und auf einmal weiß er nicht, warum er sich überhaupt gewehrt hat. Wenn der ganze Krankenstand doch ohnedies nichts heißt, weil er eh nichts Gescheites damit anfangen kann, soll ihn der Amtsarzt doch gesund schreiben, aber wahrscheinlich kann er das garnicht, wenn er die Nähte noch nicht heraußen hat, aber warum wehrt er sich dann und sagt nicht, von mir aus, oder: bin eh froh, warum hat er da auf einmal so eine Angst gekriegt vor dem Kontrollor, daß es mit ihm durchgegangen ist und er garnicht gewußt hat, was er sagen soll, so als müßte er das Paradies auf Erden verteidigen? Er holt den Plastiksack, stülpt ihn über die Hand und bindet mit den Zähnen und der rechten Hand die Schnur fest. Das ist noch genau wie früher, sagt er leise vor sich hin und fängt zu grinsen an, direkt ein Reflex.

Sie sitzen oder stehen auf dem langem Gang herum und warten darauf, aufgerufen zu werden, zum Amtsarzt hineinzugehen und das Urteil zu empfangen, nur hie und da fällt ein Wort, alle starren vor sich hin, wechseln ab und zu die übereinandergeschlagenen Knie, das Standbein, es geht sehr langsam voran, alle sind für acht Uhr bestellt worden, der Amtsarzt ist erst gegen neun gekommen, zuerst kommen die schwangeren Frauen dran, die schon im Karenzurlaub sind, wie eine ganze Herde von trächtigen Kühen kommen sie Melzer vor, haben auch alle so einen Blick, findet er, erst als die Schwangeren abgefertigt sind, kommen die normalen Krankenständler dran, lauter Männer, nur Männer sind übriggeblieben, keine einzige Frau, die meisten sind noch ziemlich jung, wahrscheinlich Lehrlinge, Melzer denkt daran, daß er die meisten seiner Krankenstände auch während seiner Lehrzeit gehabt hat, immer waren sie eine Fluchtmöglichkeit gewesen, ein paar Tage, die ihn vor dem Stollhuber gerettet haben, aber je älter er geworden war, umso weniger war er in Krankenstand gegangen, nur noch, wenn er wirklich krank gewesen war, da war er pflichtbewußt geworden, überhaupt nach dem Heiraten, weil er nicht mehr ans Davonrennenkönnen geglaubt hatte und weil es die ersten drei Tage auch kein Krankengeld gab und er doch jeden Groschen brauchte, er war sogar mit Fieber arbeiten gegangen, hatte Tabletten gefressen und am Abend heißen Rum getrunken, wenn ihn eine beginnende Grippe durchgebeutelt hatte, gedankt hat es ihm keiner, denkt er, für den Gabmann ist das ganz selbstverständlich gewesen, der hielt doch ohnedies jede Krankheit, die man nicht von außen sehen konnte, alles was nicht blutete, für simuliert. Melzer zählt ab, wie viele noch vor ihm drankommen, wenn nicht noch ein paar nachträgliche Kühe kommen, stellt er fest, ist er in einer Stunde daheim und kann das Muster auf die Wände walzen. Seit die Frauen weg sind, ist es nicht mehr so still, die ersten fangen schon zu reden an, reden sich mit sarkastischen Bemerkungen ihren Mißmut aus dem Gesicht, ein paar Experten berichten von Krankheiten, die sich rentieren: solche, die nicht zu unangenehm sind, aber einen langen Krankenstand einbringen, bald erörtert jeder die Wahrscheinlichkeit, nicht gesundgeschrieben zu werden, bei den meisten ist sie gleich Null, Melzer gehört zu den wenigen, die sich beneiden lassen können, da hat der Doktor keine Chance bei dir, sagt der Gerstl, der neben Melzer sitzt. Wenn die Tür zum Arzt aufgeht und einer mit einem sauren Gesicht herauskommt, braucht er garnicht mehr zu sagen: abgeschrieben, weil schon vorher das Gelächter losgeht, ist eh klar, hab ich mir gleich gedacht, hab ich dir doch vorausgesagt, heißt es, einer nach dem anderen geht hinein, mit zumindest kleinen Hoffnungen, und kommt heraus und kann sich auslachen lassen, kann mitlachen, weil ihm sonst nichts übrigbleibt, schließlich ist es schon so laut, daß die Schwester aus der Tür fährt, was ist denn da los? sagt sie scharf in das Gelächter, in die Reden hinein, die sofort abbrechen, krank kann da keiner von euch sein, sagt sie, das seh ich schon, und sie verschwindet wieder, alle grinsen, machen betroffene Gesichter, Melzer fängt mit dem Gerstl, der einmal ein Freund seines Bruders war, über den Unterschied zwischen dem Gabmann und der großen Möbelfabrik zu reden an, in der der Gerstl, der auch gelernter Tischler ist, arbeitet. Jeder ist deppert, der in einer kleinen Bude bleibt, sagt der Gerstl, und einem Meister für ein paar Groschen einen Trottel herunterreißt. Alles hat seine Vor- und Nachteile, sagt Melzer und der Gerstl zieht seine Geldbörse heraus, fingert darin herum und hält Melzer einen Lohnstreifen vor die Nase, da schau dir das an, sagt er, kannst bei euch so viel verdienen? Melzer reißt die Augen auf, das gibts ja nicht, sagt er, das ist ja nicht normal. Normal? sagt der Gerstl, normal ist das nicht, Akkord, sagt er, wennst auf Zack bist, ist es aber drin. Und wenn nicht, fragt Melzer. Dann hast den gleichen Dreck wie bei deinem Gabmann, sagt der Gerstl, verlieren kannst nichts. Melzer studiert ausführlich den Lohnstreifen, der Gerstl verdient ein glattes Drittel mehr als er, und so ein guter Tischler wie der ist Melzer doch schon lang, das würde er doch auch leicht schaffen; und wie ist es sonst, fragt Melzer und der Gerstl erzählt, wie die Arbeit ist, drankommen tust schon sagt er, ist eh klar, aber wennst ins Lohnsackel schaust, weißt wenigstens wofür, und er erzählt, daß es eine Werksküche gibt, wo man billig essen kann und wo es so gut ist, daß sich seine Alte daran ein Beispiel nehmen könnte. So braucht er auch wieder nicht übertreiben, sagt Melzer, er hat da schon ganz andere Sachen gehört, und *nur* klaß sei es nirgends. Aber der Gerstl fährt sich mit dem Zeigefinger an den Hals, da laß ich mich hineinstechen, sagt er, wenns nicht wahr ist. Dann wird Melzer aufgerufen, und er geht hinein, aber er ist garnicht recht bei der Sache, vergißt sogar, ein leidendes Gesicht zu machen, der Lohnstreifen geht ihm im Kopf herum, ein Drittel mehr, was kann er sich da drum alles leisten, und beim Gabmann muß er doch auch arbeiten, was in ihm drin ist, aber ohne daß er eine Akkordprämie kriegt, ein Drittel mehr, das sind so viel wie vier Monate im Jahr, und die hat er bis jetzt dem Gabmann glatt geschenkt, er sieht zu, wie seine Hand ausgebunden, begutachtet und wieder verbunden wird, hört garnicht richtig zu, was der Arzt auf ihn hinredet, gibt ganz automatisch irgendwelche Antworten, ein Drittel mehr denkt er, das ist doch eine Chance, die muß er doch nützen, und warum hat er erst jetzt davon gehört? gibt der Gerstl vielleicht doch nur an? aber da ist ja der Lohnstreifen, da steht es schwarz auf weiß: Akkordprämie 30%. Aber strikteste Schonung, sagt der Arzt und reicht Melzer den rosa Zettel über den Schreibtisch, und Melzer geht hinaus, und erst als er merkt, daß alle ihn anstarren, aber nicht wissen, was sie von seinem Gesichtsausdruck halten sollen, fängt er zu grinsen an, weiter im Stand, sagt er, und er geht zum Gerstl hin, was ist, sagt er, gehst nachher mit auf ein Bier? Von mir aus, sagt der Gerstl, und eine Stunde später sind sie schon beim dritten, der Gerstl hat ihm schon genau erzählt, welche Möglichkeiten es in der Fabrik gibt, in welchen Abteilungen etwas zu verdienen ist und in welchen man froh sein muß, gerade ein wenig mehr als die Vorgabezeit zusammenzubringen. Überall nehmens wen auf, hat er Melzer versichert, aber er soll schauen, daß er in die Montage kommt, weil die ist jetzt in einer neuen Halle und geht ganz anders als früher vor sich, und drum gibt es dort noch die bei weitem besten Vorgabezeiten, da läßt sich leichter was verdienen, weil die da oben noch nicht so genau wissen, wie lang was dauern kann, und Melzer, der zuerst noch einen Haufen Gegenargumente gehabt hat: beim Gabmann kennt er alle, und es ist nicht so weit, und wenn er wechselt, hat er wieder nur drei Wochen Urlaub, muß sich auf die vier, die er jetzt hat, erst wieder hinaufdienen, Melzer hat nirgends mehr einen Grund sehen können, nicht in die Fabrik zu gehen und einen Haufen Geld zu verdienen, und gegen Mittag haben sie das Lokal gewechselt, sind ins nächste gegangen und haben sich langsam in den Stadtteil hinübergetrunken, in dem Melzer wohnte, und gegen vier am Nachmittag sind sie stockbesoffen in der Wohnung Melzers gelandet, Maria ist ganz außer sich gewesen, weil er doch schon vor fünf Stunden hätte heimkommen sollen, und es hätte doch auch etwas passiert sein können, und er hätte doch die Malerei in der Küche fertigmachen sollen, und sie hat geschimpft, aber Melzer hat ihr das Kuschen geschafft, das interessiert ihn jetzt nicht mehr, hat er geschrien, weil jetzt fängt alles ganz neu an, jetzt wird er bald so viel verdienen, daß er aus dem Loch da heraus kann, und er hat sich mit dem Gerstl ins Wohnzimmer gesetzt und die Flasche Slibowitz geholt, deretwegen der Gerstl ihn begleitet hatte, und sie haben wieder darauf getrunken, daß sie jetzt bald Kollegen sein werden, und nach dem ersten Schluck ist der Gerstl aufgesprungen und hinausgerannt, hat es aber nicht mehr bis zum Klo geschafft, weil Maria ihm erst den Schlüssel geben mußte, und er hat den Gang vollgekotzt, hat sich trotz Rausch sehr geniert deswegen und hat alles selber aufwischen wollen, aber Maria hat gesagt, er soll lieber nach Hause gehen und sie wird es schon machen, und der Gerstl ist torkelnd abgezogen, und Melzer ist im Türrahmen zum Gang gelehnt und hat zugeschaut, wie Maria das Erbrochene mit einer Mistschaufel in einen Kübel geschöpft und dann den Boden mit einem Fetzen aufgewaschen hat, jetzt sind sie bald aus dem Schneider, hat er gesagt, jetzt wird es doch noch was, jetzt wird das Leben anfangen, weil mit einem Haufen Geld ist das gleich ein anderes Leben, er hat geredet, mit großzügigen Handbewegungen, aber Maria hat ihn angebissen, wenn er vor lauter Rausch die Zunge im Mund kaum noch herumbringt, hat sie gesagt, dann soll er nicht auch noch große Reden halten, er soll sich lieber seinen Rausch ausschlafen, hat sie gesagt, weil vorher redet sie eh nicht mit ihm.

Als er gegen Abend wachgeworden ist, weil ihm der Kopf so weh getan hat, ist ihm sofort die Fabrik wieder eingefallen. Maria, hat er geschrien, Maria, aber sie war nicht da, war mit beiden Kindern, offenbar um ihn nicht zu stören, weggegangen, und der Gedanke an die Fabrik ist ihm auf einmal nichts mehr gewesen, was ihm eine Hoffnung gemacht hätte. Er ist in die

Küche hinausgetappt, hat den Mund unter den laufenden Wasserhahn gehalten, Spinnereien, hat er gedacht, ist doch eh alles ein Dreck, und er hat sich wieder niedergelegt und den Polster über den schmerzpochenden Kopf gezogen.

(Er hat in den nächsten Wochen oft daran gedacht, in die Fabrik zu gehen und sich zu erkundigen, wie es dort mit dem Verdienen wirklich ist. Immer wieder hat er sich vorgenommen, nächste Woche geht er hin, aber er hat sich einfach nicht entschließen können. Wenn ihm die Fabrik dann wieder einmal eingefallen ist, ist ihm die Möglichkeit, dorthin arbeiten zu gehen, vorgekommen wie ein As, das er noch im Ärmel hat.)

Oft, wenn er am Abend vor dem Fernseher sitzt, fällt ihm plötzlich die Geschichte von dem Mann ein, der kurz vor dem Zubettgehen zu seiner Frau gesagt hat, er geht nur schnell einmal zur Trafik unten an der Ecke, um sich Zigaretten aus dem Automaten zu holen, und der nie wieder zurückgekommen, der von da an verschollen gewesen ist. Immer wieder war diese Geschichte in den Wirtshäusern aufgetaucht, keiner hatte gewußt, wo und wann sie passiert, wer der Mann gewesen war, angeblich sollte sowas schon öfter geschehen sein, und die Geschichte ist beredet worden, immer ist es eine Geschichte gewesen, über die sich ausführlich hatte reden lassen, die verschiedensten Mutmaßungen sind angestellt worden, der Mann sei einem Verbrechen zum Opfer gefallen, einem perfekten Mord, der nie ans Licht gekommen sei, einbetoniert, in Schwefelsäure aufgelöst, im Kesselwerk einer Fabrik sei er verbrannt worden, wurde vermutet, oder der Mann sei, ohne daß seine Frau und seine Umgebung das geahnt hätten, Agent eines ausländischen Geheimdienstes gewesen und habe ins Lager der gegnerischen Macht überlaufen wollen, und deshalb sei er von Agenten verschleppt oder von kaltblütigen Killern liquidiert und unauffindbar zur Seite geschafft worden. Eine ganze Menge Theorien hatte es gegeben, die Geschichte hatte die Phantasien ins Laufen gebracht, Melzer hatte selber einmal mehr an die eine, dann wieder mehr an eine andere Möglichkeit geglaubt, aber in letzter Zeit ist er ganz sicher, daß dem Mann kein Unglück zugestoßen, sondern daß er freiwillig verschwunden ist, weil er endgültig genug gehabt hat von der Frau, der Familie, der Arbeit, von allem eben, von seinem ganzen bisherigen Leben, und er sei, statt sich aufzuhängen oder wie bisher weiterzurennen, einfach ausgebrochen und davongelaufen. Melzer ist unschlüssig, ob der Mann nach einem lange vorbedachten Plan gehandelt oder ob er sich ganz plötzlich dazu entschlossen hat, vielleicht weil er auf einmal die Gewohnheit der Frau nicht mehr ausgehalten hat, beim Fernsehen die Haut am Nagelbett der Finger abzubeißen. Auf jeden Fall hat der Mann den, der er bisher war, verschollen sein lassen und hat unter einem anderen Namen ein anderes Leben angefangen, irgendwo in einem anderen Land, wo immer die Sonne scheint, und mit einer reichen Frau vielleicht, oder er ist selber reich geworden und hat Weiber, so viele er will, und alles andere auch. Melzer denkt gerne an diese Geschichte, und er sitzt da und schaut in den Fernseher, ohne zu merken, was dort passiert.

Auf einmal hatten sie einen Aufpasser, einen »Werkmeister«, keinen frisch eingestellten, was keinen so zurückgesetzt hätte, sondern einen aus ihren eigenen Reihen, den Rahner, der wahrscheinlich auch schon vorher dem Chef insgeheim den Spion gespielt hatte, zumindest waren alle fest davon überzeugt, als er plötzlich den Titel und die *Verantwortung* bekam, umsonst hat doch der Gabmann nicht gerade ihn genommen, diese hinterfotzige Sau, ja wenn er wenigstens mehr von der Arbeit verstünde als alle anderen, wenn er wenigstens die Meisterprüfung hätte, dann wäre noch einigermaßen verständlich, daß er es wird und nicht der Matuschek, der sich sonst, wenn der Alte nicht da war, um alles gekümmert hat, gegen den Matuschek hätte keiner was gehabt, der hätte dem Alten auch keinen Aufpasser gemacht, der Matuschek nicht, sind sie sicher, und weil es ja nur ums Aufpassen geht, hat er eben den Rahner genommen. Am Montagmorgen hat er sie antreten lassen, kommts alle einmal her, hat er gerufen, und Melzer hat geglaubt, jetzt kommt wieder eine seiner in letzter Zeit häufigen Predigten, daß sie mit dem Material nicht sparsam genug umgehen. Jetzt hat er wieder eine ganz neue Errungenschaft, hat der Jeschko gegrinst, jetzt wird er uns vielleicht das Zeitungspapier zum Arschauswischen rationieren. Ja, hat Melzer gesagt, das ist ihm am Wochenende eingefallen, weil er da sonst niemanden hat, dem er was anschaffen kann. Alle sind auf einem Haufen gestanden und der Gabmann und der Rahner dem Haufen gegenüber, Melzer hat sich noch gewundert, was der Rahner *neben* dem Chef zu suchen hatte, und dann hat der Gabmann in immer ungläubiger werdende Gesichter hineingeredet, damit er sich mehr um die Aufträge, ums Geschäftliche kümmern kann, hat er gesagt, muß er jemanden ernennen, der sich um die Arbeit *undsoweiter* kümmert, einen Werkmeister, hat er gesagt und dem Rahner neben sich die Hand auf die Schulter gelegt, und der Rahner hat nicht gewußt, wie er schauen soll, hat keinen anschauen können, und der Gabmann hat von Kollegialität gegenüber dem *Herrn* Rahner geredet und von Disziplin und vom Anschaffen und Ausführen und von der schlechten Konjunktur und der erdrückenden Konkurrenz. Melzer hat geglaubt, er hört nicht recht, hat sich sofort gesagt, von dem läßt er sich nichts anschaffen, da beißt er sich doch lieber die Zunge ab, bevor er dem Rahner Zu Befehl sagt. Kaum ist der Gabmann weg, wird der Rahner auch schon von allen Seiten angegangen, wieviele Silberlinge er denn kriegt, und er soll ihnen doch auch verraten, womit man sich einschmieren muß, um so leicht in den Arsch vom Alten hineinzurutschen. Nur der Matuschek und der Kösel, der am längsten in der Firma ist, fangen, ohne eine Bemerkung zu machen, gleich zu arbeiten an. Auch der Rahner rettet sich in die Arbeit. Er hängt sich über den Alleskönner, kriecht fast in die Maschine hinein, überall wird noch geredet, gestikuliert, er braucht sich garnicht einbilden, heißt es, daß er jetzt den starken Mann spielen kann, braucht nicht glauben, daß er groß herummelden kann, ein paar reden so laut, daß der Rahner es sicher hören kann, aber einige werfen schon vorsichtige Blicke auf ihn und reden dann erst. Langsam fangen alle zu arbeiten an, werden die ersten Handgriffe gemacht, und dazwischen wird geredet, von Maschine zu Maschine zu Hobelbank, in stoßweisen, heftigen Sätzen, zwischen denen schon das Gelächter durchkommt, vor lauter Wut und Hilflosigkeit wird die Situation ins Lächerliche gezogen, alle möchten gerne, daß es bloß lächerlich wäre, der Rahner nichts als eine Witzfigur, die man auslachen kann. Der Lärm der Hobelmaschine würgt dann im hinteren Teil der Werkstatt die Reden ganz ab, und dann wird einer nach dem anderen immer mehr von der Arbeit gefressen, immer seltener werden die Bemerkungen zur Seite, die Reden laufen nur noch in den Köpfen weiter, drehen sich in den Köpfen im Kreis herum, die darüber hinausstehenden Spitzen des Ärgers werden am Werkzeug, am Material, an den Lehrlingen abgebrochen; der Rahner hat nicht mehr alle gegen sich, sondern nur noch jeden einzelnen.

Melzer schlägt Rückwandschrauben ein, die er eigentlich mit dem Schraubenzieher hineindrehen müßte, mit jeweils einem einzigen Hammerhieb haut er sie ins Holz, das könnte der Rahner gleich beanstanden, da hätte er gleich was, wo er den Werkmeister spielen könnte, aber er soll ihm nur kommen, dann erzählt er ihm was, da fährt er mit ihm, mit dieser kriecherischen Krot, und alle haben sich aufgeregt, aber keiner hat was gemacht, wenn es nach ihm gegangen wäre, er wäre dafür gewesen, zum Alten zu gehen und zu sagen: entwederoder, unter so einem Werkmeister arbeiten sie nicht, aber traut sich ja keiner, ist er sicher, drum hat er auch erst garnicht den Vorschlag gemacht.

Den ganzen Vormittag hat Melzer gewartet, daß etwas passiert, daß der Rahner sich wo aufspielt und mit einem anhängt, aber der Rahner hat den Werkmeister nicht und nicht herauskehren wollen, ist, bevor er jemandem etwas angeschafft hat, immer erst aus der Werkstatt gegangen, und beim Zurückkommen hat er gesagt, geh, der Chef hat gemeint, das sollst jetzt du machen. Melzer ist ganz sicher gewesen, daß der Rahner nicht extra vor jedem Anschaffen den Gabmann gefragt, sondern daß er bloß so getan hat. Fürs Fragen ist er immer viel zu kurz aus der Werkstatt weggewesen. Der Trottel hält uns für ganz deppert, hat Melzer gedacht, aber so gescheit wie der ist er noch lang. Der wird ihm nichts vormachen.

Der Rahner hat weiterhin die hinter ihm hergeredeten Sätze überhört, und er hat gearbeitet und nicht bloß kontrolliert. Es hat Melzer gefreut, daß der Rahner trotzdem arbeiten mußte. Auf so einen Posten hätte *er* dem Gabmann geschissen, hat er gedacht. Während der Jausenpause hat Melzer ein paar der Sätze, die er im Kopf aufgestaut hatte, herausreden können, weil der Rahner sich nicht zu ihnen auf den Hof gestellt, sondern weitergearbeitet und während der Arbeit sein Jausenbrot gefressen hat. Ein paar haben gemeint, daß der Rahner sich zu gut ist, um sich noch zu ihnen zu stellen, aber dann hat jemand gemeint, nein, der Rahner traut sich nicht, der hat eine Angst, dem geht die Muffe eins zu tausend, und diese Ansicht hat allen viel besser gepaßt, und die Angst des Rahner ist eine beschlossene Sache gewesen, solange sie zusammengestanden sind.

Weil von selbst nichts passiert ist, ist Melzer zum Jeschko hinübergegangen und hat mit ihm über eine halbe Stunde getratscht, laut und für jeden sichtbar, er hat gewartet, daß der Rahner was sagt, daß er sich ihm was zu sagen traut, daß er sich womöglich dabei noch im Ton vergreift, aber der Rahner hat getan, als gehe ihn das garnichts an, es hat sich einfach kein Zusammenstoß ergeben wollen, stattdessen ist Melzer mit Maria zusammengekracht, als er ihr beim Mittagessen die Sache erzählt hat. Was er sich denn so aufregt, hat Maria gefragt, wo er doch selber schuld ist, wenn jetzt ein anderer was geworden ist und nicht er. *Er* hat doch immer behauptet, daß man beim Gabmann nichts werden kann. Er hat wütend an seinem Rindfleisch herumgeschnitten und gleich eine Wut auf das Fleisch gekriegt, was werden, was werden, hat er sie angefahren, glaubst ich hätt so ein Verräter werden wollen? ich weiß nämlich, hat er mit dem Messer auf den Tellerrand geklopft, auf welche Seite ich gehör. Da kannst dir auch was kaufen drum, hat Maria gesagt, und Melzer hat ihr wieder einmal ihre Unternehmerziehmutter vorwerfen können, aber sie ist mit einem Arbeiter verheiratet, hat er geschrien, obwohl er schon die zitternden Nasenflügel Marias gesehen hat, und wenn sie das nicht endlich begreift, dann soll sie sich schleichen, ist er so laut geworden, daß Marina, die mit verschrecktem Gesicht beim Tisch gesessen ist, zu Maria gelaufen ist und weinend ihr Gesicht in Marias Schoß vergraben hat. Na da hast es wieder einmal, hat Maria geschrien, und dann ist auch noch Karin wachgeworden und hat zu brüllen begonnen, Melzer hat den Teller zurückgestoßen, da ist es ja nicht mehr zum Aushalten, er ist in einem Irrenhaus, hat er geschrien und ist in die Arbeit gefahren.

Am Nachmittag arbeitet er vor sich hin, schneidet Furnier für einen großen Schrank zu, stellt die Bahnen zusammen, ein Lehrling hilft ihm beim Kleben, an den Rahner denkt er nicht mehr, es hilft ja nichts, wenn er sich immer wieder giftet, und dann hört er ihn neben sich mit dem Reitsamer reden, er schaut hinüber, der Rahner hat einen Plan in der Hand, aber der Reitsamer schüttelt den Kopf, zeigt auf die Kommode vor sich, in die er die Laden einpaßt und der Rahner nickt, schaut sich in der Werkstatt um, kommt zu Melzer herüber und legt ihm den Plan hin, könntest ja eigentlich du auch machen, sagt er, ein Blumentischerl, eh nichts Besonderes, aber dringend. Melzer schaut den Plan an, Lehrbubenarbeit, denkt er, und er schiebt den Plan von den zusammengeklebten Furnierblättern weg, siehst eh, sagt er, daß ich keine Zeit hab. Aber es ist dringend, hat der Chef gesagt, schiebt der Rahner den Plan wieder zurück. Zuerst mach ich das fertig, sagt Melzer, lauter und heftiger, als er eigentlich wollte, und er wischt den Plan zur Seite, du hälst mich nur bei der Arbeit auf. Er sieht, daß der Reitsamer herüberschaut, auch der Wielander macht einen langen Hals aus einem Schrankrahmen heraus. Schau nicht so blöd, tu weiter, sagt Melzer zum Lehrling hin, und der Rahner bückt sich langsam nach dem zu Boden gefallenen Plan, weißt eh, sagt er im Aufrichten, daß du machen mußt, was ich dir sage. Jetzt pick ich die Furnier zusammen, sagt Melzer, schreit er fast, von mir aus nachher, aber jetzt nicht. Nein, sagt der Rahner, jetzt, weils dringend ist. Wenns so dringend ist, schreit Melzer, dann mach dirs selber. Der Rahner schaut einen Moment, zwinkert und dreht sich um und geht langsam duch die Werkstatt. Na also, denkt Melzer, soll er sich einen anderen Trottel suchen, und er sieht, daß der Rahner auf die Tür zugeht, und auf einmal spürt er sein Herz gegen den Magen schlagen, der geht zum Alten, schießt es Melzer durch den Kopf, und er schaut sich hastig um, rundum sehen sie zu ihm hin, weitertun, schreit er den Lehrling an, und er beugt sich über den Tisch, nimmt das Klebestreifenende, das ihm der Lehrling mit verschrecktem Gesicht hinhält, zieht es zu sich herüber, legt es an, klebt es fest, er merkt, daß ihm die Hände zittern, Arschloch deppertes, denkt er, und dann sieht er den Rahner schon mit dem Chef hereinkommen und reißt den Kopf zurück zur Arbeit, nimmt einen neuen Klebestreifen, schaut nicht mehr auf, aber er spürt, wie die beiden immer näher kommen, was fällt denn Ihnen auf einmal ein, Melzer, sagt der Gabmann, und Melzer dreht sich heftig um, sehns doch eh, ich kann doch nicht alles auf einmal liegen lassen, sagt er, kann doch genausogut wer anderer machen. Der Gabmann schaut ihn an, holt Luft, ein für alle Mal, Melzer, sagt er, merkens sich das, wenns Ihnen einbilden, ich red für die Katz, dann habens Ihnen geschnitten, ich hab, sagt er, gesagt, der Herr Rahner teilt die Arbeit ein, also richtens Ihnen danach. Aber, sagt Melzer, wenn ich was anderes zu tun hab. Sie werden tun, was Sie angeschafft kriegen, schreit der Gabmann, und wenn nicht, dann wissens eh, kann sich jeder gleich die Papiere holen, das gilt gleich für alle, schreit er und fährt mit der Hand durch die Luft gegen die Leute hin, die herstarren. Kündigen, denkt Melzer, kündigen, und vom Bauch herauf wird ihm ganz heiß, das Herz schlägt den Hals herauf, ist das klar? sagt der Gabmann und legt den Plan auf den Tisch, aber ich hab ja nicht gesagt, daß ichs nicht mach, stottert Melzer, fällt ihm plötzlich nichts anderes mehr ein, will er nur heraus aus der Situation, wie an die Wand gedrängt kommt er sich vor, will er nur alles ungeschehen machen, also lassens Ihnen das gesagt sein, sagt der Gabmann und nickt und geht, der Rahner läuft hinter ihm drein, ich brauch dich jetzt nicht mehr, sagt Melzer leise zum Lehrling, und er geht durch die Werkstatt, unter den Blicken der anderen wie bei einem Spießrutenlauf, jetzt ist es aus, denkt er, jetzt ist es endgültig aus, ganz allein steht er da, keiner hat ihm geholfen, und er geht ohne sich umzuschauen, nach hinten, um sich das Holz für den Blumentisch zusammenzusuchen.

Wennst einmal so lang wo bist, sagt Melzer, dann gehst nicht so leicht, da überlegst es dir hundertmal, weil du dir einbildest, irgendwie gehörst du da dazu, und du kannst dir garnicht vorstellen, daß alles wirklich ohne dich weiterrennen kann, daß statt dir einer kommt und stellt sich hin, wo du gestanden bist, und macht, was du gemacht hast, und du gehst keinem ab, das willst einfach nicht glauben, und dabei hast du ja schon ganz genau gesehen, was du wert bist, wenn dir der Alte mit der Kündigung gedroht hat, dann siehst, daß du dem einen Dreck wert bist, auch wenn du noch so viele Jahre dort warst und geglaubt hast, du bist für ihn vielleicht doch schon ein bissel mehr als nur der Arbeiter, den er eingestellt hat und den er jederzeit ohne Zucken wieder hinauslehnt, vielleicht doch schon ein bissel mehr als die zwei Händ, die er gekauft hat, schließlich bist ja ein Mensch auch, aber ist ja alles ein Blödsinn, weil wie soll denn der in dir einen Menschen sehen, wenn er auf deine Arbeit schauen muß, vielleicht ein bissel freundlicher ist er zu dir, wennst schon lang dort bist, aber nur solang du spurst, weil sonst ist Schluß, da kannst dein Kappl nehmen und dich über die Häuser hauen, der Witz ist ja nur der, daß du es selber wer weiß wie oft gesehen hast, daß einer geflogen ist, aber nein, du bildest dir ein, dir kann nichts passieren, du stehst ja ganz anders zum Chef, du wirst eine Ausnahme sein, und drum stehst dann so blöd da, wenn er dir sagt, daß er auf dich scheißen kann, und wenn er es gleich nicht ganz so ernst meint, sondern dir nur den Herrn zeigen will, damit du nicht übermütig wirst, und wenn du drauf sagen würdest, okay, Herr Chef, dann also Habediehre, und er würd wieder zurückziehen, dann tätst trotzdem sehen, was los ist und was du bist und was der Herr Chef ist, weil bei der nächsten Gelegenheit, wenn nicht so viel zu tun ist, wenn er dich nicht grad so dringend braucht, als daß er einen Rückzieher machen muß, bei der nächsten Gelegenheit bist draußen, und so leicht kannst ja auch nicht sagen, ist in Ordnung, ich geh, war mir ein Volksfest mit Laternen, weil du ja nicht weißt, ob er es jetzt ganz ernst gemeint hat oder nicht, kannst ja nicht wissen, woher denn? kann doch auch grad einer bei ihm gewesen sein und ihn gefragt haben, ob er ihn nicht brauchen kann, weil dann stehst nämlich da mit dem gewaschenen Gesicht, wie das Kind vorm Dreck, und wo gehst hin? so leicht ist es ja wieder auch nicht, und wenn du keine Zeit hast, damit du dich ordentlich umschaust, weilst ja gleich was verdienen mußt, dann kannst die erstbeste Hacken nehmen, und wenn du eine Familie hast, bist ja angehängt auch, da kannst nicht weißgott wo hin, weil dir sonst die Alte spinnert wird und murrt, wozu sie eigentlich verheiratet ist, wenn du nur am Wochenende heimkommst oder vielleicht noch seltener, und bringst ihr nur einen Haufen Dreckwäsche mit und frißt dich an, machst ein Streiferl und bist wieder weg, ich hätt ja nichts dagegen gehabt, sagt er, vielleicht nach Wien, weil da hast ein bissel mehr Auswahl als bei uns, wo sie sich hinter dir schon anstellen, wo sich die Unternehmer noch aussuchen können, ob sie lieber einen mit einem runden Gesicht nehmen oder einem langen, aber damit hätt ich der Maria garnicht kommen brauchen, da hab ich schon vorher gewußt, was sie für eine Leier herunterlassen würd, eh hat sie niemanden, kennt sie niemanden, keine Verwandtschaft hat sie, und wenn du nicht bist, hat sie überhaupt keine Ansprache, und so ideal ist es ja eigentlich auch nicht, wennst wo auf Untermiete wohnen mußt oder in Arbeiterbaracken, und daheim hast es ja doch schöner, auch wennst in einem Loch wohnst. Man würd eben, sagt er, ein bissel mehr Courage brauchen, aber woher willst sie nehmen, wenn du hinten und vorne nichts hast. Da mußt halt die Goschen halten, wenn dir der Alte droht, auch wennst ihm am liebsten das Furniermesser in den Bauch rennen würdest, mußt dich umschauen und umhören, heimlich, damit er nichts erfährt, und erst wennst was hast, kannst aufgeigen, kannst ihm die Kündigung reiben, erst wennst am längeren Ast sitzt, dann kannst ihn jammern lassen, daß er dich braucht und daß du undankbar bist, solang, bis er dir rabiat wird, weil wenn er sieht, es nützt ihm nichts, geht er eh gleich in Saft, da ist es aus mit der Freundlichkeit, aber da kann es dir schon wurscht sein, blas mir den Hobel aus, kannst dir denken, hupf mir aufn Spulen, weilst ja die neue Hacken schon in der Taschen hast.

Er ist vor der Tür zum Zimmer des Personalchefs gestanden, der Herr Personalchef ist *draußen*, hatte ihm das Mädchen beim »Empfang« vor einer halben Stunde gesagt, und dann hatte sie einen Herrn Kramreiter über die Sprechanlage ausgerufen. Sie hatte Melzer einen sechsseitigen Fragebogen zum Ausfüllen gegeben, Melzer hatte sich gewundert, was die alles wissen wollten, bei einigen Fragen war er ein wenig ärgerlich geworden und hatte mit dem Hinschreiben der Antwort gezögert, was gehen denn die meine Familienverhältnisse an, hatte er gedacht und sogar kurz überlegt, ob er es nicht besser doch sein lassen soll und wieder geht, es war ihm vorgekommen, als müsse er da sein Innerstes nach außen kehren, denen hinschreiben, schwarz auf weiß, und die haben ihn dann in der Hand, er hatte zu dem Mädchen in ihrem Glasverschlag hingeschaut, wenn sie nicht dortgesessen wäre und den Ausgang bewacht hätte, wäre er vielleicht doch noch davongerannt, aber dann hätte er sich doch von dem auf jedem Blatt groß darübergedruckten Satz beruhigen lassen, daß alle Angaben streng vertraulich behandelt werden würden, und er hatte den Fragebogen zu Ende ausgefüllt und sich vor die Tür gestellt, die ihm das Mädchen genannt hatte. Er hat ziemlich lange warten müssen, hat ein paarmal überlegt, ob er das Mädchen nicht doch noch einmal daran erinnern soll, daß er da wartet, hat es aber nie soweit kommen lassen. Er hat seine Handflächen angeschaut, die mit glitzernden Schweißperlen bedeckt waren, die Schuhe werden ihm auch gleich übergehen vor Schweiß, hat er das Gefühl gehabt, er ist zwischen den mahagonygetäfelten Wänden gestanden und hat sich, ohne es zu merken, immer wieder dieselben Sätze vorgesagt, und dann ist der Personalchef gekommen, und Melzer hat einen ganz anderen Satz gesagt, einen viel kürzeren, als den er sich vorbereitet hatte, er hat gehört, daß Leute aufgenommen werden, hat er gesagt, und der Personalchef hat ihm den Fragebogen abgenommen und ist mit ihm in sein Zimmer gegangen, in ein sehr schönes Zimmer, ist es Melzer vorgekommen, eigentlich garkein Büro, und Melzer ist vor dem Tisch gestanden, bis der Personalchef, der sich gleich in den Fragebogen vertieft hat, eine Handbewegung auf den Sessel hin gemacht hat. Melzer hat sich niedergesetzt, auf die Kante des Sessels, der so einfach, so gewöhnlich war, daß er garnicht zur übrigen Einrichtung paßte, er hat die Hände zwischen den Knien ausgewunden, hat aus dem Gesichtsausdruck des Personalchefs erfahren wollen, wie sein Fall steht, und auf einmal hat der Personalchef aufgeschaut, private Gründe? hat er gesagt, was soll denn das heißen, warum wollens denn *wirklich* weg aus Ihrer Firma? Melzer hat nicht gleich gewußt, was er sagen soll, für diese Frage hatte er keine Antwort vorausbedacht, er kann ja nicht sagen, daß ihm der neue Werkmeister nicht paßt, das schaut ja gleich nach Auflehnung aus, und es ist ja auch nicht der Rahner allein, die ganzen Zustände beim Gabmann sind es, aber wie soll er denn das dem da erklären? was soll er denn da sagen? soll er ihm erklären, was er für Gefühle hat, wenn er in der Früh hingeht? das kann man ja garnicht sagen, was weiß denn der, wie das ist, wenn man vor den Kollegen auf einmal dasteht als einer, der sich zusammenscheißen lassen muß, der kuscht und nichts sagt? und soll er sagen, daß er nur mehr verdienen möchte? natürlich will er mehr verdienen, aber das kann er nicht sagen, das geht ihm nicht über die Lippen, und er weiß nicht einmal warum, aber so ist das einfach, wie wenn er in ein Geschäft geht und etwas verlangt und dann kostet es mehr, als er geglaubt hat, da traut er sich dann auch nie sagen, daß es ihm zu teuer ist, wie würden ihn denn die anschauen? hundertmal hat er sich schon gesagt, daß es keine Schande ist, aber was soll er machen, wenn er sich geniert, als einer dazustehen, der sich das nicht leisten kann? und für den da hinter seinem Schreibtisch ist er ja eigentlich auch nur einer, der soundsoviel kostet und soundsoviel, Hauptsache viel bringen soll. Weils keine Aufstiegsmöglichkeiten gibt, hat Melzer dann plötzlich herausgebracht und gleich gespürt, daß er rot wird, aber dem Personalchef ist das anscheinend ein guter, vernünftiger Grund gewesen, strebsame Leute kann er immer brauchen, hat er gesagt, und wenn Melzer sich anstrengt, kann er hier schon was werden. Soll das heißen, ich kann anfangen? hat Melzer gestottert, und der Personalchef hat genickt, probieren wirs halt einmal, hat er gesagt und ihm dann noch eine Menge Fragen gestellt, die Melzer sowieso schon im Fragebogen beantwortet hatte. Melzer ist ziemlich froh gewesen, daß er nicht danach fragen mußte, wieviel er verdienen *wird*, weil ihm der Personalchef von sich aus von einer Tabelle heruntergelesen hat, was er verdienen *kann*.

Er ist aus dem Bürogebäude hinausgegangen, in den hellen, klaren Herbsttag, und er hat das Gefühl gehabt, jetzt sind alle Probleme aus der Welt.

Später ist ihm eingefallen, daß der Personalchef ihm garnicht angeboten hatte, sich seinen neuen Arbeitsplatz anzusehen, als Facharbeiter ist er für die Montage aufgenommen, mehr hat er nicht gewußt, und er hat für einen Moment ein beklemmendes Gefühl gehabt, ohne zu wissen, warum. Aber mit der Vorstellung, daß er nach dem Mittagessen in die Firma fahren und dem

Gabmann kündigen wird, hat er es gleich wieder wegdrängen können. Irgendwie, hat er gedacht, fängt er jetzt ein ganz neues Leben an. Mehr Geld, mehr Leben, das war garkeine Frage. Bis zu dreißig Prozent mehr, hatte der Personalchef gesagt. Bei der nächsten Trafik ist er stehengeblieben und hat sich eine Schachtel Khedive gekauft, die fast dreimal so teuer wie seine Dreier waren. Er hat sich ins Auto gesetzt und gleich eine angezündet. Er hat den Rauch von sich geblasen und hat dabei ganz deutlich die Veränderung in seinem Leben gespürt.

Nach der Pause am Nachmittag hat Melzer angefangen, seine Hobelbank aufzuräumen. Er hätte es einem Lehrling anschaffen können, hat es aber lieber selber gemacht. Er wird eine Ordnung hinterlassen, wird dem Gabmann und dem Rahner keine Gelegenheit geben, eine Unordnung zum Anlaß für eine schlechte Nachrede zu nehmen. Jeder seiner Handgriffe, die er gemacht hat, ist ihm als etwas ganz Endgültiges vorgekommen. Am liebsten hätte er die Dinge angenagelt, die er in die Beilade der Hobelbank gelegt hat, damit sie ganz unverrückbar liegengeblieben wären. Er hat seinen Hobel in die Hand genommen und von allen Seiten angeschaut, *sein* Hobel, und bald würde ein anderer damit arbeiten, würde auch sagen: *mein* Hobel, und mit keinem anderen mehr hobeln wollen. Er hat seinen Hammer in der Hand gewogen und sich erinnert, daß ihm der Hammer, damals, als er beim Gabmann zu arbeiten angefangen hatte, viel zu schwer, zu unhandlich vorgekommen war, damals hätte er lieber einen leichteren Hammer gehabt, einen, wie er ihn vom Stollhuber her gewöhnt gewesen war, aber es war gerade kein kleinerer frei gewesen, und er hatte sich daran gewöhnt, so gewöhnt, daß ihm alle anderen Hämmer in der Werkstatt bald unmöglich leicht erschienen sind, er oft lieber durch die ganze Werkstatt gegangen ist und seinen Hammer geholt hat, ehe er einen anderen verwendet hätte. Er hat das Werkzeug in die Lade geordnet und sie zugeschoben, hat die leere, saubere Hobelbank angesehen und plötzlich das Gefühl gehabt, als habe er sich bis zu diesem Moment nur eingebildet, daß er weggehen wird und erst jetzt sei die Entscheidung gefallen, sei alles vorbei und er habe hier nichts mehr verloren. Die vergangenen paar Tage und auch noch heute in der Früh hatte er sich auf diese Stunde gefreut, und jetzt mußte er extra zum Rahner hinsehen, mußte er sich extra ein dick mit Geldscheinen vollgestopftes Lohnsäckchen aus der Fabrik vorstellen, um wieder ganz sicher zu sein, daß er doch froh ist, wenn er da verschwindet.

Er ist von einem zum anderen gegangen, hat überall ein paar Worte gesagt, naja, hat er gesagt, jetzt ist es gleich so weit bei mir, aber die meisten haben das nicht als das zur Kenntnis genommen, was es für Melzer war. Der Wielander hat gesagt, daß er auch gern an seiner Stelle wäre, und Melzer hat gegrinst, brauchst dich nur trauen, siehst eh, daß es geht, hat er gesagt und sich gleich ein wenig besser gefühlt. Er ist zum Jeschko hinübergegangen, hat ihm auf die Schulter geschlagen, na, hat er gesagt, wann kommst denn nach? Kannst gleich auf mich warten in der Fabrik, hat der Jeschko sauer gegrinst, ich komm sowieso bald. Einmal noch, hat er gedroht, wenn mir der Rahner blöd kommt, dann bin ich auch weg. Dann ist Melzer aufs Klo gegangen, hat sich auf die Muschel gesetzt und geraucht, er hat noch einmal die Sprüche gelesen und die Zeichnungen angeschaut, die an die Tür und die Wände gekritzelt worden waren. Das wird er nie vergessen, hat er gedacht, wenn er alles vergißt, aber an das Häusl wird er sich ewig erinnern. Er hat versucht, sich auszurechnen, wieviele Stunden insgesamt er ungefähr all die Jahre über da gehockt war und sich weggedacht hatte, in ein ganz anderes Leben hinein, in dem es keine Flucht aufs Klo geben würde, und dann ist er aufgestanden, hat seinen Namen an die Tür geschrieben und daneben die Zahlen, vom soundsovielten bis zum heutigen Tag, und ist Händewaschen gegangen. Er hat gewußt, daß man den Hahn nur bis zu einem bestimmten Punkt aufdrehen durfte, weil sonst plötzlich ein Wasserschwall herausschoß, gegen das Becken prallte und einem Hemd und Hose naßmachte, und es ist ihm plötzlich ganz komisch vorgekommen, daß er *noch immer* ganz selbstverständlich wußte, wie der Hahn zu behandeln war.

Er ist in den Garderoberaum gegangen, hat beim Öffnen des Spindes »*mein Spind*« gedacht, hat sich umgezogen und alles, was im Kasten war, in seine Tasche getan. Er hat einen Moment überlegt, ob er das Bild der nackten Frau an der Kastentür auch mitnehmen sollte, aber dann hat er den Reißnagel, den er schon herausgezogen hatte, wieder ins Holz gedrückt und die Frau seinem Nachfolger dagelassen.

Knapp vor fünf ist er zum Gabmann hinauf. Er hat im Büro seine Papiere in Empfang genommen und irgendwas unterschrieben, dann hat er an die Tür des Chefzimmers geklopft, der Gabmann hat auf die Uhr geschaut, na, könnens es nicht erwarten? hat er gesagt. Melzer hat das Geld eingesteckt, das ihm der Gabmann hingezählt hat, und hat auf einem Zettel bestätigt, daß er alles bekommen und keine Ansprüche mehr zu stellen hat. Er ist dagestanden und hat gewartet, daß der Gabmann noch irgendwas zum Abschied sagt, aber der Gabmann hat in den Papieren vor sich auf dem Tisch gekramt und getan, als habe sich Melzer nach der Unterschrift gleich in Luft aufgelöst. Plötzlich hat er aufgeschaut, ist *noch* irgendwas, hat er gefragt. Nein, hat Melzer den Kopf geschüttelt. Also dann Wiederschaun, hat der Gabmann gesagt, und Melzer ist hinausgegangen. Gebts dem Alten Galletropfen, hat er zu den beiden Mädchen gesagt, sonst kriegt er noch einen Anfall vor lauter Wut. Er hat noch ein paar Worte mit ihnen geredet, aber aus Angst, der Gabmann könnte herausgesprungen kommen und ihm sagen, Melzer solle ihm seine Leute nicht bei der Arbeit aufhalten, hat er sich plötzlich verabschiedet und ist die Treppe hinuntergegangen. Er ist vor der Glastür stehengeblieben und hat hineingeschaut. Drinnen ist einer nach dem anderen zum Waschbecken gegangen, und die Lehrlinge haben auszukehren begonnen. Er hat gesehen, daß der Jeschko über irgendetwas gelacht hat. Die haben ihn schon vergessen, bevor er noch ganz weg ist, hat er denken müssen, und er hat die Türklinke losgelassen und sich schnell weggedreht.

Er ist im Auto gesessen, hat auf das Haus hingesehen und nicht gewußt, soll er sich jetzt freuen oder nicht. Fast zehn Jahre seines Lebens hat er da verbracht, ein ganzes Drittel seines Lebens, und jetzt geht er weg, und es geht ihn alles nichts mehr an, da drinnen hat er gearbeitet, hat er sein Leben gelassen, und jetzt steht er draußen, und es hat mit ihm garnichts mehr zu tun; wie er angefangen hat, ist »Möbeltischlerei Gabmann« draufgestanden, und jetzt steht es noch immer drauf, da kommt kein Melzer vor, nirgends kommt da ein Melzer vor, keine Spur von seinem Leben gibt es da, als ob er garnicht gewesen wäre, als ob er sich sich selber nur eingebildet hätte. Er ist aus dem Hof gefahren, und es hat ihn plötzlich gefreut, daß er wenigstens seinen Namen an die Klotür geschrieben hatte.

Er hat seine Jacke auf den Kleiderbügel gehängt, den ihm irgendein Vorgänger im Spind hinterlassen hatte, hat unter denen, die neben ihn, um ihn herum, die Kleider wechselten, ein bekanntes Gesicht gesucht, vom Sehen hat er ein paar gekannt, aber keinen so gut, daß er ihn hätte begrüßen können. Keinem schien aufzufallen, daß Melzer ein Neuer war, keiner hat sich um ihn gekümmert, keiner hat ihn angeschaut, wie Melzer gemeint hatte, daß er als Neuer angegafft werden würde. Alle sind damit beschäftigt gewesen, aus einer Hose heraus und in eine andere hineinzufahren. Der Betriebsrat, der ihn in Empfang genommen hatte, nachdem Melzer sich beim Betriebsleiter melden gewesen war, hat ihm wortlos beim Umziehen zugeschaut. Beim Gabmann, hat Melzer gedacht, wäre das anders gewesen. Da hätte man gleich getestet, ob er einen guten Spruch hat oder ob er einer ist, der folgenlos gepflanzt werden kann. Die meisten schienen *Auswärtige* zu sein, die jeden Morgen von einem Firmenbus in den Nestern der Umgebung zusammengesammelt und am Abend wieder verteilt wurden. Zumindest, hat Melzer festgestellt, haben ein paar einen ordentlichen Furchenscheißerslang. Beim Gabmann wären die gewaltig auf die Schaufel genommen worden. Der Jeschko hatte den Klein, der auch aus so einem Bauernnest gewesen war, beispielsweise so lange Kuhpuderer genannt, bis der Klein ihm eine Latte über den Schädel geschlagen hatte, und in der daraus entstehenden Rauferei ganz leicht Sieger geblieben war.

Melzer ist ausnahmsweise schon ganz wach gewesen, weil er schon um fünf munter geworden war und aus Angst, der Wekker werde nicht zeitgerecht läuten, obwohl er doch bisher zuverlässig geläutet hatte, nicht mehr hatte einschlafen können. Der erste Tag, hat er gesagt, das ist die Visitenkarte, wenn da nicht alles hinhaut, dann bist gleich unten durch, das läßt sich nie wieder ganz ausbügeln. Den ersten Tag beim Stollhuber hatte er ja auch nie mehr ganz ausbügeln können: da war er an der Hobelbank gestanden und hätte lernen sollen, wie man ein Hobelmesser schleift, aber ihm war so schlecht gewesen, daß er ständig gemeint hatte, jetzt und jetzt fällt er um, so schwarz war ihm zeitweise vor den Augen geworden, und immer wieder hatte es ihn gewürgt, hatte er aufs Klo hinausrennen müssen, hatte er sich beim Stehen an der Bank anhalten müssen, und da hatte er auch das Messer nicht richtig schleifen können, hatte es immer nur noch stumpfer gemacht, und der Stollhuber hatte gebrüllt, so einen, hatte er geschrien, der sich so blöd anstellt, hat er überhaupt noch nicht gehabt, und die beiden Gesellen hatten die ganze Zeit gegrinst, weil sie genau wußten, was mit ihm los war; ihnen hatte er ja seinen Zustand zu verdanken gehabt, beim Parkfest im Schloßpark am frühen Abend tags zuvor war er ihnen über den Weg gelaufen, und sie hatten ihn eingeladen, er muß zeigen, hatten sie immer wieder gesagt, ob er überhaupt für einen Tischler taugt, und sie hatten ihm den Abend lang ein Bier nach dem anderen gezahlt und zum Schluß noch einen Schnaps, Melzer hatte überhaupt nicht gewußt, wie er nach Hause gekommen war, die Mutter hatte ihn ausziehen und ins Bett legen müssen, und am nächsten Morgen, am nächsten Tag, war ihm dann eben zum Sterben schlecht gewesen, und der Stollhuber hatte den Eindruck, den er an diesem ersten Tag machte, eigentlich nie wieder ganz korrigiert. Melzer hat das Vorhangschloß einschnappen lassen und ist hinter dem Betriebsrat in die Halle hinausgegangen. Es hat überhaupt nicht nach Tischlerei gerochen, irgendein süßlicher, ihm unbekannter Geruch ist in der Halle gewesen, und Melzer hat fragen wollen, woher der Geruch kommt, aber der Betriebsrat hat ein Gesicht gemacht, als wolle er auf keinen Fall angeredet werden. Der an die Hallendecke geklebte Glaskobel, in dem der Herr Winter, der Abteilungsleiter, hätte sein sollen, ist leer gewesen, wartst eben da, bis er kommt, hat der Betriebsrat gesagt und ist verschwunden. Melzer hat in die Halle hinuntergeschaut, die man von hier fast zur Gänze überblicken konnte, er hat Menschen herumrennen gesehen, keiner schien langsam gehen zu können, und dann hat das Telefon am Tisch zu läuten angefangen, und Melzer ist einen Schritt darauf zugegangen, hat sich aber nicht abheben getraut, das Telefon hat ununterbrochen ganz schrill geläutet, und Melzer ist immer unruhiger geworden, und gerade als das Telefon aufgehört hat, ist der Abteilungsleiter die Stufen heraufgerannt gekommen. Was hebens denn nicht ab, wenns schon dastehen, hat ihn der Herr Winter gefragt und verständnislos den Kopf geschüttelt. Melzer hat den Kopf eingezogen, was wollens denn überhaupt da, hat der Winter gefragt, und Melzer hat schnell gesagt, daß er der Neue ist. Aha, hat der Winter gesagt und ihn von oben bis unten angeschaut, und dann hat eine hohe, pfeifende Sirene aufgeheult, und der Winter ist nach vor zum Fenster gegangen und hat eine Weile mit zusammengekniffenen Brauen in die Halle hinuntergeschaut, und auf einmal hat Melzer gemerkt, zuerst hatte er sich nur gewundert, warum der Glaskobel oben an die Decke gebaut worden war: ein Ausguck war das, ein Wachturm, der denen dort unten im Nacken saß, der auch ihm bald im Nacken sitzen würde. Melzer hat die Fingernägel in die Handflächen gedrückt, um nicht herauszulachen, laut herauszubrüllen und garnicht mehr aufzuhören, so hilflos, so betrogen und hilflos kam er sich auf einmal vor. Er hat sich geräuspert, und der Abteilungsleiter hat sich umgedreht, mein Gott, hat Melzer gedacht, und vor dem Rahner bin ich davon.

Er ist hinter dem Abteilungsleiter die Treppe hinunter, ist zwischen den Tischen, an denen Frauen gearbeitet haben, hinter ihm dreingelaufen, ist in die Arbeit am Fließband eingeteilt worden, in ununterbrochener Reihe sind Schrankkorpusse, auf Wagen fahrend, die von einer in den Boden eingelassenen Kette gezogen wurden, auf ihn zu, an ihm vorbei gewandert, zehn Minuten hat er zuschauen dürfen, in zehn Minuten hat ihm ein Vorarbeiter in einem grauen Mantel *alles* erklärt, dann hat er schon eine Tür in den Händen gehabt und hat sich auf einen Schrank stürzen müssen, hat im Mitgehen, Mitstolpern, Auf-einem-Bein-Hüpfen (das zweite Bein hat er zum Hochhalten der Tür gebraucht, damit er sie anschlagen konnte), die Tür, dann noch eine Tür, die großen und kleinen Türen und Klappen, die auf Wagen neben dem Band bereit standen, anschrauben müssen, ist zurückgerannt und hat sich auf den nächsten Schrank gestürzt, auf den sich noch keiner der drei, die dasselbe wie er machten, gestürzt hatte, nach ein paar Minuten ist ihm das Hemd am Rücken geklebt, gleich beim ersten Schrank, an dem er gearbeitet hat, hat er viel zu lange gebraucht, und sein Schrank wäre noch unfertig auf den Kontrollor zugefahren, er hätte am liebsten geheult vor Wut, was hatte denn das mit Tischlerei zu tun, Akrobatik war das, ein Wettlauf gegen die Geschwindigkeit des Bandes mit den unmöglichsten Verrenkungen, jemand hat ihm gezeigt, wie man den Wagen auskuppeln kann, aber eigentlich ist es verboten, ist ihm gesagt worden, nur bei ihm wird man noch eine Ausnahme machen, aber er wirds schon lernen. Bei jedem Schrank, den er angesprungen ist, hat er sich geschworen, das ist der letzte, dann haut er denen alles hin, immer wieder hat er sich das gesagt und ist doch immer wieder auf einen neuen Schrank hinauf, immer wieder, bis dann ganz überraschend das Band plötzlich stillgestanden ist und die Arbeiter um ihn herum in den Garderoberaum zum Essen oder ins Klo zum Rauchen gerannt sind. Er ist im dick eingenebelten Vorraum des Klos auf einer umgestürzten Leimtonne gesessen, dicht neben irgendwelchen Menschen, die ihm ganz gleichgültig waren, deren Reden er kaum gehört hat, er schafft das nicht, bis zum Mittag schafft er das nicht mehr, hat er ständig denken müssen, aus irgendeinem Grund ist plötzlich Gelächter ausgebrochen, und er hat aufgeschaut und hat sich nicht vorstellen können, daß hier noch irgendwer lachen konnte, und dann war die Zigarette zu Ende, und er ist hinter den anderen wieder in die Halle hinausgestolpert, und das Band hat zu laufen begonnen, und bald haben ihm die Hände vor Anstrengung wieder so gezittert, daß er die Schrauben kaum in die Scharnierlöcher hineinbrachte, daß er den Schlitz der Schrauben immer wieder verfehlt hat, und dann hat ihn auf einmal der Vorarbeiter angeschrien, ob er verrückt ist, daß er eine Nußtür an einen Palisanderkorpus anschraubt, rundum ist gelacht und gefragt worden, wo er denn in die Lehre gegangen sei, Melzer hat die Zähne zusammengebissen, wenn er sich nicht auskennt, soll er fragen, ehe er einen Blödsinn macht, hat ihm der Vorarbeiter gesagt und ihm noch einmal mit ein paar Sätzen *alles* erklärt: auf den Türen steht eine Nummer und auf den Schrankkorpussen steht eine Nummer und gleiche Nummern gehören eben zusammen. Aber die Nummern kann man ja fast nie lesen, hat Melzer gesagt, und der Vorarbeiter hat eine wegwerfende Handbewegung gemacht, er kanns auch lesen, hat er gesagt, und wenn Melzer nicht in die Baumschule gegangen ist, muß ers auch können. Melzer hat sich auf den nächsten Schrank gestürzt, hat sich viele Schränke lang vorgestellt, was er dem Vorarbeiter für eine Antwort hätte geben sollen, und dann ist ihm der Gerstl eingefallen, der ihm doch eingeredet hatte, in die Fabrik zu kommen, den Gerstl wenn ich erwisch, hat Melzer gedacht, wenn ich den erwisch, weil der ist an allem schuld.

Zwischen den langen Reihen der dicht nebeneinander und hintereinander stehenden Schränke, die den Tag über hergestellt worden waren, ist er wie durch ein Labyrinth auf den Ausgang der Halle zugegangen. Irgendwo, hat er gedacht, müssen auch die Kästen stehen, an denen ich die Türen montiert hab. Aber alle kamen ihm ganz fremd vor, schienen, wie sie da fertig und zum Abtransport bereitstanden, plötzlich ganz anders auszusehen als die, die das Band entlanggelaufen waren, die er hatte bearbeiten, in die er sich hatte hineinarbeiten müssen. Etliche von diesen Schränken hatte er doch angeflucht und in Gedanken angespuckt, und jetzt sahen sie auf einmal aus, als ob sie schon so, wie sie da standen, auf die Welt gekommen wären, als hätten sich daran nicht weißgott wieviele Arbeiterhände geschunden. Er hat sich gewundert, daß ihm jetzt auf einmal einige Schrankarten gefielen, zwischen denen er da durchging, und den Tag über hatte ihm kein einziger Kasten gefallen, da hatte er garnicht daran gedacht, daß das, was er da unter den Händen hatte, noch einen anderen *Sinn* haben könnte als den, ihn zu zwingen, sich draufzustürzen, da war ihm nicht eingefallen, daß diese Klötze, die ihn da das Band entlang mit sich rissen, auch noch schön sein könnten, daß sie jemand ins Wohnzimmer stellen und Dinge hineintun könnte. Er ist stehengeblieben und hat einen Schrank genau angesehen, hat mit der Hand über eine im Licht seidig glänzende Tür gestrichen, er hat den Schrank ein wenig vom dahinterstehenden weggerückt, um nachzusehen, ob seine Nummer an der Rückwand stünde, die er wie alle anderen Arbeiter nach Beendigung seines Arbeitsganges dorthin schreiben mußte. Aber der Schrank hatte von einem anderen Arbeiter Türen montiert bekommen, Melzer hat sich weggedreht, ist ja eh ganz wurscht, hat er gedacht, jetzt gehen mich die Kästen ja eh nichts mehr an. Er hat sich beim Fabrikstor vor der Stechuhr angestellt, hat seine Karte gestempelt und ist nach Hause gefahren.

In der Küche riecht es nach Abwaschwasser und altem Fett, aber es ist sauber aufgeräumt. Maria hat Karin auf dem Wohnzimmertisch liegen und ist dabei, sie umzuwickeln. Ah, du bist schon da, sagt sie und schmiert Karins Hinterteil dick mit Creme ein. Melzer steigt zwischen Küche und Wohnzimmer aus den Schuhen, läßt sie stehen, wo er sie abgestreift hat und wirft die Tasche daneben. Er läßt sich in einen Sessel fallen und streckt aufseufzend die Beine von sich. Und, fragt Maria und schaut kurz zu ihm hin, wie schauts aus? Siehst eh, sagt Melzer, hundsmüde bin ich. Maria richtet sich aus ihrer gebeugten Haltung auf und greift sich mit einer Hand ans Kreuz, mir reichts heute auch schon, sagt sie und beugt sich wieder über das Kind, schlägt die Windeln ein, knöpft die Windelhose zu, redet, während ihre Hände ununterbrochen beschäftigt sind, auf das Kind hinunter, was sie heute den ganzen Tag gearbeitet hat, Handwäsche gewaschen, in den Supermarkt einkaufen gegangen, Marina im Kindergarten anmelden gewesen, gekocht, abgewaschen, Windeln gebügelt, während die Kinder geschlafen haben, dann mit ihnen spazieren gewesen, eine Ordnung in Marinas Spielzeugkiste gebracht, Melzer verdreht gelangweilt die Augen, jaja, sagt er ärgerlich, ich weiß ja eh, daß du dich abreißt. Maria knöpft Karin fertig zu, stellt sie ins Gitterbett, und wie ist die neue Firma, fragt sie. Melzer stößt die Luft durch die Nase, geschissen, sagt er, da kann man nur sagen: geschissen, und er schiebt mit einer ärgerlichen Handbewegung Marina zur Seite, die auf seine Knie klettern will. Hörst nicht, Marina, der Papa ist heute müd, sagt Maria. Melzer zündet sich eine Zigarette an, macht eine Handbewegung, um das Streichholz auszulöschen, aber es bleibt brennen, und er hält es Marina zum Ausblasen hin, eine Schinderei ist es, sagt er, eine richtige Leuteschinderei, und er fängt langsam zu erzählen an, versucht Sätze zu finden, die auf das passen, was in der Fabrik gewesen ist, wenn ich das gewußt hätt, sagt er immer wieder, und Maria räumt unterdessen den Tisch ab, trägt die nasse Windel weg, gibt Karin immer wieder die Gummipuppe ins Gitterbett, die Karin immer gleich wieder herauswirft und nach der sie dann schreit, und Melzer redet über den Ausguck des Abteilungsleiters und über die Geschwindigkeit des Fließbandes, die den Ausguck fast unnötig macht, weil die Leute vom Fließband ohnedies zu pausenloser Arbeit gezwungen werden, aber es war ja deine Idee, sagt Maria auf einmal, mitten in einen Satz hinein, weil sie hat doch eh gemeint, daß er beim Gabmann bleiben soll. Melzer starrt sie an, fährt auf, meine Idee, meine Idee, was heißt meine Idee? schreit er, und wer lebt davon, daß ich mich abreiß, na wer? sag schon, wer? schreit er. Maria schraubt ruhig die Cremeschachtel zu, wieviel verdienst denn jetzt eigentlich mehr, fragt sie. Kann ich ja jetzt noch nicht wissen, sagt Melzer, ich krieg ja erst in drei Wochen Akkord gezahlt, bis zu dreißig Prozent mehr, sagt er, wenn ich die Prämie überhaupt erreich. Maria schaut ihn überrascht an, wennst sie erreichst? sagt sie, ist das nicht sicher? Wenn ich schnell genug bin schon, sagt Melzer. Na und bist schnell genug? fragt Maria, und Melzer schüttelt ärgerlich den Kopf, weiß ich? sagt er, aber die anderen sagen, man kanns erreichen. Maria nickt und geht in die Küche, trägt ihm sein Nachtmahl herein, Bier, Brot und Wurst, wie üblich, na dann ist ja eigentlich eh alles in Ordnung, sagt Maria. Melzer schiebt die ersten Bissen in den Mund, starrt vor sich hin, naja eh, sagt er, eigentlich eh.

Er hat noch nie irgendwo gearbeitet, wo es auch Frauen gegeben hatte. Am ersten Tag in der Fabrik hat er gedacht, bei so einer großen Auswahl wird sich bald einmal was ergeben. Das würde sich garnicht verhindern lassen, hat er gemeint, daß er mit einer ins Reden *undsoweiter* kommt. Aber wenn er dann in den nächsten Tagen, in der nächsten Zeit von der Arbeit aufgeschaut und zwischen den Schränken am Fließband zu den Tischen hingeschaut hat, an denen die Frauen die mit Polyester beschichteten Türen mit der Polierscheibe bearbeiteten, ist ihm der Gedanke, mit einer von denen ins Bett zu gehen, ganz absurd vorgekommen. Als obs nur Hände hätten und kein Loch, hat er gedacht. Erst wenn sie nach Arbeitsschluß schon umgezogen aus der Frauengarderobe kamen, hat er sich wieder vorstellen können, daß er mit irgendeiner von ihnen doch einmal etwas zu tun bekommt.

Mit jedem Tag wirds besser, hat Melzer gesagt. Sein Widerstand gegen die ungewohnte Arbeit in der Fabrik, seine anfängliche Unzufriedenheit, ist ihm bald vorgekommen wie eine Krankheit, von der er sicher nach und nach genesen würde. Weil sich die Zustände in der Fabrik bei seinem Anblick nicht geändert haben, weil das Band nicht langsamer gelaufen und der Glaskobel des Abteilungsleiters nicht von der Decke gefallen und am Boden zerschellt ist, hat eben er sich ändern müssen, hat er seine Gewohnheiten geändert, seine Ansicht über die Bandgeschwindigkeit, hat eben er sich den Zuständen angepaßt. Etwas anderes ist ihm ja auch nicht übriggeblieben. Zurück zum Gabmann konnte und wollte er nicht. Und was es sonst im Ort und der Umgebung an Arbeitsmöglichkeiten für ihn gab, waren kleine Tischler in der Preislage des Stollhuber: mehr oder weniger knapp vor dem Eingehen. Außerdem hat er sich eingeredet, je schneller er drin ist, umso schneller steht er drüber. (Was er mit Drüberstehen gemeint hat, ist ihm selbst nicht ganz klar gewesen.)

Er hat schnell gelernt, was er hat lernen müssen und was er in keiner Lehrzeit hat lernen können: so schnell zu sein wie das Band und bald schneller, und so schnell zu sein wie die anderen drei Arbeiter, zu deren Partie er gehörte, und bald womöglich schneller, damit er am Abend von den vorbeigefahrenen Schränken mehr bearbeitet hat als die anderen, damit er auch nur annähernd das verdient hat, was ihm der Gerstl und der Personalchef erzählt hatten, daß er verdienen kann. Er hat gelernt, die verschiedenen Schranktypen auf einen Blick zu erkennen, damit er nicht erst lang an der Rückwand nach der meist kaum leserlichen Nummer suchen mußte, die dort aufgestempelt war, sondern ohne Aufenthalt und Zeitverlust die dazupassende Tür aus dem Wagen reißen und an den Schrank werfen konnte. Er hat gelernt, wie man arbeiten muß, wenn einer mit der Stoppuhr in die Nähe kommt, hat gelernt, nicht zu viel zu machen, auch wenn es gegangen wäre, damit die Akkordprämie nicht über dreißig Prozent stieg und die Vorgabezeiten gekürzt worden wären. Er hat gelernt, wie man es so gut wie möglich vermeidet, an bestimmten Schrankarten, bei denen trotz angestrengtester Arbeit kaum eine Prämie herauszuholen war, zu arbeiten, wie man sich davor drückt, indem man plötzlich, ein paar Schränke zuvor, ein klein wenig langsamer arbeitete, damit ein anderer, der übersehen hat, was da für ein Schrank daherkam, sich draufstürzen mußte. (Alles andere, wofür er drei Lehrjahre hatte mitmachen, wofür er drei Jahre Letzter-Dreck-Sein auf sich genommen hatte, hat er vergessen können.)

Schon nach ein paar Tagen ist ihm die Fabrik, sind ihm die Menschen in der Fabrik nicht mehr so fremd gewesen; er hat sich beim Mittagessen in der Kantine zu immer denselben Leuten an den Tisch gesetzt, hat beim Rauchen am Klo meist mit denselben Leuten geredet; er hat jeden Tag dasselbe gemacht, und die Arbeit und alles rundum ist ihm bald ganz alltäglich geworden, und mit dem Alltäglichwerden ist die Gewöhnung an die Dinge und Zustände, die ihn zuerst gestört hatten, ganz von allein gekommen, er hat garnichts dazutun müssen, daß ihm bald alles, die Arbeit, das Fließband, die Bandgeschwindigkeit, die Vorarbeiter, der Ton der Vorarbeiter, der Ausguck des Abteilungsleiters ganz selbstverständlich gewesen sind. Am Morgen schien das Auto schon wieder ganz von selbst in die richtige Richtung, in die Fabrik, zu fahren.

Und je mehr er sich an alles gewöhnt hat, umso mehr hat er das Gefühl gehabt, daß sich eigentlich in seinem Leben nichts geändert hatte. Es ist alles weitergegangen wie vorher, die Tage, die Wochen, die Abende zu Hause und der Freitag, wenn er wegging, das Wochenende: wie wenn die Nadel auf einer Schallplatte hängengeblieben ist und nur noch ständig dieselbe Rille herunterleiert.

Der Kowanda, einer von Melzers Nebenmännern am Band, hat auf einmal in der Jausenpause einen Prospekt herumgezeigt. Er fährt dort hin, hat er gesagt. Da sind die Mädchen nur so herumgelegen, am Strand, Körper neben Körper, sind sie auf Barhockern gesessen und eine, mit langem, wehendem Haar, vor der untergehenden Sonne auf einem Felsen, gegen den das Meer gebrandet ist. Man muß sich auch einmal was vergönnen, man hat ja sonst eh nichts vom Leben, hat der Kowanda gesagt. Eine

Woche Vollpension samt Hin- und Rückfahrt würde nicht einmal ganz drei Wochenlöhne kosten.

Melzer hatte sich das Auf-Urlaub-Fahren immer wie einen der Kulturfilme vorgestellt, die als Vorprogramm im Kino liefen und bei denen er froh gewesen war, wenn sie endlich aus waren und der Hauptfilm anfing. Sein Urlaub war immer für Arbeit und für die Fahrten nach Wien ins Krankenhaus mit Maria draufgegangen, er hatte ihn tageweise verbraucht (verplempert, hat er nachher immer gesagt), oder er hatte das Geld gebraucht und hatte sich den Rest auszahlen lassen. Urlaub, das bedeutet für ihn: nicht in der Bude arbeiten zu müssen, das war längst nicht gleichbedeutend mit Wegfahren, hieß einfach, für sich zu arbeiten, oder wenn schon für jemand anderen, dann wenigstens für die eigene Tasche und nicht für die des Chefs. Die im Ort auf Urlaub fuhren, hat er sich nicht zum Vorbild nehmen können: das waren keine Arbeiter. Und für die Angestellten, hat Melzer gesagt, ist es ja klar, die müssen auf Urlaub fahren, weils nicht pfuschen können und auch nicht wissen, was sie sonst machen sollen.

Er hat das farbig bedruckte Papier in den Händen herumgedreht, das wär einmal was anderes, hat er gedacht, und eigentlich wärs eh schon höchste Zeit, daß er aus dem Trott herauskommt. Das würde etwas sein, hat er gemeint, was man nicht sofort wieder vergißt, wenn es vorbei ist, wie der Nachmittag am Teich oder der Ausflug auf den Nebelstein, der sowieso Pflicht ist, wenn der Sonntag einmal schön und nichts zu pfuschen ist. Ich fahr auch, hat er gesagt, diesmal fahr ich auch. Er hat sich den Prospekt von Kowanda ausgeliehen und ihn Maria gezeigt. Maria war schon ein paarmal am Meer gewesen mit der Ziehmutter und Ingrid, der Ziehschwester, mein Gott, das wär was, hat sie gesagt. Sie ist ohnedies schon so lang nicht mehr hinausgekommen, und für den Hals wäre es sicher auch gut. Aber wie kommt er denn auf so einen Gedanken?, wo er doch bis jetzt immer gesagt hat, für solche Späße hat er keine Zeit und wenn man am Land ist, braucht man nicht weg, da ist man sowieso, wo die andern erst hinfahren. Man muß es sich auch einmal gutgehen lassen, hat Melzer gesagt, weil man lebt ja eh nur einmal.

Aber Karin ist noch zu klein, Marina eigentlich auch, sie müßten dagelassen werden, die Oma müßte sie nehmen, nimmt sie zwar sicher, aber wenn dann was ist? wo Karin doch erst eineinhalb ist, und dann ist man so weit weg.

Aber wenn man so denkt, kommt man überhaupt nie weg, und was soll denn schon sein?

Aber die Großmutter wird die Kinder verhätscheln, und wenn sie zurückkommen, hat Maria die Scherereien. Und eigentlich ist das Urlaubsgeld ja auch schon eingeteilt: Durchlauferhitzer und Dusche im Schrank, und außerdem braucht man viel mehr Geld als bloß das Geld fürs Reisebüro, trinken muß man auch was, und wenn er im Urlaub kein Bier hat, dann ist das garkein Urlaub, und das Bier soll dort sauteuer sein. Und wann soll er dann die Kasteln für die zweite Seite der Küche bauen? Das Geschirr kann ja nicht dauernd heraußen stehen, die Marina schleppt es ja ständig herum. Und man weiß ja nicht, wie es dort wirklich ist, im Prospekt kann bald was stehen. Und wenn die Marina wieder eine Bronchitis kriegt? so unmöglich ist das ja wieder nicht, und auch wenn die Oma die Kinder sicher gerne nimmt, denken wird sie sich doch, was Maria für eine Mutter ist, läßt solche Tschapperln allein, hängt sie der Oma an. Und wahrscheinlich wird ihm doch zu fad sein, wenn er den ganzen Tag nichts tun kann als herumliegen, und laut ist es dort sicher auch, und mehr als baden kann man ja dort eigentlich auch nicht, und das kann man am Teich auch. Man kann es sich auch zu Hause gutgehen lassen, nur kostets viel weniger, man kann Ausflüge machen, und wenn es regnet, ist es auch gescheiter, man ist daheim, wo man es gemütlich hat. Sie können ja, wenn es sehr schön ist und wenn er Zeit hat, schon in der Früh zum Teich gehen oder zum Stausee fahren, können zum Mittagessen in ein Wirtshaus gehen oder sich was mitnehmen und müssen nicht fressen, was man ihnen vorsetzt, und hier haben sie ihre Bekannten, und dort unten haben sie niemanden, und es ist schließlich doch ein Haufen Geld, überhaupt wenn mans nicht hat, und er hat Hubert doch versprochen, daß er ihm eine schöne Schaukel für die Kinder pfuscht, und das Balkongitter bei der Mutter müßte er auch schon reparieren, sonst lehnt sich noch jemand dagegen, der nicht Bescheid weiß, und bricht in den Garten hinunter. Naja, hat Melzer gesagt, eigentlich ist es ja eh nichts für unsereins, es war halt nur so eine Idee. Wenn die Kinder einmal größer sind, hat Maria gemeint.

Immer wieder hat Maria damit angefangen. Immer hat er gesagt, sie soll ihn damit in Ruhe lassen. Aber sein bestes Gegenargument, in der Firma ohnedies nichts werden zu können, hat er nicht mehr anbringen können. Die Vorarbeiter waren alle selbst einmal am Fließband gestanden. Und der Abteilungsleiter war nicht einmal gelernter Tischler, sondern war Briefträger gewesen, bevor er sich etwas hatte *zuschulden* kommen lassen (was, wußte keiner; *unterschlagen* wird er haben, war allgemeine Meinung), bevor er angeblich sogar *eingekastelt* gewesen ist, und dann in der Firma, die damals, ein paar Jahre nach dem Krieg, noch eine kleine Bude gewesen ist, eine *Chance bekommen*, sie *genützt* und sich hinauf*gearbeitet* hat. Wenn *so einer* was werden kann, hat Maria gemeint, dann muß doch er, der doch immer *anständig* gewesen ist, noch leichter was werden können. Wenn Melzer nichts mehr dagegen zu sagen wußte, hat er immer auf seinen Charakter gepocht, der sich gegen das Arschkriechen sträube. Ausrede, weil er zu faul ist, hat Maria gesagt, faule Ausrede. Wenn sie ihm sagen kann, wie er ohne Mastdarmakrobatik was wird, dann ja, hat er gemeint, aber so? Und dann hat ihm Maria an einem Wochenende die Fernsehbeilage der Zeitung hingelegt, deretwegen die Zeitung überhaupt gekauft wurde, und auf der letzten Seite ist eine Reklame mit der Überschrift »Wählen Sie Ihr Berufs- und Ausbildungsziel selbst« gewesen. Fernkurse, hat Maria gesagt und auf eines der Vierecke gedeutet, in denen die verschiedenen Kursarten mit unerklärlichen Symbolen versehen eingesperrt waren: Tischlermeister, hat Melzer gelesen. Das wär doch *die* Möglichkeit, hat Maria gesagt. Melzer hat die ganze Seite gründlich studiert, aber ihm ist nichts Rechtes dagegen eingefallen. Kostenlos und unverbindlich würde ein mehrteiliges Gratis-Bildungsangebot ins Haus kommen. Dazu noch ein Geheimgeschenk, wenn sein Geburtsdatum die Ziffern drei oder vier oder fünf enthalten sollte. In seinem kamen gleich alle drei Ziffern vor. Sollte er das als gutes Vorzeichen ansehen? Blödsinn, er ist doch nicht abergläubisch. Aber schlechtes Zeichen konnte es zumindest keines sein. Und einen, der die Meisterprüfung hat, hat Maria gemeint, lassen sie sicher nicht am Fließband stehen, weil da wärens ja schön blöd. Ja, aber wenn er sich vorstellt, einen grauen Vorarbeiter-Arbeitsmantel anziehen zu müssen, kriegt er gleich einen Juckreiz, da geniert er sich schon bei der Vorstellung allein, daß er heiße Ohren kriegt. Aber wer sagt denn, daß er so wie die anderen Vorarbeiter und Meister werden muß? Er könnte doch einer werden, bei dem die gewöhnlichen Arbeiter nicht zu reden aufhören, wenn er in die Nähe kommt. Das ist zumindest eine schöne Vorstellung. Da wäre er gleich zweimal was Besonderes. Und nicht einmal eine Briefmarke muß man auf den

Gutschein picken: Ausschneiden und unfrankiert in den Briefkasten werfen. Eine Woche später ist das Gratis-Bildungsangebot dagewesen. In einem vorgedruckten Brief mit vorgedruckter Unterschrift hat man ihn herzlich zu seinem Entschluß beglückwünscht, sein Schicksal in die Hände genommen zu haben. Den ersten Schritt zum Erfolg, hat es geheißen, hat er schon gemacht. Das Geheimgeschenk war ein Kugelschreiber mit dem Namen Pythagoras-Pen, an dessen Ende man drehen konnte, worauf in kleinen Fenstern am Schaft die Resultate des Einmaleins bis zehn mal zwanzig erschienen. Melzer hat Marina gleich anbrüllen müssen, daß das kein Spielzeug sei, weil Marina sich das offenbar eingebildet hat. Er hat neben dem Papier mit der Wurst beim Abendessen gleich im »Studienhandbuch« zu lesen begonnen, einer kleinen, dünnen Broschüre, in der angeblich ein Haufen Doktoren und Professoren ihre langjährige Erfahrung in der Erwachsenenbildung niedergelegt hat. »Der Weg in eine bessere Zukunft« ist der Titel gewesen. Der Erfolg, hat Melzer gelesen, liegt in den eigenen Händen. Er braucht nur zugreifen. Jeder ist seine Glückes Schmied (Matthias Claudius). Er gehört ja offenbar nicht zu jenen, die lieber zusehen, wie andere – fast mühelos – die Stufenleiter des Erfolgs hinaufsteigen, wie ihnen – scheinbar – die materiellen Glücksgüter in den Schoß fallen. Aber es gibt – leider – viel zu viele, die ihre Fähigkeiten verkümmern lassen, mit denen die Natur sie ausgestattet hat. Wie das kommt? Weil ihnen bis jetzt niemand gesagt hat, wie einfach es – im Grunde – ist, mehr aus sich zu machen. Ihm wird es jetzt gesagt. Vorliegendes Handbuch stellt einen zuverlässigen Wegweiser für alle dar, die vorwärtskommen wollen. Er wird staunen, wie wenig Zeitaufwand – im allgemeinen – dafür notwendig ist: eine Stunde pro Tag! Ja, er hat richtig gelesen, eine Stunde pro Tag. Wenn er glaubt, das sei eine Übertreibung, dann soll er – man hat seine Skepsis vorhergesehen – doch die kleine Auswahl aus den vielen, täglich einlangenden, begeisterten Dankschreiben lesen, die am Schluß des Handbuches zusammengestellt worden sind. Melzer hat sie gelesen, ein frischgebackener Tischlermeister ist zufällig auch dabei gewesen. Die Preisliste der einzelnen Kurse, die ihm beim Weiterlesen plötzlich in die Hände gefallen ist, hat seine zunehmend positiv werdende Einstellung, sich die Sache einmal gründlich zu überlegen, wieder etwas gedämpft: einhundertsechzig Schilling im Monat! Aber dann hat er sich, Maria hat die Fernschule kostenlos unterstützt, auseinandersetzen lassen, daß sie eine

Geldanlage ist, die sich – eine kleine Rechnung wird ihn überzeugen – in kürzester Zeit bezahlt macht: ein Kapital, das sichere Zinsen trägt. Melzer hat nicht gewußt, was für eine Rechnung er da machen muß, weil er nicht die geringste Ahnung hatte, was die Vorarbeiter und Meister verdienten. Er hat ohnedies keine Zeit mehr zum Rechnen gehabt, weil die Übertragung des Ländermatchs im Fernsehen schon begonnen hat. Aber vor dem Einschlafen haben sie noch lange über die Zukunft geredet, und am nächsten Tag, während der Arbeit, ist ihm die Sache immer vernünftiger vorgekommen, und er hat immer mehr das Gefühl gehabt, daß die Arbeit, die er tat, nur noch etwas Vorübergehendes war. Eine Stunde am Tag – und in zwei Jahren ist er am Ziel! Am Abend, als er die Probelektion durchgearbeitet hat, ist ihm garnicht mehr aufgefallen, daß er plötzlich ein Ziel hatte, von dem er am Vortag noch garnichts geahnt hat. Er hat die Schlußrechnungen und Bruchrechnungen gemacht, die angegeben waren, hat sich dabei vom Pythagoras-Kugelschreiber wie empfohlen helfen lassen, bis er draufgekommen ist, daß er das kleine Einmaleins sowieso noch auswendig kann, er hat den Begabungstest ausgefüllt (Bei Bestellung eines Fernlehrganges kostenlose Auswertung!), hat für die ganze Rechnerei, Schreiberei und Zeichnerei nur eine Stunde gebraucht, obwohl dabeigestanden ist, in zwei bis drei Stunden sei das zu schaffen. Daß er nicht länger gebraucht hat, hat ihn endgültig überzeugt, und er hat den schon ausgefüllten Bestellschein (Wir haben Ihnen die Mühe schon abgenommen!) unterschrieben und Maria angeschafft, ihn gleich am nächsten Morgen aufzugeben und die im voraus zu bezahlende Kursgebühr einzuzahlen. Wenn er in den nächsten Tagen nach Hause gekommen ist, hat er als erstes immer gleich gefragt, ob *es* schon gekommen ist. Er hat sich mit einem Eifer an das ziemlich umfangreiche Paket herangemacht, den Maria schon garnicht mehr an ihm kannte. Der Begabungstest hatte ja eindeutig ergeben (Herzlichen Glückwunsch!), daß er sich richtig einzuschätzen vermochte, weil die gewählte Kursart nämlich angeblich genau seinen Fähigkeiten, seiner natürlichen Begabung entsprach. Er hat sogar den Freitagabendherrenabend ausgelassen. In der Fabrik hat er manchmal ganz deutlich das Gefühl gehabt, man müsse ihm ansehen können, daß er jetzt bald die Meisterprüfung haben, daß er jetzt bald ein anderer sein wird. Er hätte gerne darüber geredet, aber die Angst, als Streber dazustehen und, wenn er die Meisterprüfung vielleicht doch nicht schaffen sollte, ständig deswegen gehänselt zu werden, hat ihn nur im Kopf reden lassen. Oft, wenn einer in einem grauen Arbeitsmantel vorbeigekommen ist, und er sich dachte, in zwei Jahren hat er auch einen an, sind ihm gleich die Gedanken so weit davongelaufen, haben ihn seine Hoffnungen und Wünsche so weit abgetragen, daß er ganz durcheinander war, wenn ihn plötzlich jemand anredete, wenn ihm bei der Arbeit etwas dazwischenkam, das sich nicht mit den üblichen automatischen Handgriffen erledigen ließ.

Aber sein Eifer hat sich nicht lange halten können. Nach zwei Wochen hat er sich schon zu den Lehrbriefen hinzwingen müssen. Buchhaltung, Staatsbürgerkunde, Arbeitsrecht, Gewerberecht hat er bald, weil das alles so sterbenslangweilig war, zu lernen hinauszuschieben angefangen, sind ihm mit dem Hinausschieben immer zuwiderer geworden, und bei der zweiten Lieferung hat er schon gesehen, daß die eine Stunde pro Tag ein Witz war: da hätte er nicht einmal ein Viertel des Pensums geschafft. Aber er muß ja nicht unbedingt in genau zwei Jahren fertig werden, hat er sich gesagt. Das Tempo bestimmen Sie selbst, war doch ohnedies im Studienhandbuch gestanden. Maria hat ihn auch schon nicht mehr so bereitwillig prüfen wollen, hat zu maulen angefangen, weil sie wegen seines Lernens den Fernseher immer erst aufdrehen durfte, wenn das Programm schon längst lief. Und dann sind die ersten Schwierigkeiten gekommen, er hat sich bei der Zeichnung eines Kegelschnittes nicht ausgekannt, hat niemanden fragen können, die briefliche Antwort des Skriptenunternehmens, an das er dann doch um Aufklärung geschrieben hat, ist erst nach ein paar Wochen gekommen, immer öfter hat er sich irgendwo nicht ausgekannt, hat er sich, weil er ohnedies müde von der Arbeit war, einfach nicht über die Skripten zwingen können. Mit der Lösung der Aufgaben des zweiten Skriptenpakets ist er schon über einen Monat in Verzug gewesen, und bald ist ihm jede sich bietende Ausrede, er will nicht schuld sein, wenn Maria wegen ihm im Fernsehen was versäumt, recht gewesen, die ihn von diesem Insichhinein-Fressen der Sätze, Zahlen befreite, von diesen Dingen, die mit dem, was er sonst tun mußte, nicht das geringste zu tun hatten. Immer seltener hat er sich über die Lehrbriefe gesetzt, hat sie bei der ersten auftauchenden Schwierigkeit ärgerlich wieder zurück ins Kastenfach geschmissen, und dann ist ihm Arbeit dazwischengekommen, die Tante Hermi hat ihn *angeredet,* ob er ihr nicht die Kredenz auf eine amerikanische

Küche umbauen kann, sie hat das wo gesehen, und das hat ihr so gut gefallen, und man will doch auch ein bissel modern sein, hat sie gesagt, und selbstverständlich muß er es nicht umsonst machen, sie wird sich dafür schon erkenntlich zeigen, und Melzer hat, Verwandtschaft, nicht nein sagen können, hat zwei Wochen jeden Abend bei der Tante herumgewerkt und nachher schon garkeine Lust mehr auf die Skripten gehabt. Er hat noch ein paarmal einen Anlauf genommen, aber die Sache ist, wie von selber, immer mehr eingeschlafen.

Die Lehrbriefe sind weiterhin jeden Monat gekommen. Er hat bloß ein wenig darin geblättert und sie dann weggelegt. Die nach wie vor jeden Monat fällig werdenden Zahlungen der Kursgebühr haben ihn noch lange an sein früheres Ziel erinnert. Das letzte Paket Skripten hat er nicht einmal mehr aufgemacht, sondern gleich so, wie es mit der Post gekommen ist, ins Fach getan. (Als ihm dieses Paket später, beim Umzug, wieder untergekommen ist, und er es ausgepackt hat, hat er auf dem beiliegenden Brief gelesen, daß er also jetzt knapp vor dem Ziel ist.)

Wenn er am Abend daheimgesessen ist, und der Fernseher ist nicht gelaufen, und Maria hat gestrickt oder gebügelt oder sonst an irgendetwas vor sich hingearbeitet, und ihre Gespräche sind langsam zwischen der Monotonie der Handgriffe Marias und seiner Müdigkeit ausgetrocknet, und es ist ganz still geworden, nur Marias Bewegungen, manchmal ihr Räuspern, und das leise Klicken der Stricknadeln oder das Geräusch des Bügeleisens, das über den Stoff glitt, und er hat die Gedanken laufen lassen wie am Fließband, dann hat er manchmal ganz plötzlich das Gefühl gehabt, daß das Leben am Stehenbleiben ist, und er müßte schnell irgendetwas machen, damit es weitergeht. Manchmal, wenn es ihn nicht zu viel Überwindung gekostet hat, sich anzuziehen, ist er dann noch schnell in ein Wirtshaus gegangen, aber meistens hat er nur den Fernseher aufgedreht, in der Hoffnung, daß das, was da herauskam und was ihnen zuerst zum Anschauen zu blöd gewesen war, mittlerweile sehenswert geworden sei.

Jedes Jahr gibt es ein Volksfest im Ort, am ersten Wochenende im August, Bierzelt, Autodrom, Schießbuden, Hendl- und Stelzenbratereien, beginnt Freitagabend, dauert bis Sonntagnacht, bis zum Brillant-Riesenfeuerwerk als offiziellem Ende, und dann säuft die Verzweiflung über das Ende weiter bis Mitternacht, auch wenn sich damit nichts mehr ändern läßt, der nächste Tag der Montag bleibt, ein Katermontag, an dem man nicht einmal in Krankenstand gehen kann, weil jeder weiß, daß man nur an der letzten Nacht leidet. Schon ein paar Tage zuvor, am Montag oder Dienstag, kommen die Waggons, Autos und Wohnwagen mit den Schaustellern und ihren zerlegbaren, von einem Volksfest zum nächsten gekarrten Lustbarkeiten, wird der Vergnügungspark auf der großen, unverbauten Wiese gegenüber dem Bahnhof aufgebaut, ist eine Woche Mittelpunkt des Ortes, das bunte Neonlicht, das Musikgewirr, der Flitter und die Stimmen der Ausrufer stehen eine Woche lang zur geordneten Anständigkeit, zur grauen Gewöhnlichkeit des Ortes in einem schreienden Kontrast, lassen, wenn sie wieder weg sind, den Ort noch trostloser, die ab acht Uhr abends mit dem Beginn des Fernsehens wie ausgestorbenen Straßen noch leerer erscheinen; jeden Abend, kaum daß er von der Arbeit nach Hause gekommen ist und sich umgezogen hat, ist Melzer früher dorthin gegangen, hat es ihn wie alle anderen Jugendlichen unwiderstehlich hingezogen, ist er am Rande des Autodroms gestanden, hat Ausschau nach Mädchen gehalten, ist ihnen zusammen mit Freunden nachgestiegen, mit ihnen Ringelspiel gefahren, hat auf Rosen geschossen und sich für ein paar Stunden in einer ganz anderen Welt fühlen können, in einer schöneren Welt, bei der es garkeine Rolle spielte, daß sie bloß aus Latten, grellbemalten Brettern und zuckendem Neonlicht bestand, die bei Tageslicht ihre schäbige Vergänglichkeit preisgab, die einfach schön war, weil sie ihn, wenn er drinnen war, gegen die sonst gültige Welt des Ortes scheinbar abschloß, gegen diese Welt, in der alles seinen genauen Platz hatte, auch er, die so tat, als sei sie für die Ewigkeit gebaut und würde immer so bleiben. Später ist er dann schon nur mehr zum Volksfest ab Freitagabend gegangen, hat ihn kein Autodrom mehr interessiert, er hat ja schon ein eigenes Auto gehabt, ist er nicht mehr stundenlang zwischen den Buden hinter Mädchen her von einem Schlagergeschrei ins nächste gerannt, mit der Zigarette im Mundwinkel und lässigem Schritt, weil er sich das Erwachsensein dann nicht mehr hatte vorspielen müssen, ist es nur noch das Bierzelt gewesen, das ihn hingezogen hat, die Saufereien mit Freunden, selbstverständlich mit einem Mädchen neben sich, weil ein Volksfest ohne Mädchen ja doch nichts war als ein verzweifeltes Besäufnis, immer hatte er eine neben sich sitzen gehabt, zum Anhalten und Spüren, wenn die Musik sentimental wurde, und natürlich für nachher, damit um zwölf, wenn das Bierzelt geschlossen wurde, nicht plötzlich alles vorbei war und auf dem aussichtslosen Heimweg schon die Nüchternheit durch den Rausch kam. Wenn er eine neben sich sitzen gehabt hat, ist ihm das Saufen und Reden, das Um-die-Wette-Saufen und Großreden, das Schmähführen viel wichtiger gewesen als der Griff unter den Tisch, unter einen Rock, der ja ohnedies nie sehr weit gehen durfte, wegen der Leute rundum nie sehr weit kam, eher nur eine Geste war, die das über dem Reden und Saufen mit den Freunden scheinbar verschwundene Interesse an dem Körper neben sich wieder bestätigen sollte. Und nach dem Heiraten ist der Besuch beim Volksfest geordnet abgelaufen wie sein Familienleben: Herumspazieren mit Maria am Arm, meist noch Rosi und Hubert oder ein anderes Ehepaar dabei, auch ordentlich, Hendlessen und ein, zwei Bier dazu, ein Schuß auf eine Rose als Erinnerung und zum Beweis, daß man noch immer ein Ziel hatte, und im Bierzelt eine an der Kandare der Anständigkeit gehaltene Lustigkeit, keine *fremden* Mädchen mehr, sondern Maria, die seine Reden zensurierte und genau wußte, wieviel er schon getrunken hatte, und wegen der Kinder schon nach Hause gehen, bevor es richtig anfing, oder wenn die Mutter auf die Kinder aufpaßte, dann gegen Maria anrennen, ständig sagen müssen, wir gehen ja eh gleich.

Der Boden ist vom Regen der letzten Nacht ganz aufgeweicht, Melzer hat Marina am Arm und stapft neben Maria im Gedränge zwischen den Buden im Dreck herum. Weilst unbedingt herrennen hast müssen, sagt Maria, da den Dreck abstiefeln. Daß ihre Schuhe sonst weiß sind, sieht man schon kaum mehr, und sie macht ein Gesicht, als würde sie barfuß durch den Morast waten. Hat ja keiner wissen können, daß es so ist, sagt Melzer, dir paßt auch nichts. Ist ja jedes Jahr so, sagt Maria, und Melzer fängt an, ihr zu beweisen, daß es nicht jedes Jahr so dreckig war. Außerdem ist es für die Kleine was zum Schauen, sagt er, für Kinder ist das war.

Sie lassen sich mittreiben vom Geschiebe, bleiben bei Bekannten stehen, ja, wir sind auch da, na wir werden uns ja eh noch sehen, an einer Schießbude schießt Melzer mit einem Schuß zu einem Schilling für Marina einen Storch an einem Stiel, weil Marina unbedingt einen der großen Plüschbären hat haben wollen. Na und ich krieg nichts? sagt Maria, und er nimmt noch einmal das Gewehr und schießt eine Plastikrose zu zehn Schilling herunter. Geh, so eine teure, sagt Maria und wickelt den Stiel der Rose um den Riemen ihrer Handtasche. Für dich, sagt Melzer, ist mir einfach nichts zu teuer. Huckepack, Papa, sagt Marina, und er setzt sie sich auf die Schultern, schlägt den Weg hinüber zum Ringelspiel ein, und plötzlich bleibt er stehen und starrt auf eine Bude, »Lido de Paris« steht in glitzernden Buchstaben drauf, und grellrosa nackte Frauenkörper mit riesigen Brüsten sind auf die Bretter gemalt. Die Liane, denkt er, die sind wieder da.

Vor ein paar Jahren, vor fünf Jahren, im Jahr, bevor er geheiratet hat, hat er mit ihr was gehabt, mit der Liane, aber eigentlich hat sie Gerda geheißen, eine von den drei Damen, die im Lido de Paris so eine Art Striptease gemacht haben, lange rote Haare hat sie gehabt und eine tolle Figur, ein Supergestell, hat Melzer gesagt, aber wahrscheinlich, hat er vermutet, ist aufs Gestell und den Busen das ganze Material draufgegangen und fürs Hirn ist nix mehr übriggeblieben, und sie ist längst nicht so verrucht gewesen, wie sie auf der winzigen Bühne getan hat, und nach einer Vorstellung ist sie einmal mit der Blonden, die auch irgendwie so exotisch geheißen hat, bei der Schnapsbude gestanden, und er hat mit Fritz, mit einem seiner damaligen besten Freunde, gewettet, daß er sich die zwei anquatschen traut, und er hat sich getraut, aber die Rote gehört mir, hat er vorher gesagt, und sie sind mit den beiden in die Schloßbar gefahren, in ein *dezent* beleuchtetes Lokal mit Nischen, haben sich allerhand erwartet, aber es ist nichts gegangen, außer ein wenig Herumschmusen, eine Goschen wie ein Schwert habens, hat Fritz zu ihm am Klo gesagt, daß du glaubst, sie müssen dir gleich ins Hosentürl fahren, wennst ihnen in die Nähe kommst, aber dabei sind sie sich auf ihre Feigen heikel, als obs eine goldene hätten. Am Heimweg haben sie aus dem Waldweg, in den er hineingefahren war, unverrichteter Dinge wieder herausfahren müssen, aber die legt er noch aufs Kreuz, hat Melzer sich geschworen, die bringt er noch so weit, Zeit lassen, aber nicht locker lassen, hat er sich als Taktik vorgeschrieben, und er hat sie jeden Abend abgeholt und ist mit ihr in ein Lokal gefahren, mit ihr allein und ohne die Blonde und Fritz, weil sonst wieder eine auf die andere aufgepaßt hätte oder eine sich vor der andern geniert hätte, er hat sich von der Mutter Geld ausborgen müssen, um die vielen Whiskys zahlen zu können, die er als notwendige Voraussetzung für einen Erfolg angesehen hat, und am vierten Tag hat sie ihn dann gelassen, extra hat er vom Waldweg

159

noch einmal zurück in die Schloßbar, ins Klo der Schloßbar zum Präservativautomaten müssen, weil sie so eine Angst gehabt hat, ein Kind zu kriegen, eine Stripperin mit einem Kind, hat sie gesagt, die kann sich die Kugel geben, und auf der Fahrt hin und dann wieder zurück auf den Waldweg hat sie es sich fast wieder überlegt, und wegen des Gummis hat er es dann auch garnicht so besonders gefunden, es ist das erste Mal gewesen, daß er einen verwendet hat, aber seine Freunde haben ihn bewundert, so eine tolle Henn reißt der sich auf, haben ihn gedrängt, zu erzählen wie sie ist, was sie kann, weil die muß doch was können, nach dem, wie die ausschaut, und er hat seine Phantasie vor ihnen ausgearbeitet, hat erzählt, was er selber nur erzählt gekriegt oder auf Fotos gesehen hat, und ist mit ihr noch dreimal in den Waldweg gefahren, und hat dann auf einmal nicht gewußt, reizt die ihn nur, weil sie ja doch was Besonderes ist, wofür die Genußspechte im Ort sogar zahlen, was er nicht nur zum Anschauen, sondern auch zum Benützen gratis hat, wenn man von den Whiskys absieht, oder steht er vielleicht gar schon auf sie, weil er dauernd an sie denken muß? Aber bevor es gewußt hat, war die Woche um, und sie ist wieder weg gewesen, in einen anderen Ort zu einem anderen Volksfest gefahren, fast hundert Kilometer entfernt, um dort ein paarmal pro Abend, sooft sich die Bude eben halbwegs mit Leuten füllte, auf der winzigen Bühne ein paar Verrenkungen zu machen und sich schnell noch vor dem Verschwinden das Kostüm vom Leib zu reißen, einmal ist er sie sogar besuchen gefahren, hat auf dem Weg dorthin die ganze Zeit befürchtet, daß sie schon längst wieder einen anderen haben könnte, den sie nach ein paar Tagen Whiskysaufen drüberläßt, aber sie hat keinen gehabt, und es ist eine schöne Nacht geworden, sentimental bis zum Plärren mit massenhaft Whisky, den sogar sie gezahlt hat, aber viel zu weit weg, um jeden Tag hinzufahren, und nach einer Woche noch weiter, Karten hat sie geschrieben, aus jedem Ort eine Karte, ich denk noch oft an dich, sehen wir uns einmal wieder? bin dort und dort, Gerda (Liane), aber er hat nie an die angegebene Adresse zurückgeschrieben, an die Adresse ihrer Mutter, lange noch sind die Karten gekommen, Maria hat sie ihm mit spitzen Fingern hingehalten, wenn er aus der Arbeit nach Hause gekommen ist, da, eine von deine früheren Weiber, hat Maria gesagt, und er hat die Karte gleich nach dem Lesen demonstrativ weggeworfen, längst vorbei, hat er gesagt, garnimmer wahr.

Das Kind zappelt oben auf seinen Schultern, versucht ihn mit

Bewegungen zum Weitergehen anzutreiben, Melzer starrt auf die Bude, aber die haben sicher schon andere Weiber, denkt er, weil so lang bleibt keine frisch, daß mans herzeigen kann. Überhaupt bei dem Lebenswandel. Was gehst denn nicht weiter, sagt Maria, willst leicht da hinein? Melzer reißt den Kopf herum, was ist, sagt er, was hast gesagt? Ob du hinein willst, weilst so schaust? deutet Maria auf die Bude, und er schüttelt den Kopf und fängt schnell zu grinsen an, oder vielleicht? sagt er, damit ich eine Vorlag hab, wenn ich zu dir ins Bett steig. Maria zieht die Brauen zusammen und dreht sich weg, oje, sagt Melzer, das war daneben, und er hebt das Kind herunter, nimmt es an der Hand und geht schnell hinter Maria drein. Brauchst ja nicht gleich so schauen, legt er ihr den Arm um die Schultern, war doch nur ein Witz, die haben ja jetzt noch garnicht offen. Maria schaut ihn schräg von unten an, wenn ich dich nicht kennen tät, sagt sie, und daß du es nicht so meinst. Weißt was, sagt er, gehen wir Hendllessen.

Später sind sie dann im Bierzelt gesessen, bei Bekannten, er gegenüber dem Rosenstingl, der früher in derselben Gasse wie er gewohnt hatte, eingezwängt auf einer schmalen Bank, und Marina ist schon unruhig gewesen, müde und schläfrig, hat dauernd geraunzt, auch als er ihr Zuckerwatte gebracht hat, hat sie das nicht lange stillgehalten. Ich glaub wir gehen, hat Maria gesagt, weil bis zum Feuerwerk hält die Marina sowieso nimmer durch. Melzer hat sein Bierkrügel fest beim Griff genommen, ah, ich geh noch nicht, hat er mit einem Auge auf den Rosenstingl gesagt, wo ich grad im Reden bin. Dir könnts auch nichts schaden, hat Maria gemeint, sonst schaust morgen in der Früh wieder blöd drein. Was ja schließlich meine Sache ist, hat Melzer gesagt, weil arbeiten muß ja ich. Er hat nicht geglaubt, daß Maria ohne ihn gehen, daß sie ihn ohne Aufpasser dalassen würde, aber sie hat sich anscheinend vor den Leuten für das Kind geniert, daß es nicht besser erzogen war und stumm und freundlich beim Tisch saß, sondern ständig raunzte, und sie ist, nachdem sie zwanzigmal gesagt hat, sie geht jetzt, und er hat drauf nicht reagiert, wirklich gegangen. Melzer hat sich gleich bei einer Kellnerin, die sich wie eine Walküre mit weißem Brustlatz mit hoch über den Kopf erhobenen Krügen durch die Reihen zwängte, noch ein Bier angeschafft, obwohl er sein Krügel noch garnicht ausgetrunken hatte, der Nachschub aber immer so lang dauerte, und als das Feuerwerk abgebrannt wurde, hat es ihm schon garnichts mehr ausgemacht, daß ihn die Umstehenden belustigt angeschaut haben, weil er im Chor mit dem Rosenstingl und dem Schwarzmüller bei jedem Knall und Funkenregen am Himmel ganz laut Jöööh und Schööön geschrien hat. Beim Zurückdrängen ins Bierzelt hat er dann die beiden verloren, und statt sie Reihe um Reihe zu suchen, ist er wieder hinaus und ist mit langsam klarer werdenden Absichten durch den Vergnügungspark geschlendert. Überall hat es Pärchen gegeben, in allen Stadien der Annäherung bis zum Abgreifen und Ausgreifen im Schatten der Buden, aber die paar Mädchen, meist Arm in Arm zu zweit, die noch zum Anreden frei gewesen wären und Runde um Runde gedreht haben, um endlich angeredet zu werden, verfolgt zu werden, sind ihm viel zu jung gewesen, unmöglich, hat er gedacht, auch wenn schon alles dran ist, aber als verheirateter Mann kann er nicht mit solchen Menschern öffentlich herumrennen. Außerdem braucht er keine, die sich falsche Vorstellungen oder vielleicht sogar Hoffnungen macht. Und für die Flitscherln da ist er doch auch eher was wie der Vater daheim, der ihnen auflauert, wenn sie zu spät heimkommen. Die schauen ihn ja nicht einmal als einen an, der sie anreden könnte. Plötzlich ist er sich vorgekommen, als laufe er unsichtbar in seiner eigenen Jugend herum, in der Szenerie von damals, sehe alles, höre alles wie im Kino, ohne daß er mitspielen kann, und er hat sich ganz überflüssig gefühlt, ganz fehl am Platz. Heimgehen, hat er gedacht und ist langsam Richtung Ausgang gegangen. An der Schnapsbude, die wie ein riesiger Fliegenpilz aussah, haben sich zwei jugendliche Pärchen den nötigen Mut für später gekauft, und er ist fast schadenfroh gewesen, als er sich vorgestellt hat, daß die sicher nicht wußten, wohin sie dann damit gehen sollten. Und auf einmal ist er bei der Stripteasebude gestanden. In allen Farben hat ihn Licht angezuckt, und der Ausrufer in einem Glitzersmoking hat in die Menschentraube, die sich vor der Bude geschart hat, hineingeschrien, internationale Spitzenstars, strengstes Jugendverbot, nicht einmal in Paris und Rio, Vorstellung in wenigen Minuten, noch haben Sie die Chance, dabei zu sein, die Dame mit dem Seil, für Sie diesmal besonders geil, und Melzer ist gestanden und hat zugesehen, wie ein paar Schauwillige sich langsam ihre anständigen Bedenken haben ausreden und sich nach einigem Zögern von einem Redeschwall des Ausrufers durch den Vorhang, der den Eingang der Bude abdeckte, haben hineinreden lassen. Er hat gewartet, ein paar Schritte abseits, und ist von einem Entschluß in den anderen gefallen, und der Ausrufer hat geschrien, hat die unvergeßlichsten Erlebnisse versprochen, aber der Haufen vor ihm ist immer lichter geworden, ist schließlich ganz abgebröckelt, und nach einer Weile hat er das Schreien aufgegeben und ist in der Bude verschwunden. Melzer ist langsam hingeschlendert, hat sich wie nebenbei umgesehen und ein mit sich selber beschäftigtes Pärchen vorbeigehen lassen, drinnen in der Bude hat plötzlich Musik angefangen, und er hat schnell den Vorhang zur Seite geschoben und ist hineingeschlüpft.

Er ist in der letzten Reihe gesessen, vor ihm waren ein paar Stühle besetzt, die anderen bis nach vor zur kleinen Bühne waren frei, und auf der Bühne hat ein blondes Mädchen in einem Flitterkostüm einen Handstand und ein paar andere gymnastische Übungen gemacht, und dazu hat der Ausrufer ununterbrochen geredet, hat versucht, den Leuten mit Witzen und anzüglichen Reden ihre zwanzig Schilling Eintritt vergessen zu machen, und dann hat die Musik aus einem unsichtbaren Tonband einen Tusch gespielt, und die Blonde hat sich mit einer Hand an den Rücken gefaßt und ist mit dem Oberkörper plötzlich ganz im Freien gestanden, aah, haben ein paar gesagt, aah, aber da hat sie schon wieder ihren lila Straußenfederfächer vor die Brust geschlagen, und der Vorhang ist zugegangen, Betrug, hat einer geschrien, alles will ich sehen, und schon ist ein Jongleur auf der Bühne gestanden und hat mit ein paar Keulen und Reifen und ein paar Sektflaschen, denen die Korken fehlten, herumgeworfen, ein paar haben gemurrt, weil ihm dauernd etwas hinunterfiel, geh das kann ich auch, mit drei kann ichs auch, hat einer geschrien, aber der Ausrufer hat ihn niedergeschrien, internationale Stars, Engagement im Moulin Rouge, und dann hat es wieder einen Trommelwirbel gegeben, und nun, hat der Ausrufer geschrien, unser Superstar, hat er den Vorhang zurückgerissen, Liane, das Mädchen mit dem Seil, hat er strahlend auf eine Frau gedeutet, die groß, mit einem langen grünen Umhang dagestanden ist und sich an einem von der Decke hängenden dicken Seil angehalten hat, und Melzer hat sich plötzlich geduckt und hinter dem Rücken seines Vordermanns nach vor gestarrt, wo die Frau den Umhang fallen ließ, mit langsamen Hüftbewegungen um das Seil herumging, sich dann das Seil um den Körper wickelte und das nach unten gehaltene Ende zu streicheln anfing, bis es nach oben zeigte und sie es sich, während sie mit verschleiertem Blick ins Publikum sah, zwischen die Beine steckte und ein paarmal hin- und herzog. Geh laß lieber mich einmal, hat einer geschrien, und die Frau wiegte sich in den Hüften, ließ das Seil los und strich sich mit gespreizten Fingern über den Körper und dann blieb ihr dabei auf einmal das Oberteil ihres Kostüms in der Hand, und dann kam der Tusch, und sie stand einen Moment mit erhobenen Armen ganz nackt da, dann Federfächer, Vorhang, ein wenig Applaus, und Melzer ist wieder aufgetaucht, hat ganz automatisch mitgeklatscht, bei der tät ich auch ganz gern einmal aus- und einteufeln, hat der vor ihm gesagt, aber einen Hängebusen hat sie, hat ein anderer gemeint, daß du sagst, gibts das, und der Ausrufer hat für die nächste Sensation den Vorhang zur Seite gerissen. Melzer hat zugeschaut, aber nur mehr gewartet, bis es aus war, dann hat er sich unter den anderen hinausgedrängt, ist ein paar Schritte weitergegangen und als sich die Leute verlaufen hatten, ist er schnell hinter der Bude verschwunden.

Er geht zehn Schritte vor ihr durch den Ausgang. Sicherheitsabstand, hat er gesagt, und sie hat ein enttäuschtes Gesicht gemacht, als würde ihr dran liegen, daß jeder merkt, daß sie zu ihm gehört. Sie hat aber dann ohnedies gleich zu grinsen angefangen und einen Mundwinkel verächtlich nach unten gezogen, ach so, hat sie gesagt, *so* ist das mit dir. Er dreht sich nach ihr um, ob sie noch hinter ihm ist und es sich vielleicht nicht doch noch überlegt hat oder einem in die Arme gerannt ist, der sie nicht zehn Schritt hinter sich gehen lassen muß. Er würde gerne wissen, wie sie sich da hinter ihm vorkommt: als zweite Kategorie? als eine, die ihm nur im Finstern recht ist?

Im Schatten neben dem Erste-Hilfe-Wagen knapp nach dem Ausgang stehen zwei Gendarmen, die offenbar den Jugendlichen auflauern, die das *Gesetz zum Schutze der Jugend* mißachten und sich nach zehn noch immer im Vergnügungspark *herumtreiben*, anstatt schon längst daheim vorm Fernseher zu hocken oder schon im Bett zu sein und das Romanheft zu fressen. Er geht an ihnen vorbei und weiß sofort wieder, wie er da einmal mit einem Mädchen und mit ziemlich berechtigten Hoffnungen herausgekommen ist und die Gendarmen sind plötzlich dagestanden, Ausweis, hat es geheißen und er hat zugeben müssen, daß er noch nicht achtzehn ist, und er wäre am liebsten in den Boden hinein, weil er dem Mädchen doch erzählt hatte, er sei schon zwanzig, und soviel hatte er dann garnicht reden, so einen klassen Spruch hatte er dann garnicht haben können, daß das Mädchen ihm die fehlenden paar Jahre vergessen hätte. Es kommt ihm fast wie eine verspätete Rache vor, daß er jetzt an ihnen vorbeigehen kann, und sie können ihm nichts tun. Als sich Liane neben ihm ins Auto setzt, merkt er plötzlich, daß sie eine Hose anhat. Scheiße, denkt er, die hat vielleicht wirklich keine Absichten. Sonst hätte sie, meint er, doch sicher einen Rock angezogen. Aber falsche Hoffnungen, fällt ihm ein, hatte sie gesagt, brauchst dir keine machen, als er sie endlich zum Mitfahren überredet hatte.

Sie war mit den beiden anderen Darstellerinnen aus der kleinen Tür an der Rückwand der Bude gekommen, und er hatte ihren Namen gesagt. So plötzlich waren sie aufgetaucht, daß er »Liane« gesagt hatte, Liane? Dabei hatte er »Gerda« sagen wollen, weil ihm das viel vertrauter vorgekommen war. Ihr Gesicht, das er undeutlich vor sich in der Dunkelheit sah, hatte kein freudiges Erkennen ausgedrückt, wie er das erwartet hatte. Sie hatte ihn abschätzend angesehen wie einen, der sich einbildet, was ihn drinnen in der Bude angeregt habe, sei selber erregt gewesen, und das Seil habe genau seinen Schwanz bedeutet, und sie würde sofort vor Gier hechelnd zugreifen, wenn er ihn ihr jetzt anbietet. Er hatte ihr erst einige Daten seiner Erinnerung vorsagen müssen, bis sie wußte, wer er war. Ah ja, hatte sie gesagt, ich kann mich erinnern. Und die beiden anderen Mädchen waren dabeigestanden, als würden sie nur darauf warten, Gerda zu Hilfe kommen zu müssen. Er hatte herumgeredet, fast gestottert, er hat sich eben gedacht, er schaut einmal, wie es ihr geht, hatte er gesagt, und sie hatte plötzlich gegrinst, wie es mir geht, hatte sie gesagt, sonst hast keine Schmerzen? Ihr spöttischer Ton hatte ihm gleich wieder klargemacht, wie man *mit so einer* reden muß. So reden wie sie konnte er noch lange. Das lief wie von selbst, fast ohne Denken, und erinnerte sie offenbar gleich mehr an den Melzer von damals, an einen, mit dem sie was anfangen konnte, der ihr die richtigen Stichworte lieferte und nicht bloß dastand und glaubte, er sei so schön, daß sie die ganzen Jahre seit damals nur auf ihn gewartet habe und bei seinem Anblick gleich mit den Schamlippen zu applaudieren anfangen werde.

Wie lang bist denn schon verheiratet? sagt sie und beugt sich mit der Zigarette im Mund zu ihm hin, damit er ihr Feuer gibt. Lang, sagt er, viel zu lang, so vier Jahre ungefähr. Und Kinder, fragt sie. Ja, zwei, nickt er, zwei Mädchen, und das Zimmer daheim fällt ihm ein, mit den beiden Kinderbetten und dem aufklappbaren Ehebett, in dem Maria wieder wach sitzen wird, wenn er heimkommt, weil sie sich immer Sorgen um ihn macht, wenn er spät heimkommt, aber wenn sie ihn an der Tür aufsperren hört, schlägt ihre Sorge sofort in Wut um, und wenn er ins Zimmer hineintappt, steht er nur noch ihrer Wut gegenüber, und der Streit geht los, ein nur geflüsterter Streit, wegen der Kinder. Er dreht ärgerlich den Startschlüssel, und was er tut, was er jetzt vorhat, kommt ihm gleich wie eine gerechtfertigte Bestrafung Marias vor, eine Bestrafung im voraus. Die soll ihn doch in Ruhe lassen mit ihren Sorgen, schließlich ist er ein erwachsener Mann und kann tun, was er will. Er fährt aus dem Parkplatz heraus, schaut zu ihr hinüber, du machst noch immer genau dasselbe wie damals, sagt er. So, warst leicht drin, fragt sie, bist auch schon so ein Wichser? Aber geh, sagt er, hab ich das notwendig, wo ich korbweise Dankschreiben von den Weibern krieg? Eine große Goschen hast noch immer, sagt sie. Nicht nur eine große *Goschen,* sagt er, und du hast mir ja auch noch jahrelang Karten geschickt, weil ich so gut war. Er grinst sie an und biegt in die Straße ein, die aus dem Ort führt. Die paar Lokale, an denen er vorbeifährt, sind schon dunkel. Atmosphäre hättens ja eh keine, denkt er. Wo fährst denn eigentlich hin, fragt sie, traust dich leicht bei euch da nirgends hinein mit mir? Hat ja garnichts mehr offen, sagt er und deutet mit dem Kopf auf das unbeleuchtete Schild eines Wirtshauses. Ist ja ein Drecksnest, sagt er, zuviele Arbeiter, verstehst? Sie schaut in die Dunkelheit hinaus, und er überlegt, ob er die Hand, die er auf dem Schaltknüppel liegen hat, auf ihren Schenkel legen soll. Er muß die Hand richtig zurückhalten, damit sie sich nicht von selber dort hinlegt. Für ein *Vorspiel,* scheint ihm, ist sie jetzt noch zu nüchtern. Beim Schalten berührt er dann wie zufällig ihr Bein und kommt sich plötzlich ganz abenteuerlich vor, so als sei er mit dem erhöhten Pulsschlag auf einmal mitten drin, wo sich das Leben abspielt.

In der Schloßbar schaut es noch genauso aus wie *damals:* so dunkel, daß man die Leute in den Nischen kaum erkennen kann. Na, auf so ein Anbahnungsinstitut steh ich mirs jetzt grad nicht, sagte Liane. Werd ich halt extra für dich die Kronlusterbeleuchtung bestellen müssen, grinst Melzer. Er geht mit ihr hinter dem Kellner auf eine freie Nische zu, wie damals, denkt er, wirklich genau wie damals. Liane hat ihren Hängebusen, der ihn während ihres Auftrittes so enttäuscht hat, ja jetzt ordentlich hochgeschnallt, sodaß sicher ein paar der Männer in den Nischen zu ihr hin und dann mit bedauerndem Blick auf den

Körper neben sich schauen werden, den sie sich mitgebracht haben. Melzer findet es zumindest ziemlich schade, daß er sich mit Liane nicht *öffentlich* zeigen kann. Ihre ein wenig verfetteten Oberschenkel schauen in der hautengen Hose ja auch nur noch zum Hingreifen aus. Zwei Whisky, bitte, sagt er zum Kellner, aber Black and White. Er hat bei den verschiedenen Whiskymarken nie einen Unterschied feststellen können, aber die Situation, kommt ihm vor, verlangt einfach, daß er was von Whisky versteht. Er greift auf ihre Hand hinüber, hält sie einen Moment fest und läßt sie schnell aus, bevor Liane sie wegziehen kann. Ich finds einfach klaß, sagt er, daß wir uns wieder getroffen haben. Aber Liane reagiert nicht, schaut ihn weiter nur an, als hätte er eine Bemerkung übers Wetter gemacht. Ich hab eigentlich oft an dich gedacht, sagt er nachdenklich. Sie kramt Zigaretten aus ihrer Handtasche, und er wartet mit dem Feuerzeug in der Hand, aber zurückgeschrieben hast nie, du Arsch, sagt sie plötzlich. Er zuckt die Schultern und lächelt sie an, ja, sagt er, das ist schade, aber ich hab einfach zu viele Aufträge gehabt. Sie will eine Antwort geben, aber da kommt der Kellner und stellt mit eleganten Handbewegungen die beiden Gläser auf den Tisch. Prost, sagt Melzer und stößt mit ihr an, trinken wir auf das, was wir versäumt haben. Ich hab garnichts versäumt, sagt Liane, was hätt ich denn schon versäumen sollen? Hast du eine Ahnung, grinst er und läßt das Eis im Glas klingeln, ex, sagt er, und trinkt das Glas mit einem Zug leer. Liane macht zögernd einen kleinen Schluck. Na, sagt er, verträgst nichts mehr? früher hast es vertragen. Sie zieht einen Mundwinkel nach unten, mit dir, sagt sie, mit dir sauf ich noch immer mit, wenn ich will. Na dann will, sagt er, warum willst nicht? Sie schüttelt den Kopf, und er lacht sie an, dann versäumst wieder was, sagt er. Sie schaut ihn wie mitleidig an, größenwahnsinnig bist garnicht, sagt sie und dreht ihr Glas zwischen den Fingern und trinkt es ganz plötzlich aus. Sauber, sagt Melzer, du kannst es noch, und er lehnt sich aus der Nische hinaus und deutet dem Kellner. Wenns so weitermacht, denkt er, kommt sie mir nicht aus, da ist sie dran.

Er ist draußen auf dem Klo gestanden, breitbeinig über der Pißmuschel, und sein Oberkörper ist leicht nach vor und zurück geschwankt. Er hat freihändig gepißt und dabei die paar Geldscheine im Geheimfach seiner Geldbörse nachgezählt. Er hat nicht mehr genau gewußt, wieviele Schnäpse er schon zu zahlen hatte, aber er ist sicher gewesen, daß er Liane, noch bevor ihm das Geld ausgeht, mit seinem klassen Spruch längst sturmreif geschossen haben würde. Er hat einen Zehner in den Automaten geworfen und lange zwischen den drei möglichen Präservativsorten hin- und herüberlegt. Schließlich hat er sich für »Luxus feucht mit Sensol« entschieden. Gewährleistet hervorragenden Organkontakt, vierfärbiger Anwendungsprospekt beiliegend, hat er gelesen und die Schachtel in seine Brusttasche gesteckt. Es ist ihm vorgekommen, als sei damit die Sache nun endgültig entschieden. Den Gedanken ans Aufstehen am nächsten Morgen, den er vor dem Spiegel ganz plötzlich gehabt hat, hat er einfach so lange angelacht, so lange ausgelacht, bis er aus dem Kopf draußen war. Ein perfektes Charmeurlächeln, hat er gedacht und ist wieder ins Lokal hineingegangen. Er hat weitergetrunken, hat weiter auf sie hingeredet, gegen ihre immer stärker schwindende Nüchternheit, die sich dauernd gegen das Gefühl gespreizt hat, das er ihr anreden wollte.

Mit langsam zunehmendem Druck hat er sein Bein gegen ihres gepreßt und hat oben geredet, als wüßte er nicht, was er unten macht, und sie hat ihr Bein schließlich nicht mehr zurückgezogen. Aha, hat er gedacht und sein Glas genommen und er hat ihr zugeprostet und dann ist irgendein Schlager mit einsamen Nächten und Verlassenheit gelaufen und sie hat sich plötzlich an ihn gelehnt. Er hat ihr übers Haar gestrichen und hat zu reden aufgehört, um sie nicht wieder aus ihrer Sentimentalität, aus ihrer weichen Nachgiebigkeit herauszuscheuchen. Sie hat ihre Hand in seiner schwitzen lassen, und er hat seine andere Hand langsam über ihre Schulter auf ihre Brust geschoben, ganz vorsichtig, und er hat noch immer jeden Moment erwartet, daß sie wach wird, aber sie hat sich auf einmal gegen seine Hand gepreßt. Jetzt ist es soweit, hat er gedacht, jetzt rennt alles von selber. Aber er hat sich zu dem Gedanken fast zwingen müssen, weil er sich garnicht mehr als Sieger vorgekommen ist, sondern eher wie an einem Ziel, an dem er sich gedankenlos fallen lassen konnte.

Ihr rotes Haar hat im Licht der Kerze geglitzert, die an einer dick mit herabgelaufenem Wachs überzogenen Flasche auf dem Tisch stand. Das weiche Licht hat für ihn die paar Jahre seit damals auf ihrem Gesicht fast ungeschehen gemacht. Den Rest haben der Schnaps, die vorne an der Bar im Rauch schwimmende rote Lampe und die leise Musik ausgelöscht. Er hat sie von der Seite angesehen, wie damals, hat er gedacht, und er hat ganz vage das Gefühl gehabt, daß sie der Zug gewesen sein könnte, den er veräumt hat. Aber kann alles noch werden, hat er gedacht, und er hat sich über ihr Gesicht zu ihrem Mund hingeküßt, während er seine Hand in ihren Ausschnitt geschoben und sich an ihrem heißen Fleisch angehalten hat, als müßte er eine längst vergangene Hoffnung festhalten. Manchmal ist er ein wenig aufgetaucht, ganz schön sentimental, hat er gedacht, aber es ist ihm so gleichgültig gewesen, daß er es gleich wieder vergessen hat.

Er ist im Plüsch gelehnt und hat ihren Kopf an seiner Schulter gehabt. Wenn er die Kerze am Tisch bloß einfach sehen wollte, hat er schon ein Auge zukneifen müssen. Hin und wieder hat er kurz daran gedacht, mit ihr jetzt endlich in den Waldweg zu fahren, und er hat sich vorgestellt, wie das dort sein wird. Aber er hat sich so wohlgefühlt, nur dazusitzen und sie neben sich zu haben und nichts tun zu müssen, daß er sich nicht aufraffen konnte. Er hat ständig nach dem Glas gegriffen, ohne es zu merken. Im Lokal war es schon ziemlich laut, aber in der Nische ist er sich vorgekommen wie in einer Welt, in die nichts hereinkann. Als eine Partie Leute lärmend aufbrach und das Lokal verließ, hat er auf die Uhr gesehen, halb zwei war es, bis zwei war offen. Und dann? hat er gedacht, dann? und er hat sich jäh aufgerichtet, weil er ganz plötzlich eine Angst gehabt hat, daß dann *alles* vorbei ist, und er muß wieder hinein, da hinein in das Wohnschlafzimmer und in die Fabrik und jeden Tag dasselbe und immer dasselbe, und da ist nichts mehr, da merkt er nichts, nichts, was er jetzt merkt, da rennt alles nur, irgendwie und nirgends hin, weißt was, sagt er plötzlich, wenn ihr morgen fahrts, fahr ich mit euch. Sie wird auf einmal ganz starr, was? sagt sie und richtet sich auf, glotzt ihn glasig an, was willst denn bei uns? Melzer hebt ganz langsam die Schultern und läßt sie fallen, weiß nicht, sagt er, irgendwas, weil so ist das kein Leben. Sie drängt sich ganz heraus aus seinem Griff, na glaubst, bei uns ist es ein Leben, sagt sie, glaubst bei uns? Er zieht sie wieder zu sich, obwohl sie sich sträubt, und langsam gibt sie nach, was weißt denn du, sagt er, wie es bei mir ist, weniger gibts garnicht. Alles ein Dreck, sagt sie, alles, und er streicht ihr über die Schultern, miteinander, sagt er, weißt? miteinander. Sie dreht das Gesicht zu ihm, schaut ernst, versucht ernst zu schauen, wir haben schon zu viel gesoffen, sagt sie, alle zwei haben wir schon zu viel, fängt sie zu lachen an. Morgen fahr ich mit euch, sagt er, egal was ist. Das sagst heute, sagt sie, morgen ist alles ganz anders. Willst nicht, daß ich mit dir fahr?

fragt er. Sie schaut ihn blinzelnd an, schon, sagt sie, aber das geht ja nicht. Dann fahr ich mit, sagt er. *Draußen*, vor der Nische, geht der Kellner vorbei, und Melzer bestellt ganz automatisch noch zwei Whiskys. Die Wirklichkeit, die sie ihm mit unzusammenhängenden Sätzen einreden will, hat längst keine Chance mehr gegen das, was er sich alles vorstellen kann.

Am nächsten Vormittag während der Pause ist Melzer nicht wie sonst mit den anderen in den Vorraum des Klos zum Rauchen gegangen, sondern ist die Treppe weiter hinaufgestiegen. Er ist im Lager hinter einem Stapel roher Türen gesessen, und der feine Holzstaub, der hier ständig ganz dick in der Luft stand, hat ihn im Hals und in der Nase gebrannt. Er hat sich vorgestellt, wie die Buden am Vergnügungspark abgebaut werden, wie alles verladen wird, und die Wagen fahren aus der Wiese hinaus auf die Straße, und in einem der Wagen sitzt Gerda, die sich vielleicht doch bis zuletzt nach ihm umschaut, und die Wagen fahren durch den Ort, und Kinder stehen am Straßenrand und schauen ihnen nach, und die Wagen fahren zwischen den letzten Häusern durch und am Ortsschild und der Tafel mit der Aufschrift »Auf Wiedersehen und Gute Reise« vorbei und werden immer kleiner und verschwinden hinter den Bäumen in der langen Biegung der Straße. Melzer ist am Boden gesessen, mit ausgestreckten Beinen und mit dem Rücken und dem dumpfschmerzenden Kopf gegen die Bretter gelehnt. Die Zigarette ist zwischen seinen Fingern verqualmt, ohne daß er daran gezogen hat. Ich bin dageblieben, hat er gedacht, dageblieben. Immer wieder hat er denken müssen, daß er dageblieben ist, und er hat das Gefühl gehabt, daß er sich nie wieder zu etwas wird entschließen können. Als er wieder in die Montagehalle hinuntergegangen und auf *sein* Fließband zugegangen ist, ist ihm vorgekommen, als gehe er mit jedem Schritt immer mehr aus seinem Leben heraus. Wie ein Lebenslänglicher, der mit jedem Schritt auf dem Rundgang in einem Innenhof immer mehr aus dem Leben herausgeht und sich mit jeder Runde mehr in die ihn umgebenden Mauern hineindreht.

Plötzlich wuchs es sich aus. Von einer Belästigung, an die er sich gewöhnt hatte, zu etwas, das die Gewohnheiten umstieß, ihm den Alltag durcheinanderbrachte. Auf einmal lief nichts mehr von selber. Melzer mußte sich in Dinge hineinverwickeln, aus denen er sich all die Jahre herauszuhalten versucht hatte.

Ein paar Sätze genügten, ein paar Sätze, die ein Arzt gesagt hatte, und schon kam das ins Wanken, was ihm so endgültig, so unveränderlich erschienen war, daß ihm ein Dagegen-Angehen wie ein Mit-dem-Kopf-durch-die-Wand-rennen-Wollen vorgekommen war. Später hat Melzer gesagt, daß es eigentlich garnicht so überraschend kam. Aber als es kam, ist es ihnen etwas gewesen wie sieben Augen an einem Würfel.

Schon lange hatte Maria gesagt, daß es so nicht weitergehen kann: ihre Stimme war immer schlechter geworden. Kaum waren sie von der *Behandlung* in Wien zurückgewesen, hatte sie schon wieder das Gefühl gehabt, der Hals wachse ihr langsam zu. Eine Woche später schon kein lautes Wort mehr. Wozu er die lange Fahrerei auf sich nimmt, hat Melzer gesagt, wenns eh für Arsch ist? Maria hat, in einem plötzlichen Anfall von Aufbegehren, alle Medikamente, die man ihr im Krankenhaus verschrieben hatte, in den Mistkübel geworfen, aber noch am selben Abend hat sie das Gurgelmittel, die Lutschtabletten und die Nasentropfen wieder aus dem Unrat im Kübel herausgeklaubt, weil die kleinste Hoffnung noch immer besser war als garkeine. Von irgendwelchen Bekannten hatte sie dann von einem Spezialisten, einem *ausgesprochenen Kehlkopfspezialisten* in einem anderen Krankenhaus erfahren, und die schon fast aufgegebene Hoffnung, daß es besser werden, und die schon ganz verschwundene Hoffnung, daß es wieder ganz gut werden könnte, ist sofort wieder dagewesen und gläubig auf diesen Arzt geworfen worden. Melzer ist auch gleich dafür gewesen. So weit wie bis nach Wien ist es auch nicht, hat er gesagt, und außerdem kennt er sich in der Stadt aus, weil er dort beim Bundesheer gewesen ist. Maria hat den Doktor Landner, ihren Hausarzt, solange beredet, bis er sie endlich dorthin überwiesen hat. Auf der Heimfahrt nach der ersten Behandlung bei diesem Arzt ist Maria so zuversichtlich gewesen wie schon Jahre nicht mehr. Der *Spezialist* hatte ihr aber auch eine halbe Stunde gewidmet. In Wien war sie von *Assistenten* in ein paar Minuten abgefertigt worden. Nun hatte man sie endlich ernst genommen. Kein Routinefall mehr. Mit diesem neuen Selbstbewußtsein hat sie auf das Wunder gewartet, von dem der Arzt gesagt hatte, daß auch er es nicht wirken kann. Sie hat sogar eine leichte Besserung festgestellt, wo garkeine gewesen ist. Ihm kommt es nicht so vor, als obs besser wäre, hat Melzer gesagt, zumindest hört er keinen Unterschied. Aber sie muß das wissen, hat Maria erklärt, weil sie das spürt.

Weil es regnete, als sie zum dritten Mal in dieses Krankenhaus fuhren, ist Melzer nicht wie sonst in die »Kugel« gegangen, wo er während seiner Militärzeit fast jeden Abend gewesen war, sondern er hat mit Maria gewartet, bis sie drankam. Es war heiß und stickig im Wartezimmer, und die vielen Kinder und die ständigen Redereien über Krankheiten sind Melzer auf die Nerven gegangen. Er ist gesessen und hat in die Luft geschaut, weil ihm vor den zerlesenen Illustrierten auf dem kleinen Tischchen in der Mitte des Wartezimmers gegraust hat wie vor den Türklinken von Bahnhofsklos. Er hat immer wieder die Blätter eines zimmerhohen Gummibaums hinauf- und hinuntergezählt, hat die übereinandergeschlagenen Beine gewechselt, und dann, Maria ist schon ziemlich lange im Ordinationszimmer gewesen, ist plötzlich eine Schwester herausgekommen und hat seinen Namen gerufen. Ja, hat Melzer aufgeschreckt gesagt, ja? und er hat sich aufgerichtet, kommens bitte mit mir, hat die Schwester befohlen, und Melzer ist hinter ihr dreingegangen, hinter ihren energisch auf dem Steinfußboden klappernden Holzpantoffeln, durch ein Zimmer, in dem ein Kind mit zurückgeneigtem Kopf auf einer Art Friseurstuhl saß und sich krampfhaft an die Armlehnen klammerte, während ein Arzt ihm Tampons in die blutenden Nasenlöcher fädelte und eine Frau daneben auf die zu ihr hinverdrehten Augen des Kindes hinunterlächelte, durch ein zweites Zimmer, in dem ein alter Mann saß und mit aufgesperrtem Mund gurgelnde Laute zwischen den Fingern des vor ihm sitzenden Arztes herausstieß, was wollen denn die von mir, hat Melzer gedacht, was können denn die von mir wollen? und nach der nächsten Tür ist er neben Maria gestanden, die einem Arzt hinter seinem Schreibtisch gegenübersaß, das ist er, hat Melzer gedacht, der Spezialist, und er hat Maria fragend angeschaut, Maria ist blaß gewesen, so blaß, daß es ihm auffiel, Herr Melzer? hat der Arzt gesagt, ja? also bitte nehmen Sie Platz, und Melzer hat sich auf das Stockerl neben Maria gesetzt, und der Arzt hat zu reden angefangen, mit einer ruhigen, freundlichen Stimme, Maria hätte eben schon viel früher zu ihm kommen sollen, denn wie es jetzt aussähe, was die Untersuchungen ergeben hätten, so bestünde eigentlich keine Aussicht, daß ihre Krankheit noch einmal besser werde, ja im Gegenteil, es sei anzunehmen, daß es, wenn man nichts Einschneidendes tue, langsam immer ärger werde, bis sie schließlich garnicht mehr würde sprechen können, und darum sei er auch dafür, das sei nämlich die einzig sichere, die einzig saubere Lösung, daß man den Kehlkopf entferne. Melzer hat die Augen aufgerissen und den Arzt angestarrt, aber das ist nicht so schlimm wie sie meinen, wie sich das anhört, hat der Arzt gelächelt, ich habs Ihrer Frau schon erklärt, und ich erkläre es Ihnen jetzt noch einmal, hat er gesagt, damit sie sich zusammen entscheiden können, obwohl, hat er die Handflächen nach oben gedreht, es wie gesagt die beste Lösung ist. Seine Abteilung sei für solche Eingriffe spezialisiert, hat er geredet, und wenn es sauber gemacht werde, was er garantieren könne, dann sei die Sache ein für alle Mal aus der Welt, sonst werde es ja doch nur immer ärger, und dann bleibe sowieso keine andere Wahl mehr, nur jetzt sei es noch bedeutend einfacher, und auch ohne Kehlkopf könne man hundert Jahre alt werden, und man könne auch wieder sprechen lernen, und die Frau Melzer würde dann mindestens so gut sprechen können wie jetzt. Melzer hat zwischen dem Arzt und Maria hin- und hergeschaut, Maria hat dunkelrote Flecken auf den Wangen gehabt, und Melzer hat gemeint, daß sie jetzt gleich zu heulen anfangen werde, aber Maria ist ganz still dagesessen, nur ihre Finger haben den untersten Knopf ihrer Weste zu- und wieder aufgeknöpft, ständig zu- und wieder aufgeknöpft. Melzer ist auf dem Stockerl gesessen und hat zu den Worten des Arztes immer wieder leicht mit dem Kopf genickt. Er hatte mit Maria ja schon öfter über *so etwas* geredet, aber immer war es nur ein Beispiel gewesen, zu dem es Maria im Vergleich ja noch gold gehe. Für Momente hat er immer wieder den Eindruck gehabt, was der Arzt da rede, gehe ihn garnichts an, betreffe jemand anderen, und er höre bloß zufällig zu. Wie im Kino, hat er gedacht, und er hat geschluckt und auf einmal ganz deutlich gespürt, daß auch er einen Kehlkopf hat. Dann hat der Arzt noch über Bestrahlungen geredet, das sei noch eine Möglichkeit, das könne man noch versuchen, wenn sie sich für den Eingriff noch nicht entschließen könnten, allerdings sei es für Bestrahlungen schon allerhöchste Zeit, und wenn, dann sei es am besten, die Frau Melzer bleibe gleich da, weil es sei ohnedies schon so viel Zeit versäumt worden. Maria ist aus ihrer bewegungslosen Stummheit aufgefahren, was? hat sie hervorgestoßen, jetzt? jetzt gleich? Naja, hat der Arzt gelächelt, am besten wärs, aber überlegen Sie sich das zuerst einmal in Ruhe, gehens ein bissel im Garten spazieren, hat er mit dem Kopf gegen die Milchglasscheiben des Fensters gedeutet. Aber es regnet, hat die Schwester gesagt, die an einem kleinen Tisch an der Wand saß und scheinbar garnicht zugehört hatte. Ah ja, hat der

Arzt gesagt, na dann setzen Sie sich eben ins Wartezimmer und bereden das in Ruhe, entweder der Eingriff oder die Bestrahlungen, für eins von beiden müssen Sie sich entscheiden, und dann kommen Sie eben noch einmal zu mir und sagen mir Bescheid, ja? hat er gelächelt, und dann ist Maria mit der Schwester ins Nebenzimmer gegangen, wo ihr der Hals ausgepinselt werden sollte, und Melzer hat mit hinaus wollen, aber der Arzt hat was von einer Kartei geredet, die er mit ihm aufnehmen müsse, und Melzer hat sich wieder niedergesetzt, und kaum ist die Tür hinter Maria zu gewesen, hat der Arzt schon gesagt, daß er Melzer ganz dringend zu dieser Operation raten müsse. Was hat sie denn, Herr Doktor, hat Melzer herausgewürgt, hat sie ...? Aber der Arzt hat gleich abwehrend die Hände gehoben, aber nein, hat er gesagt, das nicht, sowas soll er doch nicht denken, sowas soll er sich doch nicht einreden, aber ganz harmlos sei es auch nicht mehr, zwar nicht bösartig, aber gerade an der Grenze, Leukoplakien, hat er gesagt, wissen Sie, es sei eben zu lange zugewartet worden. Melzer hat den Arzt angeschaut, auf dessen über der Nasenwurzel zusammengewachsene Augenbrauen, und dann ist ihm das Bild an der Wand in den Blick gekommen, auf dem ein Arzt eine nackte, schon dahinsinkende Frau mit abwehrendem Griff dem zupackenden Tod aus dem Arm riß, das hab ich schon einmal irgendwo gesehen, ist es ihm durch den Kopf gegangen, und er hat den Arzt reden gehört, daß er das besser für sich behalten solle, was er jetzt erfahren habe, versprechen Sie mir das, hat der Arzt gesagt, sonst regt sich ihre Frau auch noch unnötig auf, und das wollen wir doch nicht, nicht wahr? Jaja, hat Melzer gesagt, und er ist mit dem Arzt zur Tür gegangen, und da ist ihm aufgefallen, daß der Arzt weiße Tennisschuhe anhatte, warum die alle Tennisschuhe anhaben? hat er gedacht, und er ist durch das Zimmer gegangen, in dem Maria mit offenem Mund auf einem Sessel gesessen ist, und hinaus ins Wartezimmer und hat ganz automatisch nach den Zigaretten gegriffen, da ist Rauchen aber verboten, hat ihn gleich eine alte Frau angebellt, ah ja, hat er gesagt und die Zigarette wieder zurück in die Packung gesteckt, und er hat plötzlich das Gefühl gehabt, daß alle Leute, die da saßen, schon wissen mußten, was mit Maria los war. Er hat von einem Gesicht zum anderen geschaut, und dann ist schon Maria herausgekommen, ist unsicher, mit hängenden Armen bei der Tür stehen geblieben, hinter ihr hat die Schwester einen Namen aufgerufen, und Maria ist schnell auf Melzer zugegangen.

Melzer hat sich gleich umgedreht, gehn wir hinaus, hat er gesagt.

Draußen haben sie sich entschieden. Sie haben sich entschieden, als könnten sie sich entscheiden, als wüßten sie wirklich wofür. Fürs kleinere Übel. Für die Bestrahlungen. Fürs *Andere* könnten sie sich immer noch entscheiden, haben sie gemeint. Sie sind auf dem langen Spitalsgang auf und ab gegangen. Jedesmal mußten sie ein Stück früher umdrehen, weil eine Frau in einem blauen Kittel den Steinfußboden aufgewaschen und ihnen, wenn sie ihr in die Nähe kamen, abschreckende Blicke zugeworfen hat. Melzer sind die Gedanken ständig woanders hingelaufen, und er hat sich immer wieder zwingen müssen, *daran* zu denken. Maria hat gesagt, daß sie sowas schon lang erwartet hat, eigentlich schon immer, hat sie gesagt, aber sie habe zu ihm nie was sagen, habe ihm keine Angst machen wollen, sie habe sich das ja schon ausrechnen können, daß da was nicht stimmt, daß da was Ärgeres sein muß, weil keine Behandlung angegriffen hat. Melzer hat immer wieder gesagt, daß es sicher nicht so arg ist, als es im ersten Moment ausschaut, er hat die Sätze des Arztes wiederholt, aber er hat den Eindruck gehabt, Maria glaubt ihm das sowieso nicht. Sie ist ihm für Augenblicke ganz fremd vorgekommen oder so, als lerne er sie erst jetzt kennen, wie sie wirklich ist. Er hat ihr zugeredet, daß sie gleich dableiben soll, es sei das Vernünftigste, hat er gesagt, obwohl ihm alles absurd, ganz ohne alle Vernunft erschienen ist. Maria hat viele Gründe gehabt, um wieder mit nach Hause zu fahren: sie kann die Kinder doch nicht so lange allein lassen, müsse vorher der Großmutter noch allerhand sagen, damit sie sicher sei, daß die Kinder alles hätten, was sie brauchen, und dann habe sie auch so viel Wäsche eingeweicht, weil sie doch morgen waschen wollte, aber Melzer hat ihr einen Grund nach dem anderen ausgeredet, dann hat sie es hinter sich, hat er gemeint, und muß nicht mehr drauf warten, zehn Tage sind nicht so lang, und wenn sie jetzt mitfährt, kann sie die ganze Zeit doch auch an nichts anderes denken. Schließlich ist nur noch ihr Einwand übriggeblieben, daß sie garnichts für einen Spitalsaufenthalt mithat, keinen Schlafrock, kein Zahnputzzeug, einfach überhaupt nichts. Dann kaufen wirs eben schnell, hat Melzer gesagt, ich hab eh genug Geld da. Er hat an sein Geheimfach in der Geldbörse gedacht. Schließlich hat Maria nachgegeben, und sie sind noch einmal zum Arzt hineingegangen. Melzer ist fast ein wenig stolz gewesen, weil der Arzt sie wegen des schnellen Entschlusses gelobt hat.

Nach dem Einkaufen sind sie in einem Wirtshaus gesessen. Maria hat dauernd damit angefangen, daß sie jetzt, weil das Geld nicht gereicht hatte, doch keinen Schlafrock habe. Sie müsse dann in der Spitalskluft herumlaufen, so ganz armselig, und das schaue dann so aus, als habe sie garkeinen Schlafrock, könne sich nicht einmal einen Schlafrock leisten. Melzer hat sich gewundert, daß sie viel mehr an den Schlafrock als an das dachte, was mit ihrem Hals los war und was sie im Spital erwartete. Sie haben Wiener Schnitzel bestellt, und Melzer hat ihr ständig zugeredet, daß sie essen soll, weil sie nur ein wenig daran herumgestochert hat. Er hat selber gemeint, er bringt das Schnitzel unmöglich hinunter, aber er hat Bissen für Bissen hinabgewürgt, weil er geglaubt hat, er kann Maria damit zeigen, daß es wirklich nicht so arg ist, weil er doch sonst keinen Appetit haben könnte.

Vor dem Abschied hat er eine solche Angst gehabt, daß er sie am liebsten vor dem Krankenhaustor aus dem Auto auf die Straße gestellt hätte und mit Vollgas davongefahren wäre. Immer wieder hat er sich vorstellen müssen, wie Maria in Tränen ausbrechen würde, wenn er dann ginge. Er ist ganz sicher gewesen, daß Maria sich dann nicht mehr länger würde zurückhalten können, auch wenn sie bis jetzt noch nicht geweint hatte. Aber als sie zurück ins Krankenhaus kamen, ist für einen großen Abschied garkeine Zeit gewesen. Maria ist in die Geschäftigkeit des Aufnahmemechanismus hineingekommen, und Melzer ist auf einmal allein dagestanden. Er hat sie dann noch einmal in einem Saal neben einem Bett stehen gesehen, schon im Nachthemd, und sie hat kurz zu ihm hingeschaut. Aber dann hat eine Schwester auf sie eingeredet, hat ihr offenbar das vorschriftsmäßige Verhalten erklärt, und Maria hat sich abgewandt, und dann ist auch die Tür zugegangen. Er ist noch eine Weile herumgestanden und hat gewartet, aber sie ist nicht wieder herausgekommen.

Auf der Heimfahrt ist ihm eingefallen, daß weder er noch Maria wußten, welche Bestrahlungen sie bekommen würde. Der Arzt hatte auch nichts Näheres gesagt, oder er hatte es gesagt, und Melzer hatte es überhört. Oder nicht verstanden. Vielleicht radioaktive Bestrahlungen, hat er gedacht. Irgendwer hatte erzählt, daß ein Verwandter so behandelt und »ganz verbrannt« worden sei. Melzer hat sich Brandblasen auf dem Hals Marias vorgestellt, aber dann hat er sich erinnert, daß der, der da so behandelt worden war, ja Krebs gehabt hatte. Und Maria hatte nicht Krebs. Das hatte der Arzt doch gesagt. Irgendwas anderes. An der Grenze. Aber nicht Krebs. Weil wenn es wirklich ganz gefährlich wäre, hat er gemeint, dann hätte der Arzt ihm das doch gesagt. Er konnte sich auch nicht vorstellen, daß der Arzt sonst hätte lächeln können. Da hätte er schon ganz anders dreingeschaut, hat er gemeint, viel ernster. Die Erinnerung an das freundlich heitere Gesicht des Arztes hat Melzer gegen alle anderen Gedanken verwendet, und er hat sich davon immer wieder beruhigen lassen. Das Fehlen eines Kehlkopfes, wenn die Bestrahlungen keinen Erfolg haben sollten, hat er sich ohnedies nicht vorstellen können. Hätt sie dann ein Loch im Hals? hat er gedacht, aber gleich darauf den Kopf geschüttelt.

Was kannst denn machen, sagt Melzer, wennst überhaupt nichts verstehst davon? Da mußt einfach alles glauben, was sie dir einreden, da mußt alles fressen, bleibt dir doch nichts anderes übrig. Das ist genauso, wie wennst das Auto zur Reparatur gibst und nachher hast eine Trumm Rechnung, und das war angeblich hin und das auch noch, und du mußt zahlen, weilst dich nicht auskennst mit dem Zeug. Und überhaupt, wennst gesund werden willst, dann glaubst einfach alles, ist doch eh klar. Es sagt dir doch keiner, wie das wirklich alles ist, da redens herum, wahrscheinlich glaubens, man ist sowieso zu blöd, daß mans versteht. Vielleicht ist man auch wirklich zu blöd, weil was lernst denn schon in der Hauptschule über den Menschen? Aber auf der anderen Seite gibts das ja garnicht, daß man das nicht so erklären könnt, daß man nicht doch ein bissel was mitkriegt. Aber die Mühe nimmt sich keiner, Zeit habens ja auch keine, weils Wartezimmer sowieso immer bummvoll ist, beim Doktor Landner mußt dich schon um fünf in der Früh hinstellen, aber brauchst nicht glauben, daß du dann der Erste bist, da gibts welche, die kommen noch früher, und wennst dich um acht, wenn er aufsperrt, hinsetzt, kommst garnimmer dran, weil um zwölf macht er Schluß, da können draußen soviel Leut sitzen, wie sie wollen, weil er halt ein guter Arzt ist, zu den anderen zwei Ärzten kannst eh nicht gehen, höchstens, wennst einen Krankenstand brauchst und nix hast oder grad einen Abszeß am Knie, damit sie dir eine schwarze Salbe verschreiben, zu denen kannst gehen, wennst außen was hast, was nicht zu übersehen ist, aber sonst nicht, ich bin ja auch einmal, wie ich noch beim Stollhuber gelernt hab, zum Doktor Schnabl gegangen, weil ich einen Krankenstand gebraucht hab, und da bin ich vor ihm auf dem Sessel gesessen, und bevor ich noch was sagen hab können, hat das Telefon geläutet, und er hat eine Viertelstunde telefoniert, und zwischendurch hat er mich immer ganz genau angeschaut, und dann hat er aufgelegt und ist um den Tisch herumgeschossen und hat mir ein Augenlid zurückgezogen und hat mir ins Aug geschaut, du hast eine Gelbsucht, hat er gesagt, und ich hab geglaubt, ich scheiß mich an, weil ich doch garnix gehabt hab, und da hab ich eben von mir aus eine Gelbsucht gehabt, drei Wochen Krankenstand, und der Doktor Schnabl hat mir eine Riesenflasche Gallesantropfen verschrieben und einen Sack Pfefferminztee, aber ich hab nix genommen, obwohl ich zuerst, weil der Schnabl so sicher gewesen ist, selber schon fast geglaubt hab, ich hab vielleicht doch Gelbsucht. Aber ich hab keine gehabt. So ist das eben. Aber bei der Maria wars ja was anderes. Die hat ja wirklich was gehabt. Aber erklärt hat auch keiner was. Nur so herumgeredet. Das und das hast du, heißt es, und da machen wir jetzt das und das und damit basta. Manchmal sinds dann noch so freundlich und fragen dich, ob du willst, aber was sollst denn drauf schon für Antwort geben, wenns dir vorher eh schon gesagt haben, daß es sowieso keine andere Möglichkeit gibt, wennst kein Bankl reißen willst. Meistens redens eh Latein, wenns ernst wird, und das einzige, was du weißt, ist, daß es ernst ist, wenns Latein reden. Erkundigen kannst dich ja nirgends, weil ja keiner von deinen Bekannten was weiß, auch nicht mehr als du, oder zumindest nur vom Hörensagen, und wenn schon, dann sagt einer das und ein anderer genau das Gegenteil. Kannst dich ja an nichts halten. Und unsereins kommt natürlich nicht zu den wirklichen Kapazundern, die wirklich ihr Geschäft verstehen. Höchstens wennst ein interessanter Fall bist. Weißt ja nicht einmal, wennst in ein Spital gehst, sagt er, ob das überhaupt schon richtige Ärzte sind, die da an dir herumdoktern, oder nur so Studenten, die erst lernen müssen, so Arztlehrbuben eben, weil die wirklichen Chefs, die sind für ganz andere da, da muß dir schon die Brieftasche so weit wegstehen wie der Lollobrigida die Brüst, sonst kommst bei denen nicht dran. Da müßtest schon ein Schah von Persien sein oder der Ibn Saud, der kommt, das kannst dir im Fernsehen anschauen, jedes Jahr mit seinem ganzen Harem und läßt sich das Service machen, und da schlagens natürlich alle Radeln, die größten Kapazunder, und du liegst in einem Riesensaal, und wenn Visite ist, schauns dich grad einmal im Vorbeirennen an, weils ja müssen, und Zeit habens ja sowieso keine für so viel Leut. Es ist halt so, sagt er, *wie es so schön heißt: besser reich und gesund als arm und krank.*

Melzer kam nach Hause, drehte sich ein paarmal in der Wohnung herum, jetzt hätt ich also eine sturmfreie Bude, dachte er. Er hat nicht recht gewußt, ob er wegen diesem Gedanken gleich ein schlechtes Gewissen haben sollte. Die Kinder waren bei seiner Mutter, und er fuhr hin. Genaue Durchuntersuchung, hatte er sich vorgenommen, würde er sagen, aber nichts von Bestrahlungen. Im Vorzimmer kam ihm Marina entgegen, mit wie eingelernt wirkendem ernsten Gesicht, die Omi sei krank, und in der Küche saß die Großmutter Melzers mit Karin auf dem Schoß, na daß ihr endlich kommts, sagte sie, wir haben schon so gewartet. Er ging gleich weiter ins Schlafzimmer. Drinnen waren die Vorhänge zugezogen, es roch süßlich nach Medikamenten, und die Mutter hob ein wenig den Kopf, als er hineinkam, und obwohl die dunkelblauen Vorhänge nur wenig Licht durchließen, sah er, daß die Mutter schwarze Ringe unter den Augen hatte. Er stand neben ihr, bekam keine Antwort auf seine Fragen und wußte nicht, was er denken sollte. Er hatte die Mutter fast nie krank und schon garnicht tagsüber im Bett gesehen, und am Morgen, als er die Kinder hergebracht hatte, war noch nichts gewesen. Gerade jetzt, dachte er, und es kam ihm wie eine Rücksichtslosigkeit der Mutter vor, sich gerade jetzt, wo Maria im Krankenhaus war, niederzulegen. Ja, Bruno, jetzt hats mich auch hingehaut, sagte sie auf einmal mit weinerlicher Stimme. Sie soll doch endlich sagen, was sie hat, verlangte Melzer wieder, und die Mutter legte langsam die Hände vor sich auf die Tuchent, preßte sie dagegen, dorthin, wo ihr Bauch sein mußte, der Bauch, sagte sie, der Bauch. Hinter ihm fing die Großmutter zu reden an, redete herum, sagte was von einer Gelbsucht, der Doktor sei dagewesen, und jetzt müsse die Mutter eben liegen. Marina fragte plötzlich nach ihrer Mutter, und da fiel dann auch den anderen auf, daß Maria nicht da war. Ah ja, sagte die Großmutter, wo ist sie denn eigentlich? Melzer drehte sich weg, damit er die Kinder nicht sah, schaute beim Reden auf das Hochzeitsbild der Mutter an der gegenüberliegenden Wand und sagte seine eingelernten Sätze gegen das Bild hin. Marina fing gleich zu plärren an, ich will meine Mama, ich will meine Mama, schrie sie, und Melzer deutete der Großmutter mit dem Kopf gegen die Tür und die Großmutter nahm die Kinder und zog sie hinaus. Mein Gott, Bruno, sagte die Mutter, was werdets denn jetzt machen, wo ich nicht aufkann. Melzer sah die Mutter an, die fettigen Haarsträhnen auf dem Kopfpolster, und er hörte, wie die Großmutter draußen die Kinder beschäftigte, ihnen Sprüche heruntersagte, ein zwei drei Peterlmann, das Katzerl hat Stieferl an. Es wird schon irgendwie gehen, sagte Melzer, in zehn Tagen kommt sie doch eh wieder heraus, und so lang kann doch eine Gelbsucht auch nicht dauern. Er hörte, wie die Mutter aufschnupfte, aber er sah nicht hin, weil es ihm zuwider war, die Mutter weinen zu sehen. Für einen Moment dachte er, der Mutter zu sagen, warum Maria wirklich im Krankenhaus geblieben war. Dann hätts einen Grund, dachte er ärgerlich, dann könnts plärren. Er hat sich plötzlich umgedreht und ist hinausgegangen, um mit der Großmutter zu bereden, wie es weitergehen sollte.

Er ist froh gewesen, daß er sich wenigstens keinen Urlaub nehmen mußte. Die Großmutter hielt sich für rüstig genug. Sie hat vier Kinder aufgezogen, wird sie der zwei auch noch Herr werden, meinte sie. Seit Franz geheiratet hatte und weggezogen war, wohnte sie bei der Mutter Melzers in der Mansarde, wo sie fast alle Möbel, die in ihrer früheren Wohnung gewesen waren, hineingestopft hatte, sodaß man sich kaum umdrehen konnte. Am Morgen kam sie von der Mansarde herunter, und am Abend ging sie hinauf. Öfter wären ihr ihre neunzig Kilo auf den zwei dünnen Beinen die steile Treppe hinauf zu anstrengend gewesen. Wenn sie einmal herunten war, blieb sie herunten. Aber ich kann noch rennen wie ein junges Pupperl, behauptete sie immer wieder. Auf jeden Fall konnte sie kochen und die Kinder und ihre Tochter halbwegs versorgen. Den Rest erledigte Melzer. Gerade die Nächte blieben ihm *für sich*.

Bevor er am Morgen zur Arbeit fuhr, sah er kurz bei der Mutter vorbei, räumte die Asche aus den beiden Öfen und heizte ein, und nach der Arbeit fuhr er auch gleich wieder hin, ging einkaufen, was ihm die Großmutter in ihrer für ihn kaum leserlichen Kurrentschrift auf einen Zettel geschrieben hatte, brachte die Kinder zu Bett, die oben im Mansardenzimmer im Bett der Großmutter schliefen, neben ihr in ihrem alten Ehebett, das sie sich, obwohl sie seit dem Tod des Großvaters nur noch die rechte Seite belag, nicht hatte nehmen lassen. Fünfzig Jahre, hatte sie gesagt, sei sie in dem Bett gelegen, und jetzt zahle es sich auch nicht mehr aus, daß sie sich an ein anderes, an ein *halbes* Bett gewöhne. Melzer hackte Holz, stapelte es in der Holzkiste neben dem Küchenherd, trug Kohlen herein, schlug dem kleinen Bruder, der immerhin schon im letzten Schuljahr war, mit der verkehrten Hand die Nase blutig, weil er sich jetzt für ihn verantwortlich fühlte und der Kleine trotz aller Ermahnungen seine Hausaufgaben erst schnell noch vor dem Schlafengehen herunterschmierte und auch noch *freche Antworten* gab, Melzer sei nicht sein Vater und habe ihm garnichts zu sagen. Wenn die Großmutter gegen halb neun, bei jeder zweiten Stufe rastend, in die Mansarde hinaufging, drehte Melzer überall die Lichter aus, brachte der Mutter noch schnell das, was sie sich bis zum allerletzten Moment aufhob, was zu trinken, Bruno, wenns dir nicht zu viel Arbeit ist, den Franzbranntwein zum Kopfeinwaschen, weil er gar so hitzt, und dann versperrte er das Haus und fuhr nach Hause. In die sturmfreie Bude. Dort ging er herum und dachte immer wieder daran, am nächsten Tag die Kinder mitzunehmen, bei sich schlafen zu lassen, wenigstens Marina, mit der er schon ein wenig reden konnte, damit die Wohnung nicht gar so leer sei. Fernsehen. An den herumliegenden Gegenständen herumrücken. Das Bettzeug auf der Polsterbank ein paarmal glattziehen, das er am Morgen garnicht weggeräumt hatte und das ihm, wenn er in die Wohnung kam, sofort die Ausnahmesituation, in der er war, klarmachte. Weggehen wollen. Immer wieder sagte er sich, daß das ohnedies keinen Sinn habe, weil an einem gewöhnlichen Wochentag einfach nichts los war. Da werfen die Wirten schon selber Schillinge in die Musikbox, dachte er, weil ihnen so fad ist. Er ist trotzdem immer noch weggegangen. Wenn er dann ein paar Stunden später wieder in die Wohnung kam, war er betrunken genug, daß er sofort einschlief.

Ständig hat Marina nach der Mama gefragt, und Melzer mußte ihr immer wieder vorrechnen, wie oft sie noch schlafen müsse, bis die Mutter wiederkäme, während Karin an der Urgroßmutter vollauf genug zu haben schien. Mitten im Spiel, in das sie anscheinend ganz versunken war, konnte Marina plötzlich stocken und nach der Mutter fragen. Melzer ist sich zuerst richtig überfragt vorgekommen. Ablenkungsmanöver haben nur für Minuten genützt. Nicht einmal die endlosen Sprüche auf den Knien der Urgroßmutter haben Marina dann interessieren können. Melzer mußte von Maria erzählen, was sie jetzt wohl gerade mache, im Bett liegen, den Doktor in den Mund schauen lassen, fest an Marina denken. Melzer hat sich Einzelheiten ausdenken müssen, die ihm fast unvorstellbar waren. Er hatte doch selber keine Ahnung. Aber anders war Marina nicht zu beruhigen. Mit unverminderter Aufmerksamkeit konnte sie seinen sich ständig wiederholenden Sätzen zuhören. Die Geschenke, die Maria für die Kleine mitbringen würde, die Versprechungen von Geschenken sind immer größer geworden. Vor lauter Hilflosigkeit hätte er fast den wahren Grund von Marias Krankenhausaufenthalt verraten. Er hatte sich nie so viel um die Kinder gekümmert. Dazu war ohnedies Maria dagewesen. Das war allein ihre Sache gewesen. Für ihn doch nichts weiter als eine Belästigung, an die er sich gewöhnt hatte, weil es keine andere Möglichkeit gab. Er hatte eben eine Familie, und zu einer Familie gehörten Kinder. Wenn er nach der Arbeit nach Hause gekommen war, hatte er immer möglichst Ruhe vor ihnen haben wollen. Er hat eh den ganzen Tag gearbeitet. Irgendwann wird ihm doch eine Ruhe zustehen. Außerdem braucht man die Fratzen nicht so verwöhnen, hatte er sich gerechtfertigt, wenn Maria ihm vorgeworfen hatte, daß er überhaupt nie mit den Kindern spielte wie andere Väter. Aber er ist schließlich der Melzer und kein anderer. Sie hätte sich ja einen anderen für ihre Kinder suchen können. Er hatte keinen Grund, sich an einem anderen ein Beispiel zu nehmen. Mit ihm ist auch nicht so herumgetan worden. Seine Mutter hätte nicht Zeit gehabt. Damals war Krieg. Er hat einfach nicht recht gewußt, was er mit Kindern anfangen sollte. Was denn mit ihnen reden? Sie verstanden doch noch nichts. Außerdem sollte er hochdeutsch reden, damit die Kinder einmal eine schönere Sprache bekämen als er. Wenns für ihn reicht, hatte er zu Maria gesagt, wirds für seine Kinder wohl auch reichen. So leicht kam er sich lächerlich vor, wenn er mit den Kindern herumtat. Hinter einem Kinderwagen, mit Kind am Arm so unmännlich wie damals hinter dem Rollstuhl des Derflinger Horst. Wenn er sich, seiner Meinung nach, zu sehr mit den Kindern beschäftigt hatte, hat er oft gedacht, hoffentlich sieht ihn jetzt keiner von seinen Freunden. Doch nun mußte er. So ganz reichte die Urgroßmutter eben nicht. Außerdem war er das Maria schuldig. Sie soll sich im Krankenhaus wenigstens keine Sorgen um die Kinder machen müssen. Und jetzt kann ihn auch keiner auslachen, wenn er mit den Kindern herumtut, weil er ihnen doch die Mutter ersetzen muß. Er hat gehofft, Marina würde der Mutter, wenn sie aus dem Krankenhaus heimkäme, erzählen, wie sehr er sich mit ihnen abgegeben habe. Er hat sich Marias Dankbarkeit schon ganz deutlich vorstellen können.

Am Sonntag ist er Maria besuchen gefahren: vier Stunden im Auto hin und zurück, weil der Wagen höchstens noch achtzig hergab. Von jedem VW hat er sich überholen lassen müssen. Er hat es ohnedies nicht eilig gehabt, hinzukommen. Rundherum ist ein wunderschöner Tag gewesen, wie zum Aussteigen und in irgendeinen Feldweg Hineinrennen, zwischen den Büschen, an denen sich endlich die Knospen herausschoben, verschwinden und ganz vergessen, daß man sonst noch was vorhat. Es hätte ihn nicht gewundert, wenn sich der Himmel, je näher er der Stadt kam, in der das Krankenhaus lag, immer mehr verdüstert hätte.

Er hat das Glas mit dem Apfelkompott im Auto gelassen und hat am Kiosk neben dem Krankenhauseingang Blumen gekauft. Das Kompott hatte die Großmutter extra für Maria gekocht, weil ihr ein Krankenhausbesuch ohne Apfelkompott ganz unmöglich vorkam. Aber er läßt sich doch nicht von den Leuten anschauen, wenn er mit dem Kompott daherkommt, hat Melzer gemeint, so ein Kleinhäusler ist er doch auch wieder nicht. Er hat Nelken gekauft, sieben Stück, eine ungerade Zahl, weil ihm Maria schon ein paarmal erklärt hatte, daß *man* eine ungerade Anzahl Blumen schenkte und keine gerade. Sonst war das für ihn eher ein Grund gewesen, absichtlich eine gerade Anzahl, wenn überhaupt, zu kaufen, weil er es idiotisch gefunden hat, daß eine ungerade Zahl *feiner* sein sollte als eine gerade. Zwei Arme, zwei Beine, zwei Augen, vier Räder waren doch auch in Ordnung, dreirädrige Autos bloß lächerlich. Er hat immer gedacht, das ist bloß so eine Falle, die von den Besseren aufgestellt wird, um die herauszufangen, denen man nicht auf den ersten Blick anmerkt, daß sie doch keine *ordentliche* Erziehung haben. Aber heute würde er Maria den Gefallen tun, sie glauben zu lassen, er habe von ihr doch schon ein Benehmen angenommen. Weil so schlecht, hat er gedacht, kanns ihr garnicht gehen, daß sie die Blumen nicht nachzählen wird.

Der Besuch ist ihm ohnedies zuwider genug gewesen. Nicht daß er Maria nicht hätte sehen wollen. Er hätte sich schon auf sie gefreut oder wenigstens fast. Aber nicht auf die Maria in einem Krankenhaus, in das man als gesunder Mensch wie eine leibhaftige Zumutung, wie eine lebende Provokation für die hineinkam, die dort eingesperrt waren; wo man sich für seine

Gesundheit fast genieren mußte, ein schlechtes Gewissen bekam, weil der unausgesprochene Satz, so gut wie dir möchts mir gehen, dauernd in der Luft hing. In Krankenhaussälen fiel ihm doch nie was Vernünftiges zu reden ein, da war es ihm bloß immer peinlich, sie Sätze sagen zu hören, an die ohnedies keiner glaubte und die ihm wie eine ganz plumpe Schmeichelei erschienen: na ich seh schon, es wird langsam wieder; na du schaust aber heute schon viel besser aus.

Obwohl die Besuchszeit gerade erst angefangen hat, sind schon ziemlich viele Besucher im Saal, als er hineinkommt. Maria liegt halb sitzend im Bett und macht ein vorwurfsvolles Gesicht. Sie hat schon geglaubt, auch heute komme niemand. Gestern war nämlich auch schon Besuchszeit. Maria hat einen dicken Wickel um den Hals und ihre Stimme ist vielleicht ein wenig kratziger als sonst, oder es kommt ihm nur so vor, weil er sie jetzt ein paar Tage nicht gehört hat. Melzer packt die Blumen aus, windet sich aus dem Mantel, holt sich den Sessel vom Fußende des Bettes, rückt ihn zurecht. Das hilft ihm gleich über das Ärgste, über die Begrüßung, hinweg. Maria will sofort von den Kindern berichtet haben. Alles ist bestens mit ihnen, behauptet Melzer, aber sie will Genaueres wissen. Sie will hören, daß den Kindern garnichts abgeht, daß sie ihnen aber gleichzeitig sehr, sehr fehlt. Melzer muß ziemlich lange herumreden, bis er diesen Widerspruch endlich zur Zufriedenheit Marias hat. Daneben muß er auch noch aufpassen, daß ihm nichts von der Krankheit seiner Mutter herausrutscht. Sonst glaubt ihm Maria doch den sie beruhigenden guten Versorgungszustand der Kinder nicht. Ihm und der Großmutter traut sie das doch nicht zu. Da käme sie vielleicht gleich auf die Idee zu sagen, unter solchen Umständen hat sie keine Ruhe im Spital, und sie will gleich mit. Auch wenn am Sonntag niemand entlassen wird. Daß die Bettnachbarin Marias, die noch keinen Besuch hat, aufmerksam mithört, macht ihm das Reden auch nicht gerade leichter. Die Frau nickt sogar mit dem Kopf dazu, als erzähle Melzer ihr die Geschichten. Manchmal, denkt er, wärs wirklich nicht schlecht, wenn man eine Fremdsprache könnt. Oder ein Kind sein und die Zunge herausstrecken können.

Maria geht es den Umständen entsprechend. Sagt sie. Die Schwestern sind halbwegs, das Essen ist halbwegs, Beschwerden hat sie keine besonderen, keine anderen als sonst, nur das Bettliegen geht ihr auf die Nerven. Als ob ich eine liegende Krankheit hätt, sagt sie, und daheim wartet die Arbeit auf mich.

Garnichts wartet, sagt Melzer, das wird alles gemacht. Genauso als wenn sie da wäre. Also braucht mich eh niemand, sagt sie leise, bin ich eh unnötig? Melzer sieht schnell zu Marias Bettnachbarin hin, die sich aber auf die andere Seite gedreht hat und dort mithört, und er greift nach Marias Hand, Blödsinn, sagt er, so ein Blödsinn, bei zwei Kindern kannst doch nicht unnötig sein. Ja, sagt Maria, aber sonst schon, was? Melzer kann keine Antwort mehr geben, weil plötzlich ein paar Betten weiter ein Streit ausbricht, zu welchem Bett ein bestimmter Sessel nun gehört. Eine Frau hat den Sessel an der Lehne gepackt, eine andere ihn an den Beinen, und sie zerren daran herum, der gehört da her, nein, da ist er gestanden, lassens aus, ich laß garnichts aus, bis ein Mann der einen Frau zu Hilfe kommt und die andere schimpfend aufgibt. Aber das wird sie der Oberschwester melden, prophezeit sie, sie kennt die Oberschwester nämlich. Melzer grinst und fühlt sich gleich ein wenig wohler, nicht mehr ganz so wie in einem Krankensaal. Hast mir eigentlich den Schlafrock mitgebracht, fragt Maria plötzlich. Melzer versucht ein schuldbewußtes Gesicht zu machen, Scheiße, sagt er, den hab ich vergessen, ich hab mir ja eh dauernd gedacht, daß ich was vergessen hab. Maria seufzt, hättst schon dran denken können, sagt sie, jetzt kann ich weiter mit dem Fetzen herumrennen, deutet sie zum Fußende ihres Bettes, über das der blauweiß gestreifte anstaltseigene Schlafrock gebreitet ist. Aber tu dir was an, sagt Melzer, ist ja eh nur mehr die paar Tage, wann kommst denn jetzt eigentlich heraus? Maria rückt in ihrem Bett herum, schaut auf ihre Hände, die an der Bettdecke herumzuzupfen anfangen, Melzer sieht, daß sie die Nägel schon wieder ganz abgebissen hat, am Donnerstang mußt mich holen, sagt sie, am Mittwoch krieg ich die letzte Bestrahlung, und sie schaut ihn plötzlich an, aber ich muß dann noch einmal herein, sagt sie, in der Woche darauf, und sie sieht gleich wieder weg, auf ihre unruhigen Finger. Schon wieder, sagt Melzer, warum denn? Maria greift sich an den Halswickel, weißt eh, sagt sie, der Herr Primararzt sagt, es ist das Beste.

Melzer hat in den letzten Tagen oft an den *Eingriff*, wie der Arzt das genannt hatte, gedacht, aber immer ist es ihm wie etwas gewesen, an das er eigentlich garnicht denken sollte, garnicht dürfte, sonst trete es vielleicht wirklich ein. Er sitzt einen Moment sprachlos da, und? sagt er, was sagst *du* dazu? Ich glaubs auch fast, sagt Maria, es wird ja sonst nimmer, sagt der Herr Primar, und Melzer sieht sie an, sieht sie schlucken, und er schaut weg, zum Fenster, auf dem Blumen stehen und zwei Gläser mit irgendeinem Kompott. Wahrscheinlich Apfelkompott, denkt er und möchte am liebsten laut herauslachen. Sag was, sagt Maria, sag doch was, warum sagst denn nichts? Melzer hebt die Schultern, was soll ich denn sagen? sagt er, wenns notwendig ist, der Primar wirds schon wissen.

Maria fängt dann zu erzählen an, was sie über die Operation schon weiß. Vier bis fünf Wochen würde es dauern, bis alles vorbei sei, dann könne sie wieder ganz normal leben, normal essen und auch sprechen lernen anfangen. Hier im Krankenhaus gäbe es Kurse, in denen sie das Sprechen mit dem Zwerchfell erlernen könne. Der Primar sei eine wirkliche Kapazität auf dem Gebiet der Kehlkopfoperationen. Maria weiß sogar schon den lateinischen Ausdruck für die Operation: Laryngektomie. Das hört sich, findet Melzer, gleich viel weniger arg an. Der Primar habe sogar eine neue Operationsmethode erfunden, die viel besser sei als die alte, weil nämlich der Luftröhrenausgang dann nicht mehr von selber zufallen könne und mit einem Gerät offengehalten werde müsse. Trachealkanüle, sagt Maria, heißt das, aber das braucht sie dann garnicht. Luftröhrenausgang? fragt Melzer, wo denn ein Luftröhrenausgang? Na da, zeigt Maria mit der Spitze ihres Zeigefingers vorne auf ihren Halswickel. Ist da dann ein Loch, fragt Melzer, und er spürt, wie es ihm den Mund zusammenzieht. Maria nickt, sie habe sogar schon ein paar Patienten gesehen, erzählt sie, die bereits so eine Operation hinter sich hätten, die würden sogar schon ein paar Tage danach aufstehen und herumgehen können. Und wie schaut das aus? stößt Melzer heraus. Weiß ich auch nicht so genau, sagt Maria, die sind ja verbunden gewesen, nur so Röhrln habens in der Nase gehabt, so Kanülen, sagt sie, so Kanülen. Durch die würden sie nämlich die erste Zeit ernährt.

Maria breitet weiter ihr Wissen vor ihm aus, und er sitzt da, blinzelt in die schräg in den Saal hereinfallende Sonne, hört ihre kratzende Stimme unter dem Stimmengewirr ringsum, und er hat immer wieder den Eindruck, daß Maria, während sie redet, während sie herausläßt, was sie aufgeschnappt hat, überhaupt nicht daran denkt, daß sie das bald am eigenen Leib verspüren wird. Als rede sie über ein Ding und nicht über ein Teil von sich selber. So als erzähle sie, wie er ihr früher von den Maschinen beim Gabmann und wie sie funktionieren zu erzählen versucht hat. Genauso unverständlich wie ihr damals seine Erklärungen kommen ihm auch manche Einzelheiten vor, als sie ihm erzählt, wie die Bestrahlungen vor sich gehen.

Daheim bei der Mutter hat er berichtet, daß es Maria gut gehe, sie lasse alle grüßen. Und das Apfelkompott? hat die Großmutter gefragt. Ja, sie läßt sich bedanken, hat Melzer gesagt.

Melzer hat sie durchs Auslieferungslager daherkommen gesehen, immer wieder sind sie stehengeblieben, und der Herr Fritz, der Juniorchef, hat dem Mädchen was erklärt, dann sind sie das Fließband entlanggekommen, und Melzer hat zwischen seiner Arbeit immer wieder Blicke auf das Mädchen geworfen, jung war sie, vielleicht knapp über zwanzig und sehr hübsch, wahrscheinlich eine Verwandte des Chefs, hat er gedacht, und er hat, ohne es zu merken, schneller zu arbeiten angefangen, als könne das ein Grund sein, daß das Mädchen auf ihn aufmerksam würde, er hat scheinbar für nichts mehr sonst Augen gehabt, als für seine Arbeit, er hat die an den Schrank zu heftende Tür ganz locker mit dem linken Fuß und der linken Hand hochgehalten, als sei das garkeine Anstrengung, und dann sind sie hinter ihm vorbeigegangen, und er hat sie lachen gehört, mit einer ganz hellen Stimme, und auch der Herr Fritz hat ein wenig gelacht, und wie er sich umgedreht hat, um nach der Richtlatte zu greifen, wäre er fast mit ihr zusammengestoßen, Entschuldigung, hat sie gesagt, und ihr Gesicht ist ganz knapp vor seinem gewesen, und er hat auch ein Entschuldigung gemurmelt und sich schnell an den davonziehenden Kasten gehängt. Er hat ihnen nachgeschaut, während er weiter seine Handgriffe gemacht hat, und ihr Gesicht ist noch immer vor seinem gewesen, die glatte Haut und die genauen Brauen und das wie von selbst sich ums Gesicht legende Haar, die feinen Lippen, er hat ihr seidiges Kleid um ihren Körper schwingen gesehen, und alles schien zusammenzupassen, zusammenzugehören, wie in einem Stück erfunden worden zu sein, ganz anders als bei den Frauen, die da drüben an den Tischen arbeiteten, und in seinem Kopf hat sein »Entschuldigung« ganz anders geklungen, und er hat noch ein paar lockere Sätze gesagt, und sie hat ihn angelächelt und ihm in die Augen geschaut, und beim Weitergehen hat sie sich immer wieder nach ihm umgedreht, und als er nach der Arbeit in sein Auto gestiegen ist, ist sie schon drin gesessen, und er ist mit ihr, weil sie das unbedingt wollte, zu dem am Stadtrand neben dem Teich liegenden Bungalow gefahren, und der Herr Fritz hat gelächelt und genickt, als er sie begrüßt hat, ihm ist ohnedies schon aufgefallen, daß der Herr Melzer ein hervorragender Arbeiter ist, hat er gelächelt, und das Mädchen ist an seinem Arm gehängt und hat ihn angestrahlt, und der Herr Fritz hat gesagt, daß er den Herrn Melzer zu seiner rechten Hand machen wird, und gegen eine Verbindung mit seiner Nichte hat er natürlich auch nichts einzuwenden, Melzer hat die letzte Schraube ins Scharnier gedreht, ist aus dem Schrank gestiegen und zum nächsten zurückgegangen. Wär nicht schlecht die Katz zur Rohrpflege, was? hat der Kowanda gesagt, und Melzer ist ein wenig zusammengezuckt. Er hat gegrinst und dem Kowanda zugenickt und ist den nächsten Kasten angegangen. So was Blödes, hat er gedacht, jetzt bin ich schon so alt und spinn noch immer wie damals. Als ob ich noch jung und deppert wär. Damals hat er sich auch immer eingebildet, daß er solche Weiber haben kann. Er hat die nächste Tür angeschlagen. Außerdem bin ich ja verheiratet, ist ihm eingefallen. Mit einer kranken Frau. Ein paar Schritte weiter sind ihm die Gedanken schon wieder davongelaufen.

Die Vorhänge im Schlafzimmer der Mutter waren tagsüber wieder von den Fenstern gezogen. Sie redete wieder so, daß es Melzer nicht mehr vorkam, als wolle sie mit der Weinerlichkeit ihrer Stimme bloß Mitleid von ihm erpressen. Vom Bett aus erteilte sie Befehle. Es genügte ihr nicht mehr, daß die Hausarbeit gemacht, daß alles irgendwie erledigt wurde. Es sollte wieder alles so gemacht werden, wie sie es gemacht haben wollte. Die Großmutter sagte jaja, machte es aber trotzdem, wie sie es ihr Leben lang gemacht hatte. Die Einbrenn mit Schmalz statt mit Margarine; die Milch abkochen und ins Fenster stellen, statt sie gleich roh in den Kühlschrank zu tun.

Der Arzt kam immer noch jeden zweiten Tag, und die Mutter stand auch weiterhin nur auf, wenn sie die Notdurft verrichten mußte. Aber sie ging nicht einmal bis hinaus zum Klo, sondern hockte sich gleich neben dem Bett aufs Nachtgeschirr, das dann die Großmutter hinaustrug. Sie soll beim Austragen wenigstens eine Zeitung drüberdecken, sagte Melzer, aber die Großmutter meinte, er soll nicht so tun, als ob er gar so eine feine Nase hätte. Schon allein die Vorstellung, die Mutter auf dem Nachtgeschirr hocken zu sehen, wenn er plötzlich einmal ins Schlafzimmer käme, war ihm widerlich. Die Mutter soll ordentlich angezogen sein und in der Küche stehen, soll ihn da nicht mit Ausscheidungen irritieren.

Langsam fing er an, die Gelbsucht der Mutter zu bezweifeln. Blaß war sie, sehr blaß, aber nicht gelb. Doch sie und die Großmutter bestanden mit einer ungewöhnlichen Heftigkeit auf der Gelbsucht, was ihn erst recht skeptisch machte. Zuerst hatte er die Gelbsuch eher nur deshalb bezweifelt, um der Mutter sein Interesse an ihr zu zeigen. Er las heimlich die Aufschriften auf den Medikamentenpackungen, die die Mutter auf dem Nachttisch stehen hatte, konnte aber wegen der vielen Fremdwörter nicht schlau daraus werden. In der Fabrik erfuhr er dann, daß man bei Gelbsucht fettlos essen müsse. Das sei überhaupt das einzig Arge dran, behauptete der Steidl, der schon einmal Gelbsucht gehabt hatte, keinen Schweinsbraten essen können, während den anderen das Fett nur so über den Goder rinne. Die Mutter aß zwar wenig, aber dasselbe wie alle anderen. Melzer war nahe daran, ihr zu sagen, sie sollen ihn doch nicht für blöd halten, als er sah, daß auf der Hühnersuppe, die die Mutter aß, große Fettaugen schwammen. Aber vielleicht bildet er sich nur ein, daß ihm was verheimlicht wird, dachte er, weil er ihnen doch selber was verheimlicht.

Überraschend kam er ins Schlafzimmer der Mutter. Die Großmutter schüttelte ihr gerade die Tuchent auf, aber noch bevor er wegschauen konnte, sah er, daß die Mutter unter dem Nachthemd, das ihr bis zum Bauch hinaufgerutscht war, ihre Monatshose trug. Die hat ein Weiberleiden, dachte er sofort, weil er wußte, daß die Mutter längst über das Alter hinaus war, in dem sie so ein Kleidungsstück gebraucht hätte.

Seit der Vater endgültig weggeblieben war, war die Geschlechtslosigkeit der Mutter, wie sie in Melzers Kopf vorkam, nicht mehr richtig in Frage gestellt worden. Nichts, was mit dem *Unterleib* zu tun hatte, war zu Hause bei der Mutter je beredet worden, und wenn der Onkel Karl auf Besuch war und trotz der Blicke seiner Frau nach ein paar Vierteln Wein Witze zu erzählen anfing, *ordinäre* Witze, dann genierte sich Melzer immer noch ein wenig für die Mutter, wenn er sah, daß sie über die Witze ein bißchen lachte. So als gestehe sie mit dem Lachen ein, daß sie den Witz *verstanden* habe. So als gestehe sie mit diesem Verständnis ihr Geschlecht ein.

Langsam erinnerte sich Melzer, die Mutter im letzten halben Jahr öfter über Bauchschmerzen klagen gehört zu haben. Und einmal war er zu ihr gekommen, und sie war von Bauchschmerzen ganz zusammengekrümmt am Herd gelehnt. Aber er hatte das nicht ernst genommen. So wenig ernst wie sie. Sie hatte ja von einem Erbsenpüree geredet, das sie gegessen hatte.

Obwohl es ihm ganz lächerlich vorkam, daß sie wirkliches Leiden vor ihm geheimhielt, wo er doch schon *alt genug* war, um über solche Dinge Bescheid wissen zu dürfen, er doch selber eine Frau hatte und Kinder gemacht hatte, hat er sich nicht zu sagen getraut, daß er jetzt weiß, was mit ihr los ist. Er hat selber nicht gewußt, ob *er* sich geniert oder ob sich die Mutter genieren würde, wenn er mit seinem Wissen daherkäme. Er ist aus dem Schlafzimmer gegangen, ein wenig dick im Kopf, hinaus in den Schuppen und hat angefangen, auf das schwer zu zerkleinernde Wurzelholz einzuschlagen, obwohl noch genug Vorrat an gespaltenem Holz an der Schuppenwand gestapelt war.

Maria war wieder da. Alles lief wieder *normal*. Wie es immer gelaufen war. Wenn der Wecker am Morgen läutete, konnte Melzer sich wieder in die Decke eindrehen und noch ein wenig weiterschlafen. Er hörte Maria schon garnicht mehr, wenn sie aufstand. Wenn sie ihn weckte, war das Frühstück fertig. Wenn er aus dem Haus ging, konnte er sich wieder vorstellen, daß Maria sich noch einmal ins Bett legte und in den Tag hinein schlief, was sowieso nicht stimmte. Aber er konnte es sich wieder vorstellen. Abends, wenn er heimkam, war alles gemacht, was zu tun gewesen war. Nichts wartete auf ihn, auf seine Handgriffe. Auch die Arbeiten waren erledigt, die, laut Maria, sowieso nur eine Frau sieht. Maria ging sogar tagsüber zur Mutter, um der Großmutter die Arbeiten abzunehmen, die sie wegen ihrer schlechten Beine nur schwer selbst machen konnte. Sie waren wieder eine ordentliche Familie, und er konnte sein Recht in Anspruch nehmen, am Abend von der Arbeit in der Fabrik müde zu sein. Die Kinder mußten nicht mehr ihn mit Spielen belästigen. Und es gab wieder seinen Herrenabend am Freitag. Daß er während Marias Krankenhausaufenthalt jeden Abend hatte oder hätte weggehen können, hatte das Besondere des Freitagabends ziemlich zum Verschwinden gebracht. Am Donnerstag hatte er Maria aus dem Krankenhaus geholt. Da hatte er sich noch vorgenommen, auf *seinen* Freitagabend zu verzichten, weil es ihm noch wie eine Rücksichtslosigkeit vorgekommen wäre, ihn einzuhalten. Aber am Freitag ist schon alles so normal gelaufen, daß er keinen Grund mehr gesehen hat, daheim hocken zu bleiben. Außerdem wills eh fernsehen, hat er sich gesagt, da brauchts mich eh nicht dazu. Die Aufregungen des Donnerstags hatten sich längst gelegt: Maria hatte von der Krankheit der Mutter erfahren und die Mutter den wahren Grund von Marias Krankenhausaufenthalt. Und von der kommenden Operation. Melzer, der auch am Nachmittag Urlaub gehabt hätte, war sogar freiwillig arbeiten gegangen, um das Katastrophengerede der beiden Frauen nicht mehr mitanhören zu müssen. Die Großmutter war trotz ihrer schlechten Beine draußen im Garten herumgelaufen. Als er am Abend dann zur Mutter gekommen war, war die Katastrophe schon so weit zerredet gewesen, daß er bei ihnen sitzenbleiben konnte.

Samstags Besuch bei Rosi und Hubert. Sonntags Ausflug auf den Nebelstein mit den Kindern und der Großmutter. Die Mutter war am Vortag zum erstenmal wieder aufgestanden. Montag, Dienstag, Mittwoch. Je näher der Donnerstag kam, umso größer sind Melzers Anstrengungen geworden, sich, solange es noch ging, aus dem Haushalten herauszuhalten.

Alles war vorbereitet, eingepackt, hergerichtet, bereitgelegt. Der Mittwochabend war für Maria nur noch ein Hinundhergehen zwischen den Dingen, die sie mitnehmen, und denen, die sie zurücklassen würde. Als unübersehbarer Mittelpunkt stand mit aufgeklapptem Deckel der Koffer im Zimmer. Maria wiederholte ein ums andere Mal, was Melzer in der nächsten Zeit zu erledigen, worauf er zu achten habe, wie die Kinder versorgt werden müßten. Von soviel Geschäftigkeit, die in sich selber im Kreis lief und größtenteils aus dem Herumschichten von Dingen von einem Platz auf den anderen bestand, ist Melzer selber ganz unruhig geworden. Er ist in seinem Sessel gesessen, hat ein Bier und dann noch eins getrunken und hat Maria zugesehen, wie sie im Zimmer hin und her ging, sich niedersetzte, wieder aufstand, mit ihm oder mit sich selber redete. Wenns nur schon morgen wär, dachte er, morgen um die gleiche Zeit. Oder besser noch übermorgen, da wäre die Operation dann auch schon vorbei. Die Tage vergingen ja sonst auch, ohne daß er sie merkte, waren weg, ohne daß sie ihm abgingen. Warum konnte man dann nicht gleich ein paar überspringen? Ärmer wäre er wegen der paar Tage sicher nicht geworden.

Der Fernseher wurde aufgedreht und wieder abgedreht, wieder auf- und wieder abgedreht. Irgendwie schien das zu fremd, was vom Bildschirm ins Zimmer kam.

Es wunderte ihn, daß die Kinder so ruhig schliefen. Wenn sie sich von einer Seite auf die andere gewälzt, wenn sie alle Augenblicke aufgeschrien hätten, aufgefahren wären, hätte das seiner Meinung nach viel besser zur Stimmung gepaßt, die im Raum herrschte.

Er konnte zu reden anfangen, wovon er wollte, aber in kurzer Zeit kam jedes Gespräch dem ganz gefährlich nahe, was nun bevorstand und wovon er nicht reden wollte. Wenn er nicht einmal dran denken wollte. Was sollte er sich denken zu einer Sache, der sich keine guten Seiten abgewinnen ließen?

Maria hat sich unter den Büchern am Regal, die fast ausnahmslos *Hauptvorschlagsbände* einer Buchgemeinschaft gewesen waren, zwei zum Mitnehmen herausgesucht, die ihr beim erstenmal Lesen besonders gefallen hatten, und dabei hat sie entdeckt, daß sich hinter den Büchern schon eine dicke Staubschicht angesammelt hatte. Sie hat gleich das Staubtuch geholt, und weil sie schon dabei war, hat sie auch noch anderswo Staub gefunden. Wer weiß, wann sie wieder dazukommt, hat sie gesagt. Und dann sind an einem Kleid Marinas noch Knöpfe nachzunähen gewesen, die möglicherweise während Marias Abwesenheit abgerissen wären. Wenn sie jetzt nicht gleich eine Ruhe gibt, hat Melzer gesagt, wird er sie fesseln und knebeln müssen. Endlich war es dann Zeit zum Bettaufmachen. Melzer hat sich einstweilen in der Küche gewaschen. Als er wieder ins Zimmer kam, ist Maria vor Karins Bett gehockt und hat sie angeschaut. Wasch dich, damit eine Ruh wird, hat er gesagt, wir müssen eh so zeitig auf. Fast wäre er dann eingeschlafen, weil Maria in der Küche so lange gebraucht hat. Er drehte das Licht ab, und nach einer Weile hob er die Bettdecke an der Seite, wo Maria lag, ein wenig auf, und sie ist gleich zu ihm gerückt.

Er hatte eigentlich überhaupt keine Lust, sich *näher* mit ihr einzulassen, aber er hielt es für etwas, das Maria von ihm verlangen konnte, das er ihr schuldete, weil es die letzte Nacht war. Es war lange her, schon garnicht mehr wahr, dachte er, daß er *einfach so* die Bettdecke aufgehoben und Maria zu sich gelassen hatte, ohne daß daraus gleich ein Übersieherfallen hätte werden müssen. Wenn er die letzten paar Jahre die Decke gehoben hatte, dann hatte das geheißen, daß er Absichten hat. War sie gekommen, dann war sie bereit gewesen, ihn über sich zu lassen. Sonst hatte sie von Müdigkeit reden müssen. Nach ein paar Handgriffen und Berührungen, die schon so eingefahren waren, daß jede andere Verhaltensweise (– die nur vorkam, wenn er betrunken war –) schon fast als eine perverse Zumutung erschienen wäre, kroch er aus seiner Pyjamahose. Er hatte ein wenig den Eindruck, daß Maria sich mehr an ihn drängte als sonst, aber das hat auch nichts ändern können. Nach ein paar Minuten war ohnedies alles vorbei, und sie fielen auseinander wie zwei Teile, die nicht zusammenpassen.

Er hat die übliche Zigarette danach geraucht, und die Gedanken, die durch seinen Kopf liefen, waren so kurz, daß sie sich garnicht fassen, garnicht festhalten ließen. Plötzlich lag Marias Kopf auf seiner Schulter, und er ist fast ein wenig erschrocken, weil das schon lange nicht mehr vorgekommen war. Bestenfalls hatten sie nachher noch ein wenig geredet. Jeder in seinem Bett. Ihm kam diese *Zutraulichkeit* jetzt vor wie der gewaltsame Versuch, längst vergangene Zustände herzustellen. Aber es ist eben nimmer so wie früher, dachte er, auch wenns morgen ins Spital muß. Ihr Kopf drückte auf sein Schultergelenk, und ihre Atemzüge hörten sich an, als schliffe feines Glaspapier über Holz. Ich geh morgen nicht operieren, sagte Maria plötzlich. Leise und ohne sich zu rühren, redete sie das auf seine Brust hinunter, und der glühende Punkt seiner Zigarette ist in der Luft stehengeblieben. Was ist los? sagte er, was sagst? Maria bewegte sich ein wenig, ich geh nicht, sagte sie, ich laß mir nichts herausschneiden, und er richtete sich heftig auf, starrte im Dunkel in ihre Richtung, aber es ist doch schon alles fix, stieß er heraus, was hast denn auf einmal? Ich weiß es selber nicht so genau, sagte sie. Na warum dann auf einmal? Keine Antwort. Stattdessen Räuspern, von dem er nicht wußte, war es das gewöhnliche, oder saß da ein Weinen dahinter. Er zog heftig an der Zigarette, aber das Aufleuchten der Glut war zu schwach, als daß er ihr Gesicht genau hätte erkennen können. Warum? fragte er ein paarmal, warum? sag doch endlich warum. Sie muß doch einen Grund haben. Weil ich mir eben denk, sagte sie ganz leise, daß ich für dich dann keine richtige Frau mehr bin, daß dir, daß dir, stotterte sie herum, na daß dir vielleicht graust davor, graust, und vor mir.

Er saß einen Moment ganz steif da, dann ließ er sich in den Polster zurücksinken, in seinem Kopf liefen wie irr Gedanken herum, schnell mußte er jetzt eine Antwort geben, aber ihm fiel nichts ein, er konnte doch nicht sagen, daß er in den letzten Tagen genau dasselbe gedacht hatte, daß ihn diese Frage immer wieder angegangen, daß sie ihm den Rücken hinuntergelaufen war, wenn er sie nicht gleich beiseite geschoben hatte. Na siehst, sagte sie, du sagst nichts, ich habs ja eh gewußt. Er hörte, wie sie zu weinen anfing, aber so ein Blödsinn, fuhr er sie an, was redest dir denn sowas ein, kein Mensch sagt sowas, so eine Spinnerei, warum soll mir denn grausen? redete er auf sie hin und hatte das Gefühl, daß er nicht das Richtige sagte, und er griff zu ihr hinüber, packte sie mit beiden Händen und zog sie zu sich, hör auf, schrie er fast, jetzt hörst aber gleich auf, plärr dich doch nicht in so einen Blödsinn hinein, mir graust doch nicht, so ein Blödsinn, mir kann doch vor dir nicht grausen. Aber wenn ich dann ein Loch im Hals ab, schluckte Maria. Ein Loch? sagte er, ist mir doch wurscht so ein Loch, und außerdem, fiel ihm plötzlich ein, steh ich mirs doch eh auf Löcher, und er griff auf ihre Beine hinunter.

Endlich steht das Band still. Melzer läßt sofort alles liegen und stehen, als sei er kein Akkordarbeiter, sondern werde nach Stunden bezahlt. Hinter ihm schreit der Kowanda drein, ob sie heute nicht zusammen essen gingen, aber Melzer winkt im Laufen mit der Hand ab. Der Abteilungsleiter, der gerade aus seinem Kobel heruntersteigt, bekommt eine steile Falte zwischen den Brauen, Sie werdens auch noch einmal versäumen, knurrt er Melzer an. Aber Melzer macht nicht einmal den Versuch, schuldbewußt zu schauen, und er hört auch nicht mehr, was der Abteilungsleiter sonst noch zu sagen hat: Wenns beim Arbeiten so schnell wären wie beim Aufhören, giftet er sich. Melzer geht rasch durchs Auslieferungslager und über den Hof ins Bürogebäude hinüber. Das Mädchen hinter dem Glas beim Empfang legt ihre Wurstsemmel in eine Lade und schiebt das Fenster auf. Kann ich bittschön einmal telefonieren? sagt Melzer, weil meine Frau ist im Spital, operieren, und da möcht ich wissen, wie es ihr geht. Er zieht den Zettel mit der Telefonnummer aus der Brusttasche, legt ihn dem Mädchen hin, und sie nimmt den Hörer ab, fährt mit dem Finger zur Wählscheibe, stockt, dreht sich zu ihm zurück, aber das ist ja auswärts, sagt sie. Jaja, sagt Melzer, sonst könnt ich ja eh gleich selber hinfahren. Aber Ferngespräche müssen bewilligt werden, erklärt sie ihm. Ich zahls ja eh, sagt Melzer, aber das Mädchen hält ihm seinen Zettel hin, das müssens ja sowieso, sagt sie. Trotzdem müsse er sein Gespräch beim Personalchef bewilligen lassen. Melzer schaut einen Moment, reißt ihr dann plötzlich den Zettel aus der Hand, solche blöden Tanz, sagt er leise und rennt die Stufen hinauf. Auf dem Treppenabsatz kommt ihm der Personalchef neben dem Firmenbesitzer entgegen. Mahlzeit, grüßt Melzer,

Mahlzeit, sagt der Personalchef und redet weiter auf den Firmenbesitzer ein, der Melzer nicht einmal anschaut. Melzer streckt die Hand mit seinem Zettel aus, könnens mir bitte das Telefongespräch bewilligen, fragt er. Der Personalchef schaut mißmutig, als möchte er sagen, redens mir nicht drein, wenn ich mit dem Herrn Chef red, redens, wenns gefragt sind, und er steigt weiter neben dem Firmenbesitzer die Treppe hinunter, dreht aber den Kopf zu Melzer zurück, jetzt kommens daher, sagt er, ist es so dringend? um was gehts denn? Meine Frau, sagt Melzer, meine Frau ist operiert worden, und da möcht ich eben wissen, sagt er. Sie sind schon beim Empfang angelangt, und das Mädchen sagt ein gelächeltes »Mahlzeit« heraus. Also lassens ihn halt telefonieren, sagt der Personalchef zu dem Mädchen und deutet mit dem Kopf auf Melzer, die Bewilligung unterschreib ich dann, wendet er sich wieder dem Chef zu, der in die Luft schaut und nichts sagt, als sei er bloß ein Besucher, der nichts zu reden hat. Danke, sagt Melzer, danke, und er legt dem Mädchen seinen Zettel wieder hin.

Im Besprechungszimmer wartet er neben dem Telefon, hat die Hand griffbereit über dem Hörer, aber das Gespräch kommt nicht gleich. Er setzt sich aufs Fensterbrett und sieht sich die an der gegenüberliegenden Wand hängenden Fotografien des Fabriksgeländes an. 1932, 1939, 1956, 1971, steht drunter. Man sieht, es ist aufwärts gegangen. Aber nirgendwo kommt auf den Bildern ein Mensch vor. Nur Gebäude und Schornsteine und Holzlagerstapel sind zu sehen, und man könnte meinen, die Fabrik sei von selber immer größer geworden, wie ein Germteig, der in der Schüssel aufgeht. Endlich läutet das Telefon, Melzer reißt den Hörer herunter, am anderen Ende der Leitung ist der Portier des Krankenhauses, Melzer stottert herum, bringt nicht gleich heraus, was er will, endlich hat er einen ganzen Satz beisammen, Moment, sagt der Portier, und dann knackt es in der Leitung, Melzer steigt von einem Fuß auf den anderen, und auf einmal fällt ihm ein, wie er damals, ungefähr fünfzehn muß er gewesen sein, im Zimmer des Direktors der Berufsschule gestanden ist, und der Direktor hat sich mit einem Besucher unterhalten, und auf einmal hat das Telefon geklingelt, geh heb ab, hat der Direktor zu Melzer gesagt, und sag: hier Landesberufsschule, und Melzer hat abgehoben, zum ersten Mal in seinem Leben hat er telefoniert, und er ist plötzlich so aufgeregt gewesen, daß er garnicht hörte, ob sich jemand gemeldet hat, er hat nur schnell die Wörter hineingestottert, und auf einmal haben der Direktor und sein Besucher zu lachen angefangen, haben brüllend herausgelacht, und der Direktor hat Melzer den Hörer aus der Hand genommen und hat ihn umgedreht: Melzer hatte in die Hörmuschel hineingeredet und die Sprechmuschel am Ohr gehabt, und er hat einen heißen Kopf bekommen und wäre am liebsten in den offenen Kasten gesprungen und hätte die Tür hinter sich zugezogen, siehst, hat der Direktor dann zu seinem Besucher gesagt, so superintelligente Schüler haben wir da, hat er noch immer gelacht, die werden daheim bei ihrem Meister sicher auch den Hobel in die Hobelbank einspannen und mit dem Brett hobeln wollen. Der Portier ist wieder in der Leitung, Moment, sagt er und ist schon wieder weg, Melzer hört angestrengt auf das Rauschen und Knistern im Draht, und dann meldet sich endlich eine Frauenstimme, Oberschwester Soundso, Melzer versteht den Namen nicht, weil er so plötzlich in der Leitung war, und er fängt noch einmal seinen Spruch an, verhaspelt sich wieder, redens langsam, sagt die Schwester, ich versteh doch überhaupt nichts, und auf einmal hat Melzer eine Wut, und er schreit fast hinein in den Hörer, daß seine Frau gestern ins Krankenhaus gekommen sei, und heute sei ihr der Kehlkopf entfernt worden, und jetzt möchte er eben wissen, wie es verlaufen ist, sagt er, ohne sich noch einmal zu versprechen, jaja, sagt die Schwester, weiß schon, also es ist alles in Ordnung, alles ist normal verlaufen, sagt sie, und Melzer stellt sich zu der Stimme eine große, strenge Frau in krachendem Leinen vor, naja aber ich möcht wissen, wie es ihr geht, sagt Melzer heftig. Ganz normal, sagt die Schwester, was heißt das? fragt Melzer, na gut gehts ihr, sagt sie, eben ganz normal, sie ist aus der Narkose schon aufgewacht, also alles ganz in Ordnung, soll ich ihr was ausrichten? Ja, sagt Melzer, ja, sagen Sie ihr schöne Grüße von mir, und, und, na eben schöne Grüße, sagt er, und ich komm sie morgen je eh besuchen. Gut, sagt die Schwester, ich werds ihr sagen. Also dann danke, sagt Melzer, und dann tutet es im Hörer, Wiederhören, sagt er und legt den Hörer langsam auf die Gabel. Na hallo, schreit ihm das Mädchen nach, als er an ihrem Glaskäfig vorbei zur Tür geht, wollens nicht zahlen? Ah ja, sagt Melzer und greift nach der Geldbörse, also meiner Frau gehts gut, lächelt er sie an und legt ihr einen Hunderter hin. Aber doch nicht bei mir, schiebt das Mädchen den Schein mit spitzem Finger zurück, als würde ihr davor grausen, oben, bei der Kassa müssens zahlen. Ah ja, sagt Melzer und geht die Stufen hinauf. Die könnt auch ein bissel freundlicher sein, denkt er, würd ihr garnichts schaden. Ihr Vater ist doch auch bloß Hilfsarbeiter am Holzlagerplatz. Es ärgert ihn plötzlich, daß er zu ihr gesagt hat, daß es Maria gut geht. Wenn den Herrn Chef einmal ein Schas zwickt, meint er, hat sie sicher mehr Mitleid, wie wenn ich jetzt eine Frau hab, die keinen Kehlkopf mehr hat.

Das ist ein ganz blödes Gefühl gewesen, sagt Melzer, als ich mir zum ersten Mal gedacht hab: jetzt kanns also nimmer reden, jetzt ist sie stumm. Ich hab mir ja sogar noch gedacht, sagt er, ich hätt mir doch das Tonband vom Hubert ausborgen und ihre Stimme schnell vorher noch aufnehmen sollen. Aber das ist ja auch nur, wie soll ich sagen? sagt er, na so ein Gefühlsdings gewesen, so auf die Art, wie wennst dir, wennst noch jung und deppert bist, das Bild von deiner Flamme ins Brieftaschel steckst, und alle Augenblick schaust es dir an, auch wenns schon längst aus ist mit ihr und sie schon mit einem anderen herumzieht, so ungefähr halt, sagt er, und außerdem ist ihre Stimme in der letzten Zeit vorm Operieren ja eh nur mehr so ein Gekrächze gewesen, garkein richtiges Reden mehr. Natürlich, sagt er, wars noch immer gescheiter als garnix. Aber was sollst denn machen? Mußt es ja eh nehmen, wie es kommt. Wenns einen Beruf gehabt hätt, wo sie hätt reden müssen, Verkäuferin vielleicht oder Lehrerin, dann wärs natürlich noch viel ärger gewesen. So wie wenn ich mir die Hand abschneiden tät, auf der Kreissäge oder so wo. Das wär natürlich ein Wahnsinn. Da wärs Schluß mit dem Hakkeln in der Fabrik. Nicht daß ich mirs drauf steh, aber ohne Hand kannst grad noch als Nachtportier gehen. Wenns nicht eh schon genug Invalide dafür haben. Passiert ja eh alle Augenblicke, daß sich einer wo ein Trumm abschneidet. Da wärs für unsereins fast noch gescheiter, er hätt keinen Kehlkopf, statt daß er keine Hand hat. Zum Arbeiten brauchst eh keinen. Kannst wenigstens nicht tratschen dabei. Das würd denen schon taugen. Kann ich mir ja direkt gut vorstellen, daß denen lieber wär, sie hätten lauter Kehlkopfoperierte. Kein Zurückreden, kein Aufmucken. Nur freundlich grüßen könntest halt dann nicht. Und das, sagt er, tät ihnen sicher abgehen.

Er fährt schnell zur Mutter und sagt durchs offene Küchenfenster hinein, daß mit Maria alles in Ordnung ist. Die Fragen der Mutter erledigt er mit den gleichen Sätzen, die die Krankenschwester ihm durchs Telefon gesagt hat. Als er zurück in die

Firma, in den Speisesaal der Werksküche kommt, ist es schon fast dreiviertel eins. Es riecht stark nach dem Freitagsfisch, der einzigen Speise, die den sonst vorherrschenden Lackgeruch überdecken kann. Der Speisesaal ist fast leer, eine Frau wischt schon die Tische ab und stellt die Sessel drauf. Melzer nimmt ein Tablett und stellt sich zur Essensausgabe, und nach einigem Murren ist die Köchin doch noch bereit, ihm etwas zu essen zu geben. Er setzt sich gleich an den nächstliegenden Tisch und fängt die schon dickgestockte Erbsensuppe zu löffeln an. Die paar Arbeiter, die noch herumsitzen, brechen auf, als die Aufräumefrau ihnen die Aschenbecher verschleppt und wortlos die schon freien Sessel neben ihnen auf die Tischplatte kippt. Schließlich sitzen nur noch Melzer und ein Mädchen im Saal. Sie hat den Kopf in die Hände gestützt, schaut mit starrem Blick ins Leere und kaut mit ganz langsamen Bewegungen, als schliefe sie gleich ein. Melzer schleckt den Löffel ab, legt ihn weg, sieht zu dem Mädchen hin, schaut auf die Uhr, zahlt sich ja garnicht mehr aus, denkt er, aber dann steht er plötzlich auf und geht mit seinem Tablett zu ihr hinüber. Mir schmeckts allein nicht, sagt er, kann ich mich eh hersetzen? Sie nickt und schiebt eine Gräte zwischen den Lippen heraus, wennst eh schon dasitzt, sagt sie. Melzer schaufelt den schon kalten Fisch in seinen Mund, schiebt Kartoffelsalat nach, kaut, schaut sie an, wenns ein bissel hergerichtet wär, denkt er, wärs vielleicht eine ganz klasse Katz. In ihren dunklen Haaren und den Augenbrauen liegt wie Schuppen der Holzstaub. Na, sagt sie auf einmal, wennst nichts redest, hättst auch drüben sitzen bleiben können. Ach so, reden, sagt Melzer und schluckt vorsichtig, na ich hab mir eben gedacht, du unterhältst mich? Sie hat einen Moment den Mund offen, in dem der fädenziehende Speisebrei zu sehen ist, na was denn noch alles, sagt sie, wer unterhält denn mich? Melzer schaut auf die große Uhr über der Tür, ist eh wurscht, sagt er, ist eh gleich eins, dann haben wir eh wieder genug Unterhaltung. Jaja, sagt sie, Gottseidank ist schon Freitag. Melzer schiebt den letzten Bissen in den Mund, rückt das Tablett weg und stützt die Ellbogen auf den Tisch. Aber wennst dirs auf eine Unterhaltung mit mir stehst, sagt er grinsend, das können wir schon nachholen. Sie schaut ihn ausgiebig an, na so steh ich mirs auch wieder nicht drauf, sagt sie. Ich hätt nichts dagegen, sagt Melzer, weil heute hab ich eh einen Grund zum Feiern. Was denn feiern, fragt sie. Melzer zögert einen Augenblick, na den Freitag eben, sagt er, das ist doch immer ein Grund zum Feiern, oder? Genau, nickt sie, das ist immer ein Grund. Na wennst willst, sagt Melzer und versucht ihr in die Augen zu schauen, heut am Abend? Sie hält den Kopf schräg, scheint zu überlegen, hast ein Auto, fragt sie plötzlich. Sowieso, sagt Melzer. Weil ich bin von auswärts, sagt sie, und mein Zug geht um sechs. Das ist garkein Problem, sagt Melzer. Als er neben ihr aus dem Speisesaal hinausgeht, fällt ihm ein, daß er den Kindern versprochen hat, sie heute bei sich schlafen zu lassen, weil er ja morgen nicht so zeitig aufstehen muß. Sollens eben morgen bei mir schlafen, denkt er, weil wenn ich schon eine sturmfreie Bude hab, wärs doch ein Blödsinn.

Er hat geglaubt, die zwei Stunden vergehen nicht mehr. Zwei Stunden lang hat er ganz allein reden müssen. Von Maria nur Janicken und Neindeuten als Antwort, ein paar Sätze und Wörter auf einem Block, die vergeblichen Versuche, mit den Lippen verstehbare Wörter zu formen. Es kam ihm vor, als wüßte er garnicht so viel, habe er garnicht so viel in seinem Kopf, um die zwei Stunden damit ausfüllen zu können.

Maria lag in einem anderen Saal als in der Woche davor. Zwischen zwei Frauen, denen wie ihr Plastikschläuche aus den Nasenlöchern ragten. Er hätte sie garnicht erkannt, wäre an ihrem Bett vorbei weiter suchend in den Saal gegangen, wenn sie nicht den Arm gehoben hätte. Mit einem raschen Blick auf die Tafel über dem Kopfende des Bettes hatte er sich überzeugt, daß der dickverbundene Kopf wirklich Maria gehörte. Als er die Grüße, die ihm aufgetragen worden waren, heruntergebetet hatte, hat er schon nicht mehr gewußt, was er weiter reden soll. Die Frage, wie es ihr geht, ist ihm bei ihrem Anblick wie ein gemeiner Witz vorgekommen. Ein Wahnsinn, hat er alle Moment gedacht, einfach ein Wahnsinn. Beim Reden hat er gemerkt, daß er garnicht wußte, was Maria außer den Kindern noch interessierte, was sie erzählt haben wollte. Interessierte sie sich überhaupt für etwas? Und es war ja auch nichts passiert, seit sie weg war, was er ihr hätte erzählen können. Das Wetter hatte sich geändert. Der Großmutter hatte er nur mit Mühe das Apfelkompott für Maria ausreden können. Sonst war alles gelaufen wie bisher. Nichts zu bereden. Am liebsten hätte er ihr erzählt, nur um etwas zu reden zu haben, daß die Sissi, die sie ohnedies nicht kannte, letzte Nacht bei ihm in der Wohnung gewesen war, daß der Sissi beim Ausziehen sogar das schwache Licht der Radioskala zu hell gewesen war und daß es ihm, was bei Maria schon ewig nicht mehr funktioniert hat, sogar zweimal gekommen war. Schließlich hat er versucht, ihr den Film zu erzählen, den er am Donnerstagabend im Fernsehen gesehen hat, aber er hat die Handlung nicht mehr richtig zusammengebracht.

Er hat sich nicht vorstellen können, daß ihm nie aufgefallen sein sollte, daß er mit Maria einfach nichts zu bereden hatte. Sie hatten doch die ganzen Jahre miteinander geredet. Es muß an der Spitalsatmosphäre liegen, hat er gedacht, weil sonst gibts das ja nicht.

Das Herunterspulen seines ausführlichen Alltags, der ganzen eingefahrenen Notwendigkeiten und der neuen, die nach kürzester Zeit auch schon wieder gewöhnlich waren, ließ ohnedies alles so schnell *normal* erscheinen. Wenn er am Morgen aufstand, sich anzog, das Frühstück machte, es schnell hinunterwürgte, wenn er zur Mutter, zur Arbeit fuhr, wenn er vor sich hinarbeitete, in der Werksküche zu Mittag aß und wieder vor sich hinarbeitete, wieder zur Mutter fuhr, wenn er dort die notwendigen Handgriffe erledigte, wenn eins das andere wie gesetzmäßig ergab, eins aufs andere folgte wie von selbst, dann kam es ihm manchmal wie eine verrückte Einbildung vor, daß nicht alles ganz in Ordnung sein sollte. Auch daß die Mutter noch immer mit ihrer »Bauchgeschichte« herumzog, war schon so gewöhnlich geworden, daß er sich erst richtig erinnern mußte, daß das nicht immer so gewesen war. Kein Erschrecken mehr, wenn sie tagsüber im Bett lag, sich »eine Minute« hingelegt hatte. Sie fühlte sich dauernd müde, aber zur Durchuntersuchung, die ihr der Arzt dringend empfohlen, die er ihr sogar schon befohlen hatte, ging sie nicht. Wenn die Maria wieder da ist, sagte sie. Dann geht sie gleich. Jetzt brauchen die Kinder sie. Und wenn die im Spital erst einmal »Läusesuchen« anfangen, könne man sicher sein, daß sie auch beim Gesundesten was finden. Selbst die Krankenhausbesuche am Samstag oder Sonntag, vor denen er sich am Montag schon wieder zu fürchten anfing, sind so selbstverständlich geworden wie früher die Familiensonntagnachmittage bei der Mutter. Unangenehm, aber selbstverständlich.

Er hatte garnicht erwartet, daß es sich lange würde verheimlichen lassen. Dazu war der Ort viel zu klein. Die Schweißfüße irgendeines Menschen konnten vor lauter Mangel an Ereignissen so stadtbekannt werden wie die Schamlosigkeit der *ohnedies* verheirateten Frau Berger, die bei einer Tanzveranstaltung den jungen Kaplan der Stadtpfarrkirche öffentlich, beim Tanzen, ins Dekolleté hatte hineinkriechen lassen, worauf sie ihr Mann aus dem Saal hinausohrfeigen hatte müssen, ihr noch ein drittes, dann noch ein viertes und fünftes Kind hatte machen müssen, damit sie nicht wieder auf solche Gedanken kam. Melzer war auch nicht vorsichtig genug, wenn er die Sissi mit nach Hause nahm. Er stieg mit ihr, wenn er sie abgeholt hatte, ganz einfach aus dem Auto und ging mit ihr ins Haus, ließ sie nicht etwa hundert Meter früher aussteigen und dann heimlich in die Wohnung schleichen, was wahrscheinlich auch nichts genützt hätte. Aber daß er so schamlos war, sich nicht einmal besonders anzustrengen, um den Schein zu wahren, war ja gerade das Arge. Und was er sich erlaubte, war ja schon kein *Ausrutscher* mehr, wie er jedem Mann einmal passieren konnte, wenn sich irgendeine Person, die selbst vor verheirateten Männern nicht zurückschreckte, garzusehr an ihn hängte. Er schien sich tatsächlich einzubilden, es wie der Teppichfabrikant machen zu können, der sich neben der *richtigen* Frau, die aber gelähmt war, eine »Konkubine« hielt, der er sogar ein Haus, ein »Liebesnest« am Stadtrand hatte bauen lassen. Was glaubte Melzer denn eigentlich? Glaubt er vielleicht, daß er ein Recht hat, ein paar Minuten am Tag ein wenig glücklich zu sein? Er soll sich lieber in seine vier Wände einsperren und an die arme Frau und an sein Unglück denken, soll, wenn er schon auf die Straße geht, wenigstens ein Gesicht machen, wie es sich gehört. Sonst muß man seiner armen Frau, die da in der Einbildung lebt, einen braven Mann zu haben, die Wahrheit zukommen lassen.

Es hat ihn nicht besonders aufgeregt, daß man über ihn redete. Er braucht von niemandem was, hat er gesagt, also sind sie ihm wurscht. Die Arbeitskollegen sahen die Sache ohnedies anders. Für die war er ein toller Bursch, der bei den Weibern einen Riß macht. Und Maria war in diesem weit entfernten Krankenhaus sowieso in Sicherheit. Dort würde sie nichts erfahren, würde ihr niemand aus Mitleid die Abenteuer ihres Mannes hinterbringen können. Aber plötzlich hat auch die Mutter Bescheid gewußt. Sie hat kaum gegrüßt, als er nach der Arbeit zu ihr kam, ist kurz angebunden gewesen, wenn er was gefragt hat. Keine Antwort auf die Frage, was denn los sei. Schließlich ein gezischtes »Wirst es schon wissen«. In der Küche ist der Fernseher gelaufen, und die Mutter hat mit heftigen Bewegungen beim

Herd herumgewerkt. Reinhard ist auf der Bank gesessen, hat in einem Romanheft gelesen und ständig aufgeschaut und zwischen Melzer und der Mutter hin und her gesehen. Nur die Großmutter schien nicht zu merken, wie gespannt die Atmosphäre war. Sie hat über die Blödheiten der sogenannten Kindersendung mehr gelacht als die Kinder. Melzer hat zugeschaut, wie ihr Bauch samt der darübergespannten Schürze auf und ab gehüpft ist, und hat in sich hineingegrinst. Die Mutter hat ihm einen giftigen Blick zugeworfen, als er einmal laut herausgelacht hat, weil der Bauch der Großmutter richtig im Takt der Musik mitgehüpft ist. Die spinnt auch schon, hat er gedacht, weils zu wenig unter die Leute kommt.

Nach dem Essen hat er mit belanglosen Fragen noch einmal versucht, die Mutter zum Reden zu bringen, aber es ist nichts zu machen gewesen. Also ich geh jetzt umstechen, ist er aufgestanden, und die Mutter hat zu ihm hingebissen, brauchst es eh nicht machen, ich werd mir schon wen zahlen dafür, hat sie gesagt, sonst versäumst vielleicht noch was. Melzer hat den Mund aufgemacht, aber dann sind ihm die Kinder eingefallen, und er hat sich weggedreht und ist kopfschüttelnd in den Garten hinausgegangen.

Er hat begonnen, das letzte der Beete umzustechen, hat schnell vor sich hingearbeitet, um noch vor dem Finsterwerden fertig zu sein, und dann hat er die Mutter aus dem Haus kommen und auf sich zugehen gesehen. Er hat ihr den Rücken zugedreht und den Spaten in die harte Erde gestochen, ihre Schritte sind immer näher gekommen, und dann ist es losgegangen: Daß er garkeinen Genierer kennt, daß er auch so ein Saukerl ist wie sein Vater, hat sie ihn angefahren, dem gerate er ganz nach. Einmal nur gehe sie auf die Straße, gehe sie in ein Geschäft, und schon werde ihr erzählt, müsse sie sich sagen lassen, was sie für einen Sohn habe; die Maria im Spital, und er fliege mit fremden Weibern herum, habe es anscheinend garnicht erwarten können, sie aus dem Haus zu haben. Die Kinder zur Großmutter stecken und selber herumhuren. Schrei nicht so, hat Melzer gesagt, der Katzenschlager ist drüben im Schuppen. Die Mutter hat sich schnell umgesehen, aber weils wahr ist, sagt sie, und außerdem wissens eh schon alle, überall reden die Leut schon, was du für ein Falott bist. Weißt was, sagt Melzer, was mich deine Leut können? alle miteinander könnens mich. Daß du garkein Gewissen hast, wenn die Maria im Spital ist, sagt die Mutter, das hätt ich doch nicht geglaubt. Melzer sticht weiter den Spaten ein, wirft die Erde herum, zerschlägt sie mit dem Spatenblatt, und die Mutter redet und schimpft, daß er denn garnicht an die Maria denkt, sagt sie, und dann kommt wirklich der Katzenschlager aus dem Schuppen, schaut herüber, und die Mutter zischt noch ein paar Wörter und hört zu reden auf, wirft ihm noch einen Blick zu und geht. An die Maria soll ich also denken, hat Melzer gedacht. Es war ja ein so schöner Gedanke, an Maria zu denken, an ihr Loch im Hals und daß sie nicht reden konnte, ein so schöner Gedanke war das, daß er ohnedies an nichts lieber dachte. Sollte er sich vielleicht auch noch ihr Foto an die Kästen am Fließband hängen, damit er es den ganzen Tag vor Augen hatte, und am Abend bis zum Einschlafen das Hochzeitsfoto anschauen, sollte er es anplärren, anflennen? So laut, daß die Leute auf der Straße es hörten und merkten, ihm ging da was zu Herzen? Wird vielleicht die Maria jetzt ärmer, weil ich die Sissi hab? hat er gedacht, gehts ihr vielleicht deswegen schlechter? Oder muß ich mir einen herunterreißen, damit alles in Ordnung ist, wärs gescheiter, wenn ich in ein Taschentuch spritz statt in die Sissi hinein? Wäre er dann ein anständiger Mensch? Ein rücksichtsvoller Ehemann? Wenn er sich beim Onanieren die Sissi bloß vorstellte, statt sie leibhaftig unter sich zu haben? Den Leuten taugts nur, wennst im Dreck bist und drin bleiben willst, hat er gedacht. Er hat sich gebückt und ein paar Steine aus der Erde geklaubt, hat heftig mit dem Arm ausgeholt, um sie gegen die ohnedies schon gesprungenen Fensterscheiben der Gartenhütte hinzuwerfen, aber dann hat er sie einfach neben das Beet geschmissen und hat weiter umgestochen.

Der kleine Bruder Melzers saß die letzten paar Wochen in der Schule und wußte nicht, ob er sich auf den Schulschluß wie sonst freuen oder ob er sich wünschen sollte, der letzte Schultag seines Lebens sei noch ganz weit weg. Der ihm jahrelang angedrohte Ernst des Lebens stand ihm nun wirklich bevor. Schon seit längerem hatte er eine Lehrstelle. Er sollte beim selben Meister wie Franz Schlosser lernen. Und fast hatte es so ausgesehen, als füge er sich nicht bloß, sondern wolle das sogar selber. Aber plötzlich hatte er Flausen im Kopf, plötzlich meinte er, es zahle sich garnicht aus, einen Beruf zu erlernen. Später würde er nämlich ohnedies Fußballprofi werden. Denn als Lehrling verdiene man einen Dreck, und da gehe er lieber, solange, bis er alt genug für einen Fußballer sei, als Hilfsarbeiter in eine Fabrik, wo man gleich die volle Länge gezahlt kriege. Zwei Tage lang hat er es geschafft, seine Vorstellungen von seiner Zukunft zu behaupten. Die Mutter war außer sich: dazu hatte sie ihn nicht aufgezogen. Solang er die Füße unter ihrem Tisch hat, wird sie es nicht zulassen, daß er Hilfsarbeiter wird. Da müßte sie sich doch bis in den Arsch hinein schämen. Einen ordentlichen Beruf, Schlosser, muß er lernen. Später kann er machen, was er will. Aber jetzt nicht. Jetzt versteht er nämlich noch nichts von der Welt.

Melzer hat garnicht gemerkt, daß er vor lauter Hilflosigkeit, ihm nichts Besseres raten zu können, dem Bruder dieselben Phrasen angehängt hat, die einmal ihm angehängt worden waren. Aber sollte er ihm erzählen, was das hieß, Lehrling zu sein? Er hatte es ohnedies auch schon ziemlich vergessen. Oder sollte er ihm sagen, daß man, wenn man da erst einmal drin war, nicht so leicht wieder heraus kam? Und daß der Bruder die Hoffnung, *einmal* etwas anderes zu werden, nicht bloß aufschob? Aber wie sollte er ihm das erklären? Ohne ihm gleichzeitig die Lehre auszureden, die ihm doch eingeredet werden mußte, weil sie anscheinend noch immer der einzige Weg war. Auf jeden Fall war es besser, als Hilfsarbeiter zu werden. Und eigentlich geschadet habe ihm die Lehrzeit ja auch nicht, hat Melzer gemeint. Wird sie dem Bruder auch nicht schaden. Überhaupt wo er eh schon zu großgoschert wird und glaubt, sich von niemandem mehr was sagen lassen zu müssen. Schadet nichts, wenn ihm einer einen Herrn zeigt, wenn ihm das Wilde ein wenig heruntergeräumt wird. Und warum soll er es besser haben als die beiden älteren Brüder? Ist er vielleicht gar etwas Besonderes? Nur weil er der Kleinere ist? Der hats eh immer viel besser gehabt, ist von der Mutter hinten und vorn verwöhnt worden. Ihm hat sie eh viel mehr angehen lassen. Da ist sie viel nachsichtiger gewesen. Jetzt soll er einmal das Leben ein wenig kennenlernen, wie es wirklich ist. Die Krot muß er schlucken. Das nimmt ihm keiner ab. Und schließlich ist er nicht der einzige, der Lehrling werden muß. Andere müssen genauso. Hätt er sich halt in der Schule mehr angestrengt und nicht dauernd alles andere im Schädel gehabt, nur das Lernen nicht. Außerdem soll er maulen, soviel er will. Nützt ihm eh nichts. Weiß er ja eh, daß ihm das nichts nützt. Wenn er älter ist, wird er sowieso alles einsehen, hat Melzer gesagt.

Maria hätte längst daheim sein müssen. Anfang April war sie operiert worden, und jetzt ging es schon auf den Sommer zu. Immer wieder wurde der Termin, zu dem sie entlassen werden sollte, hinausgeschoben. Noch eine Woche. Noch vierzehn Tage. Noch einmal eine Woche. Immer wieder sagte Maria, versuchte sie zu sagen, schrieb sie Melzer schließlich auf, daß sie »auf Revers«, auf eigene Verantwortung nach Hause gehen werde, wenn sie in der nächsten Woche noch immer nicht entlassen werden sollte. Melzer mußte dann immer Sätze sagen, die ihm vor lauter Widersprüchlichkeit, vor lauter Wenn und Aber schon garnicht mehr glaubwürdig vorkamen. Natürlich freut er sich, wenn sie nach Hause kommt, aber... Aber was ist, wenn Komplikationen auftreten? Aber schließlich müssen die Ärzte es doch besser verstehen. Aber daheim hat sie nicht die richtige Behandlung.

Die Bestrahlungen, die ihnen zuerst als das kleinere Übel erschienen waren, ohne daß sie das größere hatten verhindern können, hatten die Sache kompliziert. Eine winzige, stecknadelkopfgroße Öffnung neben dem großen Loch, dem Luftröhrenausgang, wollte nicht zuheilen, näßte ständig. Noch immer wurde Maria über die Kanülen in ihrer Nase ernährt. Sie weiß überhaupt nicht mehr, wie das ist, wenn man Essen im Mund hat, schrieb sie. Ein anderer Geschmack als der säuerliche und dann wieder faulige in ihrer Mundhöhle war ihr kaum noch vorstellbar. War wie etwas, das es wie Erlebnisse während der Kindheit vor langer Zeit und unwiederbringlich einmal gegeben hatte. Einmal in der Woche bekam sie ein kleines Glas Wein, das sie richtig durch den Mund trinken mußte. Ein Erlebnis, auf das sie sich hinfreute, vor dem sie aber gleichzeitig Angst hatte, weil damit festgestellt werden sollte, ob die Fistel schon zu sei. Und drei Monate lang ist bei diesem Versuch ein Teil des Weines bei dem kleinen Loch wieder herausgeronnen. Leider, hieß es dann. Leider sei es also noch immer nichts mit dem Heimgehen. Noch eine Woche. Vorderhand also noch eine Woche. Maria hat sich ohnedies vor dem Arzt nicht getraut, von eigener Verantwortung, vom Heimgehen auf eigene Verantwortung zu reden.

Und Melzer ist ja auch fast froh darüber gewesen, daß sie noch im Krankenhaus bleiben mußte. Nicht wegen der sturmfreien Bude und Sissi. Mit ihr würde es, wenn schon, auch weitergehen können, wenn Maria wieder da war. Es war schon warm draußen, und schließlich hatte er ja auch das Auto. Aber solange Maria im Krankenhaus war, blieb ihm wenigstens bis auf die Besuchszeit der Anblick erspart. Aus den Augen, aus dem Sinn. Das hätte er zumindest gerne gehabt. Es ging ohnedies nicht ganz. Sogar in seinen Träumen kam Marias Hals vor. Er hatte ihn schon ein paarmal ohne Verband gesehen. Maria hatte langsam die dünnen Binden abgewickelt, und Melzer war auf seinem Sessel ganz steif geworden, hatte das Gefühl gehabt, den Magen im Mund zu haben, als da eine große, rote Wunde zum Vorschein kam, die an den Rändern mit einer cellophanpapierdünnen, rosaglänzenden Haut zu vernarben anfing und in der Mitte ein dunkles Loch freiließ. Ist eh schon recht schön, hatte er herausgewürgt. Wird noch schöner, hatte ihm Maria aufgeschrieben. Einen Moment hatte er sogar geglaubt, sie meine das bloß ironisch, aber Maria hatte sich die Wunde im Spiegel angeschaut und dazu genickt, als fange sie an, ihr zu gefallen.

Er holte Maria ab. Zwei Tage zuvor hatte er die Wohnung schon auf Hochglanz gebracht. Die Sissi hatte er nur mittags beim Essen im Speisesaal getroffen, wo sie ihm wie üblich einen Platz freigehalten hatte, aber nicht mehr am Abend. Da hatte er geputzt, alle möglichen Spuren beseitigt. Trotzdem war eine leichte Beklemmung geblieben, daß Maria etwas merken könnte. Knapp vor Mittag trafen sie bei der Mutter ein. Die Kinder hatten den ganzen Vormittag gewartet. Die Großmutter hatte sie mit Blumensträußen ausgestattet, die von der Hitze der Kinderhände schon ganz verwelkt waren. Melzer hat sich gewundert, daß sie kein Gedicht aufgesagt haben. Marina warf Maria fast um, während Karin still und verlegen in einigem Abstand stehenblieb, bis Maria auf sie zukam. Melzer merkte das Entsetzen der Mutter und der Großmutter über Marias »Stimme«. Die knackenden, kehligen Laute, die Maria herausstieß, während sie sich mit einem Finger das Loch im Hals zuhielt, verstanden sie nicht. Lächeln, Verlegenheit, unruhig umhersuchende Augen. Melzer, der Maria schon ein wenig verstand, mußte dolmetschen. Maria ließ die Kinder garnicht mehr aus, obwohl Karin dauernd mit ängstlichem Gesicht von ihr wegdrängte. Der wie zu den Weihnachtsfeiertagen mit dem besseren Geschirr gedeckte Mittagstisch wurde für Maria gleich zum Prüfstand, alle starrten sie an, wie sie aß, wie sie sich alles zu winzigen Stücken zerschnitt, in den Mund schob, langsam kaute, schluckte, vom Bier trank. Trotz der Hitze hatte Maria einen weißen Rollkragenpullover an, der das mit einem dünnen

Verband bedeckte Loch verbarg. Beim Pudding kamen Hubert und Rosi daher, und nach der überschwenglichen Begrüßung, die Melzer richtig gewollt vorkam, mußte er sich mit Maria und den Kindern vor dem Haus aufstellen, weil Hubert fotografieren wollte, und dann sind sie draußen im Garten gesessen (außer der Mutter, die sich ein wenig hingelegt hatte), und Melzer hat Rosi belauert, die auf Maria einredete, ob sie nicht doch etwas von Sissi erzählte, sie haben eine Flasche Wein getrunken, auch Maria hat ein wenig daran genippt; obwohl sie im Schatten des großen Zwetschkenbaumes saßen, war es ziemlich heiß, Maria ist der Schweiß auf der Stirn gestanden, und unter ihren Achseln haben sich große Flecke gebildet, immer wieder hat Melzer gesagt, sie soll sich nicht überanstrengen, aber Maria hat nur den Kopf geschüttelt und gelächelt, und dann hat sie etwas gesagt, was er nicht verstanden hat, sie hat es, immer ungeduldiger werdend, wiederholt, er hat ihr genau auf die Lippen geschaut und verlegen die Schultern hochgezogen, und dann ist er ins Haus gegangen, um etwas zum Schreiben zu holen, und er hat durch das Küchenfenster geschaut, Maria saß dünn und weiß auf dem geraden Küchenstuhl und hatte den Arm um Karin gelegt, die neben ihr saß, und Marina hielt sich an Marias Bein fest, über ihnen glänzte das Laub, und helle Lichtkringel tanzten über dem Bild, Melzer hat garnicht gemerkt, daß er zu lächeln anfing, jetzt bin ich doch froh, hat er gedacht, und er ging hinaus und hat Maria den Zettel und den Bleistift gegeben, Maria hat gleich zu schreiben begonnen, er stand hinter ihr und sah ihr zu: Als ob ein neues Leben anfangen würde, schrieb sie, und Melzer hat auf ihr Gesicht hinuntergelächelt und hat seine Hand auf ihre Schulter gelegt. Moment, hat Hubert gesagt, bleibts so, und er hat wieder ein Foto gemacht.

    Am nächsten Tag sah alles schon ganz anders aus. Melzer mußte wieder in die Fabrik, Maria in den Haushalt hinein. Da ließ sich keine Feiertagsidylle mehr halten.

    Wenn er später die Fotos betrachtet hat, die Hubert damals gemacht hatte, kamen sie ihm alle ohne Ausnahme einfach gestellt vor.

Beim Rauchen in der Pause, im Vorraum des Klos, hat Melzer dem Kowanda erzählt, wie das jetzt mit Maria war, und es ist nach und nach immer stiller geworden, immer mehr haben zugehört. Melzer hat sich schon gewundert, daß man ihn so ganz ohne Kommentar reden ließ. Aber nach einer Weile Betroffenheit ist es doch losgegangen. Naja, eigentlich möcht ich so eine Alte auch haben, sagt der Wöchtl, wär doch klaß, könnts nicht zurückreden. Genau, sagt der Weißenböck, und nicht maulen, wennst zu spät aus dem Wirtshaus kommst. Wennst zu viel rauchst, meint der Binder. Oder den Fernseher aufs andere Programm schaltest, fällt dem Kowanda ein, weil grad ein Match ist. Der Wöchtl nickt sinnierend mit dem Kopf, eine gottselige Ruh, sagt er, müßt das sein. Ist eben nix Schlechtes, was nicht hat ihr Gutes, lacht der Kowanda Melzer an. Melzer sagt nichts, grinst bloß, mein Gott, denkt er, die haben eine Ahnung. Auf sowas würd ich mirs, sagt der Hillan, eh schon lang stehen: mit meiner Alten nur schriftlich verkehren. Genau, lacht der Weißenböck, lieber Mann, müßt sie schreiben, geh sei bitte so gut, und spritz beim Brunzen rundherum nicht immer alles an. Ja, sagt der Wöchtl, und tu den jungen Menschern nicht immer nachschauen. Also das wär wirklich nicht schlecht, meint der Hillan und sieht Melzer an, als würde er ihn wirklich beneiden. Melzer lächelt, raucht, wie die Kinder sinds, denkt er. Das fällt ihm jetzt zum ersten Mal in seinem Leben auf. Und er redet doch sonst auch mit. Redet er da auch so? Was die da sagen, sieht er, hat doch mit der Wirklichkeit nichts zu tun. Das ist ja bloß eine Rederei. Der Bruckmüller, der neben ihm an den kalten Rippen des Heizkörpers lehnt, stößt ihn an, weißt was, möchst nicht tauschen gegen meine Alte? sagt er. Wennst was zahlst, sagt Melzer. Zahlen? fragt der Bruckmüller, zahlen auch noch? naja, sagt er, einen Zehner vielleicht, aber wahrscheinlich, grinst er, tätst mirs gleich nach ein paar Stunden zurückgeben, da tätst nämlich schon löchrige Trommelfell haben. Bei meiner auch, sagt der Wöchtl, nach einer Stunde hättst ein Loch im Bauch. Kann er direkt froh sein, sagt der Hillan. Geh sag mir genau, wo man das machen lassen kann, sagt der Wöchtl, da schick ich nämlich meine Alte auch hin. Ist eh wahr, meint der Kowanda, wenns die Krankenkassa zahlt? Eigentlich ist es eh ein Konstruktionsfehler, sagt der Binder, daß die Weiber reden können. Der Bruckmüller nickt eifrig, könnt dann auch keine Nein sagen, wennst sie fragst, obs dich drüberläßt. So richtig, grinst der Willner, eine Sklavin der Lüste, wißts eh, sagt er, was sie gerade im Kino spielen. Aber wie erziehts die Kinder, wenns nicht reden kann? fragt plötzlich einer. Rundum ist man ratlos, alle sehen Melzer an, als müßte der einen Ausweg wissen. Aber Melzer hebt nur hilflos die Schultern. Naja, sagt der Hillan, das ist natürlich ein Problem.

Klar, sagt Melzer, haben die Leute gegafft, hat doch ein jeder gewußt, was sie hat. Die erste Zeit haben sie sie angestarrt, als täts den Busen offen tragen mit grünbemalten Brustwarzen, genau so habens geglotzt, und plötzlich haben sie Leut gegrüßt, die sie früher nie gegrüßt haben, ältere Weiber haben auf einmal zuerst gegrüßt, nur damit sie gehört haben, wie das ist, wenn eine Kehlkopfoperierte Guten Tag sagt oder probiert Guten Tag zu sagen. Damals hab ich mir schon gedacht, sagt er, man müßt der Maria ihr Reden auf Platten aufnehmen lassen und in alle Musikautomaten im Ort geben, damit jeder sich das anhören kann und endlich eine Ruh ist. Aber weißt eh, sagt er, daß ich mich nichts um die Leut scheiß, jetzt nicht viel und damals noch viel weniger, nur für die Maria wars halt sowas wie ein Spießrutenlaufen. Am liebsten wärs eh, wenn die Kinder nicht an die Luft müssen hätten, den ganzen Tag daheim gehockt, nur damit sie niemand auf der Straße anquatscht: na wie gehts denn immer? gehts schon wieder? Diese scheinheiligen Gefrießer, die nichts anderes als Tratschen und Leutausrichten im Schädel haben, und dabei sinds meistens eh selber so arme Hund, wennst es genau nimmst, die selber einen Schmarren haben, eh nichts vom Leben, und vielleicht, sagt er, redens eh bloß über andere, damits ans eigene Elend nicht denken müssen oder daß sie sich sagen können, na im Vergleich zu denen gehts mir ja direkt klaß, was weiß ich, sagt er, und am besten wärs, wirklich wahr, wennst Ohrwascheln hättst wie Augenlider, einfach zum Zuklappen. Und wenn mich einer angegangen und mir nicht heruntergestiegen ist, sagt er, und ganz genau wissen hat wollen, wie das denn mit der Maria ihrem Hals eigentlich ist, dann hab ich immer gesagt, sagt er, paß auf, hab ich gesagt, das mußt dir einfach so vorstellen: die Maria könnt sich ohne weiteres mit einem Strick am Hals aufhängen und tät trotzdem nicht hinwerden, weils ja die Luft nicht durch den Mund, sondern durchs Loch am Hals kriegt, so ist das, hab ich gesagt, sagt er, praktisch nicht wahr? Kannst dir vorstellen, grinst er, was die für Augen gemacht haben, so eine brutale Sau, werden sie sich gedacht haben, wie der von seiner armen Frau redet. Aber eins kann ich dir sagen, ist er schon wieder ernst, daß es viel brutaler ist, wenn die Leut sie so angeglotzt haben und wenns mir keine Ruh gegeben, mich dauernd ausgefragt haben, das ist viel brutaler, als wenn ich ihnen das mit dem Aufhängen erklärt hab. Und außerdem, sagt er, zimperlich darfst wirklich nicht sein, wennst so eine Frau daheim hast, sonst müßtest nämlich auf und davon rennen, was glaubst denn, wie das gewesen ist, als sie das erste Mal wieder zu mir ins Bett gekommen ist und was wollen hat, beim ersten Mal hab ich ja noch sagen können, nein, heute nicht, ich bin wirklich hundsmüde, aber dauernd kannst das nicht sagen, was glaubst, was sie sich da denkt? das mußt dir nämlich einmal vorstellen, zum Beispiel beim Küssen, da küßt du sie, und ein paar Zentimeter unterhalb ist das Loch, wo sie atmet, und wennst dabei dran denkst, wenn dir das einfällt, dann kannst sicher sein, daß dir alles zusammenschrumpft, klar gewöhnst dich dran, aber nicht gleich, das dauert schon seine Zeit, und dauernd kannst dich ja auch nicht ansaufen, damit du nicht dran denken mußt. Aber was wahrscheinlich das Ärgste war, sagt er, das kannst dir wahrscheinlich garnicht vorstellen, das war, daß ich mit ihr nicht mehr hab streiten können. Wenn ich sie angeschrien hab, hat sie nicht zurückschreien können. Oder bildest dir ein, daß dann immer alles Liebe und Wonne war? Daß sie ein Lamperl gewesen ist, nur weils keinen Kehlkopf mehr gehabt hat? Daß wir plötzlich immer einer Meinung gewesen sind? Aber überhaupt nicht. Nur streiten hast eben mit ihr nicht mehr können. Da hab ich sie zum Beispiel angeschrien, weils schon wieder drauf vergessen hat, mir die Brusttasche von meiner Latzhose zu flicken, dabei hab ichs ihr eh schon hundertmal gesagt gehabt, daß sie zerrissen ist, und jedes Mal, wenn ich sie frisch angezogen hab, ist sie noch immer nicht geflickt gewesen, und dabei brauch ich die Tasche, zum Schraubenzieherreinstecken, und wenns löchrig ist, rutscht er mir dauernd durch, und ich kann ihm nachrennen, und weißt ja eh, wie das ist, wennst am Fließband hackelst und hast das Werkzeug nicht gleich bei der Hand, und da hauts dir eben einmal die Sicherungen durch, und da plärrst sie an, und da hab ich sie eben angeplärrt, und sie? sie steht da und schaut, weils nicht zurückschreien kann, und du siehst, daß sie möcht, aber kann nicht, weißt wie das ist? da kannst dann umrennen mit einem schlechten Gewissen, kommst dir vor, wie weißgott wie schlecht, so ist das. Mir ist zwar bald vorgekommen, sagt er, als tät sie ihre Lage auch noch ausnützen, und manches anders machen, als ichs gemacht haben wollt, und absichtlich auf allerhand vergessen, aber wennst an das denkst, dann kriegst höchstens noch mehr Wut, und da schreist noch mehr, und dann wird dir das schlechte Gewissen noch größer. Natürlich, sagt er, hat sie sich dann nicht wundern dürfen, daß ich daneben eine andere gehabt hab. Weil dauernd alles hinunterfressen, das geht einfach nicht. Weil ir-

gendwann mußt dir einfach deine Wut herunterreden können, wennst in der Firma sowieso nicht kannst.

Sein Name wurde über die Lautsprecheranlage ausgerufen. Herr Bruno Melzer bitte ins Bürogebäude kommen. Melzer hat garnicht reagiert, hat weiter Schrauben ins Scharnier gedreht. Außer der Sirene zum Arbeitsanfang und -ende und zur Pause ist ihn das, was da aus dem Lautsprecher kam, nie etwas angegangen. Ein Vorarbeiter hat ihn angestoßen, habens nicht gehört, Melzer? hat er gesagt, ins Bürogebäude sollens kommen. Melzer hat ihn ungläubig angeschaut. Ich? hat er gesagt, was ist denn los? Fast hätte er gesagt: Was hab ich denn gemacht? Der Vorarbeiter hat die Schultern gezuckt, na gehens schon, hat er gesagt. Melzer hat sich überhaupt nicht vorstellen können, was man von ihm wollte. Er hat krampfhaft überlegt, was er in der letzten Zeit falsch gemacht haben könnte. Einem Vorarbeiter, dem eingebildeten Schalko, hatte er das Arschlecken geschafft. Aber dafür war ihm ohnedies gleich mit der Kündigung gedroht worden. Und es war ja auch schon ein paar Wochen her. Beim Empfang ist Maria mit den beiden Kindern gestanden. Sie ist so aufgeregt gewesen, daß er ihre herausgepreßten Worte, die Bewegung ihrer Lippen garnicht gleich verstanden hat. Aber auf einmal hat er begriffen, daß etwas mit der Mutter war. Was ist mit ihr? hat er herausgestoßen, ist sie...? Maria hat den Kopf geschüttelt, noch nicht, hat sie gesagt, aber wenn er sie noch einmal sehen will, muß er schnell mitkommen. Melzer ist zum Personalchef hinaufgerannt, um sich Urlaub zu nehmen.

Er ist allein ins Krankenhaus gegangen. Maria ist daheim bei den Kindern geblieben. Wenn er sie noch einmal sehen will, hatte Maria gesagt. Er hat nicht gewußt, ob er das wollen sollte. Warum sollte er sich die Mutter anschauen, wenn sie schon garnicht mehr bei Bewußtsein war, wie Maria gesagt hatte, wenn sie schon im Sterben lag? Wenn er an sie denken würde, später einmal, müßte er sie sich immer als Sterbende vorstellen. Er möchte sie aber lieber als Lebende in Erinnerung behalten. Andererseits konnte er nicht sagen, er will sie nicht sehen. Die Kinder gehören ans Sterbebett. Müssen geduldig auf den letzten Schnaufer warten. Würde er da vielleicht beten müssen? Seit er aus der Schule war, war er nur ein einziges Mal, bei seiner Hochzeit, in einer Kirche gewesen. Er hatte schon als Schüler nie gewußt, was er in einer Kirche soll. Das ist ihm immer viel zu fad gewesen; Aufstehen, Setzen, Niederknien, ganz unverständlich. Und erst recht das Beten. Wie Gedichtaufsagen zum Nationalfeiertag. Er konnte kein einziges Gebet mehr auswendig. Hoffentlich war kein Pfarrer bei ihr. Die Mutter hatte ja nie was auf die Kirche gehalten. Hatte sie gesagt. Sie war sogar ausgetreten, als sie ihren SA-Mann geheiratet hatte, und nie wieder eingetreten. Würde man sie jetzt noch überlisten? Ihr einen Pfarrer ans Bett stellen, wenn sie sich nicht mehr wehren konnte? Auf der anderen Seite würden sich die Leute das Maul darüber zerreißen, wenn beim Begräbnis kein Pfarrer war.

Der Portier ist ziemlich freundlich gewesen, als Melzer seinen Namen gesagt hat und hat ihm den Weg beschrieben. Die Großmutter stand am Gang und schaute ihm entgegen, ganz ruhig, als sei nichts. Aber als er bei ihr war, verzog sich ihr Gesicht zu einer Grimasse, du kommst schon zu spät, heulte sie auf. Melzer sah sich verwirrt um, eine Schwester stand in einer Tür und hob die Schultern und nickte. Melzer ging zu ihr hin, sah in das Zimmer, nur ein einziges Bett stand darin, und unter einem weißen Leintuch waren die Umrisse eines Körpers zu erkennen, und am Kopfende des Bettes ragte eine Nase über das Leintuch hinaus. Vor zehn Minuten, sagte die Schwester, sie hat einen leichten Tod gehabt. Melzer hat ein paar Schritte zum Bett hin gemacht, hat auf das halb zugedeckte Gesicht der Mutter hinuntergeschaut, beide Augen waren geschlossen, er hob die Hand, um auf das Gesicht zu greifen, ließ sie aber gleich wieder fallen. Das ist es also, hat er gedacht, und ihm ist eingefallen, wie er sich als Kind vorzustellen versucht hatte, daß die Mutter plötzlich sterben könnte, ein Gedanke, der so furchtbar gewesen war, daß er ihn nie hatte zu Ende denken können, und jetzt lag sie da, jetzt war es soweit, und alles, was er spürte, war nur ein Erstaunen, eine ungläubige Verwunderung, daß die Mutter wirklich tot sein konnte. Am Sonntag hatte er sie noch besucht, und da schien es ihr noch ganz gut zu gehen, sogar besser als die Tage zuvor. Hinter ihm redete die Krankenschwester, daß »die Frau« nichts gemerkt, garnicht gewußt habe, daß sie sterben müsse, so plötzlich sei es gegangen, sie sei noch im Saal bei den anderen gelegen, und auf einmal sei sie ohnmächtig geworden. Das Herz, hat die Schwester gesagt, wirds halt nicht mehr ausgehalten haben. Die soll die Goschen halten, hat Melzer gedacht, was redets denn jetzt noch lang, wenns eh keinen Sinn mehr hat, und er hat das Leintuch über die Nase der Mutter zu ziehen versucht, aber es ist gleich wieder zurückgerutscht. Die Schwester hat weitergeredet, hat getan, als habe sie gerade die Mutter mit einer besonderen Aufopferung gepflegt, habe ihr jeden Wunsch erfüllt. Die will ein Trinkgeld, hat Melzer gedacht, und er hat sich umgedreht und ist an der Schwester vorbeigegangen, ohne sie anzusehen. Die Großmutter ist auf einer Bank gesessen und hat ein Taschentuch zwischen den Fingern gedreht. Weiß der Franz es schon? hat Melzer gefragt. Die Großmutter hat wie erschreckt aufgeschaut, nein, hat sie gesagt, die Maria hat ja nicht telefonieren können, weils ja nicht telefonieren kann, hat sie sich an den Hals gegriffen. Na da werd ich ihn halt verständigen, hat Melzer gesagt. Er hat an etwas zu denken versucht, wo er die Mutter schlecht behandelt haben könnte, um einen richtigen Schmerz zu bekommen. Es ist ihm auch einiges eingefallen. Aber er ist einfach nicht so traurig geworden, wie er gemeint hat, daß er eigentlich werden müßte.

Warum denn die Mutter nicht früher zum Arzt gegangen sei, hieß es, als noch eine Rettung möglich gewesen wäre? Sie müsse das doch schon lange gespürt haben. Sowas komme doch nicht über Nacht. Plötzlich war es unverständlich, was all die Jahre ganz selbstverständlich gewesen war. Ihr Leben lang waren der Mutter Schmerzen etwas gewesen, worauf sie nicht achten durfte, was sie sich, so gut es ging, ausredete, hatte sie gelernt, das Zurkenntnisnehmen von Schmerzen bei sich selbst als Wehleidigkeit, als Zimperlichkeit abzutun. Sie hatte ja auch nie Zeit gehabt, in sich hineinzuhorchen. Sie war das älteste von fünf Kindern gewesen, hineingeboren in die Hungerjahre des Ersten Weltkriegs, und auch nach dem Krieg hatte ihr Vater als Steinmetz längst nicht so viel verdient, als daß sie ihre Kindheit als *unnützer* Fresser hätte verbringen können, hatte sie die kleineren Geschwister versorgen müssen, während ihre Mutter bei Bauern der Umgebung arbeitete, Kartoffellegen, -graben, Heuen, Kornbinden, oder mit dem Vater im Wald Baumstümpfe ausgrub, die das Brennholz abgaben, wohin sie, Melzers Mutter, als die Geschwister schon selbständig waren, auch gemußt hatte, und mit vierzehn kam sie in die Spulenfabrik (aus der dann die Möbelfabrik wurde, in der Melzer arbeitete), für einen Lohn, der fürs Allernotwendigste nicht reichte, und wo sie dann noch glücklich sein mußte, nicht auch unter denen zu sein, die entlassen und nach ein paar Wochen Arbeitslosengeld ausgesteuert wurden, bis sie das auf ihre straffen Brüste zurückzuführende Glück gehabt hatte, vom Besitzer der Fabrik als

Dienstmädchen eingestellt zu werden, was sie geblieben war, bis sie den Melzer kennengelernt hatte, einen Schlosser, der so wenig hatte wie sie, und schwanger wurde und heiratete, und neben einer Heimarbeit für den Mann und das Kind und den Haushalt schuften durfte, und dann war der Mann im Krieg und nachher ein paar Jahre in Gefangenschaft und sie allein mit den beiden Kindern, und weil die Unterstützung der Fürsorge nicht reichte, ging sie »in Bedienung«, als Aufräumefrau zu denen, die schon vor dem Krieg und nun schon wieder als Fettaugen auf der Wassersuppe schwammen, und dann kam der Mann nach Hause, war lange stellungslos, bis er als Autobuschauffeur unterkam, was aber längst nicht bedeutete, daß sie das In-die-Bedienung-Gehen hätte aufgeben können, weil auf den Mann nicht einmal was das Haushaltsgeld anlangte Verlaß war, und dann war noch, als sie die beiden ersten Kinder schon »herausgewurstelt« gehabt hatte und bald vielleicht sogar ein wenig Zeit für sich gehabt hätte, das dritte Kind gekommen. Nie hatte sie sich Kranksein oder das Ernstnehmen von Schmerzen *leisten* können, das war immer ein Luxus gewesen. Und so hatte sie die Schmerzen in ihrem Bauch so lange bagatellisiert, solange nicht wahrhaben wollen, daß ihr Körper nicht nur etwas war, das man rücksichtslos benützen konnte, bis der starke Blutverlust der plötzlich auftretenden Blutungen sie ins Bett gezwungen hatte. Selber sei sie schuld, hatte der Primararzt des Krankenhauses zu Melzer gesagt, weil sie kein einziges Mal in ihrem Leben bei einem Frauenarzt gewesen sei, sich auch nach der Geburt des Nachzüglers niemals habe untersuchen lassen. Selber schuld: zu einem Arzt zu gehen, wenn man nicht krank war, wenn man noch arbeiten konnte, wäre ihr wie eine Verrücktheit vorgekommen, abgesehen davon, daß sie sich zu Tode geniert hätte, sich *unten* untersuchen zu lassen. Als sie ihren Körper dann endlich, wenn auch noch immer widerwillig genug, ernst nahm, ist es schon viel zu spät gewesen. Aufgemacht und gleich wieder zugemacht habe man sie, wurde dann im Ort erzählt.

Es war ein sehr warmer September, und die Mutter mußte so rasch wie möglich begraben werden. Die notwendigen Rennereien haben Melzer so beansprucht, daß er kaum Zeit hatte, sich vorzustellen, was es bedeutete, daß die Mutter jetzt nicht mehr da war. Es kam ihm ganz übertrieben vor, was alles erledigt werden mußte, bis so ein toter Körper endlich beseitigt war.

Stempel, Unterschriften, Zahlungen, Formulare, Telegramme, Bestellungen und immer wieder Zahlungen. Die wenigen Ersparnisse der Mutter gingen fast vollständig drauf. Sterben, sagte Franz, ist ein noch besseres Geschäft als das Geborenwerden. Dauernd mußte Melzer Entscheidungen treffen. Einfacher Fichtensarg, polierte Buche, oder gar Eiche mit Intarsien? Sollte er den gewöhnlichen Text für die Todesanzeigen nehmen oder einen individuellen? Vielleicht sogar auf Hochformat mit bloß dünnem Trauerrand, wie es die Besseren hatten? Mit gewöhnlichen »Tieftrauernden Hinterbliebenen« drunter oder mit namentlich aufgezählten? Er hat sich geniert, daß er vor jeder Entscheidung immer erst nach dem Preis fragen mußte. Das sieht so aus, dachte er, als vergönne er der Mutter nicht einmal ein ordentliches Begräbnis. Dabei vergönnt er bloß diesen Geschäftsleuten, diesem Gesindel, nicht, daß sie die Mutter im Tod noch einmal ausnehmen. Er war für ein einfaches Begräbnis. Die Mutter war eine einfache Frau gewesen. Gerade deshalb, hat Onkel Otto gemeint, darf man sich da nicht lumpen lassen. Wenn du es zahlst, hat Melzer ihn angefahren, dann bestell ich auch den Opernchor.

Inzwischen füllte sich das Haus der Mutter mit Verwandtschaft, die schwarz herumsaß und herumhing, in Schubladen schaute, Kästen auf- und zusperrte. Wie auf einer Hochzeit traf sich wieder alles. Die Neuigkeiten seit dem letzten Zusammentreffen wurden ausgetauscht, wurden geflüstert, als ob sie die Mutter noch aufwecken könnten. Lauter Scheinheiligkeit, hat Melzer gedacht, obwohl alles sehr echt aussah. Die Frage, wer das Haus bekommen würde, ist gleich in den ersten zehn Minuten angegangen worden. Der Reinhard kriegts, hat Melzer gesagt, damit sich keiner vielleicht falsche Hoffnungen macht. Na glaubst vielleicht, wir hätten was genommen? hat ihn die Tante Agnes wütend angeschaut, wir haben doch eh selber genug. Dann ist es ja recht, hat Melzer gesagt. Zum Lachen ging die Verwandtschaft in den Garten. Dazwischen wurde die Mutter bedauert. Ein paar Jahre hätte ihr noch jeder vergönnt. Eigentlich hat sie ja auch nichts vom Leben gehabt, hieß es. Das schien allen erst jetzt aufzufallen.

Melzer hat gedacht, er kann der Mutter einen Gefallen tun, wenn er ihr den Pfarrer vom Grab fernhält. Das bissel Tamtam im Friedhof brauch ich auch nicht, hatte sie immer wieder gesagt, wenn die Tante Hermi, die seit dem Auszug ihres jüngsten Sohnes zum Kirchenrennen angefangen hatte, sie zu einem Wiedereintritt in die Kirche hatte bewegen wollen. Aber die Großmutter hatte weinerlich darauf bestanden, daß ein »wildes« Begräbnis nicht in Frage komme. Auch die Verwandtschaft ist geschlossen gegen ihn gewesen: ohne Pfarrer schaut es nichts gleich. Bevor die Mutter im Krankenhaus gestorben war, hatte man ja ohnedies schon einen auf sie losgelassen. »Versehen mit den Tröstungen der Hl. Religion«, stand auf dem Partezettel. Zu mehr hatte es doch nicht gereicht.

Also gingen ein kleiner Ministrant, dem das Kreuz zu schwer war, und der Pfarrer in Schwarz mit Silberstickerei vor dem Wägelchen mit dem Sarg, das von vier berufsmäßig trauernden Männern von der Aufbahrungshalle über die sandigen Friedhofswege zum frisch ausgeschaufelten Grab geschoben wurde. Die Blasmusikkapelle Dienstl spielte die üblichen Trauermärsche, und Melzer ist eingefallen, daß die Kapelle im Ort seit neuestem »der Dienstl und seine Herzjesubrothers« genannt wurde. Das muß ich nachher dem Franz erzählen, hat er gedacht. Vor ihm und Maria, unmittelbar hinter dem Sarg, ging die Großmutter mit Reinhard, der in seinem neuen schwarzen, zum Dreinwachsen gekauften Anzug und dem von der Verwandtschaft erzwungenen kurzen Haarschnitt noch kindlicher als sonst aussah. Er hat sich am Oberarm der Großmutter angeklammert (am Abend hat die Großmutter die blauen Flecken hergezeigt), und Melzer hätte gerne gewußt, ob er sich auf die Großmutter stützte oder ob er die Großmutter stützen wollte. Wenn die Musik nicht wär, hat er gedacht, wärs wahrscheinlich halb so traurig. Er hat dauernd schlucken müssen, weil ihm das Wasser in die Augen stieg. Aber zum Glück nur soviel, daß sie ihm nicht übergingen und er, wie es sich gehörte, wie die anderen Männer männlich beherrschten Schmerz zur Schau tragen konnte. Er hätte sich ziemlich geniert, wenn ihm eine Träne über die Wange gelaufen wäre. Das wäre nämlich sicher weitererzählt worden.

Er hat in die Grube hinabgeschaut, die garnicht so tief war, wie er sich vorgestellt hatte, Wurzeln wuchsen schräg durch, die vier Männer stellten den Sarg auf die Gurten über der Grube, von den Lautsprechern, die an der Aufbahrungshalle angebracht waren, kam Glockengeläute herüber, das plötzlich mitten im lautesten Getön mit einem deutlich hörbaren Knacken aufhörte. Ein Tonband, hat Melzer gedacht, das ist ein Tonband, und er hat die Zähne zusammengebissen, also nicht einmal richtige Glocken war seine Mutter wert, für sie genügte ein

Tonband, während bei den besseren Toten gleich alle zwei Kirchen des Ortes läuteten. Er hätte vor Wut am liebsten den Pfarrer in die Grube hineingestoßen. Der hat seine Litaneien mit einer monotonen, teilnahmslosen Stimme über den Sarg geredet, und jedesmal, bevor er den Vornamen der Mutter innerhalb seines Singsangs ausgesprochen hat, hat er erst auf einem Zettel den Namen nachlesen müssen. Wie eine ungeheure Lächerlichkeit ist es Melzer vorgekommen, als er den Pfarrer sagen gehört hat, Gott der Allmächtige, der Gütige, möge seiner Dienerin Anna die Sünden vergeben und sie nicht den Kräften der Finsternis überantworten. Was hat denn die Mutter schon für Sünden gehabt? hat Melzer gedacht, die ist doch eh ihr Leben lang eine arme Haut gewesen, die alles gleich im vorhinein, gleich für ein paar Leben im voraus abgebüßt hat.

Endlich ist dann die Erde auf den Sarg gepoltert, und Melzer ist in einer Reihe neben seiner Verwandtschaft vor dem Grab gestanden, weil die Zuschauer Hände schütteln wollten oder zumindest befürchteten, sich nicht ungesehen, ohne Beileidsgemurmel aus dem Staub machen zu können. Melzer ist sich ganz verlogen dabei vorgekommen, dazustehen und sich bedanken zu müssen. Mein Beileid. Danke. Mein Beileid. Danke. Danke. Danke. Was heißt denn das eigentlich, hat er gedacht, was ihm da ins Gesicht gesagt wird: Beileid? Was soll denn das heißen? Leid gibts, hat er gedacht, Mitleid auch noch, und das hat keiner, aber *Bei*leid? Was ist Beileid? Die drehn sich doch um, hat er gedacht, und gehen heim und erzählen, ob weniger Leut oder mehr als üblich beim Begräbnis gewesen sind, ob es eine schöne Leich war, der Pfarrer schön geredet, wieviele Kränze es gegeben hat und ob die Söhne genug getrauert haben.

Anschließend war Leichenschmaus in der »Alm«. Die Kinder waren die ersten, die das für eine lustige Veranstaltung hielten. Sie mußten nach mehrmaligen fruchtlosen Ermahnungen erst mit Ohrfeigen auf den Ernst der Sache aufmerksam gemacht werden. Nach einer Stunde und etlichen Litern Wein konnten die Kinder dann aber schon lustig sein, ohne daß sie noch besonders aufgefallen wären. Melzer hat festgestellt, daß eigentlich kein wesentlicher Unterschied zu seiner Hochzeit damals bestand. Nur daß diesmal auch die Frauen schwarz angezogen waren. Und daß halt die Mutter fehlte.

Jede Veränderung war wie ein Nur-ein-wenig-aus-dem-Gleichschritt-Kommen. Die Großmutter zog nach Wien zur Tante

Agnes, und Melzer übersiedelte mit seiner Familie zurück ins Haus der Mutter, weil Reinhard nicht allein bleiben konnte. An zwei Wochenenden holte Onkel Otto mit seinem Lieferwagen die Habseligkeiten der Großmutter ab. Dabei mußte sie endlich auf ihre Ehebetten verzichten. Sie hat nicht einmal protestiert. Widerspruchslos ließ sie alles mit sich geschehen, ließ sich ohne weiteres bevormunden, was sie bisher niemandem erlaubt hatte. Sie war über Nacht so unselbständig geworden, hätte aufs Essen vergessen, wenn niemand es ihr hingestellt hätte, so ganz anders, als sie früher gewesen war, daß Melzer jeden Moment erwartete, sie wache ohnedies gleich wieder auf und sei die Alte. Er hätte sie gerne im Haus behalten, aber Maria war noch viel zu schlecht beisammen, als daß sie neben den Kindern und Reinhard und ihm selber auch noch die Großmutter hätte versorgen können. Tante Agnes tat großzügig, hielt sich für weißgott wie menschenfreundlich, daß sie ihre Mutter zu sich nahm. Dabei brauchte sie ohnedies einen Babysitter für die Kinder ihrer Tochter, die wieder arbeiten gehen wollte.

Melzer ist ohne Bedauern aus dem Loch in der Conrathstraße ausgezogen. Es gab viel Arbeit, bis das Haus der Mutter endlich nach den Wünschen Marias, bis es endlich so war, daß fast nichts mehr an die frühere Bewohnerin erinnerte. Zum Glück war es noch lange hell, wenn Melzer aus der Fabrik nach Hause kam. Und Reinhard konnte auch schon zupacken. Er wollte zwar nicht, wäre lieber mit den Freunden herumgezogen, aber Melzer machte ihm schnell klar, was er wollen durfte. Er verzichtete ja auch darauf, Sissi öfter als ein-, höchstens zweimal pro Woche zu treffen. Wird der Rotzbub auch auf was verzichten können. Rennt eh bloß ins Kino und haut seine paar Groschen am Schädel.

Sonst blieb es sich gleich.

Nur daß Melzer die Fahrten mit Maria ins Krankenhaus erspart waren, wo sie weiter Zwerchfellreden hätte lernen sollen. Aber es war ja jetzt niemand da, der sich um die Kinder hätte kümmern, der Marina und Karin in den Kindergarten hätte bringen und sie wieder abholen hätte können. Die dafür nötigen Urlaubstage konnte er jetzt wenigstens für Arbeiten verwenden. Er hat Maria ja auch schon so gut verstanden. Zumindest hat er verstanden, wenn sie etwas sagte.

Langsam schiebt sich die Schlange der Arbeiter nach Arbeitsschluß an der Stechuhr vorbei, die einem nach dem anderen den

Tag gültig macht, jedem einen Tag der Arbeitswoche abbeißt, die Gesichter sind braunviolett von der gelben Bogenlampe über dem Hof, es ist Anfang Dezember, und der Tag ist aus, bevor er für einen von denen, die da ganz automatisch ins richtige Fach nach der Stempelkarte greifen, überhaupt angefangen hat, Melzer steckt seine Karte in den Schlitz der Stechuhr, drückt den Hebel, aber statt des üblichen Klickens springt ein schrilles Läuten aus der Uhr heraus, schreit, bis der nächste den Hebel drückt: in irgendwelchen Abständen, die nicht nach Absicht des Unternehmers, sondern nach höherer Gewalt aussehen, greift sich die Stechuhr mit Läuten statt Klicken einen der Arbeiter heraus, und der muß dann beim bereitstehenden Nachtportier seine Tasche aufmachen, muß den Nachtportier zwischen dem leeren Jausensäckchen, der Teeflasche und dem Kriminalroman für die Mittagspause herumkramen, muß ihn nachschauen lassen, ob da nicht doch eine Bohrmaschine oder ein sechstüriger Schrank hinausgeschmuggelt wird. Melzer hält dem Nachtportier die geöffnete Tasche hin und will schon weitergehen. Und was ist das? zeigt der Mann mit immer länger werdendem Finger hinein. Melzer schaut, ach so, sagt er und nimmt eine Schraubenschachtel aus der Tasche, das ist ein Schmetterling, sagt er.

Während der Mittagspause ist er am Klo gesessen, und da hat er oben, neben dem kleinen Fenster, einen Schmetterling sitzen gesehen, der dort überwinterte, und Melzer ist auf die Klomuschel gestiegen und hat den Schmetterling zwischen die Finger genommen, der sich nicht viel gerührt, sondern nur ein wenig mit den Beinen gezappelt hat. Den bring ich den Kindern heim, hat er gedacht, und um ihm die Flügel nicht zu verletzen, hat er eine Schraubenschachtel ausgeleert und den Schmetterling, der langsam wach geworden ist, hineingesteckt. Als er die Tasche hat aufmachen müssen, hat er garnicht mehr daran gedacht.

Der Nachtportier verzieht sein Gesicht zu einem Grinsen, ein Schmetterling? ein Schmetterling im Winter? sagt er, na glaubst ich bin blöd? Schrauben willst mitgehen lassen! Aber garnicht, sagt Melzer, da, heb einmal, wie leicht, hält er ihm die Schachtel hin, und im selben Moment kommt der Betriebsleiter durch die Glastür geschossen, vor der der Nachtportier steht, habens wieder wen erwischt? schreit er, und er sieht die Schraubenschachtel in Melzers Hand, Schrauben also, bellt er, und Melzer steht mit eingezogenem Hals da, schüttelt den Kopf, und der Betriebsleiter reißt ihm die Schachtel aus der Hand und stockt, mitten im Schreien, weil ihm die Schachtel doch zu leicht vorkommt. Da ist ja garnichts drin, sagt er verwundert, und er macht die Schachtel auf. Nicht, schreit Melzer, aber da fliegt der Schmetterling schon heraus, steigt steil in die Höhe und stürzt hinter dem Zaun irgendwo in den Schnee. Sowas, sagt der Betriebsleiter und starrt Melzer an, da habens aber Glück gehabt. Melzer macht seine Tasche zu und geht durch den Auflauf, der sich gebildet hat, langsam über den Hof auf den Fabriksausgang zu. Er denkt kurz daran, um das ganze Fabriksgelände herumzugehen und dann beim Zaun, wo der Schmetterling abgestürzt ist, zu suchen. Aber ist ja viel zu finster dort, denkt er. Und für die Kinder ist es ja auch gleich, redet er sich dann ein. Sie wissen ja nicht, daß er ihnen eine Freude hat machen wollen.

Es ging ganz langsam, zog sich über Monate, nur später schien es ihm, als sei sein Interesse ganz plötzlich wachgeworden.

Schon als sie noch richtig reden hatte können, hatte Maria oft von einem Haus geredet. Vom eigenen Haus. Aber damals hatte Melzer garnicht erst verstehen wollen, was dieses »eigene« für Maria bedeutete. Für ihn eine Schinderei, sonst garnichts, hatte er gesagt. Zehn Jahre seines Lebens. Mindestens. Seit sie im Haus der Mutter wohnten, kam Maria schon wieder damit. Aus dem Schlafzimmer der Mutter war das Kinderzimmer geworden, die Wohnküche hatte Melzer mit einer Holzwand in Kochnische und Wohnzimmer geteilt, aber Schlafzimmer hatten sie noch immer keines. Kein richtiges Ehebett, sondern die alte aufklappbare Polsterbank. Was Maria wahrscheinlich noch mehr als der beengte Wohnraum auf den Gedanken an ein eigenes Haus brachte, war die Tatsache, daß überall in der SA-Siedlung Häuser gebaut wurden: überall bauten die »Jungen« in den ziemlich großen Gärten hinter dem halben Häuschen der »Alten« ihr *Eigenes*. Man konnte von den ungefähr fünfzig Halbhausbesitzern schon die an einer Hand abzählen, in deren Garten kein zweites Haus stand oder wo nicht an einem gewerkt wurde. Die Zeit, wo es *sozialen* Wohnbau gegeben hatte, war längst vorbei. Die Gemeinde verlangte für die von ihr gebauten Wohnungen schon Baukostenzuschüsse in einer Höhe, daß viele sagten, um dieses Geld können sie gleich, wenn sie sich alles selber machen, den Keller eines eigenen Hauses herausmauern. Ein Narr macht zehn, sagte Melzer dazu. Und: kein Geld, keine Lust, keine Notwendigkeit. Aber was ist, wollte

Maria wissen, wenn der Reinhard in ein paar Jahren heiratet und selber das Haus braucht? Bis dahin rinnt noch viel Wasser die Lainsitz hinab, sagte Melzer, und vielleicht hat er dann auch schon den Totozwölfer. Aber langsam und ohne daß er merkte, daß das der erste Schritt war, sah er sich auf den Samstag- und Sonntagsspaziergängen die Häuser genauer an, die überall aus dem Boden wuchsen. Und er sagte, in dem möchte er wohnen und in einem anderen wieder nicht, und dann hat er sich schon dazugedacht, was die Erbauer schätzungsweise verdienten, und immer öfter hat er feststellen müssen, daß da von Leuten, die wie er in der Fabrik arbeiteten und sicher nicht mehr verdienten, schöne große Häuser gebaut wurden. Er hat zwar deswegen noch immer keinen Ehrgeiz bekommen, aber es hat ihn gewundert. Und dann hatte Maria ein neues Wort, das sie gegen sein sicherstes Argument »kein Geld« anführte: Kredit, sagte Maria. Immer öfter fiel das Wort Kredit. Vor fünf Jahren, kurz nach der Hochzeit, hatte Melzer einen Bausparvertrag abgeschlossen, der jetzt fällig wurde. Er hatte zwar längst geplant, sich dafür ein neues Auto zu kaufen, weil das alte schon mehr in der Werkstatt stand als lief, aber Maria sah in diesem Geld schon den Keller des Hauses. Und im Kredit der Bausparkasse das Erdgeschoß, und im Kredit vom »Land« den ersten Stock. Melzer hat sich immer öfter dabei ertappt, daß er selber so rechnete. Aber wenn er sich das überlegt, sagte er sich, dann heißt das noch lange nichts. Bei den Gesprächen im Vorraum des Klos der Firma, die sich um Hausbau drehten, hörte er auch schon nicht mehr weg und grinste überlegen vor sich hin, sondern er hörte sogar schon aufmerksam zu, stellte sogar schon Fragen. Und aus der Gewohnheit, sich auf Spaziergängen Häuser anzuschauen, war schon die Gewohnheit geworden, Spaziergänge zu machen, nur um sich Häuser anzuschauen. Überhaupt war es seltsam: früher waren ihm die Häuser des Ortes nie als etwas Besonderes aufgefallen, und jetzt schien der Ort aus sonst nichts mehr zu bestehen. Aus den unterschiedlichsten Häusern, die ihm früher eins wie das andere gewesen waren. Er ist auch schon vor den Auslagen der Baustoffhandlungen stehengeblieben.

Als er zum erstenmal versucht hat, sich zusammen mit Hubert den vermutlichen Preis auszurechnen, hat ihn die Endsumme so erschreckt, daß er gesagt hat, er redet kein Wort übers Hausbauen mehr. Aber er hat es sich nicht mehr abgewöhnen können.

Dann kam der Winter dazwischen, und die Spaziergänge fielen aus. Aber in den Köpfen ging es weiter. Ein Freund Huberts, der technischer Zeichner in einem Baubüro war, hat ihm ganz billig, nur einmal zum Anschauen, sagte Melzer, einen Bauplan gezeichnet. Hubert hat ihm die Kreditanträge geschrieben: wennst schon den Bauplan hast, sagte er. Erkundigen kostet nichts, meinte Melzer. Im Februar hat er es schon nicht mehr erwarten können, daß endlich der Schnee weggeht und der Boden auftaut.

Sie gingen am Samstagnachmittag im Wald spazieren. Schnee lag noch, war aber schon wäßrig, wo die Sonne hinschien. Gegen Abend fror es dann wieder. Sie waren zuerst unter einer Fichte mit weitausladenden Ästen in hohem, vertrocknetem Gras gelegen, Sissi hatte sich ein wenig gewehrt, wenn wer kommt, hatte sie gesagt, aber dann von selbst die Unterhose ausgezogen, sich zurückgelegt. Melzer hatte überhaupt keine Lust, ihm war nur das Nebeneinander-Herlaufen, das Schweigen zuwider geworden, und so hatte er sie unter den Baum gedrängt, hatte so getan, als könne er es nicht mehr erwarten. Er hatte sich auf den Nachmittag gefreut wie auf ein schon zur Gewohnheit gewordenes Abenteuer, das dadurch, daß es ausnahmsweise am hellichten Tag stattfindet, doch noch ein besonderes werden könnte, aber schon als er sie daherkommen gesehen hatte und damit die Spannung, ob sie überhaupt würde kommen können, verschwunden war, hatte er gewußt, daß es nicht anders werden würde, als es schon die letzte Zeit, die letzten Abende und Nächte gewesen war; so als seien alle Wörter und Sätze, die für so eine Situation paßten, schon verbraucht, alles Reden nur noch eine peinliche Wiederholung. Weil er genau wußte, daß er ihrer sicher sein konnte, hatte er nichts mehr erwartet.

Sie waren zwischen den Bäumen dahingestiegen, und er hatte schon ganz kalte Zehen gehabt, und die schmerzenden Zehen hatten ihn langsam immer feindseliger gegen sie gemacht. Dann hatte er geglaubt, seine Feindseligkeit ihr gegenüber würde wenigstens für einige Zeit verschwinden, wenn er durch sie Lust verspüren würde, sie war aber nur sachlicher geworden, weil er ihrer Unbeholfenheit, ihrer Passivität, wie sie dann unter ihm lag, ihren, wie ihm schien, bloß eingelernten Bewegungen die Schuld hatte geben können, daß er sich dabei überhaupt nicht spürte. Er hatte die Luft angehalten, bis er Kreise auf den geschlossenen Augenlidern sah, war dadurch ins Keuchen gekommen, und sie hatte heftige Beckenbewegungen gemacht, weil sie dachte, bei ihm komme es schon, und da war er dann wütend aufgestanden und hatte sich eine Zigarette angezündet. Sie war noch eine Weile mit gespreizten, aufgestellten Beinen liegengeblieben, hatte dann ihren Rock zwischen die Beine gezogen und mit der anderen Hand nach ihrer Unterhose getastet. Er war dabei gestanden und hatte auf die Rinde des Baumes gestarrt. Wo die Flechten sind, ist Norden, war ihm eingefallen. Das hatte er einmal in der Schule gelernt.

Ohne zu reden, gingen sie dann nebeneinander her. Er wollte etwas sagen, etwas erklären, aber ständig kamen ihm Sätze in den Sinn, die das, was er sah, benannten: die Stämme sind schwarz vor Nässe; lauter Fichten, nur Fichten und keine Tannen. Schließlich bückte er sich nach einem Zapfen, warf ihn heftig gegen einen Baumstamm, mit uns ist es aus, sagte er, ich steh nicht mehr auf dich. Sissi gab keine Antwort, und er merkte, wie er wütend wurde, weil sie nicht zu weinen anfing. Am liebsten hätte er sie ins Gesicht geschlagen. Er gab plötzlich ihr die Schuld, daß er da mit ihr im Schnee herumrennen mußte, kalte Zehen hatte, weil er mit ihr nicht mehr zu sich nach Hause gehen konnte wie damals, als Maria im Krankenhaus gewesen war. Es war alles ein Schmäh, sagte er, ich hab mirs nie auf dich gestanden. Sie blieb kurz stehen und sagte ganz leise, so gemein wie du manchmal bist. Er fing zu grinsen an und fühlte sich auf einmal ganz erleichtert. Er hätte gerne seinen Arm um sie gelegt, um sie zu trösten.

Als sie zur Weggabelung kamen und sie nach links abbiegen wollte, wo es zum Waldrand ging, wo das Auto stand, faßte er sie am Arm und sagte, nein du, gehen wir da. Es kam ihm plötzlich unerträglich vor, nach Hause zu gehen und niemanden mehr zu haben, mit dem er sich ab und zu für kurze Zeit aus dem ganz Alltäglichen herausreißen konnte. Sie versuchte sich loszumachen, mit wütendem Gesicht, bitte, sagte er, wir müssen noch reden. Was denn noch reden? sagte sie und ließ wie mutlos die ihn abwehrenden Arme sinken. Es ist ja alles nicht wahr, sagte er, was ich gerade gesagt hab. Ich laß mir nicht alles gefallen, sagte sie, glaubst, mit mir kannst alles machen? Aber sie ging, als er den Weg einschlug, der tiefer in den Wald hineinführte, neben ihm mit.

Als er merkte, daß sie hoffte, mit ihnen käme wieder *alles in Ordnung*, ist ihm sein Reden gleich zuwider geworden. Schließlich hat er nur noch geredet, um sich zu beweisen, wie leicht es für ihn war, sie noch einmal zu überreden.

Anfang März hat Melzer begonnen, die Bäume umzuschneiden und die Stümpfe auszugraben und nach der Vermessung die Baugrube auszuheben. Drei Wochen lang hat er sich zusammen mit Reinhard in die Erde hineingegraben, mit Krampen, Spaten und Schaufeln, hat er überall, wo sich an den Händen Blasen bilden konnten, Blasen gehabt, dicke Beutel, in denen Flüssigkeit schwappte, die aufrissen, brannten, eitrig wurden, sodaß er den Schaufelstiel kaum halten konnte, und weil es um halbsechs schon dunkel wurde, hat er eine Stromleitung vom Haus zur Baugrube gelegt, und sie haben bei Licht weitergearbeitet, solange, bis das Kreuz so steif war, daß sie sich kaum aufrichten konnten, oft bis gegen zehn, und dann sind sie todmüde ins Bett gefallen, die Wochenenden haben sie vergraben, und manchmal ist der Katzenschlager, der Nachbar, am Zaun gelehnt und hat ihnen zugesehen. Ein Wahnsinn, hat er einmal gesagt, wenn man euch so zuschaut und wenn man bedenkt, daß es schon Bagger gibt. Melzer hat keine Anwort gegeben, hat die Erde hinausgeschaufelt, die der Bruder mit dem Krampen herausriß. So ein Bagger, hat der Katzenschlager gesagt, der macht in einer Stunde mehr als ihr zwei in einer Woche. Melzer hat einen Moment aufgehört und sich auf den Schaufelstiel gestützt, nutzt alles nichts, hat er gesagt, aber so eine Baggerstunde kostet ein Wahnsinnsgeld und ich selber kost mir nichts. Glaubst vielleicht, hat er sich in die Hände gespuckt und wieder drauflos geschaufelt, daß unsereins sonst zu einem Haus kommt, wenn er sich alles machen läßt? Der Katzenschlager hat genickt, nein, das glaubt er nicht, hat er gesagt, aber ein Wahnsinn ist es trotzdem, das ist, wie wennst mit Steinen Funken schlagen tätst und dabei gibts schon Zünder. Für die, die sichs leisten können, hat Melzer gesagt.

Seine Arbeitsweise kam ihm, wenn er an einen Bagger dachte, selber ganz verrückt vor. So als müsse er mit bloßen Händen die Erde herausreißen. Was half ihm der ganze Fortschritt, diese ganzen tollen Maschinen und neuen Bauweisen, wenn er nicht das Geld hatte? Er hatte zwei Hände, die eine Schaufel halten konnten. Da mußt eben so tun, hat er gesagt, da mußt dir eben einreden, als ob noch nicht mehr erfunden wär.

Solange er am Haus gebaut hat, hat er außer Hausbauen fast nichts im Sinn gehabt, weil man, wenn man wie er hausbauen muß, fast nichts anderes als Hausbauen im Kopf haben kann. Ständig hat er herumgerechnet, wo der Haushalt eingeschränkt werden konnte, damit der Hausbau nicht eingeschränkt werden mußte; Kinokarten, ein neues Paar Schuhe für Maria, das Brathendl beim Volksfest, das Bier beim Volksfest, der Eintrittspreis beim Volksfest, das Volksfest überhaupt hat er in Ziegel und Zement umgerechnet und in Sand und Bausteine, und er hat die Feierabende und die Wochenenden und seinen Urlaub vermauert, und wenn er sich niedergelegt und die Augen zugemacht hat, ist der Bau vor ihm gestanden, und wenn er am Morgen zur Arbeit gefahren ist, hat er noch schnell einen Blick auf den Bau geworfen; und es hat von etwas ganz anderem die Rede sein können, wenn er sich eingemischt hat, ist bald vom Hausbauen geredet worden; er hat gebaut, und was sonst noch gewesen ist, ist nur daneben gewesen. Daneben ist es Maria unverändert gegangen, nicht besonders gut, aber auch nicht besonders schlecht, sie war ständig und ohne Grund müde, hat beim Hausbau fast überhaupt nicht mithelfen können, von den neun Kilo, die sie während ihrer Zeit im Krankenhaus abgenommen hatte, hatte sie erst ein einziges Kilo wieder zugenommen, Melzer hat den Keller herausgemauert, und daneben sind die Kinder von allein größer geworden und sind eine bloß belästigende Nebensächlichkeit gewesen, weil man Kinder, wenn sie erst so groß sind, zum Hausbauen sowieso nicht brauchen kann, weil sie einem höchstens was verschleppen und sich drekkig machen, und daneben ist Marias Sprache langsam auch für Leute, die nicht ständig mit ihr zu tun hatten, verständlich geworden, und der Frühling ist vergangen und der Sommer, und er hat die Kellerdecke betoniert, und daneben ist Marias Husten, der im Frühling begonnen hatte, manchmal besser, manchmal schlechter geworden, aber vergangen ist er nicht, er ist so selbstverständlich geworden wie alles andere, wie seine Antwort, »das ist ja bloß der Neid der Besitzlosen«, wenn ihn einer, wie er das selbst früher bei anderen gemacht hatte, einen Häuslbauer geschimpft hat.

Im Oktober hätte er sich am liebsten überhaupt im Bau vergraben, sich hineingearbeitet bis zum Umfallen, bis nichts mehr dagewesen wäre als Steine, Ziegel, Mörtel und sein schwitzender Körper dazwischen, nur um diese Gedanken loszuwerden, die sich nicht loswerden ließen und eine Entscheidung verlangten, verlangten, daß etwas geschieht. Mit aller Kraft seines Körpers hat er sich auf den Bau geworfen, um seine Hilflosigkeit bei diesen Gedanken zu erschlagen: Maria schien wieder schwanger geworden zu sein.

Den Oktober durch haben sie von einem Tag auf den anderen gewartet, daß es sich doch noch als Fehlalarm herausstellt. Wenn sie wirklich ein Kind kriegt, sagte Maria, dann kriegt sie es nicht. Diesmal kriegt sie es nicht. Sie ging mit einem Gesicht im Haus herum, als würde sie jeden Moment zu heulen anfangen. Die Kinder mußten sie wer weiß wie oft anreden, bevor sie ihnen zuhörte. Sie kann, meinte sie, unmöglich ein Kind auf die Welt bringen. In ihrem Zustand ist das unmöglich. Sie fühlt sich viel zu schwach dazu. Und dann noch ohne Kehlkopf. Das geht einfach nicht.

Dieser Oktober: zermürbende vier Wochen Warten, auf etwas, das dann doch nicht eintrat; Gereiztheit auf beiden Seiten, die noch viel öfter in die Luft gegangen wäre, wenn Melzer sich nicht ohnedies während seiner ganzen *Freizeit* in den Bau verbissen hätte; gegenseitige Anklagen, wer daran schuld ist: er, weil er nicht aufgepaßt hat, sondern einfach, kopflos, drauflos geballert hat, oder sie, weil sie über ihren Unterleib nicht besser Bescheid wußte, um ihm auf den Tag genau sagen zu können, wann er aufpassen mußte, um ihn nicht auf sich zu lassen, ihn hinabzuschmeißen, bevor ein Unglück passierte; und dazwischen wieder die Hoffnung, die mit jedem weiteren Tag eine immer verwegenere Spinnerei wurde. Zuerst war das Problem da, wie sie feststellen sollten, ob Maria wirklich schwanger war. Ohne daß Maria durch diese Feststellung gleich zum Austragen und In-die-Welt-Setzen dessen, was da in ihr vielleicht wuchs, verurteilt worden wäre. Ohne sich im Arzt, der die Untersuchung vornehmen würde, gleich einen Mitwisser zu schaffen, der später, wenn sie wirklich jemanden zum Beseitigen der Frucht finden sollten, die Frage stellen konnte, wo das Kind denn geblieben sei, der dann das Gesetz, die Gerechtigkeit auf sie hetzen konnte?

Gegen Ende Oktober versuchte Melzer noch ein paar Tage lang die jetzt allmorgendlich auftretende Übelkeit Marias als Zufall abzutun, aber dann war das Beweis genug, war alles klar. Und die zum zweiten Mal ausbleibende Periode nur noch eine endgültige Bestätigung.

Also dann muß etwas geschehen, sagte Melzer, obwohl er

sich hilflos und überfordert wie selten vorkam. Unter normalen Umständen hätte er sicher gesagt, na kriegst es halt. Ein Kind mehr oder weniger ist auch schon wurscht. Und im Haus haben wir dann eh Platz genug. Es wird uns auch nicht ärmer fressen. Wenn der Zustand Marias durch das nicht zu übersehende Loch im Hals nicht gar so offensichtlich gewesen wäre, wenn sie bloß ein unsichtbares Leiden gehabt hätte, hätte er das wahrscheinlich auch gesagt. Aber wenn er Maria ansah, war es ja wirklich eine absurde Vorstellung, sie sich kinderkriegend zu denken. Aber wie sollte die Frucht, die da gegen jeden Willen wuchs, beseitigt werden? Sie kannten weder eine »Adresse«, noch viel weniger einen Arzt, der das erledigt hätte. Einen einzigen Arzt wenn wir unter den Bekannten hätten, meinte Melzer. Der würde das Problem aus der Welt schaffen. Weil jeder Arzt, auch wenn er es selber nicht wagte, so einen Eingriff vorzunehmen, zumindest einen Kollegen kannte, der sich mit entsprechendem Honorar seinen Mut bezahlen oder irgendwelche moralischen Bedenken abkaufen ließ. Aber sie hatten keinen Arzt unter ihren Bekannten. Ihr Umgang mit Ärzten beschränkte sich aufs Patientsein. Jeder Arzt im Ort war ganz was Besseres. Und hätte sofort das Vertrauen der meisten Leute eingebüßt, wenn er sich mit Krankenkassenpatienten gemein gemacht hätte. Aber es mußte doch jemanden im Ort geben, der schon eine Abtreibung hinter sich hatte, der also eine Adresse wußte. Unauffällig, so gut es ging, fingen sie an, sich umzuhören. Jeder wußte jemanden, der es angeblich genauer wußte, ganz genau wußte. Aber ganz genau wußte es selber niemand oder wollte es nicht wissen. Stattdessen kannten sie dann schon eine ganze Reihe angeblich hundertprozentiger Hausmittel. In heißem Rotwein, in dem Gewürznelken mitgekocht wurden, ein Sitzbad nehmen. Ein paarmal am Tag mit beiden Beinen zugleich eine Treppe hinabhüpfen. Einen Einlauf mit einer Schmierseifenlösung machen. Maria hat sogar ein paar Mittel probiert, die nicht gar zu gefährlich klangen. Sie hat sowieso nicht erwartet, daß sie helfen würden. Aber vielleicht doch. Hubert hat sie schließlich auf eine ganz neue Idee gebracht. Wenn ein Arzt bestätigt, hat er gemeint, daß eine Geburt eine Gefahr für das Leben der Frau darstellt, dann kann ganz legal eine Abtreibung gemacht werden. Und schau dir die Maria an, hat er gesagt, das sieht ja ein Blinder, daß die kein Kind kriegen kann. Na das sowieso, hat Melzer gesagt. Das Problem war jetzt nur, einen Arzt zu finden, der das bestätigen würde. Na ich würd zu dem gehen, hat Hubert gemeint, der ihr den Kehlkopf herausoperiert hat. Weil der muß das am besten wissen.

Maria hat sich vom Hausarzt, vom Doktor Landner, eine Überweisung für die Hals-Nasen-Ohren-Ambulanz des Krankenhauses schreiben lassen. Zur Kontrolle will sie, hat sie gesagt, und der Landner hat gemeint, daß das doch nicht notwendig ist, weil sie ohnedies erst vor zwei Monaten war. Maria hat schon irgendwelche Beschwerden herunterbeten wollen, aber der Landner hat dann doch das Formular ausgefüllt. Also bitte, von mir aus, hat er gesagt, und er hat beim Schreiben immer wieder aufgeschaut, hat Maria angesehen, und sie hat jeden Moment erwartet, daß er auf ihren Bauch zeigen und sagen wird, geben Sie es zu, Sie sind schwanger.

Im Krankenhaus ist sie nicht zum »Spezialisten« gekommen, der sie operiert hatte, sondern zu einem anderen Arzt. Melzer ist während der Untersuchung neben ihr gestanden, und Maria ist so aufgeregt gewesen, daß sie nur ganz undeutlich hat sprechen können und Melzer dolmetschen hat müssen. Alles wunderschön, hat der Arzt schließlich gesagt, wirklich, wie im Bilderbuch. Sie will aber trotzdem zum Herrn Primar hat Maria herausgewürgt. Ich versteh das auch, Frau Melzer, hat der Arzt gelächelt, das könnens mir schon glauben. Melzer hat Maria angesehen, die ein wenig hilflos den Mund auf und zu gemacht hat, trotzdem hat Melzer gesagt, weil wir möchten gern wissen, ob sie mit dem ..., mit dem Ding da, hat er sich an den Hals gegriffen, ein Kind kriegen darf. Ein Kind? hat der Arzt die Augenbrauen hochgezogen, wollens unbedingt ein Kind? hat er zwischen Maria und Melzer hin und her geschaut, also wenns mich fragen, hat er gesagt, ich würd Ihnen abraten, wenns nicht unbedingt sein muß, und sowas muß ja nicht unbedingt sein, hat er gelächelt, dann würd ich Ihnen abraten. Aber ich krieg ja schon eins, hat Maria herausgewürgt, und der Arzt hat Melzer fragend angeschaut. Melzer hat den Satz wiederholt, und der Arzt hat die Augen aufgerissen, was? Sie kriegen schon eins? das ist aber ein Leichtsinn, hat er gesagt, wissens das eh. Melzer hat nicht gewußt, ob er gleich sagen soll, daß Maria es ohnedies nicht bekommen will, aber bevor er sich entschließen hat können, ist der Arzt schon aufgestanden, also nehmens draußen Platz bitte, hat er gesagt, ich werds dem Chef sagen.

Sie sind im Wartezimmer gleich neben der Tür stehengeblieben, in der Hoffnung, gleich dranzukommen. Siehst, der sagt auch, daß es ein Risiko ist, hat Melzer geflüstert, wirst sehen, das haut schon hin. Hoffentlich, hat Maria gesagt, und jedesmal, wenn die Tür aufgegangen ist, haben sie geglaubt, sie kommen schon dran, aber sie haben fast eine Dreiviertelstunde warten müssen. Melzer hat sich im Kopf ein paar Sätze zurechtgelegt, die er dem Arzt sagen würde, aber je länger sie warten mußten, umso öfter ist ihm der Gedanke dazwischengekommen, daß das lange Warten kein gutes Zeichen sein konnte. Er hat Maria trotzdem von Zeit zu Zeit angelächelt und ihr aufmunternd zugenickt. Das muß gehen, hat er gedacht, das muß hinhauen, weil sonst gehts eh nicht. Endlich hat die Schwester Maria aufgerufen, und Melzer hat gleich neben ihr hineingehen wollen. Nein, hat die Schwester ihn abgewehrt, nur die Frau, und sie hat die Tür vor ihm zugemacht. Melzer ist dagestanden und hat gespürt, daß er einen roten Kopf bekam, und ohne ein einziges Gesicht im Wartesaal anzusehen, ist er schnell auf den Gang hinausgegangen. So ist das, hat er gedacht, so ein Dreck ist man da, daß man dir einfach die Tür vor der Nase zuschlagen kann. Seine Zuversicht, daß alles noch gut ausgehen werde, ist mit einem Schlag weggewesen. Aber vielleicht ist nur die Schwester so deppert, hat er sich einzureden versucht, die bilden sich ja alle ein, daß sie weiß was, daß sie mindestens ein Doktor sind, und die Doktoren sind dann eh garnicht so, hat er gedacht. Und schließlich hat doch der Arzt zuerst gesagt..., und schließlich kann die Maria ja wirklich kein Kind kriegen. Ich hätt mich nicht abwimmeln lassen dürfen, hat er gemeint, ich hätt einfach mit hineingehen müssen. Er hat überlegt, ob er nicht einfach jetzt noch hineinstürmen sollte. Schließlich ging das doch auch ihn etwas an. Als Maria schon nach zehn Minuten herausgekommen ist, hat er ihrem Gesicht, das verweint ausgeschaut hat, gleich angesehen, daß es nicht geklappt hatte. Ich hätt mit hineingehen müssen, hat er wieder gedacht.

Das Kind würde gesund sein, hatte der »Spezialist« zu Maria gesagt. Eine Laryngektomie habe keinen Einfluß auf die Entwicklung eines Kindes. Daher könne er auch keine Abtreibung befürworten. Wie haben Sie sich das denn eigentlich gedacht? Da könne mit dem gleichen Recht jede kommen, der der Blinddarm fehle. Außerdem sei jede Geburt ein gewisses Risiko für die Frau. Ein Risiko, das mit dem Wunsch auf Nachkommenschaft in Kauf genommen werde. Und bei entsprechender ärztlicher Betreuung sei auch das Risiko für Maria in Grenzen zu halten. Nein, liebe Frau Melzer, ich kann das nicht. Ich bin Arzt. Das hätten Sie vorher wissen müssen. Daran hätten Sie vorher denken müssen. Für mich ist entscheidend, ob das Kind gesund sein wird. Und es wird gesund sein. Schaun Sie, weinens nicht, ich kann da auch nichts machen. Und Kinder sind ein Gottesgeschenk, das müssen Sie sich immer denken. Es wird schon gut gehen. Sie sind nicht die einzige Frau auf der Welt, die nach einer Kehlkopfoperation ein Kind bekommen hat. Gottseidank ist das jetzt schon möglich. Und was glauben Sie, wie viele Frauen froh wären, einem Kind das Leben schenken zu können. Und wenn Sie mir sagen, daß sie zu schwach dazu sind, dann muß ich Ihnen sagen: wer stark genug ist, um ein Kind zu empfangen, der ist auch stark genug, es zur Welt zu bringen. So eine Affäre ist das ja wirklich nicht. Außerdem sind Sie nicht zu schwach. Bei entsprechender Ernährung und viel Bewegung in frischer Luft. Wenn das Kind da ist, werden Sie mir dankbar sein.

Maria hat auf der Heimfahrt Melzer alles nach und nach erzählt. Langsam ist ihr alles wieder eingefallen. Melzer hat immer wieder gesagt, er habe gute Lust umzudrehen, um diesem Hund eine in die Goschen zu hauen, daß ihm Hören und Sehen vergeht. Maria hat gemeint, er soll zu schimpfen aufhören, weil das hilft jetzt auch nichts mehr. Aber nicht einmal denken, hat Melzer gesagt, ein so ein Scheißhund ein dreckiger, auf eine Unterschrift kommts dem an, einen Kehlkopf herausreißen, das kann er, aber eine Unterschrift hergeben, daß da was entfernt wird, was eh noch nichts ist, das kann er nicht. Ein so ein Hund gehört gleich kastriert. Ein gewisses Risiko! sagt er, wer hats denn jetzt eigentlich, er oder du? Und ein Gottesgeschenk! Das ist ja zum Brüllen. Auf so einen Gott kann ich scheißen, der mir solche Geschenke macht. Geh hör auf, hat Maria wieder gesagt, damit änderst ja nichts. Aber weils wahr ist, hat Melzer gesagt, schad daß ich nicht mit hineingegangen bin, dem hätt ich schon was erzählt. Aber garnichts hättst gesagt, hat Maria gemeint, genausowenig wie ich. Da hast aber eine Ahnung, hat Melzer gesagt, auf den Schädel scheißen laß *ich* mir nicht.

Im Dezember haben sie ihre erfolglosen Versuche, das Problem in Marias Bauch loszuwerden, aufgegeben. Aufgeben müssen, weil es für eine Abtreibung ohnedies zu spät war. Vorher hatte es Maria noch beim Doktor Landner und beim Kirner, dem Primararzt des Krankenhauses, und bei einer »Adresse«, einer ehemaligen Krankenschwester in einem fünfzig Kilometer entfernten Ort versucht. Aber außer Herumreden, Mitleidsbeteuerungen, Achselzucken und Bedauern war bei den Ärzten nichts zu machen gewesen. Was halt keinen was kostet, hat Melzer gesagt, was du eben überall umsonst kriegst. Der Landner hat sie untersucht und gesagt, daß er viel Verständnis für ihre Lage hat, aber sie hätte eben gleich zu ihm kommen müssen, dann hätte er sie weiterempfehlen können, sie hätte nicht erst zu dem Arzt fahren dürfen, der sie damals operiert hat, weil jetzt, wenn schon ein anderer Arzt davon wisse, wenn es schon öffentlich sei, könne er nichts mehr machen, könne er sie nicht mehr weiterempfehlen. Bevor sie gegangen ist, hat er ihr noch ein Ärztemuster eines Vitaminpräparates geschenkt. Das zahlt nämlich die Krankenkasse nicht, hat er gesagt, das müßten Sie sich sonst selber zahlen. Und der Kirner, von dem es hieß (obwohl niemand das genau wußte), daß er schon etliche Produkte von Seitensprüngen seiner Privatpatienten beseitigt habe, der Kirner hat Maria auch untersucht, aber das müßte mit einer Narkose gemacht werden, hat er gesagt, und sie soll ihm sagen, wie er ihr eine Narkose machen soll, am Hals vielleicht? So eine Verantwortung könne er auf keinen Fall übernehmen. Bevor sie gegangen ist, hat er sein Honorar für die Untersuchung kassiert, weil Maria ohne Krankenschein gekommen war, in der Hoffnung, das würde sie gleich als eine Bessere, als eine *richtige* Privatpatientin ausweisen. Und die ehemalige Krankenschwester, die zuerst von nichts hat eine Ahnung haben wollen, hat nur einen Wohnzimmertisch zur Verfügung gehabt, und da war Maria einfach wieder davongelaufen. Wenn da mit ihr was wäre, hat sie gesagt, müßt sie sich ewig Vorwürfe machen, daß sie zwei kleine Kinder zurücklassen würde.

Unterm Christbaum hat Melzer gesagt, diesmal braucht er ›Ihr Kinderlein kommet‹ garnicht mehr extra singen, und Maria hat dazu sogar schon ein wenig lachen können. Sie waren ja ohnedies schon viel zu sehr daran gewöhnt, sich an alles, was sie für ohnedies nicht änderbar hielten (oder was es auch war), nach kurzer Zeit zu gewöhnen, daß auch die Gedanken an das im Mai zu erwartende Kind bald nur noch ganz gewöhnliche Gedanken waren: was würde es diesmal werden? ein Bub oder schon wieder ein Mädchen? wie soll es heißen? Auch an die bei Maria periodisch (mit dem Wetter, sagte Melzer) auftretende Angst vor der Geburt, über die sie auch redete, hat er sich ohne weiteres gewöhnt, sodaß er sogar schon sagen hat müssen, sie soll nicht schon wieder mit dieser Leier anfangen. Er hat ohnedies nicht viel Zeit gehabt, Maria zuzuhören, weil er sich im Winter, während er am Haus nicht weiterarbeiten konnte, im schon fertiggestellten Keller eine Tischlerwerkstatt eingerichtet hat. Für den jungen Katzenschlager, den Sohn des Nachbarn, der Maurer war, hat er einen großen Wohnzimmerschrank samt Anrichte als Gegengeschäft gegen dessen schon geleistete und noch zu erwartende Hilfe beim Hausbau gebaut, und für den Onkel Karl, der gelernter Dachdecker war, was er aber wegen seines fehlenden Beines nur im Pfusch ausübte, hat er eine Bauernstube zusammengetischlert. Hie und da hat er für eine halbe Nacht auch die Sissi wieder getroffen, für die er, wie er sich einbildete, anscheinend ebenso ein Notnagel war wie sie für ihn, und was ihn schon allein deshalb zu nichts, nicht einmal ansatzweise zu einem schlechten Gewissen verpflichtete. Und Anfang März ist ohnedies schon wieder der Hausbau losgegangen. Und das Kind ist dann auch pünktlich und ganz problemlos gekommen. Solche Mütter, hat die Hebamme zu Melzer bei einem Krankenhausbesuch gesagt, solche würd sie sich mehr wünschen, die die Kinder richtiggehend im Galopp verlieren. Maria ist bei diesem Satz ganz verlegen geworden. Außerdem ist es endlich ein Bub gewesen.

Maria hat sich nach der Geburt des Kindes nicht mehr richtig erholt. Obwohl sie das Kind nicht an der Brust nährte, schien es Melzer, als fresse es sich auf ihre Kosten rund. Man muß jetzt schon zweimal hinschauen, damit man sie einmal sieht, sagte er. Neben dem ohnedies nur noch üblichen Husten war sie ständig so müde, daß sie sogar anfing, die Hausarbeit im Sitzen zu verrichten. Wie ausgeronnen komme sie sich vor, sagte sie, so als sei ihr bei der Geburt das Leben ausgeronnen. Sie lachte Melzer nicht mehr aus, wenn er vor Müdigkeit beim Fernsehen einschlief, weil sie selber immer eindöste, kaum daß der Fernseher lief. Mitunter bat sie ihn sogar, wenn der Wecker am Morgen läutete, sich das Frühstück selber zu machen. Und es kam auch schon vor, daß er nach der Arbeit nach Hause kam und sie hatte ihm nicht einmal das Nachtmahl hergerichtet, hatte es nicht einmal eingekauft. Nur um selber ein wenig Ruhe zu haben, ließ sie Marina und Karin auch schon zu den Nachbarkindern spielen gehen, obwohl ihr diese Kinder früher immer viel zu wild, zu unerzogen gewesen waren und vor allem zu häßlich geredet hatten. Sie begleitete Marina nicht einmal mehr jeden Tag zur Schule, während sie früher über die Verantwortungslosigkeit von Müttern geschimpft hatte, die ihre Kinder allein gehen ließen. Wenn sie über ihren Zustand klagte, dann meist so, daß sie den Haushalt nicht mehr richtig versorgen konnte, daß er ihr über den Kopf wuchs. Staub lag sogar schon sichtbar auf den Möbeln, und oft ging der Deckel an der Kiste mit der Schmutzwäsche schon nicht mehr zu. Wenn sie sich dazwischen wieder etwas besser fühlte, stürzte sie sich derart auf die liegengebliebene Hausarbeit, daß sie hinterher dann immer ganz genau wußte, warum es ihr schon wieder schlechter ging: Ich hätt doch nicht alle Fenster auf einmal putzen sollen; es war mir doch zu viel Wäsche auf einmal. Schön langsam, sagte Melzer, bekommt er jetzt vier Berufe zusammen, Fabrikbaraber, Häuslbauer, Hausfrau und Krankenschwester. Das wird ihm jetzt bald zu viel. Da muß er sich wirklich überlegen, ob er sich nicht noch eine zweite Frau zusammenheiraten soll.

Knapp vor Mitternacht ist Melzer vom Herrenabend nach Hause gefahren. Es ist wieder einmal überhaupt nichts los gewesen. Zuerst war er ganz allein mit dem Willner im Gastzimmer des Grüneis gesessen, nur nebenan im Extrazimmer war etwas mehr Betrieb gewesen, aber auch nur lauter Pensionisten, die ihre Sparvereinseinzahlung gemacht und gleich mehr vertrunken hatten, als sie vor Weihnachten an Zinsen herausbekommen würden. Der Willner hatte ein Gipsbein gehabt, und er hatte Melzer ausführlich erzählt, wie er dazu gekommen war. Bei der Dachgleiche seines Hauses, das er sich baute, war er so betrunken gewesen, daß er durch das Loch, wo einmal die Stiegen hinaufgehen würden, von der Decke des ersten Stockes bis ins Erdgeschoß durchgeflogen war. Ein Wunder, daß er sich nicht erschlagen hat, hatte er gesagt, da hätten sie die Gleichenfeier gleich als Leichenschmaus weiterführen können. Ja, hatte Melzer gegrinst, Hausbauen ist immer lebensgefährlich. Sie hatten weiter übers Hausbauen geredet, die Vorteile von Hohlblockziegeln waren dem Preis der gewöhnlichen Ziegel gegenübergestellt worden, wer billig baut, baut teuer, hatte der Willner immer wieder gesagt, und dann war der Brabetz hereingekommen, hatte sich neben sie an den Schanktisch gestellt, hatte sein Bier getrunken und ihnen beim Reden zugehört, komisch, hatte er plötzlich gesagt, jetzt bin ich grad beim Weißhappl bei ein paar gesessen, und die haben auch in einem fort übers Hausbauen geredet, das ist, mir scheint, schon Thema Nummer eins geworden. Genau, hatte der Willner gesagt, so ändern sich eben die Zeiten. Von fünfzehn bis fünfundzwanzig seien die Weiber Thema Nummer eins, da rede man dauernd über die Weiber und übers Pempern, und von fünfundzwanzig bis fünfunddreißig käme das Hausbauen und das Einrichten dran, und dann, ja worüber rede man denn eigentlich dann? hatte er zwischen dem Brabetz und Melzer hin und her gesehen. Dann redet man vielleicht wieder über die Weiber, hatte Melzer gemeint, die man wegen dem Hausbauen versäumt hat. Der Brabetz hatte dann das Gipsbein des Willner entdeckt, und der Willner hat seine Geschichte wieder heruntergelassen. Endlich war dann auch ein Vierter gekommen, und sie hatten zum Bauernschnapsen anfangen können.

Melzer ist aus dem Auto gestiegen, auf so einen Herrenabend kann er verzichten, hat er gedacht, und er hat gesehen, daß im Wohnzimmer Licht brannte, Scheiße, hat er gedacht, da ist schon wieder was. Im Vorzimmer hat er Maria schon husten gehört, und als er hineingekommen ist, ist sie beim Herd gestanden und hat wie demonstrativ auf die Uhr gesehen. Schläfst noch nicht? hat Melzer gesagt und Maria hat die Schultern hochgezogen, und was sie sagen wollte, ist in heftigen Hustenstößen untergegangen. Melzer hat gehört, wie es in ihrer Luftröhre brodelte, und ihm ist eingefallen, wie Gerhard, ein ehemaliger bester Freund, der nun schon lange aus dem Ort weg war, vor kurzem mit seiner Frau auf Besuch dagewesen war, und sie hatten eine Schweinsstelze gebraten, und plötzlich hatte Maria ganz arg zu husten angefangen, in ihrer Brust hatte es gebrodelt, als stiegen Luftblasen durch Sirup auf, und Gerhard hatte zu kauen aufgehört, hatte seiner Frau einen Blick zugeworfen, und er hatte ein Gesicht gemacht, als würde ihm vor dem Bissen im Mund so grausen, daß er sich gleich erbrechen würde, und dann hatte er den Teller zurückgeschoben und nichts mehr gegessen. Melzer hat Marias schmale, eckige Figur auf und ab geschaut, ist was, hat er gesagt, gehts dir nicht gut? Maria hat den Kopf geschüttelt und etwas von der Flüssigkeit, die sie gewärmt hatte, in eine Tasse gegossen und ein paar Tropfen eines Medikamentes hineingezählt. Ich bin ja eh nicht spät dran, hat Melzer gesagt, ich bin ja eh extra früher gegangen, und er ist gleich ein wenig ärgerlich gewesen, weil er sich für seinen Herrenabend, der ihm doch zustand, entschuldigt hatte. Maria hat die Tasse abgesetzt, hat sich geräuspert, Temperatur hab ich auch schon wieder, hat sie gesagt und auf das Thermometer gedeutet, das auf dem Tisch lag. Die hättst auch gehabt, hat Melzer gesagt, wenn ich früher gekommen wär. Maria hat geschluckt, ich hab ja garnichts gesagt, hat sie gemeint. Aber gedacht, sagte Melzer, gedacht hast dirs. Er ist hinaus aufs Klo gegangen, immer dasselbe, hat er gedacht, jeden Freitag gehts ihr besonders schlecht. Er hat die Präservativschachtel, die er sich vor dem Weggehen eingesteckt hatte, aus der Geldbörse genommen und zurück in das kleine Regal über der Klomuschel gelegt, und er ist sich plötzlich ziemlich lächerlich vorgekommen, weil er schon seit einiger Zeit jeden Freitag, wenn er vom Herrenabend nach Hause kam, die Präservativschachtel zurück ins Regal legte, ohne eins verwendet zu haben. Wenns so weitergeht, hat er gedacht, kann er den Kindern Luftballons draus machen, weil für was anderes braucht er sie eh nicht mehr. Bei der Maria geht nichts, und seit die Sissi diesen depperten Freund hat, ist es auch mit diesem fixen Notnagel vorbei. Und für längerfristige Anbahnungsmanöver fehlt ihm sowieso die Zeit. Entweder gleich oder garnicht, heißt es für ihn. Er hat heftig an der Klospülung gezogen und ist wieder ins Wohnzimmer hineingegangen. Maria ist schon im Bett gelegen, hat gehustet und die Hände gegen die Brust gepreßt gehabt. Du hast wirklich schon besser gebellt, hat er gesagt, und er hat sich schnell ausgezogen und ist ins Bett gestiegen. Maria hat sich sofort von ihm weg auf die andere Seite gedreht, und er hat die Schultern gezuckt und sich in die Bettdecke gewickelt, mußt halt einmal zum Doktor gehen, ich kann dir ja auch nicht helfen, hat er gesagt und das Licht abgedreht.

(Nützt ja nichts, dachte er, wenns mir gleich leidtut. Davon wurde nichts anders. Und ob sie ihm leidtat oder nicht: ihr dauerndes Kranksein war einfach eine Belästigung für ihn, eine Belastung: statt daß sie funktionierte, wie es sich gehörte, legte sie sich ins Bett und machte ihm eine Arbeit. Wie wenn *er* dauernd krank wäre, und sie müßte neben ihrer Hausarbeit auch noch an seinen Platz in der Fabrik. Und wie wenn sie neben ihm brachliegen müßte, weil er nicht mehr kann, während ihr daneben das Loch brummt.)

Melzer kam die Treppe herunter, die zur Ordination des Doktor Artner, des Lungenfacharztes, hinaufführte, vor einer Viertelstunde war er da hinaufgegangen, der Artner hatte knapp vor zwölf in der Firma angerufen und Melzer in der Mittagspause zu sich bestellt, Ihre Frau war zuerst bei mir, hatte er gesagt, und da möchte ich Sie gern unter vier Augen sprechen. Melzer war oben im Verschlag des Abteilungsleiters mit dem Hörer am Ohr gestanden, steif und gerade wie eine Richtlatte, ja, hatte er gesagt, ja, ja, wie ein Automat, und noch bevor er eine Frage im Kopf beisammen gehabt hatte, hatte der Artner gesagt, also dann um Vierteleins, und hatte aufgelegt, und Melzer hatte in die Halle hinabgestarrt, ohne was zu sehen, jetzt ist es soweit, hatte er gedacht, jetzt ist es soweit, da hatte er schon gewußt, was er jetzt, als er die Treppe hinunterstieg, ganz genau wußte, aber zuerst hatte er noch immer die Hoffnung gehabt, daß er sich da bloß was einbildet, hatte er sich noch solange einbilden können, daß es eine Verrücktheit ist, was er da im Kopf hat, bis er vorm Artner gesessen war, bis er endlich nach Grüß Gott und Moment und gleich, Herr Melzer, sofort, und ein paar Minuten Aufundabgehen in dem überheizten Wartezimmer und bitte, Herr Melzer, vor dem Schreibtisch des Artner gesessen war, mit schwitzenden Händen und einem beklemmenden Flattern in der Herzgegend und gewartet hatte, bis der Artner nach ein paar umständlichen Einleitungssätzen, Sie müssen sich jetzt zusammennehmen, Herr Melzer, denken Sie an Ihre Kinder, bis er endlich gesagt hatte, also Herr Melzer, reden wir da nicht lang herum, aber Ihre Frau hat Krebs, und Melzer war dagesessen mit gefalteten Händen zwischen den Oberschenkeln und hatte kein Wort gesagt, hatte nur langsam immer wieder zu den Worten des Artner genickt, der gesagt hatte, daß Maria die ganze Lunge voller Krebsmetastasen habe, und offenbar habe man damals, als man ihr den Kehlkopf entfernt habe, nicht alles erwischt, und erst als der Artner gesagt hatte, also Ostern, Herr Melzer, wird sie wahrscheinlich nicht mehr erleben, da hatte er sich aufgerichtet, so als sei ihm erst mit diesem letzten Satz alles wirklich geworden, aber das ist ja nur mehr, das sind ja nur mehr drei Monate, hatte er herausgestoßen, und der Artner hatte leicht die Hände gehoben und auf die Tischplatte fallen lassen, mehr glaubt er wirklich nicht, hatte er gesagt, er will ihm garnichts vormachen, und Melzers Hand war zur Brusttasche gezuckt, hatte die Zigarettenschachtel herausgezogen, und auf einmal war ihm aufgefallen, daß er noch seine Blaue anhatte, daß er vergessen hatte, sich umzuziehen, und er hatte die Zigaretten wie ertappt zurückgesteckt, rauchen Sie ruhig, hatte der Artner gesagt, und er hatte Melzer Feuer gegeben, und während er weitergeredet hatte, war sich Melzer immer wieder vorgekommen, als gerate er mit dem Kopf unter Wasser, wo er nichts mehr verstehen kann, zu Maria habe er gesagt, hatte der Arzt geredet, es sei bloß eine starke Entzündung der Bronchien, weil man ihr die Wahrheit einfach nicht sagen könne, und dann hatte er wieder von den Kindern angefangen, die jetzt ganz auf den Vater angewiesen seien, und drum müsse Melzer sich zusammennehmen, das Leben gehe weiter, das könne man sich zwar im Moment nicht vorstellen, aber es sei so, und irgendwie war der Artner zu einem Ende gekommen, Melzer hat später garnicht gewußt wie, der Artner hatte ihm bei der Tür die Hand gegeben, also Kopf hoch, Herr Melzer, hatte er gesagt, und Melzer war durchs leere Wartezimmer hinausgegangen, ging die Treppe hinunter, die Kinder, dachte er, die Kinder, was ist jetzt mit den Kindern, was mach ich mit den Kindern? und er stieg ins Auto, fuhr, ohne zu merken wie und wohin, bis Ostern, dachte er, drei Monate, und dann? was ist dann? aber er konnte sich nichts vorstellen, er hat so ein Durcheinander im Kopf gehabt, daß er sich nur ein Durcheinander hat vorstellen können, und die Kinder? was ist mit den Kindern? und er fuhr automatisch zur Fabrik, stieg aus und sah zum Fabriktor hinüber, und da fiel ihm ein, daß ja jetzt Mittagspause war, und im Speisesaal saßen sie jetzt wie jeden Tag und aßen und redeten und machten ihre Witze, Melzer schüttelte den Kopf, da gehört er jetzt nicht mehr dazu, dachte er, und er setzte sich zurück ins Auto, sah über die mit Schnee bedeckten Autodächer auf die graue Fabriksmauer hinüber und auf das dicke Ventilationsrohr, an dem die Blechklappen im Luftstrom flatterten, und wieder fielen ihm die Kinder ein, er kann doch die Kinder nicht brauchen, was fängt denn ein Mann mit Kindern an, wenn er keine Frau hat und in die Fabrik muß? das ging doch nicht, wie sollte das denn gehen? die konnte er doch nicht mitnehmen und neben das Fließband setzen, aber wo denn sonst hin? wo sollte er sie denn hingeben? wenn nicht einmal eine Verwandtschaft da ist, wenn er doch niemanden hat, außer die Tante Hermi und den Onkel Karl, aber die nehmen ihm doch die Kinder nicht, was gehen denn die seine Kinder an? fremde Kinder, und das Haus? was macht er mit dem Haus? was denn? wer soll denn das fertigbauen, wenn er keine Frau hat, die den Haushalt macht, damit er ein Haus bauen kann? Immer wieder stieß er bei dem Gedanken an, daß einfach nichts mehr geht, daß nichts mehr funktioniert, und er schüttelte den Kopf, der Artner hatte gesagt, das Leben geht weiter, Herr Melzer, ja aber wie denn? der hatte leicht reden, und er streckte die Beine aus, reckte sich, und seine Hände, die er auf dem Lenkrad liegen hatte, kamen ihm vor, als gehörten sie garnicht zu ihm, und da kam ihm seine Armbanduhr in den Blick, ein paar Minuten vor eins, gleich mußte er wieder hinein, ich kann doch nicht, dachte er, ich kann doch jetzt da nicht hineingehen. Es kam ihm ganz irrsinnig vor, hineinzugehen und zu arbeiten, als sei nichts geschehen, als sei alles noch wie vor zwölf, einfach verrückt, da wieder hineinzumüssen, so als dürfe das, was er gerade erfahren hatte, vielleicht ein bißchen seinen Kopf, aber auf garkeinen Fall seinen Körper angehen, sein Körper sollte weiterarbeiten, ganz gleich, was sich der Kopf darüber dachte, die Hände sollten genaue, sichere Bewegungen machen, während im Kopf alles durcheinander war, aber was ging die da drinnen sein Kopf an? Was geht den Unternehmer ein Kopf an, wenn er den Körper gekauft hat, Gedanken sind frei, die hat er nicht mitgekauft, die hat er nicht mitkaufen können, also sollen sie draußen bleiben aus seiner Fabrik, der Kopf soll dem Körper nur anschaffen, was er arbeiten soll, und wenn der Kopf an seine Frau und Kinder denkt, dann ist das seine Sache, solange dabei die Schränke am Fließband nicht zu kurz kommen, ist das seine Sache, und wenn nicht, dann soll er gefälligst an was anderes denken. Melzer sah auf den kreisenden Sekundenzeiger seiner Uhr. Es hilft nichts, dachte er, es hilft nichts. Um eins muß er drinnen stehen. *Er* ist ja gesund. Da hilft alles nichts. Und irgendwie muß es ja trotzdem weitergehen.

Als er drinnen am Fließband stand, das um Punkt eins anruckte und Schrank für Schrank durch die Halle lief, hatte er plötzlich ganz deutlich das Gefühl, daß das Leben wirklich weiterlief.

Manchmal kamen ihm die Schränke in der Fabrik wie etwas vor, an das er sich anhalten konnte, wie ein Halt, etwas Sicheres, während sonst alles auseinanderzulaufen, ihm zwischen den Fingern davonzurennen schien. Und in der Fabrik war es gleichgültig, welche Familienverhältnisse er hatte, was er für *Zukunftsgedanken* im Kopf hatte, da konnte er ein Gesicht machen, wie er wollte, da war keine Maria, vor der er sich verstecken, vor der er sich umdrehen, von der er sich wegdrehen mußte, wenn ihm Gedanken durch den Kopf gingen oder wenn er sie von der Zukunft reden hörte, die sie nicht mehr hatte. Da waren die Schränke schon besser, die kannten keinen Unterschied, wie einer dreinschaute.

Ein paar Tage hat ihm die Sirene zum Arbeitsschluß, die täglich ein Ziel gewesen war, bei dem er aufatmete, eine so beklemmende Angst gemacht, daß er sie am liebsten überhört hätte, so wie er sonst die Sirene zum Arbeitsbeginn nach der Vormittags- oder Mittagspause gerne überhört hätte. Heimgehenmüssen, dachte er. Nicht: Heimgehendürfen. Aus etwas hinausmüssen, wo alles klar war und von selber zu laufen schien, und hineinmüssen in etwas, wo plötzlich das Einfachste ganz schwierig geworden war. Nichts schien ihm ein paar Tage lang schwerer zu sein, als sich zu verhalten, wie er sich jeden Tag, wie er sich all die Jahre über verhalten hatte. Heimkommen, Türaufmachen, Grüßen, Tasche-in-die-Ecke-Werfen, Ausziehen, Waschen, Essen, Ein-normales-Gesicht-Machen, Reden. Überhaupt Reden! Über plötzlich (aber nur vorübergehend) ganz belanglos gewordene Dinge reden, als seien sie noch immer wichtig, und nicht darüber zu reden, was er dachte, woran er die ganze Zeit denken mußte. Die immer wieder daherkommende *Sentimentalität* wegdrängen und die Kinder nicht auf den Schoß nehmen, an sich drücken. Sich das Essen auf den Tisch stellen lassen und nicht sagen, bleib sitzen, ich mach mirs schon selber. Ein weiteres Bier verlangen und nicht etwa selber zum Kühlschrank gehen. Den Aschenbecher auf den Tisch befehlen. Nicht plötzlich eine auffällige Rücksichtsnahme auf Marias Zustand an den Tag legen. Maria zuhören, wenn sie sagt, daß sie froh ist, endlich zum Lungenarzt gegangen zu sein, weil jetzt wisse sie wenigstens, daß es nichts Ernstes sei, sodaß sie sich wegen des Hustens und des Schleims, der ihr heraufkomme, keine blöden Gedanken mehr machen müsse. Zuhören und nicht aufspringen und hinausrennen. Das Bier auch nicht gegen die Gedanken saufen, weil Maria sonst vielleicht fragen könnte, warum er plötzlich säuft. Mit Marina eine halbe Stunde laut Lesen zu üben und zornig werden, wenn sie etwas nicht kann. Sich darüber aufzuregen, daß Maria irgendetwas nicht erledigt hat. Eben wie jeden Tag sonst. Er hat plötzlich nicht gewußt, wie er das alles jeden Tag gemacht hatte, hat es sich nicht einmal vorstellen können. Die einfachsten Dinge sind ihm auf einmal zum Problem geworden. Schon allein *unauffällig* grüßen! Und was weiter? Sollte er gleich sagen, ich hab einen dringenden Pfusch, ich eß später, und hinausrennen, hinauf zum Haus, in die Werkstatt hinein? Alles was er tat, kam ihm ein paar Tage so auffällig vor, daß er ständig erwartete, ständig befürchtete, Maria werde ihn fragen, was er hat.

(Aber ihr ist bis zum Schluß nichts aufgefallen an ihm, zumindest hat sie ihn nicht gefragt. Für sie hat es ja weiterhin wie alle Tage, wie die Jahre über sein können, wo er für sie – wie sie für ihn – nur noch alltäglich gewesen war. Viel zu alltäglich, als daß einer für den anderen einer solchen Aufmerksamkeit wert gewesen wäre, daß so etwas Nebensächliches wie Verhaltensweisen, die im Rahmen des Alltäglichen blieben, unauffällig geworden, der Rede wert geworden wären. Außerdem sind die *nebensächlichen* Dinge, der weiterlaufende Haushalt mit all seinen Notwendigkeiten, ohnedies für Melzer bald wieder so wichtig geworden, daß die ihn unsicher machenden Gedanken an eine Zukunft ziemlich dahinter verschwanden.)

Am Samstagabend sind Hubert und Rosi dagewesen. Maria ist eine halbe Stunde, bevor sie gekommen sind, aufgestanden und hat sich angezogen, obwohl sie sich garnicht gut gefühlt hat. Gegen zehn ist die Weinflasche leer gewesen, und Melzer ist in die Waschküche hinuntergegangen, um eine neue zu holen. Er ist schon ein wenig betrunken gewesen, weil er sehr schnell getrunken hatte, um so rasch wie möglich in einen Zustand zu kommen, in dem er sich nicht erst jeden Satz, den er gesagt hat, vorher zusammendenken und sich erst noch fragen mußte, ob er ihn vor Maria sagen konnte. Er war sicher gewesen, noch einen Doppelliter Wein in der Waschküche zu haben, genug, um sich bis Mitternacht einen Dusel anzutrinken, auf den er gleich einschlafen würde, aber es ist nur noch eine Siebenzehntelliterflasche unten gestanden. Wenn die aus ist, hat er gedacht, dann gehen der Hubert und die Rosi bald, und die plötzliche Vorstellung, dann mit Maria allein dazusitzen, ist ihm so unangenehm gewesen, daß er die Flasche zurückgestellt hat und mit leeren Händen hinaufgegangen ist. Komm, Hubert, hat er gesagt, fahr mit, ich muß einen Wein holen, weil keiner mehr da ist.

Beim Grüneis ist gerade ein Preisschnapsen im Gang gewesen, erster Preis: eine ganze Sau, und die schon Ausgeschiedenen haben ihre Hoffnung, der Frau eine Sau heimbringen zu können, was gleich ein paar Monate Wirtshausgehen und Kartenspielen im voraus gerechtfertigt hätte, anständig ertränkt, sodaß der Grüneis mit dem Bedienen kaum nachgekommen ist und Melzer und Hubert ziemlich lange warten haben müssen. Sie sind vor dem Schanktisch gestanden, und auf einmal hat Melzer gefragt, ob Hubert irgendwas an Maria aufgefallen sei. Aufgefallen, hat Hubert gesagt, was soll mir denn aufgefallen sein? Melzer hat nichts gesagt, und Hubert hat nachdenklich in den Raum geschaut. Schlecht schauts aus, hat Hubert gesagt, und husten tuts wie ..., wie ... Wie eine die einen Krebs hat? hat Melzer gefragt. Spinnst, sagte Hubert, das hab ich nicht sagen wollen, über sowas macht man keinen Spaß. Melzer hat mit dem Finger in einer Wasserlache auf dem Blech des Schanktisches gezeichnet, schön wärs, hat er gesagt, wenn ich einen Spaß machen könnt. Er hat schnell zu Hubert hingeschaut, der den Mund aufgemacht und ihn angeglotzt hat, was willst denn damit sagen? hat Hubert herausgestoßen. Melzer hat die Schultern gezuckt, na was denn schon, hat er gesagt. Na und das sagt so einfach? hat Hubert ihn angefahren, das sagt so? Melzer hat ein wenig zu grinsen angefangen, wie soll ich dirs denn sonst sagen, hat er gesagt, soll ich dirs vorsingen oder soll ich zu plärren anfangen? Bevor Hubert was sagen hat können, ist der Grüneis hinterm Schanktisch gestanden und hat gefragt, was sie wollen. Zwei Obstler zum Datrinken und einen Doppler Heurigen zum Mitnehmen, hat Melzer gesagt. Hubert hat den Kopf geschüttelt, ist eh nicht wahr, hat er gesagt, du willst mich nur auf die Schaufel nehmen. Melzer hat gewartet, bis der Grüneis eingeschenkt hatte, dann hat er sein Schnapsglas genommen, Prost Hubert, hat er gesagt, trinken wir drauf, daß es nicht wahr ist. Na ist es jetzt wahr oder nicht, hat Hubert ihn angefahren. Melzer hat sein Glas niedergestellt, noch einen, hat er zum Grüneis gesagt, und er hat Hubert angeschaut, Ostern, hat er genickt, wird sie nimmer erleben.

Im Lokal ist es immer lauter geworden, alles hat sich um die paar Tische geschart, an denen die letzten Kartenrunden im Gang waren, Melzer hat Hubert erzählt, wie er vor ein paar Tagen beim Doktor Artner gewesen war, Mensch, hat Hubert gesagt, jetzt stehst schön da. Ja, hat Melzer gesagt, mit nichts als einem blöden Gesicht, und dann hat sich der Barobek zu ihnen gestellt und hat erzählt, daß er nur um ein Haar nicht ins Viertelfinale gekommen ist. Tu dir was an, hat Melzer gesagt, es gibt was Ärgeres. Na hörst, hat der Barobek gemeint, eine ganze Sau? Melzer hat Hubert angestoßen und mit der Hand auf die Tische gedeutet, an denen noch gespielt wurde, siehst, hat er leise gesagt, ich brauch garnicht mitspielen, ich bin auch so ein Verlierer. Hubert hat nicht gewußt, was er sagen soll, trinken wir noch einen? hat Melzer gefragt. Glaubst? hat Hubert gesagt, sollten wir nicht lieber schon gehen? Melzer hat dem Grüneis gewunken, gefällts dir so gut bei mir daheim? hat Melzer gefragt. Hubert hat langsam den Kopf geschüttelt, jetzt, wo ichs weiß, hat er gesagt, also trinken wir noch einen. Mir gibst auch gleich einen, hat der Barobek zum Grüneis gesagt, weil fast wär ich ins Viertelfinale gekommen.

Das Alltägliche, dem er immer wieder vergeblich hatte entkommen wollen, das sich wie eine nachgiebige, sich sofort wieder an geänderte Umstände anpassende zähe Masse über alles drübergelegt, mit den ständig wiederkehrenden täglichen Notwendigkeiten alles unter sich erstickt hatte, schien nun etwas zu sein, das seinem Leben ein Knochengerüst gab, ein hartes Rückgrat, damit er weiterlaufen konnte. Die Arbeiten, die er neben seiner Arbeit in der Fabrik verrichten mußte, nahmen immer mehr zu. Auf dem Heimweg von der Fabrik fuhr er gleich einkaufen, zu Hause räumte er auf, fing zu kochen an, was Maria ihm vom Bett aus diktierte, wusch zusammen mit Marina ab, Staubsaugen, Fensterputzen, Wäschewaschen, es war schon viel, wenn Maria den Kleinen fütterte, ihn umwickelte, wenn sie zu Mittag das von Melzer gekochte Essen aufwärmte und tagsüber den Kindern sagte, was sie tun sollten und was sie nicht durften. Und Ende Februar fing der Hausbau wieder an, das erste Stockwerk, das letzte. Wenn er es nur bis zum Eindecken bringt, dachte er immer wieder, nur bis zum Eindecken. Damit er es *einstweilen* stehenlassen und *später* fertigmachen könnte. Maria, die sich für vieles nicht mehr interessierte, hatte gerade am Bau des Hauses ein solches Interesse, daß sie ständig davon redete. (Später hat er gemeint, daß sie nur deshalb noch so lang gelebt hat, weil sie die Vollendung des Hauses, den Einzug in das Haus, das sie sich immer gewünscht, das zuerst nur sie gewollt hatte, noch erleben hat wollen.) Auf die Hilfe Reinhards mußte Melzer schon immer öfter verzichten, weil dem Bruder die erste *richtige* Freundin, eine, die auch wußte, daß sie seine Freundin war, viel wichtiger war als das Haus des Bruders, und Reinhard sich von Drohungen, die er als Lehrling ohnedies längst gewöhnt war, nicht mehr wie früher zum Fleißigsein überreden ließ.

Melzer war ständig in Bewegung, und wenn er ins Sitzen kam, mußte er dran denken, was noch alles zu tun war, was zu machen gewesen wäre, was er aufschieben hat müssen. Vor lauter *außen* um ihn herumstehenden Dingen, in die er sich hineinarbeiten, die er angehen und wegarbeiten mußte, zwischen denen sich seine Tage als eine ununterbrochene Folge von Handgriffen zerrieben, hat er keinen Platz gehabt für ein zermürbendes *Innenleben*, für *Zustände*, wie er sie im Kino und im Fernsehen bei Menschen gesehen hatte, die auf den Tod eines anscheinend unersetzlichen Menschen gewartet, aber dabei nichts weiter zu tun gehabt hatten, als ein aufregendes Innenleben zu produzieren.

Aber obwohl er ununterbrochen beschäftigt war, schien sich mit Marias fortschreitender Krankheit alles, schien sich die Ordnung immer mehr aufzulösen. Je mehr sie auch schon tagsüber nicht aus dem Bett kam, desto mehr fehlten ihre unauffälligen Handgriffe, die die Dinge an ihren Platz zurückstellten, welche die Kinder verschleppt hatten, welche Melzer von sich hatte fallen lassen. Melzer kam es vor, als seien die Kinder plötzlich ganz schlampig geworden. Am liebsten hätte er ihnen befohlen, den ganzen Tag auf einem Platz am Fußboden sitzenzubleiben und mit bloß *einem* Spielzeug zu spielen und schon garnicht in den Garten hinauszugehen. Früher hatte Maria die Kinder eben so oft umgezogen, wie sie sich schmutzig gemacht hatten. Schließlich waren sie kein Gesindel, das die Kinder im Dreck verkommen ließ. Und jetzt waren die Kinder, wenn er heimkam, meistens dreckig, oder wenn sie schon saubere Kleider anhatten, dann hatte Maria ihnen vom Bett aus das Umziehen angeschafft und der Kleiderkasten im Kinderzimmer war ein wüstes Durcheinander. Jedes Spielzeug, das die Kinder achtlos irgendwo liegenließen, kam ihm wie eine Bosheit ihm gegenüber vor. Jeder Teller ärgerte ihn, der aus dem Küchenkasten genommen und *angepatzt* wurde. Und warum konnten Marina und Karin nicht aus einem gemeinsamen Glas Himbeerwasser trinken, mußte jede eins haben? Nur damit er noch mehr Geschirr abzuwaschen hatte. Nur damit er noch mehr Arbeit hatte. Die früher ganz selbstverständliche Ordnung mußte plötzlich mit seinen Handgriffen hergestellt werden. Und jede Achtlosigkeit kam ihm wie ein böswilliger Angriff auf die Ordnung vor, umso mehr, als er sich fast schon pedantisch bemühte, sie aufrechtzuerhalten, weil an ihr eindeutig sichtbar zu werden schien, ob es trotz allem noch normal weiterging, noch nicht aus war.

Klar, sagt Melzer, kannst sagen, so eine Krankheit ist für jeden ein Wahnsinn, wennst zuschauen mußt, wie der Mensch da von Tag zu Tag weniger wird, wie er zugrunde geht, und du kannst nichts außer zuschauen, und dabei mußt noch reden und tun, als tätst überall eine Besserung sehen, wo es in Wirklichkeit bergab geht, das ist natürlich für jeden ein Wahnsinn, der das mitansehen muß, aber trotzdem, sagt er, ist es nicht für einen jeden der gleiche Wahnsinn. Manchmal, wenn ich mich garnicht hinausgesehen hab, sagt er, hab ich mir gedacht, jetzt möcht ich wirklich der sein, den sich ihre Ziehmutter damals als Schwiegersohn vorgestellt hat, kein Baraber, sondern ein Besserer, einer mit zumindest ein bissel einer Marie, da wär gleich alles ganz anders, hab ich mir gedacht, alles wär da auf einmal ganz anders. Nicht daß ich glaub, daß sie dann garkeinen Krebs erwischt hätt, sagt er, das nicht, weil den hätt sie bekommen, ganz gleich, obs jetzt mich oder die Sparkassa persönlich geheiratet hätt, weil die rauhe Stimme, mit der es angefangen hat, die hat sie schon vor meiner Zeit gehabt. Vielleicht, meint er, wärs auch nicht so weit gekommen, wenns nach der Operation eine ordentliche Behandlung gehabt hätt, wenns nichts zu tun gehabt hätt, keine Kinder und keinen Haushalt, sodaß sie dauernd zum Doktor hätt rennen können, jeden Tag, wenns ihr grad gepaßt hätt, als Privatpatient gleich von hinten in die Ordination hinein und nicht durchs Wartezimmer mit Anstellen um sechs in der Früh und stundenlang Warten, wenn sie sich in ein Sanatorium hätt legen können und die größten Kapazitäten um sich hätt herumtanzen lassen können, dann wärs vielleicht garnicht so weit gekommen, kann man nicht wissen, aber sagen wir halt, sagt er, sie hätt trotzdem einen Krebs gekriegt, dann wär noch immer alles ganz anders gewesen, wenn ICH was anderes gewesen wär. Weils größte Problem, wennst einer bist wie ich, sagt er, das ist nicht, wie halt ich das Zuschauen aus, während sie schön langsam zugrund geht, sondern das ist, wo nimmst du ein zweites Paar Händ her, die alles machen, was sie nicht mehr machen kann. Wennst es dir leisten kannst, sagt er, dann ist das garkein Problem, dann kaufst dir eben ein Paar oder gleich mehrere, eine Haushälterin, ein Kindermädchen und was weiß ich, was du halt brauchst, eine richtige Krankenpflegerin vielleicht, und alles geht weiter, einfach so, nur weil du das Geldbörsl aufgemacht hast, da ist dann wirklich nur die Frau krank und sonst nichts. Aber wennst eh grad nur so viel hast, daß du halbwegs über die Runden kommst, dann kannst dir niemanden leisten, weil du kannst ja das Lohnsackel nicht gleich so, wie du es kriegst, weitergeben und dann von der Luft leben. Und du kannst ja auch nicht zum Chef gehen und sagen, hörens, zahlens mir gefälligst soviel, damit ich mir jemanden leisten kann, der *mir den Haushalt macht, das kannst garnicht so schnell sagen, daß du nicht schon vorher aus seinem Büro fliegst. Weil was geht ihn dein Haushalt an? Den soll gefälligst wer machen, der nichts kostet, deine Frau halt, hättst dir halt eine heiraten müssen, die nicht krank wird. Oder wärst halt, wennst noch eine hast, bei der Mutter geblieben. Die macht das auch umsonst. Wo kommt er denn sonst hin, wenn er jedem eine Haushälterin zahlen muß. Da kann er sich ja dann vielleicht selber keine leisten. Und drum, sagt Melzer, kannst nicht einfach sagen, so eine Krankheit ist für jeden der gleiche Wahnsinn.*

Er ist wachgeworden, weil Maria ihn gerüttelt hatte, das Licht brannte, und er wußte nicht, wie spät es war, was ist, sagte er, was ist denn? Maria starrte ihn mit weit aufgerissenen Augen an, hatte einen großen Lappen, eine Windel, gegen ihren Hals gepreßt, und sie zog sie langsam weg, drehte sie zu ihm, was ist das? fuhr Melzer auf, weil der Lappen war ganz rot von Blut, und Maria zog rasselnd den Atem ein, gerade, keuchte sie, beim Husten. Er starrte auf den dicken hellroten Fleck und war dann mit einem Sprung aus dem Bett, stand taumlig da, ich hol den Doktor Landner, stieß er heraus, und Maria nickte leicht und ließ sich in den Polster zurücksinken. Er nahm die Hose vom Sessel, wollte sie gleich über die Hose seines Pyjamas ziehen, aber die Beine des Pyjamas schoben sich über den Knien zu dicken Wülsten zusammen, er brachte die Hose nicht hinauf, riß herum, mußte sie wieder ausziehen, ich weck den Reinhard auf, daß er einstweilen bei dir bleibt, sagte er, und Maria machte eine abwehrende Bewegung mit der Hand, aber er lief schon in die Mansarde hinauf, rüttelte den Bruder wach, und der Bruder verstand nichts, Melzer schrie ihn an, riß ihn aus dem Bett heraus, stieß an den Tisch, und die Vase, die dort stand, kippte um und das Wasser schwappte dem Reinhard über die Beine, bist deppert, schrie er, paß auf, und Melzer sammelte hastig die Blumen auf, die für den morgigen Tag, für Maria, für den Muttertag waren, und er stopfte sie zurück in die Vase, lief vor Reinhard die Treppe hinunter, sah zu Maria hinein, die unverändert dalag, und für einen Moment dachte er, sie sei schon tot, und er machte einen Schritt aufs Bett zu, aber dann fielen ihm ihre kratzenden Atemzüge auf, und er drehte um und lief aus dem Haus.

Er hat beim Doktor Landner geläutet, einmal, zweimal, dreimal, aber es hat sich nichts gerührt. Er ist vor der Tür gestanden, und im Kopf sind ihm Sätze herumgegangen, die er sagen wollte, Entschuldigung bitte, haben diese Sätze angefangen, er hat wieder geläutet, hat den Finger immer länger auf dem Klingelknopf gelassen, wo soll ich denn sonst hin, hat er gedacht, wo soll ich denn sonst hin? und das schrille Klingelgeräusch hinter der Tür hat ihn so unsicher gemacht, daß er am liebsten davongelaufen wäre, so unverschämt kam ihm sein pausenloses Klingeln vor, und er hat sich richtig dazu zwingen müssen, den Finger am Klingelknopf zu lassen, ich hab ja ein Recht, sagte er sich, ich hab doch jetzt ein Recht, und dann ist es endlich im Fenster neben der Tür hell geworden, und die Frau des Doktor Landner hat die Tür aufgemacht, sinds verrückt, hat sie ihn angefahren, was läutens denn wie ein Irrer, was ist denn? Meine Frau, hat Melzer schnell gesagt, Blut ist ihr da herausgekommen, ich weiß nicht, vielleicht, vielleicht kann der Herr Doktor schnell kommen? Die Frau hat eine ärgerliche Kopfbewegung gemacht, mein Mann hat heute nicht Nachtdienst, hat sie gesagt, Nachtdienst hat der Doktor Schnabl, müssens schon dorthin gehen. Aber der weiß ja nichts von ihr, hat Melzer herausgestoßen, sie ist ja bei ihrem Mann in Behandlung, sie hat ja, sie hat ja einen Krebs. Die Frau Landner hat ganz leicht die Schultern gezuckt, bitte, hat Melzer gesagt, bitte, und die Frau hat aufgeseufzt, na ich werd ihms halt sagen, hat sie gesagt, wartens ein bissel. Er ist vor der wieder geschlossenen Tür gestanden, sterben kannst, bis dir einer kommt, hat er gedacht, und er hat sich vorgestellt, wie er nach Hause kommt und mit Maria ist es schon vorbei, und ihm ist eingefallen, wie sie gestern beim Einschlafen gesagt hatte, daß sie sich so gut fühlt wie schon lange nicht mehr. Sie hatte sich auf den Muttertagsausflug gefreut, den er ihr eingeredet hatte, er würde sie gut eingepackt ins Auto setzen und mit ihr und den Kindern zum Stausee fahren, weil sie ohnedies schon so lange nicht mehr über den Garten hinausgekommen war, und Marina hatte ihm am Abend noch das Gedicht aufgesagt, das sie in der Schule für den Muttertag gelernt hatten. Ausgerechnet jetzt, dachte er, ausgerechnet am Muttertag. Dann ist die Tür wieder aufgegangen, und der Doktor Landner ist im Schlafrock und mit wirren Haaren dagestanden, also was ist los? hat er gesagt. Melzer hat noch einmal erklärt, was mit Maria geschehen war, und der Doktor Landner ist einen Moment wortlos dagestanden, na ausnahmsweise, hat er dann gesagt, weil wissens eh, daß ich garnicht kommen dürfte, wenn ich nicht Nachtdienst hab. Melzer hat keine Antwort gegeben, hat ihn angeschaut, warum soll er nicht dürfen? hat er gedacht. Also ich komm gleich, hat der Doktor Landner gesagt, in zehn Minuten bin ich da.

Daheim war alles unverändert. Reinhard kam ihm im Vorzimmer entgegen, sie ist gerade eingeschlafen, hat er gesagt, ich leg mich auch wieder nieder. Melzer hat genickt und ist ins Wohnzimmer gegangen. Er hat Maria eine Weile angeschaut, wenn der Doktor Landner sie so ruhig schlafen sieht, hat er gedacht, dann scheißt er mich zusammen, weil ich ihn umsonst aus dem Bett geschmissen hab, und er hat Maria an der Schulter gerüttelt, der Doktor kommt, Maria, hat er gesagt, er ist gleich da, und sie hat nicht sofort gewußt, was los ist, aber dann hat sie den blutigen Lappen in ihrer Hand gesehen, und sie hat sich aufgerichtet. Da bist auch ganz voll, hat Melzer auf ihr Nachthemd gezeigt, das vorne auf der Brust einen großen Blutfleck hatte. Er hat Maria schnell ein frisches Nachthemd bringen müssen. Ein Wahnsinn, wie die mager ist, hat er gedacht, als er ihr beim Umziehen geholfen hat, die ist ja schon zum Abbrechen. Maria hat eine müde Handbewegung durch das Zimmer gemacht, ein wenig aufräumen soll er, hat sie gemeint, weil es so ausschaut.

Als der Arzt gekommen ist, ist der Kleine wachgeworden und Melzer hat ins Kinderzimmer gehen und ihn beruhigen müssen, damit er nicht auch noch die beiden anderen Kinder mit seinem Schreien aufwecke. Er hätte gerne zugesehen, was der Doktor mit Maria machte, aber als der Kleine endlich Ruhe gab und Melzer ins Wohnzimmer kam, hat der Arzt schon seine Tasche eingepackt. Es hat süßlich nach einem Medikament gerochen, also, Frau Melzer, hat der Landner gesagt, es ist nur, wie gesagt, diese Entzündung der Bronchien, da kanns schon einmal sein, daß beim Husten ein kleines Äderchen platzt, Maria hat ihn anzulächeln versucht, aber es ist nur ein hilfloses Verziehen der Mundwinkel geworden. Melzer hat den Arzt hinausbegleitet, und der Landner hat ihm gedeutet, daß er die Zimmertür zumachen soll. Melzer müsse darauf gefaßt sein, hat der Landner gesagt, daß das noch öfters passiert, weil es könne noch öfter so ein Herd in der Lunge aufbrechen. Er hat ihm erklärt, was er machen muß, damit Maria nicht am Blut erstickt. Am besten wärs natürlich, hat er gesagt, wenn sie ins Krankenhaus gehen würde, denn bis er immer kommen könne, könnte es einmal schon zu spät sein. Ist es so gefährlich, hat Melzer gefragt, und der Landner hat genickt, außerdem ist für Ihre Frau schon alles gefährlich, hat er gesagt, redens ihr zu, daß sie ins Spital geht.

Wegen ihrer lauten Atemzüge hat er nicht gleich einschlafen können, Maria hat schon geschlafen, der Landner hatte ihr eine Injektion gegeben, durch die Vorhänge ist schon ein wenig Licht ins Zimmer gekommen. Wenn sie gestorben wär, hat Melzer gedacht, dann wär jetzt schon alles vorbei. Dann hätte er schon hinter sich, worauf er jetzt noch warten mußte. Er hat sich trotzdem nicht vorstellen können, wie das sein würde, wenn er es endlich hinter sich hat. Kurz vor dem Einschlafen sind ihm plötzlich die Muttertagsblumen wieder eingefallen, die jetzt ohne Wasser in der Vase standen und er ist aufgestanden und in die Mansarde hinaufgetappt.

Langsam ist das Haus weitergewachsen, sehr langsam, weil Melzer nicht mehr jeden Tag dran hat arbeiten können. Ostern war vergangen, Pfingsten war vorbei und es ist Sommer geworden, ohne daß die Prophezeiung des Doktor Artner eingetroffen wäre. Manchmal hat Melzer geglaubt, jetzt ist es bald so weit, ist es nur noch eine Frage von Tagen, aber immer wieder hat sich Maria noch einmal erfangen. Sie hat nichts davon wissen wollen, ins Krankenhaus zu gehen, selbst als der Doktor Landner gesagt hat, er kann das jetzt nicht mehr *verantworten*, sie daheim zu behandeln, sie brauche eine richtige Pflege, und er könne doch nicht jeden Tag zu ihr kommen, schließlich habe er noch andere Patienten, und er schon einen Dauereinweisungsschein geschrieben hat, sodaß sie jederzeit, wenn es *notwendig* geworden wäre, sofort ein Bett im Spital bekommen hätte, als auch schon Melzer gemeint hat, jetzt geht es nicht mehr anders, er ihr täglich zugeredet hat, sie soll doch gehen, ist sie nicht gegangen, sie kann ihn doch nicht mit den drei Kindern allein lassen, hat sie gesagt, und es wird schon wieder werden. Und es ist wirklich dann immer wieder etwas besser geworden, sodaß sie ein wenig aufstehen, in der Wohnung herumgehen, im Garten hat sitzen und sich ein wenig um die Kinder hat kümmern können.

Anfang Juli hat Melzer endlich den Dachstuhl gesetzt und hat alle zur Gleichenfeier eingeladen, die ihm geholfen hatten. Er hat ein ganzes Faß Bier gekauft und es draußen im Garten angeschlagen. Es war ein heißer Julinachmittag und aus dem Kofferradio, das Reinhard sich ein paar Tage zuvor von seinem ersten Ersparten gekauft hatte und das er die ganze Zeit wie ein

Kind am Arm hielt, sind die Schlager des Bäderkonzerts gekommen. Um eine zu einem provisorischen Tisch aufgebockte Tür sind Tante Hermi, Hubert und Rosi, der Katzenschlager und seine Frau und Maria herumgesessen, Melzer hat das Bierfaß hinter sich stehen gehabt, Onkel Karl hat auf dem Gartengrill, den er mitgebracht hatte, Würste gebraten, in der Kinderbadewanne sind ein paar Flaschen Wein zum Kühlen gestanden und Cola für die Kinder, die im Haus Verstecken gespielt haben. Obwohl wegen der Hitze sehr viel getrunken wurde, ist es ziemlich ruhig zugegangen. Nachdem man Maria statt Melzer als Bauherrn hat hochleben lassen, weil er gemeint hat, er ist nur Bauarbeiter gewesen und nicht der Bauherr, ist kaum noch gebrüllt worden. Melzer hat nicht gewußt, halten sich alle nur wegen Maria zurück, die dünn und durchsichtig neben ihm in einem Liegestuhl lehnte, oder sind es bloß das Bier und die Hitze. Aber es ist ihm ohnedies ganz gleichgültig gewesen, weil er sich so wohl gefühlt hat wie schon lange nicht mehr. Jedes Glas Bier, das er abgezapft hat, ist ihm wie eine Bestätigung gewesen, daß er es geschafft hat, und wenn er zu dem Bäumchen mit den roten Kreppapierbändern hinaufgeschaut hat, das er an den Dachstuhl genagelt hatte, hat er, ohne es zu merken, ein wenig zu lächeln angefangen. Er hat immer wieder zum Haus hingedeutet und hat geredet, wie er das alles noch machen wird, außen und innen, aber wißts, was komisch sein wird? sagt er, wenn ich da einmal fertig bin, ganz fertig und nichts mehr dran machen kann. Nicht daß er nicht auch sonst genug zu tun hätte, aber trotzdem wird es ihm abgehen. Da kann er ihn beruhigen, meint Onkel Karl, weil das gibts garnicht, daß man da einmal fertig wird, so ein Haus ist eine Lebensaufgabe: wenn man an einem Ende fertig ist, fangen am anderen schon wieder die Reparaturen an. Bei ihm nicht, sagt Melzer, weil er hat solid gebaut, nicht so einen neumodernen Dreck, da können noch einmal seine Enkelkinder drin wohnen. Nichts hält ewig, sagt der Katzenschlager, sogar die schönste Fut wird schäbig. Melzer sieht, daß der Katzenschlager gleich einen Rempler von seiner Frau bekommt und daß die Tante Hermi leicht den Kopf schüttelt, und er fängt zu grinsen an, reiß dich zusammen, sagt er und deutet auf Reinhard, wir haben Kinder am Tisch. Reinhard zieht geringschätzig einen Mundwinkel nach unten, na du hast eine Ahnung, sagt er, du hast ja überhaupt keine Ahnung. Jaja, nickt Melzer, die Menscher rennen ihm so die Tür ein, daß er nicht einmal dazu kommt, mir beim Bauen zu helfen. Was?

sagt die Tante Hermi, hat er leicht schon eine Freundin? Hubert nickt ganz ernst und lacht plötzlich brüllend heraus, sodaß er sich am Bier verschluckt, sowieso hat er eine Freundin, lacht er, schauns ihn an, er hats ja eh am Arm. Er nimmt sie ja sogar mit ins Bett, sagt Melzer. Reinhard macht eine heftige Bewegung, als wolle er sein Radio in Schutz nehmen, wenns euch nicht paßt, sagt er, kann ich ja auch abdrehen. Geh pflanzts ihn nicht, sagt die Frau des Katzenschlager, er wird ja eh schon ganz rot. Er wird überhaupt nicht rot, behauptet Reinhard, weil das gibt es garnicht, weswegen er rot werden würde. Wegen einem Radio, meint der Katzenschlager, brauchst auch nicht rot zu werden. Melzer läßt sich ein frisches Bier herab, trinkt, Onkel Karl redet über die richtige Methode, Würste zu braten, die einzig richtige Methode, Melzer lehnt sich im Sessel zurück, schaut zum Haus hin, schaut die Fugen zwischen den Ziegeln entlang, und stellt sich vor, daß es schon verputzt ist, ganz weiß, denkt er, einfach ganz weiß, und plötzlich fällt ihm ein, daß er dann ein viel schöneres Haus haben wird, als die Ziehmutter Marias eines hat, ob ich ihr jetzt als Hausbesitzer noch immer zu minder wär? denkt er, und er sieht Maria an, die mit einem wie festgewachsenen Lächeln dasitzt, vielleicht hats nur deswegen immer ein Haus haben wollen, denkt er, damit sie ihr zeigen kann, daß sie doch den richtigen Mann erwischt hat, und er beugt sich zu ihr hin, weißt was, sagt er, wir schicken deiner Ziehmutter eine Ansichtskarte vom Haus, damits einmal sieht, was ein richtiges Haus ist. Maria nickt und lächelt, aber erst wenns ganz fertig ist, sagt sie. Dann wird sie sich auf den Balkon stellen und Hubert soll sie fotografieren, und das Bild werden sie dann der Ziehmutter schicken. Ja, sagt Melzer, genau, auf dem Balkon, und er dreht sich weg, weil er Maria nicht anschauen kann, und er sieht, daß auch die anderen am Tisch ganz verlegen dreinsehen, nein, denkt er, die Gleichenfeier laß ich mir nicht ruinieren, die Gleichenfeier nicht auch noch, und er lehnt sich mit den Ellbogen nach vorn auf den Tisch und deutet zum Katzenschlager mit dem Kopf hin, Fritz, sagt er, du saufst am allerwenigsten, was bist du denn für ein Maurer? Was? sagt der Katzenschlager, ich sauf doch eh schon mehr als ich schwitzen kann, und dem Onkel Karl fällt sofort ein Witz über Maurerschweiß, den es angeblich nicht gibt, ein. Den Witz kennt er schon, winkt der Katzenschlager ab, weil er kennt alle Maurerwitze, und alle Maurerwitze sind eigentlich keine Witze, sondern so ganz blöde Sprüche, die von den Bauherrn und

Baumeistern und solchen Leuten gemacht werden, die keinen Finger, sondern nur die Goschen bewegen.

Melzer ist aufgestanden, ich schau einmal, hat er gesagt, ob der Kleine schon wach ist, und er ist durch den Garten gegangen, hat sich umgedreht und noch einmal zum Haus hingeschaut, Witwer mit Haus, hat er gedacht, und mit drei Kindern, und auf einmal ist ihm eingefallen, daß er früher, vor Jahren, immer gesagt hatte, wenn er heiratet, dann eine mit Brustkrebs und sechzig Millionen. Sein Gesicht hat sich zu einem Grinsen verzogen, die Millionen, hat er gedacht, hab ich zwar nicht, und er ist ins Kinderzimmer gegangen, hat den Kleinen umgewickelt, ihn in den Kinderwagen gelegt und ist mit ihm zurück zur Gleichenfeier gefahren.

Immer hatte es geschienen, als könne das, was vor dem Fabrikstor mit Melzer passierte, das in keiner Weise beeinflussen, was dahinter mit ihm geschah, hatte das Klicken der Stechuhr beim Kommen und Gehen sein Leben in zwei nur wie zufällig zusammengehörende Hälften geteilt. Während sich draußen mit Marias Krankheit alles langsam verändert hatte, hatte es drinnen in der Fabrik ganz unverändert weitergehen können. Selbst daß er für die Arbeitskollegen »der mit der kranken Frau« geworden war, hatte nichts geändert. (Die Kollegen hatten ohnedies ihre eigenen Sorgen. Manchmal hat ihn einer nach Maria gefragt und dann irgendetwas Mitleidiges gesagt, aber meistens ist dann sowieso nur ein betretenes Schweigen ausgebrochen, sodaß Melzer immer gleich selber von etwas anderem zu reden angefangen hat.) Solange hat in der Fabrik für Melzer alles wie sonst bleiben können, bis Maria selbst dessen nicht mehr fähig war, was als einziges nicht bis zum Abend aufgeschoben werden konnte: sich ein wenig um die Kinder zu kümmern, ihnen vom Bett aus Anweisungen zu geben; als sie wegen der immer stärker werdenden Schmerzen, die ihren Körper zu einer einzigen offenen Wunde zu machen schienen, schon Morphium bekommen mußte und den größten Teil des Tages dahindämmerte.

Mitte Oktober war es soweit. Zuerst hat Melzer noch gedacht, er kann die Kinder während der fünf Stunden am Vormittag allein mit der schlafenden Maria lassen. Mittags kam er ohnedies nach Hause, um ihnen das am Vortag gekochte Essen aufzuwärmen, oder wenn er nicht zum Kochen gekommen war, für sich und die Kinder schnell ein paar Eier in die Pfanne zu werfen. Nachmittags sahen Tante Hermi oder Rosi vorbei oder nahmen die Kinder zum Spazierengehen mit, oder die alte Katzenschlager ließ sie zu sich in die Wohnung. Marina, die meistens um elf aus der Schule kam, war ja auch schon *vernünftig*, hatte *vernünftig und selbständig* werden müssen, weil nicht immer jemand dazu da oder in der Lage gewesen war. Sie hatte gelernt, einfache Handgriffe zu verrichten: den Kleinen umzuwickeln, ihm zu essen zu geben, für sich und Karin Brot zu schneiden, den Ofen nachzulegen. Die fünf Stunden, hat Melzer gedacht, wird schon nichts passieren, was soll denn passieren? und es geht ohnedies nicht anders. Aber dann ist er einmal zu Mittag nach Hause gekommen, und die alte Katzenschlager war da, Karin hatte sie geholt, weil Thomas seine Beine zwischen dem Gitter seines Bettes und der Matratze hinabgesteckt und sie nicht wieder hinaufgebracht und wie am Spieß geschrien hatte, und Karin hat ihn nicht befreien können, hatte selber zu brüllen angefangen, und sie hatte Maria gerüttelt, immer wieder gerüttelt, bis Maria endlich so wach geworden war, daß sie begreifen konnte, was los war, und Maria war aus dem Bett gestiegen und war gleich neben dem Bett in die Knie gebrochen, auf allen Vieren hatte sie sich ins Kinderzimmer geschleppt und hatte kraftlos und ganz verrückt vor Angst am Gitterbett herumgezerrt, aber den Kleinen hatte sie nicht losmachen können, und da hatte sie dann endlich Karin zur Nachbarin geschickt, die zum Glück gerade vom Einkaufen nach Hause gekommen war und die dann mit ein paar Handgriffen den Kleinen aus seinem Gefängnis befreit und Maria zurück ins Bett gebracht hatte. Irgendjemand mußte jetzt also nach den Kindern sehen. Aber wer? Am Vormittag hatte Tante Hermi keine Zeit, weil sie bei einem Fleischhauer hinter dem Ladentisch stehen mußte. Für Rosi war es zu weit, jeden Vormittag den dreiviertelstündigen Weg zu Maria zu rennen und dann schnell zurück, um für die eigenen Kinder dazusein, die aus der Schule kamen und essen wollten. Und die Nachbarin hatte auch genug zu tun, sich neben ihrer Heimarbeit und dem Kochen für sieben Personen und dem Haushalten um die beiden Kinder ihres Sohnes zu kümmern, weil auch die Schwiegertochter arbeiten ging. Die Nachbarin hatte es zwar *nicht mehr notwendig*, eine Heimarbeit zu machen, weil ihr Mann als Maurer genug verdiente, daß sie leben konnten. Aber sie möchte doch auch den Kindern was geben, und außerdem fehlen ihr noch zwei Jahre bis zur Rente, und die wird sie auch noch packen, sagte sie, die muß sie packen, weil sie doch die Rente nicht einfach auslassen kann: wenn ihr Mann selber in ein paar Jahren rentenreif ist, werden sie auf die paar Groschen anstehen. Also konnte sie nicht jeden Tag belästigt werden. Melzer mußte froh sein, wenn sie ab und zu hereinsah. Wie sollte es also gehen? Die einzige Möglichkeit, die es noch zu geben schien, war, daß Melzer während der Jausenpause selber nach Hause fuhr, um nach dem Rechten zu sehen. Aber die Jausenpause dauerte bloß fünfzehn Minuten, und das war zu wenig, um hin und zurück zu fahren und eventuell noch irgendetwas gerade Notwendiges zu erledigen. Also ist Melzer zum Personalchef gegangen, weil er gemeint hat, mit solchen Gründen müßte ihm doch erlaubt werden, daß er die Jausenpause um eine halbe Stunde verlängert und diese Zeit am Morgen und am Abend mit je einer Viertelstunde einbringt. Er hat das für einen ganz vernünftigen Vorschlag gehalten. Die Firma würde da nicht zu kurz kommen. Aber der Personalchef hat ihn gleich gefragt, wie er sich denn das vorstellt. Glaubt Melzer, daß man wegen ihm, wegen ein paar Kindern, die angeblich nicht allein bleiben können, den ganzen, genau durchkalkulierten Arbeitsablauf ändern kann? Das Band braucht, wenn es läuft, drei Männer, die die Türen an die Schränke montieren, genau drei Männer, anders funktioniert es nicht. Sollen an den Schränken, die wegen ihm keine Türen bekommen, vielleicht die Beschläge an die Luft montiert werden? Soll der Beschlägemontierer sich solange aufs Häusl setzen, bis Melzer wieder da ist? Und was soll denn das: in der Früh und am Abend eine Viertelstunde länger bleiben? Will er sich in dieser Zeit mit den Zehen spielen, oder was will er sonst tun? Man kann doch wegen ihm allein nicht das ganze Band laufen lassen. Natürlich versteht der Personalchef Melzers Lage. Aber was soll er tun, wenn es nicht geht? Da muß Melzer doch ein Einsehen haben. Ist ja nicht aus Bosheit, wenn man ihm das nicht erlaubt. Die Firma hat überhaupt keine Bosheit. Die Firma hat nämlich garkein Gefühl. Und wenn der Herr Personalchef Gefühle hat, ein Mitgefühl mit ihm und den Kindern und der sterbenskranken Frau, dann hat das Band Notwendigkeiten, gegen die irgendwelche Gefühle lächerlich sind. Ja was soll ich denn tun? hat Melzer gesagt. Na und was soll ich tun, hat der Personalchef gefragt. Melzer hat gedacht, er geht diesem Menschen nicht früher aus dem Büro, bis er ein Einsehen hat, daß seine Kinder wichtiger sind als ein paar Bretter. Aber es ist garnicht um irgendeine Einsicht gegangen. Schließlich hat ihm der Personalchef den Vorschlag gemacht, ihn an einen anderen Arbeitsplatz zu stellen, weg vom Band, weg vom Akkord, dann könnte er ihm, die Zustimmung des Betriebsleiters immer vorausgesetzt, erlauben, daß er die halbe Stunde, die er während der Jausenpause zusätzlich braucht, zu einer anderen Zeit einbringt. Ja, aber das Geld, hat Melzer gesagt, er braucht doch die Prämie. Um es ihm denn jetzt eigentlich geht, hat der Personalchef ihn gefragt, ums Geld oder um seine Kinder. Aber er braucht das Geld, hat Melzer gesagt, das Haus, der Kredit. Der Personalchef hat die Achseln gezuckt, eine andere Möglichkeit gibt es nicht, hat er gesagt, und er ist ihm doch eh entgegengekommen. Kann ich mirs überlegen? hat Melzer gefragt. Er hätte auch so gleich Ja sagen können.

Melzer fährt während seiner verlängerten Jausenpause nach Hause, Maria döst vor sich hin, hat die Augen geschlossen, blinzelt nur ein wenig, als er sie fragt, ob alles in Ordnung ist. Karin spielt neben der Mutter mit irgendwelchen Blättern. Melzer wärmt das Fläschchen für den Buben, nimmt ihn aus dem Gitterbett, gibt ihm die Flasche, seine Hände sind noch immer ganz dunkelbraun von der Beize, obwohl er sich gewaschen hat, und es kommt ihm absurd vor, mit solchen Händen ein Kind zu halten, und dann sieht er, womit Karin spielt: mit den herausgerissenen Seiten und Fotos des Albums mit *seinem* Unfall. Melzer will aufspringen, will schreien, er reißt die Flasche aus dem Mund des Kleinen, ein weißer, klebriger Strahl spritzt aus dem Sauger über das Gesicht des Kindes, aber dann nimmt er nur eine Windel, wischt das Gesicht des Kleinen sauber und steckt ihm die Flasche wieder in den Mund. Alles wird hin, denkt er, alles, da kannst einfach nichts mehr machen.

Manchmal hat er gedacht, warum sag ich ihr eigentlich nicht, daß sie keine Chance mehr hat, daß sie Krebs hat? Warum dreh ich mich weg oder mache ihr Hoffnungen?

Angeblich hofften alle Menschen, die krank waren, wieder gesund zu werden, hofften, solange sie noch nicht die Gewißheit hatten, sterben zu müssen. Maria hoffte anscheinend auch, redete von den nächsten Jahren: wenn das Haus fertig sein würde, wieviel Platz sie dann haben würden, jedes Kind ein eigenes Zimmer. Oder sie machte allen nur etwas vor. Spielte das Theater mit. Als Rosi das letzte Mal da war, hat Maria doch zu ihr gesagt, da, schau mich an, hatte sie ihr die abgemagerten Arme hingehalten, mit mir wirds doch nichts mehr.

Auf jeden Fall ist es ein Betrug, dachte Melzer, der ihr nichts von den Schmerzen und dem langsamen Abkratzen wegnimmt. Hatte er eigentlich Angst, daß sie sich umbringen würde, wenn sie die Wahrheit wüßte? War das die Angst, die ihn davor zurückhielt, ihr endlich die Wahrheit zu sagen? Und wäre es denn so schlimm, meinte er, wenn sie sich umbringen würde? Sie würde sich doch bloß was ersparen, was ohnedies kein Mensch wollen konnte. Sich und ihnen würde sie was ersparen. Warum sollte sie sich zum unausweichlichen Ende hinquälen? Er würde es wissen wollen, dachte Melzer, und dann würde er schlußmachen.

Maria schlief schon, als er gegen elf ins Bett stieg. Sie bewegte sich ein wenig, und Melzer fürchtete schon, sie werde wieder wach werden und dann ihn am Einschlafen hindern, und er saß einen Moment halb aufrecht, bewegungslos im Bett, um keine Geräusche mehr zu machen, und Marias rasselnde, pfeifende Atemzüge sind langsam wieder regelmäßig geworden. Er hat das Licht abgedreht und sich im Bett ausgestreckt. Herrenabend, hat er gedacht, heute wär Herrenabend gewesen. Er hatte die zwei Monate seit Weihnachten schon keinen Herrenabend mehr einhalten können, aber er hatte jeden Freitagabend an den Herrenabend gedacht. Heute hätte er fast darauf vergessen, zumindest war ihm der Herrenabend den ganzen Abend lang nicht eingefallen, weil er an ganz anderes gedacht, ganz anderes zu tun und zu bereden gehabt hatte: Maria hatte sich endlich *entschlossen,* ins Krankenhaus zu gehen. Monatelang hatte sie sich dagegen gewehrt, bis sie schließlich doch schon zu schwach gewesen war, um den täglichen Überredungsversuchen noch länger Widerstand entgegenzusetzen, bis sie schließlich *eingesehen* hatte, daß sie nur im Krankenhaus wieder gesund werden konnte. Ich geh jetzt doch ins Spital, hatte sie zu ihm gesagt, als er von der Arbeit nach Hause gekommen war, am Montag geh ich, weil sonst wirds ja wirklich nichts mehr. Ganz *von sich aus* hatte sie sich an diesem Tag entschlossen und Melzer hatte zuerst gedacht, wenn sie nicht gleich geht und es bis zum Montag aufschiebt, dann wird sie am Montag wieder nicht gehen, und er hatte gemeint, sie könnte doch gleich am nächsten Tag gehen, aber Maria hatte noch ein letztes Mal einen kleinen Aufschub haben wollen, eine letzte Galgenfrist, nach dem Wochenende gehe sie, hatte sie versprochen, ganz sicher. Und sie hatte gleich alles geregelt haben wollen, für die Zeit, wo sie im Krankenhaus sein würde, sie hatte ihm den Abend über immer wieder erklärt, was er alles zu machen hatte, hatte ihm erklärt, was er längst wußte, die längste Zeit schon von sich aus gemacht hatte, was ihm längst zur selbstverständlichen Arbeit geworden war, und dann, wie zum endgültigen Beweis, daß es ihr diesmal ernst war, hatte sie sich den ganzen Körper waschen wollen. Melzer hatte ihr aus dem Bett geholfen, hatte sie vor dem Waschbecken auf einen Sessel gesetzt und ihr das Nachthemd ausgezogen. Daß sie überhaupt noch lebt, daß so ein Mensch überhaupt noch leben kann, hatte er immer wieder gedacht, während er mit dem Waschlappen über ihren Körper gefahren war, über ihre Haut, die das einzige zu sein schien, das diesen Körper noch ein wenig zusammenhielt, über die Haut, die schlaff über den Knochen und Gelenken und einzelnen Muskelsträngen wie eine zu groß gewordene Hülle hing. Ganz vorsichtig hatte er sie gewaschen, als müsse er fürchten, seine großen, kräftigen Hände würden jeden Moment etwas an diesem Körper zerbrechen, er hatte ihr die Arme, die Brust, den Rücken und die Beine gewaschen und dann hatte er ihr den Waschlappen gegeben, damit sie sich die Scham, die wie eine haarige Ausstülpung unter dem eingefallenen Bauch hervortrat, selber waschen konnte, und er war froh gewesen, als er Maria abgetrocknet hatte, hatte aufgeatmet wie nach einer schweren Anstrengung, als die fürchterliche Nacktheit ihres kranken Körpers endlich wieder mit einem Nachthemd zugedeckt war und Maria wieder im Bett lag.

Er hat nicht gewußt, ob er sich über Marias Entschluß freuen sollte, und ist mit offenen Augen dagelegen und hat zwischen ihren Atemzügen gehört, wie die Glut im Ofen zusammenfiel, wie sich der Kühlschrank ein- und wieder ausschaltete und die Gläser, die auf dem Kühlschrank standen, dabei leise aneinanderklirrten, für sie ist es sicher das Beste, hat er gedacht und er würde auch etwas weniger Arbeit haben, weil er sie nicht mehr pflegen mußte, dafür würden aber die Krankenhausbesuche wieder anfangen, das Herumsitzen an ihrem Krankenbett in einem Riesensaal und das Warten, bis die Besuchszeit endlich um war, und nach dem Bericht über den Zustand daheim das Nicht-mehr-Wissen-was-reden, und das Haus würde ganz leer sein für die Kinder, wenn er nicht da war, denn auch wenn sie sich nicht mehr um die Kinder hatte kümmern können, so war sie doch die Mutter für sie gewesen, ein Mittelpunkt im Haus, der einfach da war; morgen noch und übermorgen, hat er gedacht, dann ist sie weg, und auf einmal ist ihm vorgekommen, als habe sich Maria mit ihrem Entschluß, ins Krankenhaus zu gehen, auch gleich zum Sterben entschlossen. Entschlossen, ohne daß sie es wußte. Denn es war ja unwahrscheinlich, daß sie noch einmal nach Hause kommen würde. Aber für sie ist es das Beste, hat er wieder gedacht und schnell angefangen, im Kopf eine Liste der Dinge aufzustellen, die er am nächsten Tag fürs Wochenende würde einkaufen müssen.

Gegen drei Uhr ist er ein wenig wach geworden, und er wollte schon das Licht aufdrehen, um zu sehen, wie spät es war, aber dann ist ihm eingefallen, daß ja morgen Samstag war, und er hat sich auf die andere Seite gedreht, ist ganz ruhig dagelegen, hat schon gemerkt, wie der Schlaf wieder kam, und auf einmal ist ihm aufgefallen, wie still es war, ganz still, und er hat sich aufgerichtet und zu Maria hingehorcht, und er hat ganz langsam seine Hand zu ihr hinübergeschoben, hat mit der Hand ihren nackten Arm berührt, ist zurückgezuckt und hat wieder hingegriffen, Maria war kalt, und er hat schnell das Licht angeknipst, hat sie angesehen, und sie lag noch immer so da, wie sie dagelegen war, als er sich niedergelegt hatte, nur ihr Mund stand jetzt offen, und Melzer hat ihre Bettdecke zurückgezogen, hat dort hingegriffen, wo ihr Herz sein mußte, hat sich hinübergebeugt und sein Ohr an ihre Brust gelegt, aber er hat nichts als seinen Atem und die Geräusche des Bettzeugs gehört. Er ist eine Weile ganz ruhig dagesessen und hat sie angesehen, jetzt ist sie tot, hat er gedacht, jetzt ist sie tot, immer wieder hat er diesen Satz denken müssen, und dann ist er aufgestanden und hat sich eine Zigarette angezündet. Alle Geräusche, die er gemacht hat, sind ihm viel zu laut vorgekommen, und er hat sich neben sie aufs Bett gesetzt, hat sie wieder angesehen, ich hab garnichts gemerkt, hat er gedacht, ich lieg daneben und hab nichts gemerkt. Unzählige Male hatte er sich im letzten Jahr vorzustellen versucht, wie das sein würde, wenn sie sterben würde, hatte er sich das ausgemalt, und immer hatte er sich den Tod als etwas ganz Fürchterliches, etwas ganz Großes, Besonderes vorgestellt, und nun war sie gestorben, ohne daß er etwas bemerkt hatte, hatte er ihr Sterben einfach verschlafen, so wie sie es wahrscheinlich selber auch verschlafen und nichts bemerkt hatte, und wenn er sie ansah, war da garnichts fürchterlich, aus war es, einfach aus, und er hat sich an sein Herz gegriffen, das ganz ruhig schlug, und es kam ihm ganz absurd vor, daß es so ruhig schlagen konnte, daß überhaupt der Tod so etwas Gewöhnliches, so etwas Banales sein konnte. Vielleicht weil ichs gewußt hab, hat er gedacht, weil ich drauf gewartet hab, über ein Jahr, drum ist es nichts Besonderes. Er hat den Kopf geschüttelt, ich hab ein Leben, wo nicht einmal der Tod was Besonderes ist, hat er gedacht, und er hat auf die Uhr gesehen und überlegt, was er jetzt der Reihe nach machen mußte. Zuerst mußte der Doktor Landner her, um den Tod zu bestätigen. Aber würde der mitten in der Nacht überhaupt kommen? Würde er nicht sagen, in der Früh ist es rechtzeitig genug, bei einer Toten läuft ihm nichts davon? Und die Leichenbestattung konnte auch erst am Morgen verständigt werden. Wenn an einem Samstag überhaupt jemand da war und er nicht Maria bis zum Montag zu Hause behalten mußte. Was sollte er also jetzt bis zum Morgen tun? Er konnte sich ja nicht ins Bett neben die Tote legen und warten, bis es Tag wurde und jemand für sie zuständig war. Auf einmal ist ihm eingefallen, daß Maria oft davon geredet hatte, sie möchte einmal, wenn sie stirbt, schon einen Pfarrer dabeihaben, möchte nicht *so* sterben: auch wenn Melzer behauptet, nachher ist nichts mehr, könne man doch nicht wissen, ob nicht doch noch etwas sei. Die ausgleichende Gerechtigkeit. Wenn das wahr wär, hat Melzer gedacht, müßts jetzt ein Leben haben wie Gott in Frankreich. Aber Pfarrer konnte er ihr trotzdem einen holen. Wenn sie es schon gewollt hatte. Nützte es nichts, so schadete es auch nichts. Bei einer Toten konnte kein Pfarrer mehr einen Schaden anrichten. Der konnte er nichts mehr einreden. Und Melzer mußte ja nicht im Zimmer bleiben, wenn der Pfarrer seine Sprüche über Maria sagen oder sonstwas tun würde. Allerdings, an die blöden Sprüche des Pfarrers beim Begräbnis der Mutter durfte er nicht denken. Er ist hinüber ins Kinderzimmer gegangen, die Kinder haben ruhig geschlafen, das wird das Ärgste, hat er gedacht, wenn die munter werden. Er hat sich schnell weggedreht und angefangen, sich anzuziehen, hat mittendrin gestockt, weil ihm eingefallen ist, daß er ja jetzt Trauer tragen mußte. Aber nur am Sonntag, hat er gedacht, als Baraber nur am Sonntag.

Er ist in die Mansarde hinaufgestiegen, hat den Bruder geweckt und ihn in die Kleider hineingescheucht. Er soll hinuntergehen und aufpassen, daß die Kinder nicht wach werden und sich schrecken, wenn sie die Maria sehen. Reinhard hat sich plötzlich auf die Bettkante gesetzt und hat gesagt, er möchte Maria nicht sehen. Er soll sich nichts antun, hat Melzer gesagt, sie schaut aus wie immer. Wenn Melzer allein unten ist, genügt es auch, hat Reinhard gemeint. Ich muß um den Pfarrer, hat

Melzer gesagt, letzte Ölung für die Maria. Reinhard hat aus der Religionsstunde noch gewußt, daß man für die letzte Ölung noch leben muß. Er probiert es trotzdem, hat Melzer gesagt, wenns die Maria schon wollen hat.

Sie sind vor Maria gestanden, und Reinhard hat Melzer angestoßen, das muß man doch, hat er geflüstert und auf Marias offenstehenden Mund gedeutet, das muß man doch hinaufbinden. Melzer hat erschreckt eingeatmet, ganz vergessen, hat er geflüstert, das hab ich ganz vergessen. Er hat sich nach etwas umgesehen, was er dazu verwenden könnte. Hoffentlich ist es noch nicht zu spät, hat er gesagt, hoffentlich hält es noch.

Draußen war es kalt, eine sternenklare Nacht, Melzer hat das Auto auf- und gleich wieder zugesperrt, das Motorengeräusch konnte die Kinder aufwecken, und er ist die Gasse hinuntergegangen, es war nicht weit bis zur Kirche, höchstens fünf Minuten, diese Nähe hatte ihn sonst immer geärgert, wenn am Sonntag schon ganz zeitig die Glocken geläutet, ihn aus dem Ausschlafenkönnen herausgeläutet hatten, der bei Tag aufgetaute und in der Nacht zu Eiskrusten gefrorene Schnee hat unter seinen Schritten gekracht, und es ist ihm seltsam vorgekommen, daß rundum alles wie immer war, daß die Gasse so war wie in jeder gewöhnlichen Nacht, wenn er spät nach Hause gekommen war, ausgestorben und nirgendwo Licht in der Siedlung, alle konnten schlafen, und er mußte da diesen sinnlosen und, wenn Reinhard recht hatte, auch vergeblichen Weg machen, den er bei Tag nicht gemacht hätte, weil er da gleich den Doktor Landner geholt hätte, allen stand nur der gewöhnliche Alltag eines gewöhnlichen Samstags bevor, ein übliches Wochenende, in dem alles von selber lief, während er diese gewaltsamen Schritte machen mußte, um mit dem Körper Marias den letzten noch verbliebenen Rest seiner gewöhnlichen Familie zu beseitigen. Schon auf diesem Weg hat er sich gewünscht, daß das Begräbnis schon vorbei wäre, obwohl ihm die Zeit bis dahin wie ein Aufschub vorkam, bevor er dieses neue Leben, er allein mit drei Kindern, anfangen mußte, von dem er sich nicht vorstellen konnte, wie es funktionieren sollte.

Der Pfarrer ist mit ihm gegangen und hat sich nach zehn Minuten wieder verabschiedet, nie ist ihm etwas unnötiger vorgekommen als die Handgriffe und das ohnedies unverständliche Gemurmel dieses Menschen an der Bettkante Marias, und um sechs hat Melzer den Doktor Landner geholt, der gleich gekommen, aber auch gleich wieder gegangen ist, und die Kinder sind aufgewacht, und Melzer hat ihnen erzählt, daß Maria jetzt tot war, er sagt es ihnen gleich, hat er gedacht, dann hat er es hinter sich; daß Maria jetzt im Himmel ist, hat er gesagt, weil ihm nichts Besseres einfiel, Marina hat keinen Muckser gemacht, ist in der Kinderzimmertür gestanden und hat mit großen, neugierigen Augen zu Maria hingesehen, hat gefragt, was jetzt mit der Mama passiert, und Karin hat anscheinend überhaupt nicht verstanden, was es bedeutete, daß die Mutter jetzt im Himmel war, sie hat gleich mit ihren Puppen zu spielen angefangen, Melzer hat ihnen das Frühstück gemacht, und er hat den Kleinen gefüttert, angezogen und in den Kinderwagen gelegt, und Reinhard ist mit den Kindern zur Tante Hermi gefahren und hat nachher Rosi verständigt, die bei Maria geblieben ist, damit Melzer zur städtischen Leichenbestattung fahren konnte, er hat wieder all die Formulare ausgefüllt und Geld hingeblättert wie damals beim Tod der Mutter, am Montag sollte gleich das Begräbnis sein, und dann ist das Auto der Leichenbestattung gekommen und Melzer hat zusammen mit Rosi ein schwarzes Kleid und frische Unterwäsche aus dem Schrank gesucht und den Männern mitgegeben, die Maria ins Auto verluden und mit ihr davonfuhren, und später ist ihm eingefallen, daß er ihr den Ehering vom Finger hätte ziehen sollen, und er hat sich vorgenommen, darauf zu achten, ob sie ihn noch habe, wenn sie in der Leichenhalle auf dem Friedhof aufgebahrt sein würde, und als der Wagen weg war, ist gleich die halbe Familie Katzenschlager Beileidsagen gekommen, und dann ist Melzer zur Post gefahren und hat an die Verwandtschaft, die kein Telefon hatte und die er von Tante Hermi aus nicht anrufen konnte, Telegramme verschickt, und dabei ist ihm eingefallen, daß das ja nur seine Verwandtschaft war und keine von Maria, und er hat sich, ohne lange zu überlegen, ins Auto gesetzt und ist zu Marias Ziehmutter gefahren, hat auf dem Weg zehnmal umdrehen wollen, ist aber trotzdem weitergefahren, sie ist ja trotzdem ihre Ziehmutter gewesen, hat er gedacht, also muß man sie auch verständigen, sonst sagt sie nachher vielleicht noch, dieser Kerl hat uns nicht einmal vom Tod verständigt, und er hat dem Dienstmädchen, das ihm geöffnet hat, gesagt, daß die Maria gestorben ist, aber das Dienstmädchen ist in diesem Haus noch nicht lange in Dienst gewesen und hat nicht gewußt, wer Maria war, und Melzer hat es ihr erklären müssen, und das Dienstmädchen hat nachgesehen, ob die Gnädige da war, aber die Gnädige war nicht da, na sagens ihrs halt, wenn sie kommt, hat Melzer gesagt und ist wieder gefahren, zurück über die Brücke und an der Fabrik vorbei, und er ist sicher gewesen, daß die Alte sich hatte verleugnen lassen, die steht ja nicht einmal so zeitig auf, als daß sie schon aus dem Haus sein könnt, hat er gemeint. Nicht einmal jetzt, wo sie tot ist, wollens was wissen von ihr, hat er gedacht, so ein Gesindel. Nicht einmal jetzt vergaßen sie ihr, daß sie ihn geheiratet hatte. Aber er hat sich seine Wut fast vorspielen müssen. Er hat einen Kranz in der Gärtnerei bestellt, einen mit echten Chrysanthemen und Nelken und nicht bloß mit welchen aus Plastik, und er hat sich nicht gleich für den Text auf der Kranzschleife entscheiden können, schließlich hat er letzte Grüße genommen, weil er gemeint hat, so etwas Einfaches passe doch besser zu ihr, sie hatte zwar immer etwas Besseres sein wollen, aber gewesen war sie es ja doch nicht, gewesen war sie doch nur *seine* Frau, und dann hat er den Kapellmeister Dienstl benachrichtigt und ist zur Tante Hermi gefahren, die die Verwandtschaft angerufen und zum Begräbnis am Montag eingeladen hat, von allen hat ihm die Tante herzliches Beileid ausrichten müssen, Mitgefühl, und dann sind sie in der Küche gesessen, die Kinder haben im Garten mit Reinhard gespielt, Reinhard hat ihnen eine Schneeburg gebaut, obwohl sie lieber einen Schneemann gehabt hätten, und dann hat die Tante Hermi herumgeredet, ob er schon ein Grab hat? Ins Grab der Mutter kommt sie, hat Melzer gesagt, und die Tante Hermi hat ihm erzählt, daß die Tante Agnes gemeint habe, daß in dieses Grab ja eigentlich nur die richtige Verwandtschaft hineingehöre, und Maria sei ja eigentlich nicht verwandt, naja, hat Onkel Karl gesagt, wahr ist es ja eigentlich eh, und Melzer ist wortlos aufgestanden und hinausgegangen, er ist schnell davongefahren, obwohl er gesehen hat, daß ihm die Tante Hermi nachlief, sie sollen mich alle am Arsch lecken, hat er laut gesagt, ich kauf der Maria ein eigenes Grab, und er ist noch einmal zur Leichenbestattung, und der Beamte hat in seiner Kartei geblättert, das werden wir gleich haben, hat er gesagt, und er hat bald ein Grab gefunden, für das der Mietvertrag schon abgelaufen war, die wirds eh nimmer weiterzahlen wollen, hat er gesagt, die ist eh im Altersheim, die hat eh kein übriges Geld, und er hat in dem weit entfernten Altersheim angerufen, und es hat lange gedauert, bis er die Frau am Apparat und ihr klargemacht hatte, worum es ging, obs noch auf das Grab reflektieren, Frau Hartinger, hat er in den Hörer gebrüllt und dazwischen immer wieder zu Melzer hingelacht, nein, die Frau reflektierte nicht mehr drauf, na also, da haben wir schon eins, hat der Mann gesagt, Melzer hat wieder Geld hingeblättert und ist zu Hubert gefahren, ist mit ihm und Rosi in der Küche gesessen und hat ein paar Schnäpse getrunken, hat von der Ziehmutter und der Tante Agnes erzählt, und es hat ihn gewundert, daß Rosi sich viel mehr darüber aufzuregen schien, als er sich selber aufgeregt hatte, eh hats nichts vom Leben gehabt, hat sie immer wieder gesagt, und dann sind die Leute noch so grauslich, Melzer hat mit ihnen zu Mittag gegessen, nur ein paar Bissen, weil er die Nacht und den Vormittag über zu viel geraucht und jetzt auch noch Schnaps getrunken hatte, sie kann das schon verstehen, hat Rosi gesagt, sie bringt ja auch nichts hinunter, obwohls nur ihre Freundin war, und dann haben sie ein wenig darüber geredet, wie es jetzt mit ihm und den Kindern weitergehen würde, irgendwie, hat Melzer gesagt, weil irgendwie muß es. Als er zurück zur Tante Hermi gekommen ist, war Franz da und hat immer wieder gesagt, wenn Melzer etwas braucht, kann er immer zu ihm kommen, und Melzer hat sich ein wenig darüber geärgert. Ich hab geglaubt, hat er gedacht, wenn er mein Bruder ist, dann ist das eh klar. Onkel Karl, der offenbar wegen seiner Bemerkung über den für eine Beerdigung im selben Grab zu entfernten Verwandtschaftsgrad ein schlechtes Gewissen hatte, ist überfreundlich gewesen und hat Melzer einen Schnaps nach dem anderen aufgedrängt, bis Melzer gesagt hat, jetzt muß er an die Luft oder er fällt um, und er ist mit den Kindern spazierengegangen, zuerst durch den Ort, und er hat gemerkt, daß ihn einige Leute richtig anstarrten, und ein paar haben ihm sogar schon ihr Beileid gesagt, und Marina, die offenbar nicht verstand, was das hieß, hat jedesmal ganz wichtigtuerisch gesagt, meine Mama ist gestorben, wissens, meine Mama ist gestorben, und um nicht noch mehr solchen Leuten zu begegnen, ist Melzer aus dem Ort hinaus zum Teich gegangen, den Kinderwagen vor sich und an jeder Seite ein Kind ist er so lange herumgelaufen, bis es schon ganz dunkel war. Er hat sich und den Kindern Nachtmahl gemacht, hat die Kinder niedergelegt, und da hat dann Karin auf einmal nach der Mutter zu schreien angefangen, und er hat sich zu ihr gesetzt, hat ihr zugeredet, aber Karin hat nicht aufgehört, hat aus dem Bett wieder hinauswollen, und da hat er sie angebrüllt, und einen Moment ist Karin wie erstarrt gewesen, und dann ist ihr das Nachtmahl heraufgekommen und hat sich übers Bett ergossen, und er hat sie aus dem Bett herausgerissen, und Karin hat gebrüllt, und er hat sie vor lauter Hilflosigkeit gepackt und geschlagen, wohin er getroffen hat, und er hat sie heftig auf den Fußboden gesetzt, Ruhe ist jetzt, Ruhe, hat er gebrüllt, aber Karin hat nicht aufhören können, nur langsam ist ihr Schreien in ein Wimmern übergegangen, und Melzer hat angefangen, das Bett neu zu beziehen, hat Karin hineingesetzt, hat sie zugedeckt, und er ist einen Moment dagestanden und hat sie angesehen, und dann hat er sich vor ihrem Bett hingekniet und hat ihren Kopf gestreichelt, und er hätte gerne gesagt, daß er sie eigentlich garnicht hatte schlagen wollen. Er hat die Tür zum Kinderzimmer offengelassen und hat den Fernseher aufgedreht, aber noch bevor das Bild gekommen ist, hat er wieder abgedreht. Er hat sich im Zimmer umgesehen und hat angefangen, ein wenig aufzuräumen, hat die Polsterbank zugeklappt, die jetzt über ein Jahr schon auch tagsüber nicht mehr zugemacht worden war, hat nicht gewußt, was er mit den Sachen Marias machen sollte, und dann ist ihm plötzlich alles so zuwider geworden, daß er sich ausgezogen und, ohne sich zu waschen, niedergelegt hat. In der Nacht ist Karin zu ihm gekommen, zitternd, und er hat sie neben sich liegen lassen, auch in der nächsten Nacht ist sie gekommen und lange noch, die sucht die Mutter, hat Rosi gemeint, und am Sonntag ist dann schon die Verwandtschaft dagewesen, schwarz und mit wehleidigem Gesichtsausdruck, und Melzer hat immer wieder Marias Geschichte erzählen müssen, die Großmutter, auf die er sich ein wenig gefreut, die er lange nicht gesehen hatte und die nur noch mit Grüßen auf Oster- und Weihnachtskarten existierte, war nicht dabei, das wär zu viel Aufregung für sie gewesen, hat Tante Agnes gesagt, weil sie ist eh nicht gut beisammen, und am Montag hat er sich für eine Woche Urlaub genommen, und dann war das Begräbnis, die ganze Zeit ist wäßriger Schnee gefallen, und die Verwandtschaft hat sich darüber ereifert, daß Marias Ziehmutter doch tatsächlich nicht zum Begräbnis gekommen war, Melzer hatte es garnicht erwartet, er hat sich nicht einmal umgesehen, ob er sie irgendwo auf dem Friedhof entdeckte, er hat sie ja ohnedies nur von Fotos gekannt, die ihm Maria gezeigt hatte, und dann ist die Verwandtschaft abgefahren, und im Haus ist es wieder ruhig geworden, und er hat sich einen Waschmaschinenkarton erbeten und hat Marias Sachen hineingetan und in den Keller gebracht. Aber es hat lange gedauert, bis ihm nicht doch noch immer wieder Dinge in die Hände gefallen sind, die Maria gehört hatten.

Ihn freundlicher grüßen; schnell ein wenig ein betroffenes Gesicht machen; zu lachen aufhören, wenn er in die Nähe kommt; wenn der Mut oder die Neugier groß genug ist, ihn zu fragen, wie es geht; ihn sogar beim Einkaufen in einem Geschäft vorzulassen: das war die Mitleidigkeit mit Melzer im Ort, die man sich leistete, weil sie keinen was kostete, sondern im Gegenteil noch etwas einbrachte, wonach man ohnedies dauernd auf der Suche war: ein ergiebiges Gesprächsthema. Man konnte über etwas reden, konnte sich mit seinem Beispiel vor Augen wieder einmal in der eigenen Haut wohler fühlen: im Vergleich zu dem gehts uns ja direkt gold. Man konnte mit der eigenen Situation zufrieden sein, die sich von der Melzers nur so unterschied, daß sie bloß genauso möglich war, aber wahrscheinlich doch nicht wirklich werden würde. Und man konnte sich beim Reden über ihn noch gegenseitig versichern, was man mit ihm für Mitleid hatte: der arme Teufel, na der ist bedient, der hat den Scherm auf, na der erbarmt mir. Wenn man auch sagen muß, daß es schon eine Rücksichtslosigkeit von so einem Mann ist, daß er der Frau noch ein drittes Kind anhängt, wenn sie eh schon schwer krank ist. Das wird ihr die letzten Kräfte gekostet haben. Eine Verantwortungslosigkeit ist das von dem Melzer, da kann man sagen, was man will. Aber jetzt steckt er dafür im Dreck bis zu den Nasenlöchern. Aber ich würd ihm trotzdem helfen. Wenn ich könnt. Ja, wenn ich könnt.

Die Phantasie, die beim Ausmalen von Details seiner Lage ins Kraut schoß, blieb taub, wenn es darum ging, wie ihm zu helfen wäre. Man sah zu wie bei einem *Naturschauspiel.* Man war gespannt, wie er sich aus seiner Lage heraushelfen würde. Wie würde er mit den drei Kindern über die Runden kommen? Würde er so gefühllos sein und die Kinder *hergeben?* Würde er sie *verkommen* lassen, sodaß die Fürsorge *zum Einschreiten gezwungen* sein würde? Oder würde er sich sogar noch vor Ende des Trauerjahres eine neue Frau nehmen? Er hat ja schon immer andere Weiber gehabt.

Daß Melzer selber von diesem *Schicksalsschlag* anscheinend nicht bis ins Mark getroffen worden war und nicht mit ständig todtraurigem Gesicht im Ort herumlief, war irritierend. Der machte sich *in Wirklichkeit* vielleicht garnichts draus? Der war ja vielleicht das Mitleid garnicht wert. Wo er angeblich sogar schon wieder Radio spielte. Und Trauerflor hatte er auch keinen auf dem Mantel.

Der Sonntag ist ihm wie eine Wand vorgekommen, über die er nicht drüberkommen würde. Am Montag mußte er wieder in die Fabrik hinein. Da war die Schonzeit des Urlaubs vorbei und das *normale Leben* fing wieder an, sollte wieder weitergehen. Einen Karenzurlaub würd ich jetzt brauchen, hat er gesagt, warum gibts für Männer, denen die Frau gestorben ist und die kleine Kinder haben, keinen Karenzurlaub? Was sollte er denn mit den Kindern machen, während er in der Fabrik stehen mußte? In so einem Leben, wie er es hatte, hatten doch Kinder keinen Platz. Aber sie waren nun einmal da. Waren in der einen Woche Urlaub fast ausschließlich das, wofür er arbeitete, wofür er herumlief, überhaupt selber da war. Sollte er sie wegschenken? Einfach sagen, Schluß jetzt mit der Gefühlsduselei, brauchen kann ichs nicht, also aus dem Haus mit ihnen? Aber früher erschlägt er sie einzeln und hängt sich dann selber auf, sagt er, bevor er seine Drei hergibt, bevor er sie in ein Waisenhaus läßt, wo sie zum Bettbrunzen anfangen und zum Ununterbrochen-Dankbarsein abgerichtet werden. Schließlich ist die Maria selber in einem Waisenhaus gewesen und hat erzählt, wie es dort zugeht, und wie es dann bei der Ziehmutter gewesen ist. Aber was sollte er sonst mit ihnen tun? Die Tante Hermi hatte ihm zwar versprochen, ihm auszuhelfen, wenn sie Zeit habe, und auch Rosi hatte sich dazu bereit erklärt, aber Lösung war das keine. Das war eine Erleichterung für ein paar Stunden in der Woche, für die er dankbar war, er war ohnedies schon dauernd für alles mögliche dankbar, aber seine Arbeitswoche dauerte eben länger. Soll er eben zur Fürsorge gehen, hat Onkel Karl geraten, wozu ist die denn da? Die sollen was machen. Aber Melzer ist das vorgekommen wie der letzte Schritt nach unten, den man tun konnte. Aus einem, der sich immer alles selber erarbeitet, selber verdient hat, einer werden, der auf Almosen angewiesen ist. Ein *Fürsorgefall* werden. Er hat bis zum Donnerstag gewartet, als würde er auf ein Wunder warten, bevor er hingefahren ist.

Er hatte das Haus bisher nur von außen gekannt, war sicher tausend Male daran vorbeigegangen, ohne sich etwas dabei zu denken. Wenn von der Fürsorge die Rede gewesen war, war ihm das immer vorgekommen wie etwas, das ganz weit außerhalb seines Lebens lag. Irgendetwas für Leute, mit denen er nichts zu tun hatte, mit denen er nichts gemeinsam hatte, für ledige Mütter vielleicht, welche mit ein paar Kindern, für die sie keine Alimente bekamen, weil sie nicht wußten, wer die Väter der Kinder waren, oder für arbeitsscheue Individuen, die von der Kinderbeihilfe lebten und die zu diesem Zweck ein Dutzend rotziger Kinder in die Welt gesetzt hatten. Mehr oder weniger Gesindel eben. Weil wenn heute wer arbeiten will, der kann, hatte er immer gedacht, und dann braucht er auch keine Fürsorge. Daß die Mutter nach dem Krieg, als der Vater noch in Gefangenschaft gewesen war, auch Fürsorgeunterstützung bezogen hatte, wußte er ja nur vom Hörensagen. Und das war eben die Zeit nach dem Krieg gewesen, eine schlechte Zeit, die aber längst vorbei war. Gleich nach dem Eingangstor sind ihn zwei Schilder angesprungen: Bitte die Schuhe abputzen, Rauchen verboten. Im Wartezimmer, auf der geraden, die Wände entlanglaufenden Bank, sind ein junges Mädchen mit einem ganz kleinen Kind auf dem Schoß und zwei Frauen in mittlerem Alter gesessen, die auch Kinder bei sich hatten, und Melzer hat gegrüßt und sich schnell umgeschaut, und er ist erleichtert gewesen, daß ihm die Menschen fremd waren, die eine Frau, die schwanger war und einen vielleicht zehnjährigen Buben neben sich hatte, ist ihm zwar vom Sehen ein wenig bekannt vorgekommen, aber er wußte nicht, wer sie war, also würde auch sie nicht wissen, wer er war, hat er gemeint, und er ist unschlüssig mitten im Zimmer gestanden und hat nicht gewußt, wohin er sollte. An der einen Tür war ein Schild, Bitte nur nach Aufruf einzutreten, und an der anderen war nur eine Zahl. Wo sollte er da hinein? Wenn er einfach hineinging, ohne aufgerufen worden zu sein, dann würde das doch gleich einen schlechten Eindruck machen. Er hat sich auf die Bank gesetzt, in einem mindestens so großen Abstand von dem Mädchen, wie ihn auch die anderen zwischen einander einhielten, und er hat von einer zur anderen geschaut, komisch, hat er gedacht, wenn ich die auf der Straße treff, würd ich nicht gleich glauben, daß sie was mit der Fürsorge zu tun haben. Die schwangere Frau mit dem Jungen, der die Hände zwischen die Oberschenkel und die Bank geklemmt hatte, hat alle Augenblick mit Spucke an ihm herumzusäubern versucht, und der Junge hat den Kopf weggedreht und den Oberkörper verrenkt, um aus dem Bereich des speichelnassen Fingers zu kommen, das Mädchen hat ab und zu leise aufgeseufzt und den Arm gewechselt, der das Kind hielt, und die dritte Frau, mit den beiden Mädchen neben sich auf der Bank, ist dauernd damit beschäftigt gewesen, den fast lautlosen Streit der beiden Kinder um die Puppe zu unterbinden, sie hat abwechselnd das eine und dann wieder das andere Kind mit nach vor ruckendem Kinn scharf angesehen, aber das ein wenig größere der beiden Mädchen hat sich doch wieder ganz plötzlich über den Schoß der Frau gebeugt und hat dem kleineren Mädchen auf der anderen Seite die Puppe aus der Hand gerissen und hat die Puppe mit beiden Armen an sich gepreßt, und die Frau hat sie ihr wieder weggenommen und dem kleineren Mädchen gegeben, sei doch nicht so, hat die Frau leise gezischt, laß sie ihr doch auch ein bissel. Aber es ist ja meine, hat das größere Mädchen gesagt. Der Gescheitere gibt nach, hat die Frau gemeint, und nach einer Weile hat das größere Mädchen doch wieder hinübergegriffen, und die Frau hat es mit einer reflexhaften Handbewegung auf den Hinterkopf geschlagen, jetzt ist aber eine Ruh, hat sie gesagt, und das Mädchen hat den Kopf eingezogen, hat sich verschämt umgeschaut und ist dann ganz still dagesessen. Melzer hat zugesehen, eh ganz gewöhnliche Leute, hat er gedacht, warum die eigentlich da sind, möcht ich wissen? Die sahen doch nicht gerade nach Gesindel aus, einfach sahen sie aus, einfache Leute, einfach angezogen, billig, aber sauber. Waren die vielleicht auch nur durch ein *Unglück* da hereingetrieben worden, so wie er? und genierten sich vielleicht auch, daß sie da sitzen mußten? Er hat sie angesehen und sich Gründe ausgedacht, einen Mann daheim, der alles versoff, oder garkeinen, weil er mit einer anderen davon war und keine Alimente zahlte und das Mädchen vielleicht ein sitzengelassenes einmaliges Vergnügen? Und auf einmal ist ihm aufgefallen, daß das lauter Gründe waren, die die Frauen hier *schuldlos* machten, so schuldlos, wie er selber sich unschuldig vorkam, Blödsinn, hat er gedacht, vielleicht sinds doch Schlampen und können nicht wirtschaften. Er hat sie weiter angeschaut, aber er hat nichts finden können, worin er sich von den Frauen unterschied. Wenn da einer hereinkommt und mich nicht kennt, hat er gedacht, für den bin ich sowieso dasselbe. Nach einer Weile ist die Tür aufgegangen und eine ziemlich dicke Frau mit strähnigen Haaren ist herausgekommen und hat sich auf die Bank gesetzt. Melzer hat gesehen, daß sie eine Laufmasche an einem Strumpf hatte und das ist ihm gleich wie eine Bestätigung vorgekommen, daß er sich von den normalen Fürsorgefällen unterschied. Er hat noch einmal gelesen, daß man nur nach Aufruf eintreten darf, aber wie sollte er aufgerufen werden, wenn man garnicht wußte, daß er da war? und er hat noch einen Moment gezögert, und dann ist er aufgestanden, muß man sich da wo anmelden? hat er gesagt, und die dicke Frau hat ihn angelächelt, da, hat sie gesagt und auf die Tür ohne Schild gedeutet, ich habs zuerst auch nicht gewußt, weil ja nichts angeschrieben ist. Komisch, hat Melzer gedacht, dabei hätt ich geglaubt, die geht da ein und aus. Er ist rasch auf die Tür zugegangen, hat einen Moment gestockt und den Atem angehalten, und dann hat er angeklopft.

Zwei Minuten später ist er schon wieder in seinem Auto gesessen und ist schnell nach Hause gefahren, weil er garnicht daran gedacht hatte, daß er *Dokumente* brauchen würde. Wie er sich das vorstellt, hatte ihn die Frau hinter der Tür gefragt, da könne doch jeder kommen und drei Kinder und den Tod der Frau behaupten. Sterbeurkunde, Heiratsurkunde, Geburtsurkunde, Meldezettel, Staatsbürgerschaftsnachweis. Melzer hat alles zusammengesucht, wo ein amtlicher Stempel drauf war. Er hat sich dauernd einreden müssen, daß er es sich nicht leisten kann, nicht wieder hinzufahren. Das Mädchen mit dem kleinen Kind war schon weg, sonst war im Wartezimmer alles unverändert. Die Frau bei der Aufnahme hat seinen Fall aufgenommen. Gerade daß sie einen nicht fragen, hat Melzer gedacht, wann man zum letzten Mal onaniert hat. Dann ist er wieder draußen gesessen und hat gewartet. Nach einer halben Stunde ist die Tür zum Referenten zum ersten Mal aufgegangen, und Melzer hat gedacht, wenn das in dem Tempo so weitergeht, kommt er bis um zwölf sicher nicht mehr dran. Parteienverkehr: 8–12, war beim Eingang gestanden. Und Melzer hatte ja auch Rosi versprochen, Karin und den Kleinen noch vor Mittag bei ihr abzuholen, und Marina wartete nach der Schule auch bei der Katzenschlager auf ihn. Und er wollte doch nicht, daß es aussah, als stecke er seine Kinder überall zum Mittagessen hin. Er hatte doch ohnedies vorgekocht. Als er endlich drangekommen ist, knapp nach halb zwölf, hat der Referent erst den Akt studieren müssen, den die Frau bei der Aufnahme von Melzers Fall angelegt hatte. Nicht ganz einfach der Fall, hat der Beamte gesagt. Das weiß ich auch so, hat Melzer gedacht, dazu hätt ich nicht extra herkommen müssen. Und er will also die Kinder behalten? Melzer hat überrascht vom Präsidentenbild an der Wand zum Beamten geschaut, natürlich, hat er gesagt, was denn sonst? Der Mann hat mit einem Ruck den Kopf gehoben, und Melzer hat sofort das Gefühl gehabt, als habe er jetzt etwas Freches gesagt, habe sich im Ton vergriffen, von dem hängts ab, hat er gedacht, ich kann ja meine Kinder nicht einfach hergeben, hat er leise gesagt. Nun das ist sicher eh die beste Lösung, wenn sie bei Ihnen bleiben, hat der Beamte gemeint. Melzer hat auf seine Hände hinuntergeschaut, Lösung, hat er gedacht, möcht wissen, wo da eine Lösung ist? Allerdings hat Melzer aber dann auch die ganze Verantwortung für die Kinder, hat ihm der Beamte erklärt, daß sie ordentlich versorgt werden undsoweiter, denn jetzt, wo der Fall aktenkundig sei, müsse die Fürsorge auch Kontrollen machen, müsse sie sich im Interesse der Kinder davon überzeugen, daß ihr Zustand auch zufriedenstellend sei. Dazu brauch ich doch keine Fürsorge, hat Melzer gedacht. Oder sind seine Kinder vielleicht dazu da, daß ein paar Beamte was zu tun bekommen, daß Beamte dran herumtun dürfen? Am liebsten wäre er aufgesprungen und hinausgelaufen. Wenn er seinen Akt hätte mitnehmen können. Hab ich da jetzt eigentlich irgendein Recht auf was, hat Melzer gedacht, oder kommts nur drauf an, daß ich da einen Beamten schön bitt. Daß sie sehen, das ist einer, der bitten kann? Aha, der kann bitten? der kriegt was. Die Fürsorge habe leider auch nur begrenzte Möglichkeiten und Mittel, hat der Beamte gesagt. Schließlich ist er doch mit der möglichen Hilfe herausgerückt: die Fürsorge würde bis zu einer bestimmten Höhe die Kosten einer *Kraft* übernehmen, die Melzer den Haushalt führen und die Kinder betreuen würde. Wirklich, hat Melzer gesagt, wirklich? Wenn das so war, war er doch aus dem Wasser. Der Mann hinter dem peinlich genau aufgeräumten Schreibtisch ist ihm auf einmal so menschlich vorgekommen, daß er am liebsten gesagt hätte, es tue ihm leid, was er vorhin gedacht hatte. Melzer müsse sich eben eine solche Kraft suchen, hat der Mann gesagt, dann solle er wiederkommen und die Kostenübernahme beantragen. Suchen, hat Melzer gesagt, selber suchen, wo soll ich denn eine suchen? Na im Bekanntenkreis vielleicht oder über eine Annonce, hat der Beamte gemeint, da würde sich doch was finden lassen müssen. Und bis dahin, hat Melzer gesagt, was mach ich bis dahin? Am Montag muß er doch schon wieder in die Arbeit. Tja, hat der Beamte gesagt und auf die Uhr gesehen. Melzer hat auf seine geschaut, es war schon zwölf vorbei, bei der Caritas können Sie es noch probieren, hat der Beamte gesagt, die haben nämlich selber solche Kräfte, die sie zu bedürftigen Familien schicken. Und bedürftig, hat er gesagt und ist aufgestanden, bedürftig sind sie ja auf jeden Fall, Herr Melzer. Als Melzer bei Rosi durchs Vorzimmer gegangen ist, ist er vor dem Spiegel stehengeblieben, jetzt bin ich also ein Fürsorgefall, hat er gedacht. Und früher hatte er sich unter einem Fürsorgefall immer jemand ganz Verkommenen vorgestellt.

In seinem Bekanntenkreis hat sich, wie er ohnedies schon vorher gewußt hatte, niemand gefunden, der Zeit gehabt hätte, ihm eine Haushälterin zu spielen. Aber die Bekannten haben versprochen, sich umzuhören. Eine Annonce hat er auch aufgegeben. In der wöchentlich erscheinenden Lokalzeitung. Witwer mit drei kleinen Kindern sucht dringend Haushaltshilfe für tagsüber. Unter »Bis 2500,-« an den Verlag. Und die Tante Hermi ist für ihn zum Pfarrer gegangen, der für die Caritas zuständig war. Aber momentan sei niemand frei, und Melzer müsse schon selber kommen, hat der Pfarrer gesagt. Melzer hat gemeint, da geht er nicht hin. Wenn es doch eh nichts nützt, macht er doch vor dem nicht auch noch einen Kniefall. Naja, wennst dir das leisten kannst, hat die Tante Hermi gesagt, und Onkel Karl hat gemeint, Melzer soll von seinem hohen Roß heruntersteigen, weil schließlich ist er es, der etwas will. Wenns nicht für die Kinder wär, hat Melzer gedacht. Es hat ihn eine ziemliche Überwindung gekostet, hinzugehen und Grüß Gott statt Guten Tag zu sagen. Tante Hermi hatte gemeint, Grüß Gott würde gleich ein besseres Bild machen. Ich kenn Sie garnicht, hat der Pfarrer gesagt, wo wohnens denn? Melzer hat mit dem Daumen hinter sich gedeutet, na eh gleich da drüben, hat er gesagt, in der SA-Siedlung. So? hat der Pfarrer die Augenbrauen hochgezogen, aber ich hab Sie trotzdem noch nie gesehen. Da hab ich eh garkeine Chance, da müßt ich ein Kerzenschlucker sein, hat Melzer gedacht. Aber er ist sitzengeblieben und hat sich vom Pfarrer in die Kartei aufnehmen lassen. Leider sei er kein Einzelfall, hat Melzer gehört. Und für soundsoviele absolut bedürftige Fälle habe die Caritas leider nur zwei ausgebildete Helferinnen zur Verfügung. In unserer Zeit sei nämlich leider nur schwer jemand zu finden, der den dazu nötigen Idealismus aufbringe. Dauernd hat der Pfarrer leider gesagt, und Melzer hat darauf gewartet, daß er auch sagt, leider kann ich Ihnen auch nicht helfen. Aber in fünf Wochen kann ich Ihnen wen zusagen, hat der Pfarrer dann gesagt, da kann ich Ihnen für vierzehn Tage eine ausgebildete Helferin schicken. Aber ich würds doch jetzt brauchen, hat Melzer gesagt, ich kann die Kinder doch jetzt nicht allein lassen. Der Pfarrer hat die Handflächen nach oben gedreht. Wenn er jetzt beten sagt, hat Melzer gedacht, dann renn ich davon. Habens denn wirklich niemanden, wirklich garniemanden? hat der Pfarrer gefragt. Sonst wär ich doch nicht da, hat Melzer gesagt. Der Pfarrer ist mit dem Zeigefinger auf seinem Plan herumgefahren, wo er die Helferinnen eingeteilt hatte, schaun Sie, Herr Melzer, hat er gesagt, wenn ich Ihnen jetzt gleich wen schick, dann nehm ichs doch nur wem anderen weg. Ich verstehs ja eh, hat Melzer genickt, aber die Kinder... Der Pfarrer ist mit der Hand auf seinem Plan hin- und hergefahren, das sind doch alles Kinder, hat er gesagt, schaun Sie sich das an, das sind doch alles Kinder.

Als Melzer hinausgegangen ist, hat er die Zusicherung gehabt, schon in zwei Wochen und nicht erst in fünf eine ausgebildete Haushaltshilfe zu bekommen. Er hat beim Weggehen wieder Grüß Gott gesagt, hat sogar einen Moment überlegt, ob er nicht auch statt Danke besser Vergeltsgott sagen soll.

Weil er sonst keine Hoffnung für die beiden nächsten Wochen gehabt hätte, hat er gehofft, seine Bekannten würden noch vorher, vielleicht noch vor dem Montag, oder wenigstens während der nächsten Woche jemanden für ihn ausfindig machen.

Am Montagvormittag hat er Karin und den Kleinen zum ersten Mal ganz allein im Haus lassen müssen. Marina war wenigstens bis um elf in der Schule. Er ist in der Fabrik gestanden und hat Möbelbeine gebeizt, und ständig haben sich ihm Gedanken von fürchterlichen Unfällen aufgedrängt, die mittlerweile daheim passieren konnten. Als er während der Jausenpause zum Nachschauen nach Hause gekommen ist, hat er sich fast gewundert, daß nichts passiert war. Außer daß er Karin nicht gleich gefunden hat, weil sie in der finsteren Ecke unter dem Küchentisch hockte, offenbar die ganze Zeit, seit er weg war, dort gehockt war, sich dort aus Angst unsichtbar zu machen versucht hatte.

Auf die erste Annonce, sagt Melzer, hab ich nicht eine einzige Zuschrift gekriegt, drei Wochen hintereinander hab ichs erscheinen lassen, aber nichts hat sich gerührt; wenn ich annoncieren hätt können, Villenhaushalt sucht Kindermädchen, fünftausend im Monat undsoweiter, dann hätten sie mir sicher die Tür eingerannt, aber so hat halt keine wollen, Wunder ist es ja eigentlich eh keins, weil wer will denn schon für das Geld, was die Fürsorge zahlt, so einen Haufen Arbeit machen müssen, da ist ja eine jede besser dran, wenns in die Fabrik geht, und ich kann ja leider von mir aus auch nichts dazulegen, wo ich schon froh sein muß, daß ich so über die Runden komm, wo mir doch sowieso die Akkordprämie abgeht, und in zwei Monaten fangen die Kreditrückzahlungen fürs Haus an, und wie ich das machen werd, ist mir überhaupt schleierhaft, da pickens mir dann viel-

leicht eh den Kuckuck aufs Haus, aber das ist mir dann auch schon wurscht, weil wenn ichs anschau, könnt ich sowieso plärren, da stehts jetzt im Rahmen da, mit einer Plastikhaut vor den Fenstern, steht da, und ich kanns nicht fertigmachen, weil ich ja überhaupt keine Zeit hab und schon garkein Geld, woher denn nehmen? weil pfuschen kann ich ja auch nicht mehr, daß wenigstens ein bissel was hereinkäme. Ein zweites Mal hab ichs dann auch noch mit einer Annonce probiert, sagt er, mit einem anderen Text, den mir der Redakteur dort eingeredet hat, und da ist statt Zweitausendfünfhundert im Monat einfach Beste Bezahlung gestanden und überhaupt ist das ganze mehr auf besser hergerichtet gewesen, aber ohne daß ein Schmäh dabei gewesen wär, werdens sehen, hat der Mensch dort gesagt, diesmal fangen Sie eine, mindestens, wenn nicht mehr, und tatsächlich haben sich zwei gemeldet, und ich hab ihnen zurückgeschrieben, na eigentlich hats der Hubert gemacht, weil der als Vertreter ein bissel besser reden kann, und dann hab ich die erste vom Bahnhof abgeholt, und sie hat schon komisch geschaut, als sie meine alte Kraxen von einem Auto gesehen hat, die hat vielleicht geglaubt, ein Rolls Royce kommt sie abholen, vielleicht einer mit Chauffeur, und dann hat sie sich bei mir daheim alles angeschaut, und wie sie gesehen hat, wo sie schlafen soll, nämlich im Zimmer vom Reinhard, der wieder in die Rumpelkammer übersiedelt wär, schlechtes Zimmer ist ja das Zimmer vom Reinhard wirklich keins, wenn mans ein bissel herrichtet, aber wie sie das gesehen hat, hat sie überhaupt ein Schnoferl gezogen, momentan gehts sowieso nicht, hat sie gesagt, erst in einem Monat, und sie wird sich wieder melden, aber ich hab eh gleich gewußt, die rührt sich nimmer, und sie hat sich ja auch wirklich nimmer gerührt, und mit der Zweiten wars genau dasselbe, nur daß die nicht einmal bis in die Mansarde hinaufgegangen ist, die hat sich herunten zweimal umgedreht, hat die Kinder angeglotzt und gefragt, ob die alle mir gehören, also ob sie geglaubt hätt, daß ich mirs extra für sie ausgeborgt hab, und da hat sie dann gesagt, daß sie sich das ganz anders vorgestellt hat und daß das für sie nicht in Frage kommt. Ja, sagt er, das ist also herausgekommen bei den Annoncen, und bevor ich wie gesagt die zweite aufgegeben hab, hab ich auf zwei Wochen das Mädchen von der Caritas gehabt, die war vielleicht erst so achtzehn, neunzehn Jahre alt, aber können hat die was, das wär was gewesen, die ist um halbsieben in der Früh gekommen, bevor ich in die Arbeit bin, und um fünf ist sie gegangen, wenn ich gekommen bin, die hat irgendwo auswärts in einem Nest gewohnt, zumindest hat mans am Reden gemerkt, und zuerst ist es mir ja schon komisch vorgekommen, da wen Wildfremden im Haus zu haben, der überall, wo er will, herumkramen kann, man ist es halt nicht so gewöhnt wie die Leute auf der Butterseite, die ständig eine Bedienung haben, aber die wär was gewesen, so eine würd ich brauchen, wenn ich heimgekommen bin, war alles gemacht, gewaschen, gekocht, zusammengeräumt, mit den Kindern ist sie spazieren gegangen und der Marina hats bei der Aufgabe geholfen, und das war ja das Wichtigste, daß sie bei den Kindern war, nur gebetet hats halt mit ihnen vorm Essen, aber das mußt einfach in Kauf nehmen, vierzehn Tage bin ich mir vorgekommen wie ein ganz anderer Mensch und es ist wirklich so gewesen, als ob die Maria noch am Leben und als obs noch gesund wär, und sie war ja auch so nicht zuwider, mit der wärs schon zum Aushalten gewesen, aber nach zwei Wochen war die Seligkeit eben wieder vorbei, obwohl die Tante Hermi zum Pfarrer bitten gerannt ist, daß er sie mir noch ein bissel läßt, aber nichts, zwei Wochen und nicht länger, in einem halben Jahr kann ichs vielleicht wieder haben, wieder auf zwei Wochen, länger läßt er sie nirgends, alle müssen nämlich drankommen, heißt es, und außerdem dürfen sich die Kinder nicht an sie gewöhnen, das darf nicht sein; daß die Kinder dann wieder ganz allein auf sich selber angewiesen sind, das darf natürlich schon sein; man erfährt ja nicht einmal den Familiennamen von dem Mädchen, ich hab überhaupt nur gewußt, daß sie Hilde heißt, Schwester Hilde, und sonst überhaupt nichts, und nicht einmal den Kindern hats was erzählt, wenn sie gefragt haben, das ist Vorschrift, damit sich da ja nichts Persönliches anfängt, und seit sie weg ist, ist Gottseidank noch nichts passiert, weil stell dir vor, es passiert den Kindern was, während ich nicht da bin, da ist dann nämlich die Fürsorge am Zug, Vernachlässigung oder wie das heißt, könnens sagen, nehmen wir ihm die Kinder halt weg, das ist ja ihr Recht, das könnens machen, auch wenn sie sich sonst einen Dreck drum scheißen, die paar Schilling geben sie her oder würden sie hergeben, wenn ich mir eine Haushälterin finden würd, und damit ist die Sache für sie erledigt, und wie du mit den Kindern auf gleich kommst, das kann ihnen wurscht sein, nur mußt du auf gleich kommen, sonst hat die Fürsorge die Hand drauf, aber das sollen sie nur einmal probieren, dann ist der Bär los, da scheiß ich mich garnichts, weil verlieren kann ich ja sonst eh nichts mehr. Weil wennst einmal dran bist wie ich, sagt er, dann kanns eigentlich

273

eh nicht mehr schlechter werden, höchstens besser, na werden wir sehen, auf jeden Fall werd ich jetzt einmal eine Heiratsanzeige aufgeben, die Tante Hermi redet mir das schon die ganze Zeit ein, sie will halt auch nicht dauernd zu mir rennen müssen, ich verstehs ja eh, weil die Jüngste ist sie ja auch nimmer, sie wär zwar nicht so, von der kannst schon was haben, wenns drauf ankommt, aber dem Onkel Karl paßts halt nicht, wenn sie bei mir was tut, und drum muß ich jetzt wirklich, sagt er, einmal eine Heiratsanzeige aufgeben, junger Witwer, zweiunddreißig, einsvierundsiebzig groß, mit eigenem Haus, sucht kinderliebende Frau oder Mädchen zwecks späterer Ehe kennenzulernen, weil anders als übers Heiraten, sagt er, komm ich ja wahrscheinlich wirklich zu niemandem, der mir auf die Kinder schaut und die Hausarbeit abnimmt, anders gehts nicht, sagt er, für unsereins nicht, als mit einer, die glaubt, daß sie einen Mann braucht zu ihrem Glück, die mit dir ins Bett steigt und von da aus alles übrige macht, und ich kann dirs ehrlich sagen, sagt er, wenn sich auf die Annonce eine meldet, die mich nimmt, obwohl ich nichts hab als drei Kinder und einen Haufen Arbeit daheim, ehrlich, sagt er, ich würd eine jede nehmen, ganz wurscht, wie sie ausschaut, wenns nur halbwegs zum Aushalten wär und mit den Kindern umgehen könnt, da würd ichs nehmen, weil auf die Liebe oder sowas, sagt er, kommts bei mir nicht mehr an, weil drauf darfs garnicht mehr ankommen, das ist vorbei, sagt er, tausend Rosen, sowas spielt für einen wie mich keine Rolle mehr. Weil eigentlich, sagt er, spiel ich ja selber keine Rolle mehr.

Auf die erste Heiratsanzeige, die Melzer aufgegeben hat, hat er drei Zuschriften bekommen.

GERNOT WOLFGRUBER
Die Nähe der Sonne
Roman

Die Eltern sind tot. Bei einem Autounfall ums Leben gekommen. Ihr Begräbnis, zu dem Stefan Zell überstürzt aus dem Urlaub zurück muß, ist für ihn schon wie schlecht geträumt. Und zu Hause erwartet ihn Hanna, mit der das Zusammenleben fragwürdig wurde, seit sie darauf bestanden hat, das Kind von ihm auszutragen, das er nicht will. Unterwegs zu ihr biegt er ab. Wo er ankommt, hat er nicht erwartet. Aber danach hat er sich gesehnt, davon wird geträumt seit je: von höchster Intensität des Erlebens, von fleckenlosem Glück. Daß er dabei immer mehr in die Gefangenschaft seiner eigenen Existenzbedingungen gerät, das zählt in der Nähe der Sonne nichts, das gilt nicht für ihn, obwohl von Souveränität und Entscheidungsfreiheit keine Rede mehr sein kann. Aber je näher er dem gleißenden Licht kommt, umso näher auch seiner sengenden Glut.

Gernot Wolfgruber erzählt von Gefährdungen, die sich in Helligkeit aufzulösen scheinen, und von Triumphen, die Brandspuren hinterlassen. Die extremen Pole werden sichtbar, zwischen denen jede Vorstellung von Leben ausgespannt sein muß.

Residenz Verlag

Arbeit in der Literatur

Hans Dieter Baroth: Aber es waren schöne Zeiten Roman

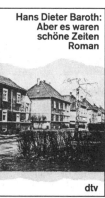

dtv

Kindheit und Jugend im Ruhrgebiet
dtv 1748

Hans Dieter Baroth: Streuselkuchen in Ickern Roman

dtv

Geschichte einer Bergarbeiterfamilie
dtv 10085

Franz Innerhofer: Der Emporkömmling Erzählung

dtv

Als Werkstudent bei einer Baufirma
dtv 10544

August Kühn: Zeit zum Aufstehn Roman

dtv

Geschichte einer Münchner Arbeiterfamilie
dtv 10629

Gernot Wolfgruber: Herrenjahre Roman

dtv

Das Leben eines Tischlergesellen
dtv 1483

Menschen im Büro Von Kafka zu Martin Walser Vierzig Geschichten

dtv

»Ein Lese-Vergnügen, das nachdenklich stimmt.« (Kölner Stadt-Anzeiger)
dtv 10215

Heinrich Böll

Heinrich Böll hat seine essayistischen Schriften und Reden immer als gleichberechtigten Teil seines Werkes angesehen. Seine Kommentare, Glossen und Rezensionen bilden ein kritisches Lesebuch zur Geschichte dieser Republik.

dtv 10601

dtv 10602

Man muß immer weitergehen
Schriften und Reden
1973–1975
dtv 10605

Es kann einem bange werden
Schriften und Reden
1976–1977
dtv 10606

Die »Einfachheit« der »kleinen« Leute
Schriften und Reden
1978–1981
dtv 10607

dtv 10603

dtv 10604

Die Schriften wurden nach dem Vorbild der Werkausgabe von 1978 chronologisch geordnet und neu ediert.

Jeder Band ist mit einem Namensregister versehen.

dtv

Siegfried Lenz
Die Erzählungen
1949–1984

Bände
n Kassette
tv 10527

Siegfried Lenz ist
der Erzählung als einer
literarischen Form
nicht minder verpflichtet als die Erzählung
ihm. Man kennt ihn als
Romanautor, aber
man kennt – und
schätzt – ihn auch als
Geschichtenerzähler.
Diese drei Bände enthalten die Erzählungen der Jahre 1949 bis
1984 in chronologischer Reihenfolge,
von der ersten Skizze
›Die Nacht im Hotel‹
über ›Suleyken‹, ›Jäger
des Spotts‹, ›Das
Feuerschiff‹, ›Der
Spielverderber‹ und
›Einstein überquert
die Elbe bei Hamburg‹
bis zu ›Lehmanns
Erzählungen‹, den
›Geschichten aus
Bollerup‹ und der
Novelle ›Ein Kriegsende‹.

Deutsche Erzählungen des 20. Jahrhunderts

herausgegeben von Marcel Reich-Ranicki

1526

1527

1528

»Die bedeutendste editorische Leistung auf dem Gebiet der Kurzgeschichte und der Erzählung.«

Siegfried Lenz

»Ich finde die Bände phänomenal. Reich-Ranicki hat die bestmöglichen Querschnitte durch die geologischen Schichten der Literatur unseres Jahrhunderts gelegt. Die Methode ist überzeugend, das Lesevergnügen überaus groß.«

Alfred Andersch

1529

1530